白天比夜晚美

赵君玲 著

陕西新华出版传媒集团
太白文艺出版社

图书在版编目（CIP）数据

白天比夜晚美 / 赵君玲著. -- 西安 : 太白文艺出版社, 2020.1(2022.1重印)
ISBN 978-7-5513-1720-7

Ⅰ. ①白… Ⅱ. ①赵… Ⅲ. ①长篇小说—中国—当代 Ⅳ. ①I247.5

中国版本图书馆CIP数据核字(2019)第218610号

白天比夜晚美
BAITIAN BI YEWAN MEI

作　者	赵君玲
责任编辑	史　婷　汤　阳
版式设计	张洪海
版式设计	巫　晶　王　洋
出版发行	陕西新华出版传媒集团 太白文艺出版社
经　销	新华书店
印　刷	三河市华东印刷有限公司
开　本	787mm×1092mm　1/16
字　数	460千字
印　张	23.25
版　次	2020年1月第1版
印　次	2022年1月第3次印刷
书　号	ISBN　978-7-5513-1720-7
定　价	68.00元

联系电话：029-81206800
出版社地址：西安市曲江新区登高路1388号（邮编：710061）
营销中心电话：029-87277748

自序

热爱文学，珍惜人生，是作为作者的我多年不变的初心。把自己的感悟和对真善美的弘扬，通过描写笔下人物的表现，在一定条件范围内解释一下同类人群，是作者一直的梦想。

但进入社会后，这事那事，这个阶段那个阶段，总是没能静下心来给小说一个开始。

直到十年前，当一切比较稳定了，估计也没有什么太大的变动了，便决定立刻开始实现蛰伏已久的愿望。

开始动笔的前几年，一直被自己对生活的粗浅感知牵着鼻子走，因当时年轻，一些语言多带有自以为是的定论。

随着年龄增长，阅历渐广，便感觉之前对生活和人的认识大多有失偏颇，于是，每逢发现新的认识更深刻更接近真相时，便要找出相应的章节进行修改。

改着改着，就发现文风与以前不一致，便又推倒重来。

写着写着，发现已经不是在实现梦想，而是把写这部小说当作一种在精神上促使自己进化的磨炼。尽管可能写得并不成熟，并且不能使所有读者满意，但我几乎强迫症般反复修改，力求本书少出现一些错误。

拖拖拉拉而又迫切地不断修改着，继续着，直到今年，感觉不能再拖了，于是，顺理成章地给本书收了尾。

我热爱生活，但智商不高，充其量也就只有一个优点：善于自省，并随时自省。

自省的觉悟来源于两方面：一、不会因错怪他人而后悔；二、让自己更适应社会发展，进一步完善生存状态。

之所以用《白天比夜晚美》这个书名，是希望一切都是正面的、积极的、阳光的、向上的，而不是黑暗的、颓废的、灯红酒绿的、醉生梦死的。

直白坦率是本书的特点。本书以女主人公的爱情、工作和生活经历为主线，还原了生活中的诸多无奈，更展现了生命里不时出现的欣喜，突出一切选择都应归于理性的生存意义。

本书相对真实地描写了女主人公陈一一对爱情、友谊和生存的追求过程。作为一名理想主义者，她毫无疑问在现实中处处碰壁。面对发生在她身上和她身边的故事时，单枪匹马的她，只能通过不断调整心理状态和矫正应对行为，来解决积极与消极的冲突、真美与伪善的对立。

热爱生活，珍惜时间，冷静理智，以积极阳光的精神好好活着，这就是本书希望传递给读者的理念。

最后，用《基督山伯爵》一书的最后一句作为结尾——“人类的全部智慧都凝聚在这两个词里：等待和希望！”

2018 年 12 月 15 日

目录

楔子

喜欢消除误会之后的会心一笑，

喜欢放下纠缠很久的东西后的释然，

喜欢将每一次不愉快的经历转化为下一次的智慧，

喜欢知分寸懂礼节有家教的人，

喜欢拥有一群谈天说地没有隔阂的朋友，

喜欢有个家，有个相互疼惜扶持的爱人，生几个淘气可爱萌萌哒的宝宝，

喜欢白天多于夜晚，因为能看到花的美、人的笑，狗围着小主人撒欢儿，猫在花园看树上的麻雀。

其实，白天比夜晚美。

一、灵魂是个什么东西？

爱是什么？有没有永恒的爱？我们是该找爱还是守望着爱？我们是该等爱还是等着被爱？

十五岁时，想象自己二十五岁的时候；二十五岁时，想象自己三十五岁的时候；而三十五岁的时候，害怕想象自己四十五岁的时候。这就是女人。

我就是这样的女人。我是陈一一，广告人，平面编辑。目前辞职，有一间勉强可以糊口的文字工作室。

我身高一米六六，体重九十斤，削肩长颈明眸皓齿，还算是个美女，不过“资深”了些——三十五岁大龄剩女一枚。

每每看到年轻女孩的傲娇得意，我便脸上笑嘻嘻，心里苦唧唧——年龄这玩意儿真不是东西，愣是将我从当初千娇百媚的小姑娘折腾成如今道貌岸然的女雅痞。

谁还没有过骄横跋扈的青春？在那个年龄段，谁不是目空一切？

青春就是一边傻缺着，一边值钱着，一寸青春一寸金。而现在，三十五岁了，只能一边佯装优雅，一边任它贬值，承受一寸中年一寸铁的悲催。

二十五岁之前，男同学会在聚会结束后主动送我到家，百般婉拒也推辞不掉；而现在，十年之后的今天，吃完饭他们笑着打个招呼转身就走，丝毫没有为我担心的意思，连“路上小心”几个字都不肯多说。

不仅如此，倘若聚会上有年轻靓丽的软妹子，那几个我多年的男性好友争着抢着挤破头也是要送她回家的。万一被谁抢了先，其余那几个便怀了深深的妒意，对胜利者愤愤不平，展开各种毫不掩饰恶意的打趣。

尤其是那位当年追过我的某君，全然忘记了当初他在我年轻时是怎样死乞白赖地待在我的宿舍装醉不走，如今在年轻女人之间无缝切换使尽呵护之能事的，却以他为最。

每逢此时，我便一边怀念曾经与他们的亲切相处，一边懒洋洋地哼唱着黄梅戏《女驸马》的唱词打道回府：“我也曾赴过琼林宴，我也曾打马御街前。”

当我尽可能冷静地从动物学的角度去坦然或假装坦然地解释这种雄性动物对幼兽所展示的发乎自然的保护态度时，却又想到对幼兽发乎自然的保护态度应该是雌性动物的天赋属性，便不能为自己所遭遇的冷漠自圆其说了……悲乎哉？

仪态大方地表现过“我花也曾香满园”的不以为然，便可心理平衡地沉浸于“流光容易把人抛”的悲春伤秋。

偶然跟远房表妹小雅说起因韶华水逝而常被无情忽略的苦大仇深，表妹露出一种看怪物的眼神：“姐，我才二十八岁都被歧视了，你已经三十五岁了——还想咋？”

哦，来吧，互相伤害吧。竟然在“三十五岁”之后特别留出一个停顿，唯恐年龄强调得不到位。

而我，确实想咋。想咋呢？——想找个爱人。

其实心里越来越担心：一边担心着老去，一边担心着老去之后如果还没有安家，又该怎样度过余生。

原本安一个家并不难，主要问题是，太难找到可以让我放心地和他安家的那个人了。

在步入一段感情之后，我也幸福过，也有过被宠得像公主的时光，也喜欢和爱的人腻歪在一起。

但是，没有一成不变的甜。总是在一段时间后，我便对对方产生怀疑，而一旦产生怀疑，我便立刻抽身离开，从不试图去证实那些怀疑。

因为，被证实的怀疑更令人恐惧。

我对感情的要求很简单，八个字：彼此忠诚，互不猜疑。可以吵架，可以翻脸，但不能有怀疑。

如果让我怀疑，不管是谁的错，两人之间的信任肯定出了问题。

我习惯于“打分制”，其中，衣着、颜值以及个人卫生各占十分，谈吐十分、能力二十分、修养见识二十分、内涵十分，剩余的十分，由之后是否忠诚和与我的默契程度决定。如果与对方初次见面印象分在八十以上，这就达到了恋爱的分数线。

如果恋爱一段时间之后，感觉对了，才可以增加到九十分以上。

然而，每次恋爱一段时间之后，对方的分数都降到了七十以下，那时，我便立刻撤出，再不回头。而怀疑和不默契，是拉低对方分数的主要原因。

为什么直到现在，都没有人能把分数从八十提升到九十以上呢？

谈了那么多次恋爱，每次都是我首先放弃，在没有找到那份互不猜疑的爱情之前，我不舍得把自己的一生随便交给某个人。

因为不想将就，于是，岁月这把杀猪刀，为了证明它的公平，便用它的鬼斧神工惩戒了我的挑剔，一路追着砍着跟着我来到了三十五岁。

而我，对感情的追求一直没有变。会不会有个人，对我也一直没有变，只是彼此还没有找到？

每思及此，我便摆出四十五度角的远古忧伤的姿势，在镜子前回忆白驹过隙的那些岁月，然后很快被眼角几条鱼尾纹吓醒。

回到现实吧，先活命要紧，谁让我还没有找到能提供长期饭票的那一位。

所以此刻，我就在QQ上同新月广告公司的严总说事，说能赚回口粮的事。

他要求我每周完成一篇十五分钟专题片的解说词，这是我讨价还价后的结果，他的原意是每周三篇。

怎么可能？他以为我是巫师，撒豆成兵啊！

“这下满意了吧？你这脑回路也太清奇，别人巴不得一周多写几篇。”严总在QQ上发来信息道，颇有一种“赶快表扬我吧！你看我多体贴”的好人即视感。

“多谢多谢，严老板真好！一篇就可以了。我就那点儿墨水，又出活慢。”我发过去三个抱拳表情。

说实话，我其实很想接下一周三篇的工作量，活多钱多啊！

但是，要熟悉资料，要跟客户反复沟通，把文稿经过一改二改三改N次改，直到文件名由“一改”“二改”“再改”“定稿”“二定稿”到“最终定”三个字等，中间的周期比正常人预料的多三倍时间以上。

对于我这种追求完美到汗毛的强迫症患者，又远未到吐珠泻玉的写作水平，只有每周一篇，才能保证质量。

保证质量做好每一件事，可以提升单身贵族的出场吸引力，在精神的上流社会里飙升“腹有诗书气自华”的诱惑指数！

哦，请忽略我的上一句话吧，什么吸引力什么诱惑指数都不过是借口，不过是我在提前熟悉中老年妇女生活模式的自我催眠。

其实我追求质量的真正目的，就是顺顺当当拿回辛苦钱，不要在中间出什么幺蛾子。

女人所谓的吸引力，只需具备两种条件之一便可：年轻，可抵消万种过错；好看，便占尽天下便宜。

总之，绝世美貌碾压一切差评。这是我的死党梅毓关于上类问题的定论。

发表这句话时，她好酷炫好霸气好令人向往，足以令天下各路人一溃千里，无不披靡。

说曹操曹操到，梅毓的头像正在QQ上闪个不停。

打开她的消息界面，看到她发来一篇转帖，题目曰：执子之手　与子偕老。

转帖被她分成三部分发过来，每部分还给定了小标题。孩子刚上初中，她和老公就把孩子送到了国外，日子也是真闲——

誓言只是用来说说

她记着年轻时，他还没有成名的时候，就说过这样的话：“我娶老婆第一就看手，那种漂亮白嫩大小姐的手，一看就知道吃不来苦，绝对不行！”

她在众人之中望着他，极小心地掩藏住自己修长透明、附着父亲所赠的细致钻石尾戒的纤纤十指。

然而后来他还是娶了她。她早该知道他那些华丽言语只是说说而已，但她抛却家庭跟着他的决心却不是说说而已。

她吃苦　他成功

婚后她很快证明一件事：大小姐也能吃苦。她脱下父亲在纽约第五大道买的那只钻戒，戴上他在街边买的水钻婚戒，辛苦劳作，供养两人衣食之外，还供养他昂贵的画具以及他昂贵的艺术家脾气。

“谢公最小偏怜女，自嫁黔娄百事乖。”

就某些方面而言，他倒也不算辜负了她，起码她十年辛苦青春不枉，扶他闯出一片天。他正在男人意气风发的年纪，他的前路闪烁着耀眼白光，如同她已变卖换米的那只钻戒。

跟着他出席各种宴会时，她有些局促。她没有想到自己跟世界脱节了那么久，更没想到自己已经这么苍白，这么老了。

后来他就不带她了。

不是美　是年轻

又后来，她即使坐在家里也抵挡不住耳语，他有了人。

又后来，她木着脸签下离婚协议书，说：“房子，我省吃俭用买的，归我天经地义；你的钱，我不要。我只要看她一眼。”

他觉得很上算。

女人不见得有多少颜色，就是一个年轻，倒是一双手水嫩如玉，戴着两克拉心形美钻。她回到家，忍不住笑了个够。自己年轻的时候要比那个女人美上多少！自己年轻时那双手，要比那个女人的高贵细致多少！

他再婚前一晚，快递公司送来一只绑着白蝴蝶结、知更鸟蓝的大盒子，说是结婚礼物。新欢惊喜不已：“这是 Tiffany 的盒子耶！谁送的？”

他踌躇满志地笑：“八成是哪个赞助人。打开看看！”

毕竟是男人，在新欢尖叫大哭的声音下还能力持镇定：若非无名指上的婚戒，他还真认不出来，盒子里粗糙的，满布纹路伤疤的，是前妻齐腕而断的双手！

他忍着翻覆的胃酸取出盒底沾着血污的卡片，上面只草草写了几个字：“死生契阔，与子成说。执子之手，与子偕老。”

其后，梅毓又发过来五个架势颇为愣头青的漫画小人，几个小人站成一排，手里均是举着一面旗子，旗上还写俩黑体字：傻了。合起来就是：傻了傻了傻了傻了傻了。

此时，美丽的梅女士一定是坐在她的电脑前，带着左唇角上扬的梅式微笑，在想象的世界里尽情演绎着我读完帖子后的反应，比如箕踞而泣，比如无语凝噎，比如悲伤逆流成河。

“这不是真爱，真爱必然永恒。”我回复的态度是冷静的，与她的讨论是严肃的，爱情的观念是立场分明的。我并没有傻白甜那般的一惊一乍，发出“啊，怎么会这样啊”或者“这女人多可怜啊”之类的不思考又赚印象分的叹息。

同时，又给严总发了微笑拜拜的表情。

梅毓的话题更为吸引我，满足我现阶段的精神需求。抓住需求就抓住了客户，我自然向梅毓靠拢。

“本故事的开始，就是以真爱开始，女子正当‘桃之夭夭，灼灼其华’；本故事的结局，就是真爱的结局，女子已步入中年，不敌万千后起之秀的侵略，无奈‘维鹊有巢，维鸠居之’。这是中西方爱情自文明形成以来的必然归宿。”

“用灵魂相爱的人，不会走向那种归宿！他们是彼此唯一的光！”我知道，梅毓是正确的，我虽不甘心接受，却也没什么理由去推翻。尽管在末尾还用了感叹号来强化语气，却似乎只强化了我叫嚣的虚弱。

“灵魂是个什么东西？你见过？只有身体是真实存在的。并且到最后，什么都没有了。”她轻轻松松一语中的，让我的辩论欲望瞬间消亡。

原本还想回复她，比如灵魂是一种精神力，这种精神力是一个独立的磁场，像太空中的一团星云，经常脱离身体去它想去的地方……但是梅毓说得对，没有人见过。

所谓灵魂的高低贵贱，不过是自欺欺人。

梅毓自小受家庭环境熏染，读书颇多，当小朋友们还在读“欲穷千里目，更上一层楼”时，梅毓已经在背“鹤鸣于九皋，声闻于野”了。

因为书读得多，随口道来都是国风，不过成家以后，她却不再翻阅古籍，而是潜心研究红尘生活。

准备研究之前，她没头没脑地叹息了一句：“爱情是女人的全部，而是男人的部分。”

之后，她把“蒹葭苍苍”们都束之高阁，而桌上的书从《家常菜谱大全》《麦田里的守望者》换成了《围城》，又从《女人不狠　地位不稳》《活到老　美到老》最后变为《糊涂的女人最幸福》。

她发转帖的本意，是想在某种认识上与我共享，担心我被无知限制了想象。

她要求我趋于平庸，坚持走清醒的现实主义道路，对另一半先要求柴米油盐酱醋茶，再去谈琴棋书画诗酒花。

可是，我不愿意向这篇帖子臣服。

“即使不提灵魂，那么内涵呢？文化底蕴呢？”我想了半天，打过去一行字。

“内涵？底蕴？这些太抽象！不如年轻和美貌来得务实！”梅毓的回复又很快过来了。

她的回复仿佛抽离了我的脊柱，我忽然很累，很想去睡。看看电脑上的时间，下午一点二十，也到了该睡午觉的时间。

离开书房，一边打着哈欠一边走进卧室，在床上躺下后却翻来覆去睡不着。侧了身拉开床头柜抽屉，取出李医生开的安定片。

最近因卧而不寐，思未来之深且久也——好吧，说人话，最近因思考人生意义太多而常常睡不着，偏偏李医生那些“调整心态保持愉快”等鸡汤口号对促进我的睡眠毫无效果，本着为医术正名的业界自尊心，他最后只好开了七天剂量的安定片。

“睡前两片，最好不用。”严肃的李医生在说这八个字时更为严肃，虽然不知什么原因，却感觉他很厉害的样子。

此刻身体疲倦，却难以入眠，正是服用安定片的最佳时机。

穿上缀了紫色花的浅蓝拖鞋，走到客厅的净水器那里接了半杯水，转身又回到书房，在电脑前坐下。

我还想再看看那篇帖子。

梅毓又发来消息：“妞，怎么不说话？”

我能说些什么？

我挑选男人的要求并不高，只要相互信任，彼此不疑，以婚姻为目标谈恋爱，就可修成正果。

所有不以婚姻为目标的恋爱，再是浓情烈焰，都是耍流氓。

然而，梅毓的帖子与我对男人的要求毫无冲突而且寓情于理，以怀柔手段拨乱反正，试图拉回我撞了南墙还不肯回头的脚步，让误入歧途的我还有机会改邪归正。

这么一想，帖子已经不是普通的帖子了，简直具有了起死回生的意义，所以，我要就这篇转帖的主题认真升华一下，再决定如何给她回复。

我打开药包，取了两片药放进嘴巴，用水将药片冲下胃去，又滑动鼠标，一边喝水，一边再次点开那篇帖子读。

读着读着就开始为自己伤心。回想从南市停薪留职，再只身一人来到英市的这十二年，我最高的目标并不是做个金贵强势的女白领，而是找一个白首不相离的爱人。

为了找到那份我配得起的爱情，我把大龄剩女孤独寂寞的煎熬全部化作工作热情，熬夜加班宵衣旰食，在电脑上码字不停，以期在文字的炼丹炉里历练自己。

不惧那些如雨后春笋般不断初长成的软妹子，无视当下金星乱冒的身心疲惫，在气若游丝的理想中，我挣扎着做个表面三十六度五而内心岩浆沸腾的女人，只为等到专属于我的爱人。

我相信，夜路走多了，不但能碰到鬼，也会碰到那个家伙。人生苦短，终会有伴。

我不计过往不畏将来，追求始终如一和贴心贴肺，追求岁月静好和地老天荒，而梅毓用她轻飘飘的转帖给我当头一棒。

时位之移人，是现实；穷人多收五斗米便想易妻，也是现实。

可是，我不甘心接受这样的现实。我是个对优越生活中毒很深的女人，却又以理想主义的勇敢等待爱情，我渴望着以单身鏖战来解决世俗中爱情与面包的冲突，让“鱼与熊掌”的理论在我这里改变“不能兼得”的宿命。

这个愿望支撑我独自打拼这么久，却从未碰到一位让我不怀疑的男人。

为什么相爱的人总是不能够白头到老？为什么双方都不专情却都以此要求对方？

生活是该信其自然地面对，还是不甘平庸地追逐？忠诚、坚贞那些传统美德被谁变成高贵的绳索，用来捆绑我们发乎自然的要求，离间我们与幸福的同盟，最后让我们把自己的憧憬打入冷宫却贪婪地羡慕着别人的幸福？

我为什么偏激？为什么孤单？为什么心不静？

为什么谈了那么多恋爱，却从没有获得过足够的安全感？为什么稍微感觉到情感变了味儿，我首先想到的不是维护而是立刻抽身离开？

越思考越焦灼，发现水杯空了，我便拿着药包和水杯又到了客厅。

给杯里续满水，把药包里的药全扔进嘴里，一仰脖用水冲了下去，忽然感觉做错了什么事情，我低头看看药包——坏了！安定片被我全吃了！

慌乱中，我拿起手机给梅毓拨过去，铃声响了一次她就接听了：“怎么？网上聊还不过瘾，要直接电话？”

“快过来，我一不小心把安定片全吃了！”

“哈哈！看来，那篇帖子的杀伤力不小啊！”她竟然以为我在开玩笑。

"我没开玩笑！"我急了，我还没有怎么活，怎么就一不留神要把命赔上了？"快点儿过来！救我！"

我放下手机，在紧张恐惧之余，竟然还又想到一个问题：如果梅毓还是不相信，如果真的没有人救我，那么，在生命的最后一刻，我会以灵魂的状态脱离身体吗？灵魂的状态是一团星云吗？

我向门走去，想在梅毓过来救我前打开门，以方便她进来，但头越来越重，四肢忽然发软，瞬间跌进一片黑暗。

二、粉红心泛滥的小护士

总是忽然对一个陌生人动了心，因不了解而想尽办法都要在一起，却因了解而迅速分开，全然忘记了当初的迫切。

为什么总是在同一个问题上跌倒，却从不吸取教训？

听到呼唤的时候，我像一块孤独的陨石，悬浮在无边的黑暗中。

呼唤的声音虚无缥缈，似乎从群山的另一面传来。

周围一片混沌，什么都看不见。

我不清楚自己在哪里，不知道发生了什么，不明白为什么一切都离我那么远——

“一一。”又是一声呼唤。谁啊？声音怎么那么远？

“一一，能听见吗？不要睡！”这个人对我下命令。

我也不想睡，可是我动不了，我焦急地大喊，却发不出声来。

呼唤的声音近了，到了山的这一面，可是依然空旷细弱，让我好生焦急。

声音继续飘近，越来越清晰，终于降临在我的身边。

我的身体也从黑暗进入光明，清晰地降到一张床上，被人抬起来，穿过一段弯弯曲曲的路程，放在什么地方，有车门咔地拉上的声音。

急救车的鸣笛声刺耳地响起来，谁捉住我的手，用另一只手覆盖着，我感觉到温度从手心传递到手臂。

这种温度让人放心，我很踏实地睡了过去——

我终于举行婚礼了。我给新郎的打分是九十五。

我的新娘礼服长裙曳地，轻纱飞扬，周围繁花似锦，眼前十里红妆，嫁妆由我的亲友们一路护送，一箱箱抬向我的新家。长长的红毯之上，他们一个个喜笑颜开。

是啊，今天是我的大喜日子，我要有酒喝有歌唱有舞跳，从此，有个人陪我，我再也不怕寂寞。

我不禁乐得唱起来：“正月里来是新年哪，咿呦喂！”

我的新郎背对着我站在我的前方，他身材高大修长，宽肩窄腰伟岸挺拔，仅一个背影便令我身边那些伴娘惊呼不已，一个个眼冒桃心。

伴娘们开始起哄："对面的新郎看过来，看过来，看过来，你不要假装不理不睬。"

那男人慢慢转身，背着光一步步向我走来，他的步伐稳健从容，虽然看不清楚他的脸庞，但我能感觉到他在微笑，我还看到他捧着戒指盒的双手啊，他的手指好漂亮！

我哼着山歌舞着裙摆，眼珠子锁定在他脸上等他过来："妹娃子要过河，是哪个来推我吆！"

他越走越近，他的身影那么熟悉，就在我要看清他的长相时，头忽然痛起来，哎呀，怎么在最关键的时候掉链子！他来了啊，我要看他啊，他到底是谁啊？但是头痛，痛死了，谁来救我——

"一一，一一！怎么了？"在一阵剧烈的头痛中，我醒过来，睁开眼。眼前一片刺眼的亮白，我赶紧又闭上双眼。

刚才的婚礼是梦？这里又是哪里？

"一一，醒了？"

这是文治哥的声音。

慢慢睁开双眼，一点一点地适应着亮光，头依然很痛，像孙悟空被五指山沉沉地压着。

转头看向声音的方向，一缕长发滑下来，流水般蜿蜒缠绵，遮挡住我的视线。

一只手轻轻拨开我的头发，然后，我看到了文治哥。

身材高大的文治哥，极憋屈地坐在一个蓝色高脚方凳上，深栗色头发乱纷纷地茂密生长着。他脸色疲惫，军绿色的衬衫袖口卷至肘部，露出两只强健有力闪着亮麦色的胳膊。

他收回那只拨我头发的手，同另一只手交握着放在我的床边，握着我的手。

我挣扎着想要抽出手。

"别乱动。"他说道，"手上扎着针。"

我停止了动作。看着手背上的针头，又沿着管子向上看，高高的架子上挂着吊瓶，输液管的滴壶里，药水正有节奏地掉下来，一滴，一滴，又一滴。

文治哥又问我："为什么？"

什么意思？什么为什么？我看着他，不明白。

我想起刚才的梦境，我分明梦见自己结婚，正要看清新郎的模样，却醒了过来。

要是那个时候不醒过来多好，就可以将梦做下去，就可以看到新郎的绝色容貌。话说，他究竟长什么样子？

"为什么轻视自己的生命？"文治哥再次问道。

用词要不要这么文艺？还“轻视”？为什么不说“不在乎”？而且，我怎么轻视了自己的生命？

等等，轻视自己的生命？看着他微皱的波浪眉，我想起来了，我吞进了十四片安定片。

“一不小心，把药全吃了。”

一开口才发现，不仅头痛，嗓子也很痛。我被洗胃了？

所谓洗胃，就是医生在旁边指挥，两个护士固定病人头部，使病人头偏向一侧，防止呕吐物进入气管导致窒息；还有一个护士给病人嘴巴里塞胃管，把药液经过胃管直接灌到胃里，再通过负压把胃里的东西抽吸出来。

几次反复，直到吸出的液体同药液颜色一致，才算洗胃成功。

很像一种被用来捕鱼的鸟类，叫作鸬鹚，又名鱼鹰。鸬鹚被人们养成捕鱼高手，吞掉鱼后跳上船，就被渔人强行从脖子里挤出鱼来。

真的不堪想象，那个被当作鸬鹚一样的我，当时的形象该有多丑陋！我那苦心经营多年的文雅形象啊！

为什么给我用这么不人性的处理方式？完全可以让美丽温柔的护士小姐翘起兰花指给我输液解毒不是吗？那样，躺在床上的我看起来也好看些。

就像现在，一副病西施的小可怜样儿，多养眼。

呸呸呸！坏的不灵好的灵，再养眼也不能病着啊！

“你再睡一会儿，醒来再说。”文治哥拍拍我的手，一副“好了啥都不说了，你的痛苦我都理解”的样子。

梅毓走了进来，像只沉默的梅花鹿，瓷白的脸庞一派平静。

文治哥转向她说道：“梅毓，给一一擦擦脸。”

梅毓拿起热水壶给盆里倒了水，把毛巾放进去，又拿过杯子走出去，接了凉水回来掺进盆里，再拧了毛巾过来给我擦脸。

她一连串的动作自带“请勿喧哗”的沉默气场，让我想同她谈个心什么的想法都被吓没了。

她好像在刻意回避和我讲话，为啥？

一边猜测着，一边又沉沉睡了过去。再醒来时已是第二天早上。

文治哥还在，看到我醒来，便走过来坐下，问：“要不要喝点儿稀饭？”

我点点头。他按了床头呼唤铃，叫来护士：“麻烦您替我照看会儿，我出去买点东西，很快回来。”

二十岁左右的护士小姐，清清秀秀的小姑娘，有着温温柔柔的好声音：“好的。”

她大大的眼睛看向文治哥，眼底泛着惊喜的小碎光。

“我有事按铃，您不用待在这里。”文治哥出去后，我不好意思地对护士道。

“没关系的，你哥哥说他很快就回来。”小护士坚持道，看向我的大眼睛满满的探寻，“你哥哥姐姐对你真好。”

“是啊，我们家一直都这样。”我顺着她的话答应道。

我本就是个病人，也不用给她背诵家庭资料，便闭上眼睛，安安静静等文治哥回来。

有人进来，我睁开眼，不是文治哥，是另一位按常规记录全科病人体温的护士。

她递给我一支体温计，我接过来，沿着领口摸索进去夹在腋下，肌肤一凉，我不禁打个战栗。

她又问坐在我床边椅子上的小护士：“你怎么待在这儿？”

“朋友的妹妹。”小护士道。

朋友的妹妹？她跟文治哥是朋友？我看看小护士，又合上眼继续睡。

文治哥很快回来了，高大的他低头看着娇小的小护士道谢：“谢谢您，护士小姐。”

“不客气的，你叫我余清清就好。”小护士仰着清新娇嫩的小圆脸看着文治哥，星星眼，红红脸，青春无敌，娇羞无边。

“你是我的小呀小苹果。”我在心里哼起这首歌。此刻才算是搞明白，为什么我会成为她朋友的妹妹了。

“好的，谢谢余清清。”文治哥温和地道谢。

送走那位对文治哥粉红心泛滥的余清清，文治哥转身准备去拿保温杯。

我一边偷笑，一边忍不住调侃他：“文治哥，不顺便加个微信？就这么看着少女的玻璃心碎成一地渣渣？”

他笑了一下，用手拧开保温杯的盖子拿起勺子，准备喂我。

“不用，我自己可以。”我哪有那么娇气，再说，如果让小护士余清清看见，难保她不会输液时假装没扎准，然后多扎我几针。

护士小姐们一贯动作麻利而语言坚硬如铁：“五床，体温计！”“十床，交费！”“三十三床，把床头柜收拾干净！”

而余清清能陪着我，还温柔得像个小嫂子，不就是以为我有可能成为她的小姑子？

我从腋下取出体温计，小心地放在床头柜上，文治哥把枕头拿起来竖靠在床头，又扶着我坐起来靠在枕头上，转身取了保温杯递给我。

我一手扶着保温杯，一手拿起勺子，一勺一勺地慢慢喝，大约还剩一半，却怎么也喝不下去了。

“不想喝了。”我把保温杯递给文治哥，看着他放到床头柜上。

“现在可以说说，你是怎么回事了。”文治哥把毛巾递给我，让我擦脸，等我擦完，他又接过毛巾在脸盆里洗了几把，拧干水搭在床头护栏上。然后在椅子上坐下来，静静等我开口。

“我一时没注意——”

“说实话。”他温声道。

啥？说实话？这就是实话啊！我看着他，他也看着我，满眼的“你就不要藏着掖着，在我这里你是躲不过去的，你早说早超生”的威慑力。

他不相信？好吧，顺着他，呵护他对自己判断力坚信不疑的自尊心，毕竟他每年只回来三次。

我在脑子里踏雪寻梅，把蛛丝马迹用蒙太奇手段进行剪辑，现实与落霞齐飞，过去共秋水一色，按整理出来的时间线开始创作：“你知道，文治哥，我从来都自视甚高。我以为自己的未来会比任何人都过得优越，可是，同别人比起来，我却属于活得很慌张的那一类。大多时候外表镇定，而内心彷徨。”好吧，我承认我感性。“感性”这两个字要是反过来多好！

“我知道。”他点点头。

“我不明白为什么周围的人都那么平静安分，好像只有我，对现有的一切总是不甘心。”我缓了缓，喉咙还是有些痛。

“都不甘心，都想生活得好一些。你这样想，很正常。”他很认真地回应我的话。

“不正常，别人都可以成功，我却没有。”我真的开始委屈了。因为假话真说，真情绪就被自己编的瞎话勾了起来。

是的，我想尽各种办法，希望多掌握一些生存手段，多认识一些人，以求实现理想中对生活的设定标准。

然而，我不过是个理想的巨人，行动的矮子，外表冷静光鲜，内心全无胜算。

对于一些目标，是不计手段地攫取，还是坚守某些原则？我在两者之间总是摇摆不定，可悲的智商便怎么也跟不上时局变化的脚步。

不肯在某些底线上俯身，便无法在目标的高台上振臂一呼。于是，我成为一个陀螺，一直旋转不停，却只在原地打转。

我以为的底线是不是底线？标准的底线又是什么？在我没有搞清楚之前，有些事情便总是在最后一步刹车。

刹车带来的后果，就是功亏一篑。

每一次功亏一篑之后，我都想指着老天鼻子大骂一通，可我没那勇气。

我比较迷信，我怕我骂的时候，身边会忽然钻出个类似土地爷那种身着小小官袍的家伙，他低低的身躯傲然地杵在那里，蔑视地看着高出他许多的我说道：“哎呀，你丫装什么装？

我的幸运就从来不给不屈服的人呢。你再装个样子看！哼！”

背着人好多次，我崩溃地躲在自己租来的房子里号啕大哭，哭完后红着眼，继续按着小步骤前行。

不肯改变的这样子的我，就遇到最庸俗却最现实的问题了，直到现在，三十五岁了，还没有碰到一个让自己有归属感的男人。

我一向自以为清高独立，却把自己活成一个“黄金剩斗士”，这样活着有什么意义？

连自己的感情都无法经营出好结果，那些清高和独立又有什么用处？

我不是金刚不坏之身，也没有百毒不侵的法力，我比谁都希望赶快找到自己的另一半，因为我已虚弱不堪，而背后无人依靠。

如果找到那个人，我便可以挽着他的胳膊睥睨天下，因为有人撑腰嘛，我就可以狐假虎威，在哪里都可以像螃蟹一样横着走。

但是，我不能把大龄剩女的焦虑暴露给文治哥，更不能表现出对另一半何时出现的迫切心情。如果坦白把心事讲给他，他会觉得我是在某方面太饥渴，这么理解的话，就太破坏我多年经营的文雅范儿了。

所以，概念模糊化，情绪真实化，让他相信就好。谁让他非得逼着我承认自杀？

“就是这样。在一次次的失败之后，我的心理变得很脆弱，对人生充满了绝望，然后，就吃了安定片。”

这段关于自杀的心路历程的描述，充满了莫名其妙荒诞不经的悲剧美，有开始有结局，还有对人生意义的追寻。

虽然没有什么具体细节，却充分表达了一位不愿苟且活着的女人，苦于找不到方向的茫然。多么哈姆雷特！多么柏拉图！多么莎士比亚！多么泰戈尔！只要不是尼采不是凡·高，是谁都行。

我就静静地看着文治哥，等着看他会做出什么反应。不是非要我承认是自杀吗？瞧，吓住了吧？

“就因为这个？”文治哥问，沉静的表情出现了裂痕。他大概是听到这里，已经不知道该怎么劝解了吧？

梅毓刚好走进来，她依旧坚持做沉默的梅花鹿，捧着随身水杯时不时喝一口玫瑰红枣养颜茶，偶尔看我一眼，眼神里忧伤和疑惑并驾齐驱。

“当然不是。”看到他的表情，我不禁有些犯罪感，这么一个风华正茂的美好男子，我怎么能够再骗他？赶紧再解释一遍：“我在网上看一篇帖子，然后跑神了，一不小心把药全吃了。再然后，就被你们送进医院了。”

梅毓突然看向我，好像喝茶被呛了一口，咳嗽个不停。她干脆放下杯子，快步走出病房，在走廊上继续咳。

文治哥沉默了一会儿，开始对我灵魂摆渡：“以后再也不能这么做了！你将会经历很多美好的事物，只要你多坚持一些时间。我们只能来这世界一次，轻易离开太对不起自己。”

此刻，文治哥闪耀着大慈大悲的人性光芒，以革命人道主义的救死扶伤精神和“救人一命胜造七级浮屠”的佛系胸怀为我度劫。我好像看到在他的身后，曼陀罗花层层叠叠，次第开放。

他坐在那里，因担心难以用语言力量打开我并不存在的心结，眉尖还萦绕着无力感。

我张了张嘴，又无语凝噎，最后认命地点点头。他这么用力地普度我，我怎么能说不？

分明是一不小心，为什么非要我承认是自灭？多伤人自尊！就算伤不到人，伤到那些花花草草也是不好的嘛。

因为，刚刚有株叫余清清的花草，轻声细语要了我的体温计，又把我的输液瓶看了半天，还调了速度，向快调了，又向慢调了，加起来等于没调速的那种调法。

然后余清清走了出去，她的目光“很不在意”地掠过文治哥，她的脚步是矜持的，表情是稳重的，她扮出的成熟样子是很不成功的。

然而并没有什么用处，文治哥还在为没有解开我的心结而默默地自责着，压根儿没有注意到小姑娘满身冒着的粉红小心心。

女人这种生物就爱瞎折腾，十七八岁时爱装老，而真的老了又开始扮嫩，没完没了还乐此不疲。

三、被梅毓误会

谁需要你？你需要谁？是真的需要，还是寂寞需要？

需要是因为恐慌，而那些莫名其妙的恐慌，都来自哪里？

六天后，梅毓接我出院，文治哥却没有来。他是感觉拯救不了我吗？好伤心。

将病房看了一圈又一圈，我竟然有些眷恋。因为在这六天里，梅毓做杂活，文治哥陪聊天，住院倒住出一种热闹来。

可是，我不能表现出这种眷恋，他们会悲悯我的孤单。而我，最怕的就是被人悲悯。

我需要笑一笑，就像一首歌词写的那样：

微笑吧，爱情在等着我呢
就算与全世界为敌
就算会流泪
就算会心痛
只要有你就足够
微笑吧，爱情正呼唤我呢
就算有悲伤挡在面前
不是独自面对
而是两人一起
只要有你就足够

还有生活等着我，还有文字等着我，还有——那个人在等着我。所以，一定要笑起来。

只有笑起来，才能挤走那些经常突兀而至的猛烈的孤单，还有恐慌。

那么再见，二人间病室。

再见，四面白墙上的斑驳。

再见，窗户前污渍密布的蓝色窗帘。

再见，到处弥漫的药水味道，被陪床搀着举步维艰的病人。

眷恋只是一种情绪，只是一种特定时刻的暂时需要。离开那个时间段，眷恋便不再有，或者习惯了不再拥有。

就比如现在，当我看到走廊里那些被搀扶着颤颤巍巍练习走路的术后病人，我的那种变态的眷恋立刻长了翅膀飞远了，消失得无踪无迹。

就算有十个梅毓和文治哥陪我，医院依旧是个让人贪生怕死只求苟活的地方。这样的地方待久了，人们对生将更加热切，对死则愈发恐惧。生死问题的魔障，给病人们带来为何来因何去的无休止的困扰。

只是一旦回到小窝，又开始形单影只，那种寂寞煎熬谁能教我如何应对？

心随境转是凡夫，境随心转是圣贤。我不过是个凡夫俗子。

“文治回西藏了，他为你推迟了归队时间，整整一个星期。”梅毓一边拉开她带来的尼龙大包的拉链，一边用她那天生带着磁性的声音对我说道。

我不禁松了一口气，她总算肯跟我讲话了，我最近几天一直被她的沉默搞得惊慌失措。

因为文治哥在的时候，梅毓几乎不太跟我讲话，只有偶尔看过来的眼神，大写着百思不得其解的疑问。

没等我回应，她又从包里取出一个银灰色保温杯递给我：“他让我把这个给你，让你趁热喝了。”

接过来旋开盖儿，浓浓的中药味在鼻端飘，我又盖上了盖子。

“是枣仁、灵芝和首乌藤。”她看着我，见我没有动静，便用一双清澈的眸子望着我，道，“你不喝？要不换成安定片？”

我看她一眼，很是无语，只好捧起保温杯，屏住呼吸喝完。

咦？也不是太难喝嘛。

母亲在世时，教过我一些中草药知识，我知道这三种中药的作用：养血、安神、抗焦虑。

文治哥是认为我太焦虑了？

像套马的汉子般威武高大的男子，对着中医房的医师摆出一张忧郁脸：“给我熬一服抗焦虑的中药。”听到的人估计心情都很微妙。

文治哥全名叫韩文治，是个 24K 真金白银的暖男。为什么这么说？

生活中常说的暖男，是那种遇到谁都温暖如春的男人，就像中央空调，对谁都是一样的热度。

他们的暖就是个面子工程，他们的内心却非常的冷漠功利。

而文治哥的暖，只给自己人。

给文治哥的打分，是九十分，没有满分，缺的那十分是因为他是我的朋友，不是爱人。

他在西藏做水文工作，经常会向我们发一些邮件汇报他的危险经历：羊卓雍措湖上的怪物袭击，布达拉宫的金山羊说话，骑马过雪山被神秘力量吸引摔下山谷……我们发现他的故事总被他人为添加了许多恐怖元素，就在他每次发类似经历时，一起回信打趣他。

后来他真的骑马过雪山，真的摔下山谷，被大队人马救起，在医院里躺了一个月。他躺在病床上给我们发邮件，我们还只管调侃他，文治哥终于尝到乱喊“狼来了”带来的恶果。

他在给我们的邮件上申诉着他的不满：“你们能理解一个胸怀天下的男人，此刻一只脚打着石膏，被高高地吊在半空做牵引，一边被你们嘲笑，一边还要忍着痛给你们写信的高尚情操吗？”

……

有着高尚情操的文治哥回去上班了，留下高深莫测的梅毓还在陪着我。而出院之后，她将回她的家，不再管我。

阳光从窗户斜射进来，照在正帮我收拾东西的梅毓的脸上。我看看她的手，发现她今天没戴戒指。

本就五官立体的梅毓，光影中的脸部轮廓更为清晰，脸上的小绒毛一根根清晰可辨，让我有一种想触摸一下的冲动。

她最近烫了满头小卷儿的空气短发，皮肤依然白皙，身段高挑，看人时眸光清冽，不语时则素淡温婉；出身标准的书香门第，毕业于本省财经学院，嫁给一位小企业主。

这就是梅毓，生活背景多么完美！

这个全方位都写着优越感的女人，却是我坦率仗义的狐朋狗友，我是多有福气才收获了她的友情。

然而，这个女人表面宁静，其实攻击属性很强。

我清醒后的第一天，她跑前跑后，事无巨细。

等到确认我脱离危险并且人身安全之后，她则一边照顾我，一边用沉默的冷暴力虐待我，在淡漠和贴心之间随意切换，人性极为复杂。

这时，余清清进来了，她一双星星眼眨巴着看向我们，小脸上明显有点儿小失望：“陈一一，你要出院吗？”

“是的。谢谢你的照顾。”我客气道。

“应该的。”她甜甜地笑着，又问，“你哥哥今天没来？”

接下来该问电话了吧？我也不必拆穿，便微笑着回答她：“我哥回西藏上班了。”

“那么远？”小护士吃了一惊，又眨巴了几下她的大眼睛，对我道，“能把他电话号码给我吗？我在西藏有事想拜托他。”

我看了梅毓一眼，她没吭声。

我只好把号码违心地告诉了余清清。是一段缘也说不定，对吧？之所以说违心，是因为我内心的真实想法是根本不想告诉她。

“以后有什么事情，就来找我。”余清清把她的号码写在纸条上递给我，我接过来，装进外套右边的衣兜里，然后连声感谢她对我这几天的照顾。尽管内心很清楚，人家不过是爱文治哥那间房子，所以顺便对我这只房顶上的乌鸦表示下好感。

余清清看着我把写着她的手机号码的那张纸装进衣兜，然后温柔地提醒道：“一定要交给他啊！”然后，又温柔地转身出去了。

梅毓清高孤傲地兀自在一旁收拾那些小物件，有几缕发卷儿闪耀着光泽垂下来挡在她的眼前，她摇摇头想甩开，没成功，就伸出白皙的手指把头发顺手拨拉到一边。

她手法漂亮地把那些杂物整理进尼龙大包，又拿起放在床头柜上的保温杯，拧开盖子喝她的玫瑰养颜茶。

那几缕发卷儿又垂到眼前，这次，她将它们捋到了耳后。

今天，她换了一身米色修身职业裙装，行动间尽显曲线流畅。

“你是想不通我为什么自杀，对吧？”我坐在床边问她，想打破我们之间若有若无的诡异气氛。

她的动作顿了一下，又继续喝茶。

“我真的没自杀，就是一时跑神儿，把药片当六味地黄丸全吃了。如果真的想自杀，又怎么会立刻给你打电话？”

她看着我，眼底有着微微的不平静：“你那天给文治说是在看帖子，一篇帖子怎么能让你自杀？早知道你那么脆弱，我发什么帖子给你看。”

这都哪儿跟哪儿啊！我那天只是随便那么一陈述，她怎么把帖子跟自杀联系到一起了？

我急道：“怎么又跟帖子扯上了？我只是一时不小心，而已！”

“你不想说，就不说吧。”说完，她轮廓分明的双唇紧抿成一道弧线。

她这副不信任的样子让我又开始惊慌失措。我没有几个朋友，我害怕失去她的信任，然后，再被她冷落。

这个时候，我也不能再抗议，只有放弃解释，转换话题，才能曲线救友谊。

于是，我干脆和她聊帖子：“不过说起来，那篇帖子的结局也太狗血了吧？也不能一篙打落一船人，肯定有那种心心相印矢志不改的爱情，对吧？”

“哪有那么纯粹？所谓动物，就是有血有肉有欲望，而人的欲望，更多更复杂。在实现欲望的路上，人的需求不断升级，需求在变，对爱的要求自然在变。”梅毓因困惑而沉默的态度有些缓和，目光先是软下来，然后，又变成满满的匪夷所思，“一一，你对爱的定义究竟是什么？”

“爱我，还要好看。”我试图跟她开玩笑，好让气氛变得更为轻松。

“爱你但是要你养他，你愿意吗？好看？等他人老珠黄，你还爱吗？”她认真了。

对男人也用“人老珠黄”这个成语，也是没谁了。但我此刻不能笑，必须认真回答她，因为我俩之间的沟通好不容易回归正常：“我要的一直只是八个字：彼此忠诚，互不猜疑。只要做到这八个字，我会流水一般毫无保留地交出我的心。”

“这不是八个字，这是八座雪山，谁都无法攀越。爱的开始都是彼此忠诚，至于之后出现的背叛，都是生活的必经过程。虽然爱容易变，敬却是由心而发，能互敬就是好结果。”她神情有些恍惚，开始心不在焉。

我当然清楚现实与想象的差距，但我不甘心，也不死心。

梅毓又旋开盖子，喝一口她的养颜茶后，继续道：“如果你接受不了这种设定，那就放开，不要表面淡定，内心狂躁；不要一边清高地维护自尊，又一边卑微地期盼爱情。人美还要路子野，这才能活出热闹来。”

什么叫“人美还要路子野”？是不是安定片损伤了我的脑神经，所以我今天总是跟不上她的逻辑？

我该怎么改变？我能改变什么？我都改变了些什么？究竟怎么改，才能让一切呈繁华趋势发展？

我暂时想不出来，只好再换话题：“你们怎么进我房子的？”

“接到你电话后，我就给文治打电话，两人同时向你那里赶。到了门外给你打手机，听见铃声响没人接。然后，我们平生第一次撬门——想想真后怕，要是我真以为你是开玩笑，这会儿就是在墓碑外给你说这些。”

“隔了墓碑的对话，境界才是真的高深，我喜欢。”我又矫情了。

梅毓拧紧盖子，把保温杯放在床头柜上，走到我身边，用她修长白皙的手在我嘴巴上轻拍三下，然后道：“人生处处不完美，追求那么深刻干吗？生活就是越无知越幸福，缘分这种事该来的挡不住。不求，就不会失去。”

“……”说得好有哲理，我竟无法反驳。

虽然我从来都认为好死不如赖活着，虽然我比谁都惜命，但她还是认为她是在劝解一个不想活着的女人。尽管如此，她的话语中的意义还是可圈可点。

“你以后再不要做傻事了，我差点被你吓死。”梅毓又道。

“我没有——哦，我发誓，绝不再做傻事了！”我转解释为发誓，充分表现了我炙热的悔改之心。

“噢，走吧。”梅毓放心了，她将自己的随身挎包挎上肩头，又拿起那个装杂物的尼龙大包。

“好，走。”我走到病房门口，又回身看看。

“怎么，你不舍得出院？”梅毓问。

“出院后你就不陪我了。我也想像你一样有个家，在每个夜晚，当我下班回家的时候，走在楼底下，仰头就能看到家里的灯亮着，有个男人在阳台等我。”我似乎已经看到想象中的情景，不由痴迷起来。

“有那么等老婆的男人吗？哪有那么多桥段？呵！”梅毓一声轻笑打破我的幻想，然后道，“即使有，也不过是因为刚开始很新鲜，很快就不会等了。”

“有过总比没有的好。”我当然知道没有永不过期的爱情，但是，最后总得选定一个人陪着吧，只要他忠诚。

梅毓很无奈：“既然知道这个道理，为什么要求总是那么苛刻，到现在还孤单一个人？”

我看了她一眼，低下头，没有分辩的理由，只能一边保持沉默，一边要从她手里接过那个大包。

她不肯，我坚持，她只好松开手，我们一起走出医院的大门，向梅毓停车的地方走去。

据说，人在劫后余生最容易以一种全新的眼光来看待生活，为什么我现在首先想到的依然是另一半在哪里这个老问题？

寻爱之路，漫漫其修远兮；道阻且长，倾全力而不得。

为什么那个人还没有出现？为什么不能让我在最美的时候遇见他？我究竟做错了什么，老天一定要用这种无休止的寂寞来惩罚我？

我正暗自哀叹命运不公，李庭轩打来电话：“一一，出院了吧？”

“出院了，现在和你霸气侧漏的表姐在一起。”

梅毓无奈地一指戳在我的左额上：“好好说话会昏倒吗？”

“会。”我傲娇道。梅毓笑出声来。

李庭轩又问：“不用我来接吗？”

“不用啦，等我恢复几天一起吃个饭。”我婉拒道。

“那好。给我姐说一下，让她提前安排好时间，别让咱俩空等。”李庭轩提醒道。

“表弟让你提前安排好时间，不要再放我俩鸽子。”我直接对梅毓道。

“对，就那么说。”李庭轩得到我迅速的响应，立刻接话肯定我的执行力。

“好，拜拜。”我道。

“回见。”他挂了电话。

“你不妨试着和小轩谈谈。”梅毓在我挂掉电话后，突然道。

“谈什么？”我一边小心地越过一个小水坑，一边问她。

“谈恋爱，顺便结个婚。”她一本正经地回答。

“开什么玩笑！这就不是顺便的事！”怎么可能？如果和她表弟谈恋爱，我是管她叫表姐，还是她管李庭轩叫妹夫？还顺便结个婚，这是买菜吗？

并且，李庭轩虽然大我两岁，却完全是一副萌弟的呆样子，看起来比我还需要别人保护，很没安全感。

“我自然希望把你嫁给我们家，你那么没有安全感，你嫁给谁都不如在我们家安全。”梅毓认真道。

“讨厌，又是这种场面。”我忽然别过头，不再看前面。前面正走过来一对小恋人，男孩背着女孩，女孩娇憨地笑，一会儿亲亲男孩的左脸，一会儿亲亲男孩的右脸，男孩便转过头回亲。

梅毓扑哧一声笑了，她不是太爱笑，但一笑起来便让人觉得花开一片。

她一伸手搂住我肩膀，道：“没事，你很快就会有人爱的，这个世界谁也不会被爱神落下。上车！”

这句话我爱听，但她为什么满目同情？

梅毓先拉开后车门，从我手里接过包放到座位上，顺手关上门，又拉开前车门坐上了驾驶位。

等我坐进副驾驶的位置，刚拉上门，她一踩油门，车驶向回我的小窝的方向。

送我到家后，梅毓又叮嘱了几句，便离开了。

我忽然想起一件事，忙给她打电话：“梅毓，住院费是多少？我把钱转给你。”

“不用，你等文治回来吧，他付的押金。结算后还剩余一万多，我已经转给他了。”梅毓在电话那边道。

只能等文治哥回来了。我把房间大概清扫了一下，换上干净的被褥和床罩。

打开电脑，开始为严总完成专题片解说词。

刚才已经给严总打过电话，向他解释因生病住院所以才将工作向后拖延了。他很理解，在电话那边道：“没事没事，身体最重要，不要着急。”

从报社到现在，同严总已有十年交情，这是经过磨砺的真友谊。

这次，他交给我的任务是为某区的文化产业宣传片写解说词。该区有着西周文化，区有关部门经上报市级单位同意后，已经开始追溯西周风土人情和历史沿革，届时将再现当时风貌。

我上百度搜索，将权威网站的相关文件拷贝了下来，总计十余篇，在其中寻章摘句，摘录那些有价值的文字信息。

最终，我决定将解说词分为六个部分：首先以历史再现拉开篇幅；其二以寻找旧址开始探索，发现新的故事；其三、其四、其五都是每个区域的主要项目系列介绍，将重要采访人和采访问题分别作为其篇章的开头；结尾以当地群众对项目的经济前景的期望来结束。

结构基本成立，灵感唰唰地就来了，敲键盘的声音直响到凌晨三点。

希望每天都这么忙，如此就没有时间去矫情地思考人生，没有机会去感觉什么形单影只。

四、自以为是的新友谊

如果你听不懂我的语言，那你找的就不是我。

如果你想不通我的行为，那你就不是我要找的。

天空是清澈蓝，空气是透明色。郁金香十亩园子开遍，不可描述的美艳。

花间小路的两边，嫣红与嫩黄界线分明。一个女人正数着步子慢悠悠地走。

她脑后盘着低低的发髻，脸上化着淡淡的妆。藕色西装外套内搭烟灰色衬衫，灰色小脚裤下短靴白得耀眼。

经过的游人偶尔望过来，便看见她眉眼弯弯，自在随意，没人知道她看似悠闲的背后，有着怎样的沉重和迷茫。

在花中，在女人此刻的想象里，有一处幽静的庭院，绿草如茵，老梧桐枝繁叶茂，庞大的树冠遮了大半个院子。

树下，她和心爱的那个男人坐在白色的藤椅上，喝着浓郁的咖啡。孩子们在对面的草地上追逐嬉闹，梧桐花落满一地，带着岁月亲吻的香味。夕阳如酒，他们的恩爱如酒。

那个女人是我。“自杀”出院后第三天，满血复活回归尘世，活生生青春泛滥的躯壳，不是飘荡忧郁的灵魂。

早上睁开眼的第一个念头，就是出来转转，感受下寻常百姓的人间烟火，让自己的存在不那么彷徨。

一番梳洗打扮后出门，却不知不觉来到了公园。

此刻，我蹲下身去，从不同角度为那些郁金香拍了几张特写，又想着时下流行只拍脚不拍人的神秘时尚，便又对着我伸出去的一只脚拍了一张。之后，顺手发到了QQ空间。

发这些照片只为了证明一种状态：我还好好地活着，我热爱活着。看，我在走路。

至于看到的人怎么想，我不在乎，反正，QQ空间中没有我希望出现的那个人。

那人究竟在哪儿?

沿着花间小道一路走走停停，看游人三五成群或喜或嗔，来来往往。如孤魂野鬼的我，将羡慕的目光不断投向那些带着孩子出游的一家三口。

他们一脸宠溺满眼疼爱，指导孩子做出各种动作，或闻花，或拈花，或将脸藏在花后，或在花旁摆出各种舞蹈动作，每一幅画面都溢满了温暖和爱。

而在拍照结束之后，丈夫们多是弯腰抱起孩子，每一个呼吸都是宠溺，妻子们则将一只手伸进各自丈夫的臂弯，彼此相视一笑间幸福满满。

那种幸福满满让我苦不堪言，这种场面常常令我卑微，备感人生中有太多缺失。

情绪一低落，我立刻给自己猛灌“鸡汤”：“嗨，陈一一，不要脆弱，人人都有自己的幸福，不过是到来的时间不同。”

脑海里却响起梅毓的声音：“生活就是越无知越幸福。”同时还有五个小人，手里举着五面写着“傻了”的旗帜，并且迈着整齐的步子摇旗呐喊。

傻就是笨，我就是个笨女人。笨女人的脑子装不了太多痛苦，遇事想不开就犯糊涂。

天生的愚笨使我在做同样一件事情时，要比别人多付出几倍精力，才能和别人达到同一水准。

所以说，我长这么大没被饿死，真的是很不容易。

但是，笨女人明明很笨，却想拥有美满自在的人生。

我是人马座第三分区，偏又是人马座最中心的那个点，看似最平衡，却也最固执。

十二个星座四十八个分区，每一个分区都有独属的生日花语。

我的花语有两个，一是两伞花，花语是“创作”；一是紫丁香，花语是“不灭”。这两种花语就是天意，很符合我对生活的追求。

我很信命，常言道天命难违。我如此喜爱文字，天意如此才说明天意存在，我愿意被天命牵着鼻子走。

所以，让每一个字焕发出无尽的生命力，是我必将倾尽一生的执念——据说有执念的人死后灵魂不会轮回，反反复复做着他生前最喜欢的事情。

执念便是“不灭”，解释了什么是永恒的追求。

冷静下来思考我对文字的执念，便发现执念并没有亏待我。因为执念的左右，尽管我现在还没有登上文字的巅峰，至少，从未偏离过方向，这正是执念的力量。

一个有执念的人，在他能感知生命的日子里，如愿地做着他执念范围内的事情，正是执念的回报。

这个城市中有那么多的人和那么多需要文字的人，只要我努力，总能用文字换碗饭吃。就比如现在，我还好好地活着，就是文字的庇佑，虽然没有把我养成脑满肠肥的土豪，却也让我有着生活的底气。

这都是执念的馈赠，我就依靠这种唯心的能量活着。

我的朋友，以及我的朋友的朋友，都将他们的宣传文字交给我做，包括一些小的创意和策划。

我知道，他们是在帮助我，肯定一个人才会相信一个人，相信一个人才会帮助一个人。

这么一想，我对自己还比较满意，在人生立场上也越来越清醒：朋友比情人给力，友谊比爱情实惠。

一个人想独立做点儿什么，只能靠朋友，不能靠幻想。

因为认识到这个道理，便因为这个道理摔了一跤。就在上个月，我的策划案便因一份自以为是的新友谊，华丽丽打了水漂。

思绪便回到了数月前。

那天中午，阳光很是灿烂。我正准备吃午饭，3D设计师打来电话，说门头模版设计已经完成，我可以带着客户刘先生去验收了。

一旦模版设计被刘先生肯定，我的策划将随之一并交给他，我又将收获一笔银子。

我原本只打算吃一份土豆丝和炒青菜的盖饭，听到消息后胃口大开，去西餐厅点了意面和果盘，吃得心满意足，毫无美女包袱。

吃完饭回到住所，刷牙洗脸涂涂抹抹上了淡妆，然后，强压着即将收到银子的幸福感给刘先生打电话，语气却带着不为外物所动的温婉宁静："刘先生，模版设计完成了，下午您要是有时间，一起去看，好吗？"

刘先生的声音从手机另一端亲切地传了过来："好，那就三点见。"

给刘先生的打分是八十五分，是个很合格的男人。但是只是社会印象分，与爱情无关。

我打开衣柜，取了一件浅粉色的风衣，又搭了白色一字领的长毛衣和米色中裙，最后又配了米色短靴。

在镜子前顾影自怜了半天，还跟着幻想中的舞伴跳了几步探戈，又感觉眉毛上的色太重，便用棉签沾了沾让眉色变淡，这才斜挎着玫瑰金挎包出了门。

国家一级厨师出身的刘先生，准备开一家主营农家菜的饭店，并于三个月前在繁华街区的中心地带选好了地址。

我是准备把刘先生培养成长期合作对象的。一旦第一次合作成功，那么，饭店每年的平面广告的宣传，有九成希望是我的囊中之物。

坐在刘先生的车上，碟机里一直播放着秦腔。我们偶尔聊几句，双方的谈话在友好协商的气氛中和谐进行。

然而，为了给刘先生树立对设计师的信心，在去设计师工作室的路上，我在口碑宣传上用力过猛，说了平生最后悔的一句话：“他的水平没问题。”

这句话当天就给我以极其凶狠的反噬。果然，话不能说得太满，否则，很快会被宿命惩罚。

这件事后，我再也没有说过那句话。从此，我对一个人的能力再怎么肯定，最大程度也只会说：“先试试，也许会达到要求。”

设计师的工作室在南郊一处写字楼上，还好，门口有停车位。

现在几乎人手一车，车位却很难找，难得找车位这么顺，是个好兆头。

我们乘电梯到达设计师所在的楼层，按响门铃，有脚步声隔着门传出来。

年轻的设计师打开门，看到我们，他淡淡一笑，显得特矜持，沉声道：“请进。”

给他的打分是七十五分，是社会分，与爱情无关。分数之所以低，是因为他太年轻，没内涵，颜值也不够。而且，来过他这里两次，工作室总是乱七八糟，卫生习惯不够好。

他领着我们穿过地板上横七竖八的机器和文件堆，走到他的电脑前。

他在自己的电脑前坐下，拿过鼠标，打开 3D 制作软件，找到文件，点击作品播放。

当门头模版在蓝幽幽的背景上旋转着出现，以灰而冷凝的气息扑入双眼，我一阵惊悚，感觉一盆凉水从头顶浇下来，心里只反复念叨一句话：“完了，要挂了。”

刘先生从电脑屏幕上移开目光，站直了身躯，双手插进他黑色中长款风衣的衣兜里。

他的腰身也从一开始的认真躬向电脑，而转为挺拔笔直，好像设计师的作品一下子让刘先生找回自己的气势，感觉后生并不可畏。

既然后生并不可畏，他也就不必礼贤下士，并且可以完完全全摆谱了。

他平静地看了看站在设计师身后左边位置的我，我感到有种无形的压力跨过设计师的头顶向我扑过来。

我好像听到了来自他心底的黑暗声音：“这就是水平没问题？！”

他又看了看屏幕，向设计师道：“两边加些墙壁的砖纹，用青色的；房檐设计得再古朴些，门的颜色换成核桃木色；门前加几个简单的雕塑，假山盆景和不常见的树木都可以。噢，再适当地走一些灯光，是不是更好？”

这种表达方式委婉含蓄层层递进，洋溢着长者喜怒不形于色的宽容，同时也告诉后辈：“你什么都没有设计。”我的脸唰一下红了。

设计师并没有脸红。我想，大约是年轻人心高气傲，又不服输，还没回过神怎么回答吧。然而，我错了。

设计师不仅没有沿着刘先生给的台阶下，还又一次摆出矜持的淡笑，表现出一副很宽容的礼貌：“这位先生，您可能不了解民俗文化。”同时，他的眼睛里极力掩饰着他的不耐烦，或者是特意表现出他的不耐烦。

这种无知者无畏如此简单粗暴，刘先生一言不发即刻转身走出。我哀怨地看了一眼依旧一副死猪不怕开水烫淡定装有内涵的设计师，立刻夹着尾巴低着头追着刘先生离开。

在写字楼前，我佯装自在地与刘先生道了别，并没有立刻问他那份策划案什么时候看。因为，假使我当面问他，极有可能会遇到无法破解的难堪。

而刘先生也没有让我再上他的车，瞧，他连表面上的礼貌都懒得装了。

无精打采地步行了十几分钟之后，我还是拨通了刘先生的手机，不试试怎么知道他不再给我机会。

“刘先生，策划案您什么时候看？”听到刘先生“喂”了一声之后，我问道。

“过段时间吧，最近事情有点儿多。”刘先生的回答还是那么温和，我却听到他良好的修养后压下的不屑一顾。

“不试试怎么知道，万一实现了呢”什么的果真都是毒鸡汤，直觉才是最准的，如我所料，他还是婉拒了我的策划。

“过段时间”是一种很人性的商务拒绝用语，它的潜台词是：“我已经很给你面子了，你就别骚扰我了，我没有那个时间，也不乐意接见你。”

他定是将我与设计师物以类聚了。唉，他有这个认识也并不过分，因为在常人的认识里，就是鱼找鱼，虾找虾，乌龟找王八。

我一路上烦闷忧郁苦恼纠结，第一次对魔法世界充满热情向往。如果我是魔法师该有多好，念一串咒语做几个手势就可以让时空逆转。

那么，我将不再介绍什么设计师，只将策划案交给刘先生，也能赚回一笔银子。

当初给刘先生引荐设计师，我想当然地认为将会得到一位好搭档，一份新友谊将在互惠互利的道路上勇往直前；我们将成为共同破敌的盟友，从此被万恶的金钱一路狠砸。

然而，现实轻笑一声，一伸手拧住我的耳朵，拿一杯冷水从我头顶缓缓浇下：“这是新友谊？可怜的孩子，这只是一场属于你的笑话。”

那天夜晚，我一人孤坐阳台，望着茫无涯际没有星星和月亮的黑夜，听着不知从谁家电脑音箱里断断续续飘出的歌声，那是大秦本土歌手王建房的方言版的《忧伤》：

独坐楼台观明月

一夜琴声弦泪落

……

谁能了解其中味

谁会了解你的心

举杯邀明月

对影成三人

哎呀……

越听越伤心，我不禁趴在阳台的窗沿上，额头枕在自己的胳膊上，泪水汹涌而出。

梅毓曾经很不留情地批评我："你太容易轻信他人。貌似是人美心善，实则愚不可及！只长年龄不长脑子！"

一直不服气她对我下的断语，那位才认识不久的3D设计师，便用他的行为帮梅毓做了力证。

话说这位设计师，他的脑子里究竟想的是什么？说好是繁华古朴的民俗文化，又明知饭店选址在繁华街区，他为什么偏要设计成荒村野店？

为什么没有红墙碧瓦抄手游廊？为什么没有假山锦鲤桃花两岸？为什么门头材质是纯青砖，翘起两只小小飞檐就算是装饰？雕花琉璃墙呢？一树繁花呢？站一对石刻貔貅也成啊。

那些元素都跑哪儿去了？被他吃了吗？非要在平地上凭空出现一座青砖门户，内里框上两扇门，还是黑胡桃色，像从地底下刚钻出来的……

不说吓走刘先生，我看了都竖起一身汗毛。

任性的设计师城门失火，殃及我这可怜的池鱼。这成为我从南市到英市，再从英市的报社出来单干至今，第一个失败的单子。

那份写了三天三夜的策划却不能就此金钗雪里埋，它必须得发挥点儿作用，才不枉我为它付出的不眠不休。

第二天，我将它略作删减，当成礼物送给李庭轩。

李庭轩特高兴，深有一种我是拥有完美品德的女人的认知，若不是我再三阻挡，他可能会立刻赶过来，又要给我做他新研究的菜式。

本因方案被正主拒绝，我正心情低落，看到李庭轩如此喜悦，我一颗受伤的心瞬间被治愈。

原来送人玫瑰，真的手有余香。

李庭轩是梅毓的表弟，开一间小饭店。我的策划案中有几项促销活动，勉为其难可以为他所用。

之前，经常帮李庭轩写一些宣传文字，而他从不白拿。每次交活儿，他总是立刻转账，虽数额不大，但贵在及时。

不仅如此，他还经常和梅毓来我的住处，给我们做些他新研究的菜品。

他认为做饭是对我友情的回报，我也接受这种回报。

这种人情抵换手段如同以物易物，虽然原始，却也养活了上下五千年无数人的家室。

花田已走到尽头，驻足四顾，不知道下一个方向在哪里。

如果就站在这里一直等，会不会等到那个我一眼看过去就认定是属于我的男人？

对文字的执念使我一直活在为文字而努力的路上，因从未偏离而小有收获。那么爱呢？我对爱也有执念，这种执念比文字更为浓烈，为什么还没有收获那个人？

在这里，在那里，我都在等待，等待贴心贴肺心心相印的那个人。想象中的他，身上的味道是淡淡的面包一样温暖的甜。

等，是我爱的态度。

爱的本身是皈依，虔诚安静的皈依，那个人是我这一生的佛。

有了他，我便安静从容地面对所有风雨，看云卷云舒，赏花开花落，世间一切皆为风景；一切的一切我都以感恩的心情去面对，哪怕是他为我布的幻象。

如果你听不懂我的语言，那你找的就不是我；如果你想不通我的行为，那你就不是我要找的。

这一世等不到，还有下一世。即使下一世不为人，即使为树为草为鱼，只皈依我的佛。这是我爱的执念。

找到属于自己的爱，这几乎是我唯一的梦想。

所谓梦想，就是不知道什么时候实现，每一次想起时却遍地玫瑰芬芳，漫天星光灿烂。

我像只无主的猫在公园游游荡荡。手机响了，我拿出来看，是李庭轩的号码。

我按了接听键，把手机放在左耳边："喂，李庭轩。"

"一一，刚在朋友圈看到你发的那些花，你在哪儿呢？中午没事，去你那里做饭吧，有刚到的三文鱼。"他的声音依然爽朗亲切，像清晨穿过云层的阳光，让人无法拒绝。

"好啊，梅毓呢？"吃什么并不重要，重要的是，跟谁吃才自在。而且，他做饭真的很好吃啊！

"表姐开会，咱们边做饭边等她。"

"好啊。"挂掉电话，我返身走出公园，拦了一辆出租车，回到我的小窝。

五、花美男厨师的忧虑

人之间是有磁场的，或吸引或排斥。但这是第一印象，第一印象往往是不准的。

不要相信一见钟情。很多人，以很好的初印象开始，结果越相处越嫌弃；而另有一些人，以不和谐的场面开始，却越来越相看两不厌。

我躺在沙发上，一边看微信推送文章，一边等李庭轩。

说来也怪，分明是一花美男，却迷上油腻腻的厨房，喜欢围着灶台转。这件让千百年来劳动妇女因它而走不出一丈之地的缠手缠脚的事情，也亏得他打心眼里迷恋。

有些事，习惯了就很顺理成章，比如，李庭轩经常过来做饭。

平时他店里的事并不是太多，只要没事他就会杀过来。而只要他过来，我们从不去外边吃。

有时候，我也会礼貌地表现一下身为主人却不做饭的不好意思，他便安慰道：“不客气，我用做饭换你的文章。”于是我很受用，正准备坐享他的餐饮服务，他又道：“关键是，你做的也不怎么好吃。”

这娃怎么这么不会说话？被他歧视厨艺的我，再也懒得同他客气。

然而，他做饭好吃又见多识广，有他在，我和梅毓能一边品美食，一边听他天南海北地侃见闻趣事，整个过程也是充满了积极欢乐的正能量。

门铃响起来，是刻板而标准的电子声音：“您好，请开门。”

我忙坐起来，穿上拖鞋走到门后，从猫眼望出去，正是李庭轩。

他站在猫眼之外一段距离，方便我看到全貌。

李庭轩身形高大，五官俊逸，清秀的一字眉下，一双狭长的眼睛总是带着笑意，尤其是自然红的嘴唇，看着柔软细腻，让女孩子都很是羡慕。

他的脸形同梅毓很像，都属于轮廓分明那一类，应该是家族特征。

这样的长相做明星都没有问题，他却选了厨师这个行业。问他，他的回答是因为爱吃，理由好草率。

我承认，在交友方面我一直以貌取人，无论男女，颜值高是必要条件。

所以，我的朋友都长得比较好看，出门聚会，既能提升市容，又能让薄情的世界变得深情起来。

给李庭轩的打分是八十，颜值、修养、个人卫生、谈吐、见识都算及格，但与爱情无关。

我打开门，看着李庭轩从明亮的走廊走进来。

一米八二的常健身的男人，提着两只装满蔬菜的大塑料袋，高颜值，倾城笑，做谁朋友谁体面。

他换了拖鞋，脱了浅驼色外套挂在客厅的衣架上，里面是粉色的挺阔衬衫和深蓝色的牛仔裤。

他不肯让我动那两个袋子，径直把两个装满菜的袋子拿进厨房，厨房里很快就丁零当啷作响了。

一连串动作如行云流水，好生自在，就像在他自己家一样。

他还是不要我帮忙，让我看电视："你刚出院，好好休息，等着吃就好。"

他只知道我住院，并不知道我为什么住院。

我没让他去医院看我，我说是女人的事。他可能没听明白，大约是为了不破坏他的风度，他也没好意思再深问。

我在客厅，听着他的刀切在案板上时鼓一样的韵律——嗒嘀嗒嗒嘀嗒，嗒嘀嗒嗒嘀嗒——嗒嗒嗒嗒嗒嗒。

很快，煎炸烹炒的声音次第响起来。

为了充分表达对他的信任，每次他过来，我便由着他在厨房这个广阔天地里施展拳脚，我自己则坚持用人不疑的管理方针，如世外高人一般无所事事，踩着他的切菜节奏在客厅的地板上偶尔踩几下踢踏舞步，以示对他实力的尊重。

李庭轩不仅厨艺好，还长得帅。男人一长得帅，桃花自然就多起来，平时和梅毓到他饭店去，他的身边总是姹紫嫣红，珠围翠绕，莺莺燕燕。

梅毓几次敲打他："表弟啊，万花丛中过，好好摘一朵，给我姨生个孙子。她现在还年轻，还能帮你们带孩子。"

李庭轩嘿嘿一笑："是是，表姐，这就摘，这就摘。"然后依然我行我素。

他第一次和梅毓到我这里来时，我粗糙而笨拙的刀功让他直皱眉头，最后他终于忍不住走到我身边，态度亲切却不容拒绝："还是我来吧。你这种切法厚薄不一，炒不炒得熟就很难把握。"然后，从我手里很自然地接过菜刀。

我手里空空，还维持着握刀的姿势，看着他低眉顺眼刀功熟练的贤淑样子，感觉自己就像娶了个媳妇似的，便自觉去择菜，免得真被当成女汉子。

我剥葱的样子又冒犯了他的审美标准，他看了我几眼，又开了金口："葱这样剥太难看了，也不好切。厨房小，你在旁边还占地方，你还是出去和我姐聊天吧。”他轻轻拽着我胳膊，礼貌地把我赶出厨房。

从此，他们每次过来，本着以人为本、能者多劳的用人原则，做饭的任务便由李庭轩全程包干。

我和梅毓则窝在客厅里看电视吃零食，东家长西家短，从服装搭配到国际形势，在人生领悟和社会万象间自由穿梭，八卦的火焰熊熊燃烧。

此刻，李庭轩已经进出厨房两趟，端了两凉两热四个菜出来，嫩绿嫣红玉白脆爽，每道菜都透着那么一股子妖娆劲儿。

我才因为吃错药了而被人误会，住院中又在梅毓和文治哥的逼迫下承认自灭行为，之后联系丽，她还是有事不能见我；而今天，不仅逛了公园赏了花，还吃到貌美的饭店老板亲手为我烹制的美食。

有对比才有幸福感。这么一想，生活也并不那么令人绝望，上帝给你关上一扇门，自然会给你多开一扇窗。东方不亮西方亮，道是无情却有情。

菜一上桌，李庭轩就取下那件粉格子围裙，在饭桌对面的椅子上坐下来。

不得不说，李庭轩的精湛手艺加深了我们的情谊。我双眼冒着亮光看着桌上的饭菜美色，对李庭轩道："给梅毓打个电话，看她多久能到。"

"打过电话了，表姐那里还没结束。咱们先吃吧。"

"哦。"我随口道，便伸筷子夹向生鱼片。

"等下。"他制止我道，随后站起来，这个此刻气质出尘仪态高贵完全没有烟火气的厨师，拿了自己酿的葡萄酒，手与瓶之间垫了一块咖啡色软布，给两个高脚杯慢慢倾入玫瑰红的液体。

他把其中一杯轻轻放到我面前，看着透明的杯子里荡漾着的玫瑰红，我忽然心情极好，如百花放百鸟鸣。女人就是这个样子，因为一件小事莫名烦躁，又因为一件小事莫名雀跃。

等李庭轩坐下，我没有用标准的三指拿法去拿红酒杯，总感觉那种拿法有点儿旧上海的风月场气息，很不自在。

于是，我像喝白酒那样高高举杯，双手敬他："将军辛苦了，本宫敬将军一杯。"

"你如此端庄贤淑，让本将军满心欢喜。来，陪本将军走一个。"李庭轩举起杯子，眉眼间都是笑意，与我轻轻一碰后便一饮而尽。

我抿了一小口酒，又把筷子伸向生鱼片。一边吃，一边打量对面的李庭轩。

李庭轩今天的坐姿有些过分的器宇轩昂，并且两只可以弹钢琴的漂亮的手还手指向内掌心向下庄严地放在两个膝盖上。

要不要坐成这般矜持样子？我研究了半天他的坐姿，莫名其妙陷入了思考。

我的眼光貌似动摇了李庭轩对自己的信心，他把自己上上下下看了好几遍，终于忍不住眯了眯他长睫毛的狭长眼睛，不满意我对他的审视："怎么了？"

"你的商务礼仪保持得很好，随时随地啊。"我善意地调侃道。

他的粉色衬衫自领口向下的两只扣子没有系，领口两端向两边随意压下，形成一种自然的层次感。

他一直穿得很讲究，据说穿得很讲究的男人，内心都极端敏感。

"饭店是服务业，服务业讲究的就是礼仪，一定要让客人享受到尊敬。你没感到被尊敬？"他认真地反问。

"感到了感到了，我这会儿感觉我就是正宫娘娘。"我威严地点点头，学着皇后的范儿，冲他一挥想象中的袍袖，"小李子，上酒。"

他一笑，拿起瓶子又给我的杯子倒了一些葡萄酒，依然垫上那块布。

放下酒瓶，他用修长的手指略转了转，便给瓶口拧上了盖子。

之后，他夹了一片牛肉放进嘴里，抿起自然红的嘴巴慢慢嚼起来，收起笑容的他，眉梢眼角都写着心事，不似以往率性随意。

我知道，他的情绪是受了最近饭店生意不景气的影响。而我的情绪他看不出来，我心心念念的是，我那个后半生的伴在哪里？

唉，人都有自己的难题，只是男人和女人的关注点不同。男人关注的始终是社会身份，而女人，多数只关心一生和谁在一起。

"你知道吗？我现在每天只有十几桌客人。"他狭长的双眼迷离恍惚，对着我说话，表情却神游天外。

我没有回答，事实上，我也不知道该怎么回答。

我给他的那个策划方案仅限于宣传策略，针对的客户群是人流量大而稳定并且有停车位的繁华街区，并不是他这种开在火车站附近的小饭店。

所以，那个方案对刘先生的田园主题饭店来讲作用更大，而对李庭轩的小饭店来讲，不过起个聊胜于无的文化提升作用，属于面子工程。

小饭店基本不需要文化包装，只需要快捷美味的食物，在装修上也不必走品位路线。而李庭轩不仅将小饭店装修成豪华欧式范儿，还将饭店开在火车站出口附近。

选址错误本就是餐饮业大忌，偏生李庭轩并没有准备那些快捷和易打包带走的快餐食品，反而给饭店设计了四五十种菜品，平时在原料储备上就比别的同类饭店成本高出许多，一旦卖不出去，自然又是很大一笔损耗。

以他的专业水平，完全可以在办公楼、写字间云集或政府单位、集团、商场扎堆的地方开一家大型饭店，这样，不仅能保障客户长期稳定，而且很容易树立品牌形象。

不过，主题类大型饭店现在也不是太景气，它比小吃类饭店要顾及的因素更多。除选址外，还要考虑交通、停车位、过往人群能见度、周围民风民俗等，甚至要同市政、市建委加强联系，防止饭店所在位置忽然出现在拆迁或修路的名单上。

“我想再投二十万进去，又不知道能不能翻身。”李庭轩又道。他一肘撑在桌上，修长的手托着他线条精致的下巴，一双长睫毛的眼睛眨啊眨地望着我，有一种漫画人物的美感，我为他脑补出一件猎猎飞舞的王子的红斗篷。

我摇摇头，甩开对他眼睛的感觉，问道：“是钱没办法解决？”

“也不是。我怕钱扔进去，赚不回来。”接着，他又问我，“你说，我该不该投钱进去？”

说这句话时，他的神态就像一只掉进陷阱等待救赎的漂亮的小羊，软弱而无辜。

看着他双瞳后波光闪闪的信赖，我心里发虚。

我没有那么万能，我知道自己几斤几两，以我把生活过成目前这个惨样儿来看，我又能提出什么峰回路转的建议？

“有没有想过转让？如果你也担心钱白投进去，还有什么理由让你撑下去？”我想了想，提出一个不成熟的建议。

“我这就联系报社。”他的语气听起来很是破釜沉舟，我倒吃了一惊，他接受得这么干脆，这是满怀希望还是因为绝望？我都对自己的建议不抱信心。

“打转让广告吗？”我问他。

“是。”这次，他没有叹气，反而显得很轻松。

他忽然的接受令我晕头转向，这种被人轻信的感觉简直不要太痛苦，我只好拿出手机拨梅毓的号码，以摆脱自己内心敷衍与责任的相互纠缠。

响了好久，手机接通了，梅毓低低的声音传过来：“在开会，过不来。”然后她就挂了电话。

我放下手机，沉默下来。

最怕空气突然安静。

其实我很想再劝说一下李庭轩，比如劝他改做单纯的面食，能满足急匆匆赶时间的乘客；比如劝他换掉那些充满距离感的豪华饭桌和座椅，用普通的桌椅代替，毕竟这是在火车站附近，人流量虽大但很多乘客的收入水平并不高，经济水平好点儿的不都乘飞机了？

但是，如果提出这样的建议，他会不会眨巴着他的漫画眼虔诚地向我征询：“你确信？”

那时，我该怎么回答？我根本无法保证。

算了算了，就我这半瓶子醋，如果碰到地道的专业人士，我会分分钟被对方秒成渣，还是不要卖弄的好。

“也许还可以再坚持一段时间，或许会有转机。总不能在哪里跌倒，就在哪里趴下吧？”我还是想多给他几个建议让他选择，那么到最后，不管怎样都是他的选择，而不是我的提议。如此，我就不用承担责任。

我不由得为自己感到羞耻，原来我这么没担当。

“转让应该是这个阶段比较合适的选择。”他用筷子夹了生鱼片，大概因为脑子里在想事，而无意识地将鱼片在芥末里翻滚了好几转，所以当他将鱼片塞进嘴里的同时，芥末味儿冲得他立刻用另一只手捂住了双眼，张开嘴巴哈气。

我想笑却不敢笑，理解他的压力，知道他不甘心，但他没办法，我也没办法。

“你当初就没有预测风险？这个地方选得实在是不合适。”看着他用餐巾纸擦掉被芥末冲出来的眼泪，白皙的脸庞呛出的淡淡的红已经慢慢退去，我的八卦心态开始作祟。

“那时候年轻，一是想着应该出来做些事，才算有所作为；二是这个地方的成本低，比较划算。现在想想，不应该急着出来单干，太急功近利。”花美男李庭轩从容地给自己下了“罪己诏”，见贤思齐，我立刻反省自己这些年来有没有祸害过人间。

他看着我，眼神忽然一暗，咬咬唇，欲言又止。

怎么了？我一脸疑问看向他。

是想借钱吗？我没有更多的钱借给他。

说起来好惭愧，我的借记卡余额目前刚到六位数。

“一一，你怎么还不找男朋友？”李庭轩突然开口。

“呃——我才十八，不急。”我冲他皮笑肉不笑，心里已经在咬牙切齿。哪壶不开提哪壶说的就是这种人吧。

这个问题真让人尴尬，李庭轩真讨厌！

“十八岁的小姑娘，跟小哥哥喝一杯。”他端起杯子，眼底涌起笑意。

尽管他的笑容那么人畜无害，我却因为他刚才的问题心情变得很不好，就赌气不肯跟他碰杯，自己拿起酒杯一口气喝完。

他的表情有些呆萌。这人真迷糊，说话得罪我了还不自知。

我放下杯子，酒意上头，感觉有点儿飘。

“我最近闲，你要是感觉无聊就给我打电话。”他并没有受我的负气影响，将两肘交叠于桌上，认真地叮嘱我。粉色的衬衫更显得他肌肤白皙。

“好，只要你不嫌我烦。”我双手撑着下巴保持头的稳定，脑子有些晕晕乎乎。

“我可以做到随时恭候。”他也用手托住下巴，手肘撑在桌上，看着我道。

酒上头了，思维却很清醒。我努力让自己用清醒的目光看着这个大男孩，我怎么可能一无聊就约他？又不是我的男朋友。

出院时，梅毓提出让我和李庭轩试着谈一谈，之后我便总怕他忽然提出和我交往什么的。稍后又想，人家那么帅，身边莺莺燕燕珠围翠绕，我算哪根葱？不过是他表姐的朋友。

我不禁心下释然，长出了一口气。

“你怎么了？”他很好心地问，长睫毛下双眼如黑夜里的闪烁星光。

“能吃到这么好吃的菜，我心满意足。”我懒洋洋地道，眼睛有些迷离。

“你的嘴角有辣椒油。”他好心地提醒。

我一手撑着头，一手去抓餐巾纸，手有点儿发软，竟然没有拿到。

“我来。”他拿起一张餐巾纸，伸手过来在我右唇角轻揩了几下。

看着他放下沾了辣椒油的纸，我晃了晃发晕的脑袋，道：“啊，谢谢。”

“噢——我回店里看看，你休息一会儿自己收拾吧。”他站起来道，白皙的脸庞此刻染上两抹晕红，漂亮的耳垂好像也变红了。他也喝多了？

他风一般疾步走到门口，顺手取下门后衣架上他的外套，拉开门时，好像脚没准备好，还被门磕到了脚。果然喝多了。

我看到他忍着疼不吭声的痛苦样子，一边撑着脸，一边呵呵笑出声来。

六、给新老板打七十分

我们可以不被注意地越轨，不被怀疑地背叛，我们注定要为生存而接触一切，早一点儿接触有什么不好？

问题是，我们是否真的决定用这种手段生活？是否真的为了生存而不得不舍弃掉一些东西，然后一步步踏入黑暗？

我们的心会不会因此而变得冰冷，一生中再也去不掉那些龌龊的味道？

编辑部一片忙碌。体育部两名记者风风火火地背着摄像机跑出去，要闻部几位记者正围着一版编辑争论谁的新闻该上头条，我们经济部的编辑们还在开会，女副总又将矛头对准我：“陈一一，你口红抹得那么浓又想迷惑谁？”

我的口红颜色一直很淡，从没有涂过浓艳的颜色，她怎么又找上事了？而且是在这么多人面前羞辱我？

我站起来要反驳，却怎么也发不出声音，情急之下，伸出双手抓起桌上的电话机，想砸过去，又感觉要真这么干，饭碗就没了，干脆将电话机奋力向地面摔去……

我醒了过来，双手还举在空中。原来是梦，又梦见了当年在报社的情景。

看看窗外，天还没亮，手机显示的时间：星期一，五点五十一分。

我翻身下床，到客厅倒了一杯水，一边喝，一边看着房子四周的环境，实在想不明白为什么我到现在了还是一个人生活。像做梦，梦中以为是现实，醒来却感觉一直在梦中。

一定是近来压力太大，而人又太闲的缘故。

对于我们这些在异地城市打拼的人来说，绝对不能闲下来，闲了就意味着即将捉襟见肘，即将日子难过。

最近没有接单，我经常查余额，生怕有一天也会捉襟见肘。眼看着卡内余额从六位数降到五位数，我的心情就像分子裂变，恐惧感迅速膨胀。

我的愿望也发生了逆转，以前总希望活得自在优越，现在，只要能活得跟正常人一样就好。

女人心里一有事，内分泌就失调。内分泌一失调，脸色就开始憔悴，就变得不自信，见什么人都有些腼腆。

我也同样。一照镜子大吃一惊，这满面忧愁内心浮躁的妇人是我？女人一显得不漂亮，就开始不淡定。

这一不淡定，昨天下午和梅毓逛街，就把余额缩水的事同她讲了。

我还紧张不安地拉住她胳膊道："梅毓，这样下去，我就要吃不起饭了。到时候，你能管我饭不？"

她清秀的脸庞上一派淡定优雅："没事，没吃的可以吃安定片嘛。"

这哪是安慰？已经说过是一不小心了嘛，她非要时不时拿来挤兑我。

我果断地掩耳盗铃，不接她的话茬儿。

"你说你这么多年，如果不是乱花钱，现在不但有存款，还能有自己的房子，还用找什么工作？你的软心肠害了你这么多年，你也好好想一想，那些拿了你钱的，谁落你好了？谁回报你了？都没影了吧？"看我不作声，梅毓絮絮叨叨可着劲儿地埋怨，满眼的恨铁不成钢。

这是我的错。到英市以来，借出五次钱，还都是五位数：一次是给报社的同事，借出去六万；一次是借给一位朋友，借出去八万，说她要周转；其他几次是借给堂弟，加起来有五六十万吧？可不就像梅毓说的，在英市这里可以买个小房子了。

结果，最后都没影了，连人都找不到。堂弟倒是基本上能找到，只是看他过的那个日子，几次话到嘴边，最后还是选择了沉默。

也有狠下心强制他还的时候，但他一脸哀求态度卑微，反而让我感觉自己是在仗势欺人，一副坏人嘴脸，只好转身走掉。

越想越郁闷，我只好开口制止梅毓："差不多就行了吧，怎么说得没完没了的？听得我头都要炸了。"

于是，梅毓看了我一眼，静静地继续向前走，我问她话，她也不理我。

知道她是好心，但她的责备就像唐僧似的，听得我心慌气短，呼吸困难。

我能咋办？让时间退回去，然后在他们借钱的时候拒绝？

当务之急，是找份工作，以备粮草不足。

想到这里，我再也无法安心，立刻冲进书房，打开网，登录各类招聘网查询适合的岗位。

好不容易等到天亮，略加梳洗，又出门直奔街头十字东北角那家报刊亭。

买了英市各家报纸后立刻回家，一边看报纸，一边上电脑，双管齐下查招聘信息。

十点多时，我选定了三家公司准备去应聘。

到镜子前搭配了好几套衣服，换来换去，最后选了灰色系列的衬衫和商务套裙，一双跟高八厘米的黑皮鞋，简单拍了保湿面霜，盘了低发髻，没有化妆，素颜去应聘。

去第一家公司时，面试就成功了，过程之顺利令我信心倍增，精神也立刻从对“钱”途的担忧中迅速朝气蓬勃起来。

这是家房地产公司，填完简历，由老板跟应聘者直接面谈。

精瘦的老板站在他宽大的老板桌后，枣红色的衬衫下摆装进米色板裤，双眼有着酒后的红丝，留着乱乱的三七分的发型。

他左手夹着一支烟，上上下下看了我几眼，右手递给我几张横纹纸，笑着道：“你就以‘风景’为题，写一篇文章，就在这里写。”他指指对面的沙发。

把纸张递给我后，他坐下来，身体向后靠上他的高背老板椅。

我坐上他对面靠墙的沙发，把纸张放在面前的茶几上，洋洋洒洒一气呵成很快写满三张纸，然后站起来，极为端庄地走到他的桌前，双手拿着文稿交给他。

迅速完稿的效率得益于当年在报社采访各行各业之后为当天晚上报纸付印赶稿的积淀，否则，拿起笔岂不是……

老板拿着我的文章，又将我从头到脚打量了好一会儿，然后把身体深深地陷进老板椅里，一边抽着烟，一边信手翻阅，一目十行，很快他笑了：“不要去别的地方了，就在这儿，下午上班。”

我没有说任何风景，我用本城文化观念的提升和政府对企业的政策扶持，来说明另一种风景，那是区域经济的发展前景。

老板靠着高背椅子，一手夹着烟，一手放在我交上去的文稿上弹着手指，一边继续打量我，一边笑道：“没看出，你的文字功底同你的人一样漂亮。”

“我是中文系的。”我自动屏蔽掉“漂亮”这个词。

我也很满意自己的作品。我毕竟是个在商海浅水区游泳的伪商人，懂得如何让老板发现自己。

能从一篇文章中肯定我，老板还是有着他睿智的一面的。

我在心里给老板打了七十分，同样是社会分，与爱情无关。他颜值低，烟瘾大，目光有着嗜酒的混浊，并且指甲缝不干净。但能拥有一家自己的房地产公司，虽然规模小，也算有能力。

因为有当初经济部编辑和广告经营中心主任的资历信心，我应聘的岗位是策划部总监。老板说，试用期一个月。

看吧，江湖经验还是有用的。当初流的血和汗，都是今天赚钱的技能。

如果今天才流血和汗，那就说明，当初脑子全进了水。

所以，很想提醒当下的年轻人，不要好高骛远，而要流血流汗，以后的人生才有地基可踩。

只要你在一个正经行业里认真地努力过，不要管是什么行业，之后，曾经的经验都会在某个机会上为你带来方便。

这就是年龄大的好处，我第一次为自己成为一个“老家伙”而由衷欣慰。

既然老板已经吩咐下午上班，作为新员工的我自然要言听计从，好好表现才能前景光明。我便真的在下午就坐在了老板办公室的外间，那是老板给我的座位。

没想到老板的人脉那么广，一下午的时间里，找他的人是可以按批次计算的，有十几批。

留下印象的不是来人的数量，而是他们的目光，多是充满着怪异和戏谑。

被这种目光看着的我，感觉自己就像个异类似的。我把电脑的屏幕转个方向，让它正对着门，这样，我在看电脑时留给身后人的就是后脑勺。

看着我的后脑勺，他们还能作什么妖？

下班后，我将已经在下午上岗的消息汇报给梅毓。汇报的时候我还颇有些得意，本姑娘好歹是报社经济版编辑出身好吧，找个工作还不是分分钟的事？

梅毓却给我泼冷水了：“单位招聘这么随意？上午招聘下午就上班？”

“正是用人之际。”我的心立刻七上八下，但为了面子只能用这种解释给自己镀金。

“到了新单位，不要再像以前在报社那个样子，跟个傻子似的谁都相信。以为自己赤诚一片，就把谁都看成蜘蛛侠。记住：做任何事讲任何话，都要做到中庸，不要冲动。”梅毓嘱咐道。

“哎，好！”我一一答应。

公司不大，有一栋独属办公楼。

因为有第一天下午被人像看猴子似的观赏留下的阴影，第二天就特别起了个大早，我在镜子前练习了各种表情，以期达到那种既能产生距离感又显得温文尔雅的效果。

然而，等我一坐上办公室的椅子，才发现那些表情根本不起什么作用，来的人还是用那种眼神看着我。

我只好又把电脑屏幕对着门，让自己背着门继续留个后脑勺，让进门的人瞎猜去吧。

又有几个人进来找老板。虽然装鸵鸟，但并不影响我用余光看着他们走进老板的房间。

“哥，是不是新嫂子？”一个小伙子戏谑的声音从老板房间传出来。

“兄弟厉害，公司才成立，立马添个美女。”又一道声音传出来，听着是个中年人。

我都给他们后脑勺了，咋看出来美的？

又奇怪又有点儿得意，是不是我的背影也很好看？改天问问梅毓，或者让她给我拍个背影照片让我看看。

老板房间是此起彼伏的调侃说笑，话题同第一天下午基本一致，主题围绕着“外间的美女”，展开不同版本的故事演绎。

老板不时呵呵一笑，偶尔传来一句他的解释：“新来的，不要胡说。”然后又是哄笑声，倒像新婚闹房。

本尊在这儿杵着，他们就没有顾忌？话说回来，我并不过分排斥这一类场景。

因为一群虽然莽撞却不藏着掖着的人，直接坦荡地拿陌生女人说笑，这总比一群毕业于高等学府却脑中空空，为着高尚的主题聚在一起却偷瞄女人的胸和屁股的人坦荡得多。

从陆续传来的谈话中得知，这家公司刚成立不久，近段时间便常有哥们儿兄弟图个新鲜来看老板。老板也乐得显一显老板范儿，以便随时沐浴来自兄弟团赞美奉承的十里春风。

这应该是老板最喜欢的感觉，被人捧得高高在上。不时听到他哈哈大笑，但也不时传来咳痰声。

这种咳痰声让我难以忍受，我忍不住将手握拳，顶住了口鼻，胃也很不舒服。

从谈话中，我还大概了解到公司的一些背景。

老板同时还是附近郊区某村村主任。村子即将拆迁，再建时将单独开辟出一块地，用来做集历史、文化、旅游、美食为一体的大型商务会馆，公司就是为了完成会馆招商才迅速成立起来的。

一旦会馆建成，公司将成为会馆的总部，同时，再开拓其他同类产业。

听到这个消息，我很是欣喜。

我一直喜欢这类商业模式，它让我在过去和现在之间自由穿越，很符合我缥缈不定的心境和朝三暮四的志趣。

因为知道了公司即将要做的事情，第三天早上，我更是充满动力，早早来到办公室，擦干净办公桌，又拖完地。本来还想巴结巴结老板，打扫一下他的办公室，推推门，锁着的，只能坐回到自己的座位上开始熟悉资料。

前台小姐林小娜也拿着拖把进来了。她身材娇小丰满，肉粉色紧身T恤更突显她胸部的高耸入云，灰色短裙裹着的小屁股看着也性感妖娆。

每次看到她进来，我都特自卑，忍不住假装抱肘，作出一副思考人生意义的姿态，以掩盖自己“太平公主”的身份。

我还悄悄改了苏轼嘲笑苏小妹额头高的两句诗：“未出庭前三五步，波峰先到画堂前。”以此来平衡心理上对自身生理条件的不满。

林小娜没同我打招呼，像在T台表演一样扭着小蛮腰去敲老板的房门，见没人答应，便噘了噘她艳红的小嘴巴，白白的小胖手又拖着拖把扭着小腰，几乎是踏着模特步“退场”。

我耸耸肩坐下来开始打字，完成老板布置的办公室制度出台任务。

十点左右，老板才过来。

我主动同他打招呼："老板早。"我自认态度明媚，他理应如沐春风。

他点了下头，呵呵笑了一下，又自上而下看了我好几眼，转身掏出钥匙打开门进去。

半小时左右，听到他喊我："陈一一，你进来一下。"

我立刻起身，一走进老板房门便吓了一跳，地板上全是烟头。

烟灰缸是用来观赏的吗？咔嗒，打火机响了一声，他又点燃了一根烟。

我不能对此表现出任何反感，我不过是个新人。如果我多事，哪怕是委婉劝诫，都可能让他误会，以为我对他有超出本分的关心。

想象一下——老板听到我好心的劝诫后，将因经常酒醉而发红的混浊的双目温柔地看向我，然后站起身走过来，一手拿烟，一手揽过来——不不不！我身上唰一下起一层鸡皮疙瘩。

"把房间打扫一下，下午有人来。"老板颇为享受地深吸了一口烟后道。

"好的。"我立刻要去拿笤帚，肯定是先扫了烟头才能拖地。

"等会儿。"他用眼睛向旁边示意，"把手机给我拿过来。"

"哦。"我顺着他的目光看向对面的沙发，沙发上正躺着他的手机，便走过去拿起来，走到宽大的老板桌边交给他。

他一脸揶揄地看看手机又看看我，我一愣，视线从他的手机上掠过，我看到了什么？！好像是一对赤裸的外国男女正在喷泉旁边做着不可描述之事。

我再也不敢看他，紧张地说："我去拿拖把。"便急急地退出来。

退出来后我如释重负，一边涮洗拖把，一边烦闷纠结，被我看到手机上的画面，是他有意还是我多心？

林小娜也进来了，看到我在涮拖把，便问道："你是要给老板办公室拖地？"

我应了一声"嗯"，没再多说一个字，只管涮洗拖把，偶尔拿没有内容的眼神看看她。

谁让她刚才不同我打招呼，就连此刻都是和我白搭话，连个称呼都没有，真没家教。

林小娜噘着红红的小嘴巴瞪着我，满眼写着"你这狐狸精抢了我的活"的愤慨，然后就踩着十三厘米高的高跟鞋灵巧地转身，噔噔噔的声音迅速远去。啊，比兔子还快！

我知道她愤而离去的原因。在哪里都流行一个攀比，而在公司，比的就是谁跟老板关系最近。在这方面有个贱乎乎的指标：老板给谁指派的任务多，谁头上的光环就亮瞎一群人的眼。

第四天早上，当我来到办公室时，老板竟然比我早到。

我一到，他就把我叫进了办公室。

每天都有事要吩咐吗？我内心叽叽歪歪，表情呆萌可爱。

老板看着很是慈祥，语气也亲热熟稔：“一一，咱公司很多女孩都想跟我出差，因为长见识嘛。这次，我带你去。”

所以呢？我应该受宠若惊，立马表示一番勇做跟屁虫的忠心？

“谢谢老板。您把出发时间告诉我，我去做准备。”我忽然想起一种虫子，绿绿胖胖顶着尖尖角，一直渗出黏液，蠕动着爬行。幼时在老家，梧桐树上常掉下来那种虫子。

“那就下个月吧。”他笑呵呵地给出时间。

“好的。”我以一种自认为飒爽的职业素质表态。

“嗯，这就好，这就好。”老板笑着点点头，走过来，手搭在我肩膀上，将我从头看到脚，“你的素质很高，咱公司就需要你这种类型。唉，我能看上的人不多，就说张工程师，不过就起个数学老师的作用，还整天说这个不合格，那个不标准；还有那个钱主任，就是个书生，安排一件事，他也要打破砂锅问这问那，书都读哪儿去了？话都听不懂。”

他的手还搭在我肩膀上。我僵立着，双手交握放在腰前，内心挣扎不休：躲开还是佯装不在意？而表面上，我的仪态平静端庄，任谁都无法挑剔。

“行，你先忙你的事去，有事我再叫你。”他终于撤回手，满意地转回身，绕过办公桌，走到他的老板椅前坐下，右手一下一下地叩着桌面，依然一脸慈祥地笑着看我。

“我出去了。”我对他说完立刻反身出来，顺手拉上门。

一出门就咬住下唇，心里开始煎熬。放眼社会，有一本正经的伪君子，也有肆无忌惮的真小人。老板属于哪一种？

我该怎么办？会不会是我矫情，也许老板只是无意间搭上他的手？

这状况如果说给梅毓听，她一准义正词严：“那还不辞，待在那里等扶正？为那点儿破钱受委屈，你真没自尊。”

算了，才上班没几天，再感受一段时间，今天的事先别告诉她。

左思右想之后，我勉强给了自己一个理由，那就是，老板只是在试探我的道德底线，如果他这么肤浅，怎么可能当初因一篇文章就决定聘用我？

我已经到了犯不起错的年龄了，一定要想清楚每一个打交道的人所怀的心思，既不能糊涂相信人，也不能轻易误会一个人。

正坐在自己的座位上瞎想，工程监理张工进来了，他冲我和善地点点头，打过招呼后就进了老板办公室。

争执的声音很快就传出来，大约是两人对施工材料的进货渠道意见不一致。张工认为另一家质量好，而老板却坚持用自己推荐的那家。

第五天早上上班，我的心情已经极其复杂，一边在电脑上搜集同类会馆相应资料，一边习惯性地等候老板传唤。

“怎么那么多坏习惯？随地吐痰随地扔烟头，看不起左膀右臂的能力，还调戏女员工。这么嚣张跋扈，公司怎么发展？”我一边滑动鼠标，一边心里嘀咕。

背后议论老板的都不是好员工，我只是在自己心里腹诽下。

作为公司的所有者，他不应该以身作则率先垂范吗？举止行为不应该为员工树立榜样吗？为什么在光滑的地板上吐痰还当着客人的面？为什么在干净的地面上乱扔烟头无视别人的劳动成果？为什么故意疏忽让我看到他手机上的黄色片段？为什么和我谈话时非要关着门还要站在我身旁手搭上我的肩膀？……

而且，他怎么可以不尊重专业人士，说张工程师不过是个数学老师，钱主任只不过是个书生。以后公司进了新人，他又会在新来的员工面前怎么评价我？

而他自己，却用亲切掩盖猥琐，用霸道虚构自信。

一时间热血沸腾，我唰一下站起来，挺着并不伟岸的瘦身板走到老板办公室门前，抬手敲敲门，我要辞职！现在就辞！立刻！

听到他因长期抽烟而嘶哑的声音传出来：“进来！”我立刻推开门走进去。

他抬头望了望我，低下头继续用手指在手机屏幕上划动，我正要开口，他忽然很温和地说：“陈一一，这几天表现很好，继续保持。下个月正式提你做我助理，原定工资翻一倍。”

嗯？工资翻一倍？！是试用期一过，将试用期工资翻一倍，还是正式工资翻一倍？

别急，先搞清楚究竟是试用期的一倍还是正式工资的一倍。

想了想，我故意将正式聘用工资的数额翻一倍问他：“那就是一万二了？”

“嗯。”老板一边上下打量我，一边笑呵呵地点头。

我前几天积累下来的坏感觉立刻随着这消息灰飞烟灭，瞬间见钱眼开，思想跳着街舞，表情母仪天下。

心里一把算盘拨拉了几遍后，我故作沉静地回答道：“谢谢老板，希望我能胜任。”

感谢的时候我的表情是温婉的，内心是羞愧的，对将要多出一倍的工资是满怀幸福期待的。

我暗骂自己误解了老板的考验，也许他以前的作为是故意试探我的吧。

但愿如此，否则我会觉得自己抽象地献出了自己。

他又看向我，等着我说出进他办公室的事由。

“我已经做好出差的准备了，您随时通知。”我慌乱中找出一个很合适的进他办公室的借口。

“好。”他赞许地点点头。

眉眼弯弯，我离开了老板的办公室。

晚上一时嘴贱，电话告诉梅毓我工资将要翻番的喜讯和差点儿辞职的小插曲，询问她的意见。

梅毓道："你还不如做他情人算了，为了那点儿钱。"

瞧瞧，果然不出所料。

"我相信你，才把内心的阴暗暴露给你，你外表那么婉约，怎么态度这么生猛？"本来不想理论，怎耐她刻薄寡恩。

梅毓在电话那边沉默了几秒后道："我刚才是不是话说重了？"

"当然，都快压得我喘不过气了。"我直接道，"如果我为了多赚些钱就取悦老板，我早在十年前就是现任某厅级干部的夫人了。"

"还好意思说？女人一辈子最重要的就是选择嫁给谁，你的选择会影响你一生，谁让你在风华正茂的时候只认感觉不认前途？什么互不猜疑、彼此忠诚，就是你这个错误的爱情观，才把一手好牌打个稀巴烂！"梅毓开始揭我老底儿。

"我把自己嫁给一个八十岁老头行了吧？只要他有钱！"我负气地喊起来。

"好啦好啦，我道歉。追求财富是对的，但是，不要没有原则地沦陷。"虽然是她先亮出白旗向我投降，看起来好像是我赢了，然而并没有，她还是在给我敲警钟。

"放心吧。"我也不想和她辩论，便向她保证道，我根本没想过将自己沦陷，我只不过是想在保全自己的基础上多挣点儿钱罢了，不算是沦陷。

我很想为自己辩解，但我底气不足。

很多事情并不是非此即彼，很多事情的结果都受人的意念影响，在现实问题的重重困扰中，我们大多时候只能身不由己。

"收到文治的邮件了吗？"梅毓忽然问。

"没有啊。"怎么忽然问这个？

"哦，挂了啊。"她道。

电话挂掉后，我一个人发了好一阵呆。

也许梅毓说对了，我就是在变相地沦陷。

七、肆无忌惮的阿南

亲情是什么？就是你对了也要认错，因为不愿意让家人难堪；你错了，更要认错，因为不舍得家人生气。

想家了。仔细想想，其实已经没家了，因为父母都不在了。

尽管父母已经完全从这个世界消失，但他们待了一辈子的地方还在。

想念那个地方，只是想念他们的气息，回到那里，就是为了感受他们曾经来过的痕迹，仿佛他们还在那里生活。

于是，周六回到了南市，南市是父母生我养我的故乡。

说是回，其实，并没有什么地方可以去。看着熟悉的路，路两旁完全陌生的在建楼群，我的心渐渐虚空，我开始向自己发出哲学三连问："我是谁？我从哪里来？我要到哪里去？"

家没有了，一点儿痕迹都没有了。家原来所在的那种小五层楼群全被拆了，一切都在重新规划。

不仅城市，郊区的村子都已经被规划在一个个起了新名的小区里面，外围的墙或房间的外墙，都写着大大的"拆"字。

其实，院子应该是科学的环保居住所在，为什么非要住进装了电梯的高层？反而浪费了钢筋水泥和水电，人为地浪费了很多资源，并由此造成很多不方便。

几个姐姐都在南市，而嫁出去的女人就是泼出去的水，我早已不能像小时候那样随便跟她们腻在一起。

每每想到这个问题，我就愈发对人生如梦有了深切理解，姐姐们本应该都是我的家人，最后却都变成别人的家人，这难道还不是做梦？

尤其怕听到她们邀请我的五个字：来我家玩吧。只要听到这几个字，我的心刹那间就溢满酸涩。这是个什么世界？我这个亲妹妹，竟然成了外人。

不仅如此，姐妹们之间的相处还有着浓烈的社会属性。

去年，大姐给我打来电话，特别叮嘱我不要再借钱给堂弟，并强调道："他把咱姐妹几个的钱都借遍了，催过几次让他还，他都还不起，还说再借给他十万，他肯定能翻身。每次都是这句话，我现在看到他的电话就头疼。"

五姐阿南随后也给我打了电话："如果堂弟再向你借钱，你不要答应。你答应下来就是想突显自己的伪善，故意想显得我们没人情！"

我估计堂弟又借了一圈了。当天晚上，堂弟果然给我打来电话："一一姐，手头方便不？我这儿有事需要五万周转下，很快就能还上。"

我想了想，鼓足追债的勇气向这位借钱不还的爷道："你借我的十五万啥时候还？"

"这次你借给我，我肯定能赚回来，一起还你。"

从他这概念模糊化的回答中，我感觉到他浓浓的外强中干，干脆绝了他的念想："我没有，我现在的存款还不够我一个人花。"然后，毅然决然地挂掉电话。

想到这里，我只好以佛系文化催眠自己：借给他的那些钱就当是普度自己了。

我给大姐打电话："老大，到你家骚扰去。"

大姐接到电话很开心："好啊，赶紧过来，想吃啥姐给你做。"

听到她这么讲，心里很暖。

十年前，大姐给我介绍过对象，人还不错。可惜那时我正跟一个贝斯手热恋中，被他的爵士乐队迷得晕头转向。所以，我拒绝了大姐介绍的那个人。

命运好像特别喜欢捉弄浪漫主义者，那个贝斯手一离开舞台，就完全变了样子，他酗酒，打架，还豪赌。

我为此纠结了两年多，究竟是为他的艺术造诣和颜值留在他身边，还是因他平时的酒后丑态和经常身上带伤而离开他？

最后，还是选择了离开。一个经常喝酒的人，不可能带给我理智的生活；一个经常打架的人，让我的人生动荡不安永远像处在乱世江湖。

其实挺后悔的，要是当初接受了大姐介绍的那个人该多好！现在想起来，还是稳重平静的男人好。

为什么年轻的女人都那么喜欢玩艺术的男人？幼稚！

直到现在，我才明白一个道理：脱离烟火气的艺术只是一种服了迷幻药之后的幻觉，毫无生命力，同充满这种幻觉的人在一起，精神只会越来越萎靡。

正七想八想，五姐阿南打电话过来："陈一一，你回来了？"

"是啊。"我简单答道。她总是连名带姓叫我，就像交情不好的同学。

"一起吃个饭吧。"阿南像安排工作一样把我的饭局安排了。

"我跟老大说好了，去她家。"

"先跟我吃饭，吃完一块儿去她家。"阿南不给我反驳的机会，淡漠地决定了我的行程。

"哦。"我乖乖屈服，在她面前，我没有丁点儿话语权。

阿南有钱有房子，在政府还有很好的差事。

有事的时候呼风唤雨，要鱼有鱼要水有水，没事的时候逛街买衣服，或在美发院做发型，活得像天山童姥一样霸气侧漏。

她只比我大三岁，尽管她至今也未找到合适的另一半，但，她却过得风生水起。

阿南的钱是从哪里来的？绝不是靠公务员那点儿工资。

她人脉很广，跟着这个朋友一起炒原始股，跟着那个朋友一起投资旺铺，还跟人合作投钱搞私贷。

再后来，她认识了一位房地产开发商，低价购进两套房，一套自己住，一套出租。

她有个特点，不肯帮助人，用她的话来讲：“有本事自己挣，我的钱也不是白来的。”

这句话初听起来很不近人情，想深刻了，竟然是对的。

缺钱的人，不要寄希望于借，能借到钱就会依赖于借钱，从而少了生活动力。只有自己去赚，才能激发生存潜力。

总之，她就是能认准人，能认准人才能赚到钱。

追她的人很多，因为能认准人，所以，她都拒绝了。

她轻飘飘地道：“他们都达不到我的标准。”

我同她的差别在于：她首先选择了赚钱，我却把爱情放在首位。

她比我年长，却不慌不忙地过日子，倒是我，为找到那一位已经快得焦虑症了。

说到底，还是差钱，所以对生活没有安全感。仅凭这一点，我的智商已经被她碾压个粉碎。

此刻，她一身浓浓的体系内气质，无忧无虑地坐在我的对面，用高人一等的目光偶尔打量一眼周围的人。米色修身的系带衬衫搭米白色的阔腿长裤，脚上是一双尖尖的黑色软牛皮鞋，波浪长发在肩头恣意汹涌。

她的脸光洁粉嫩没有瑕疵，自内而外的安然优雅，不像我，表面宁静而内心沸腾。

“听说你找到一份新工作？”阿南问。她面前的盘子里放着大块的红烧排骨，她正拿着一块，啃得优雅从容。

真羡慕她，据说，能吃肉的人都很聪明。

这也许就是我笨的原因，从小就馋肉却不能多吃，稍微多吃一块就消化不良，这是老天不让我聪明的节奏。

“一家房地产公司，不大。”我咬唇看看阿南，又很快低下头，担心无法面对她即将说出来的什么刻薄话。虽是一母同胞，我却在心理上与她有一种阶级差别。

这个人的性格跟她的优雅气质很相悖，每次她出现，就有山一样的压力从天而降。

就比如这次，虽说是请我吃饭，她却让我感觉这是她的恩赐，而且是不容拒绝的恩赐。

“挺好啊。”她道。

然后，她用两只手捏着一块肉骨头，慢条斯理地用牙齿从右至左撕下一块肉，抿着嘴认真地嚼，硬是将大排骨啃出一种江南烟雨的韵味来。

“不好，秩序混乱，让人心情压抑。”毕竟是家人，我可以适当释放一下自己的小情绪。

“为什么不换一家？”她问，却没有看我，大大的眼睛正盯着排骨，像检查玉石水头一样看来看去，看哪儿还没啃干净。

真难得，一个女人捧着一块大骨头啃，你还觉得她高贵优雅。

“暂时找不到更好的。”我夹了一片芝麻菠菜，塞进嘴里漫无目的地嚼。

从不指望她能给我出个好主意，每次听了我的心事，她总是不痛不痒地点评几句，而且在她眼里，从来都是我的错。

跟她说心里话，不如玩真心话大冒险。

“做教师多好，国家负担你一生。给别人打工，还要看人家的脸色……你不如回学校吧，安安宁宁多好。”她把骨头上的肉全部解决了，由此可以看出她做事情一丝不苟的严谨态度。

她把骨头轻轻地放进盘子里，拿过一块湿毛巾擦擦手指头，终于认真地看向我，高贵的眼神中饱含对下层劳动人民的同情。

“离开学校已经很久了，我不适合做教师。”我拼力压抑住那种被人同情的不适感，拿起一截嫩黄瓜蘸着酱吃，用咔咔嚓嚓的咀嚼声释放内心的委屈。

“你总是不听劝，找个人成家吧，三十好几了，马上就奔四了，也不知你咋想的。”她对我一脸的不可理喻。

“碰不到合适的，哪怕孤单一辈子。”我被“奔四”这两个字刺得肝儿疼，不断提醒自己：这才是提高个人修养的锻炼机会！忍住啊忍住！一顿饭很快就结束了，不要跟她起冲突！

我想找个人就能找个人吗？我不想有个人陪着我过日子吗？我是容易感到孤单，但也得有那么个人出现啊！而且，她不也是一个人吗？可我不敢反驳她，怕她又说出什么刻薄话来。

“你究竟想找个什么样的人？”阿南总算问了一句不敷衍的话。

我想了想，对她道：“他疼我，看得到我不重名不为利，只为正常生存而付出的努力，然后和我宁静淡泊地生一屋孩子过日子。”

追我的那些人，大多以为我能干，并没有看到我内心的懦弱与慌张。

我没有那么强大，我只想找个一辈子能和我彼此疼惜的男人。

“还这么浪漫？不懂生活啊。”她像是高高在上的欧洲皇室贵族，因不忍心看见贫民遭受苦难，而表现出一脸的怜悯。

“这怎么能是浪漫？多么务实啊！”我一再的退让并没有让她收敛气势，反而让她越来越不假辞色肆无忌惮，我的反应立刻强烈了。

是可忍，孰不可忍；叔能忍，婶不能忍！我控制不住我自己，开始反驳她：“要是想玩浪漫，就奔夜场去了，怎么会只要求宁静淡泊？”

很反感她总是不时表现出一种高高在上的怜悯，好像时刻在镜头前做公益活动似的。

仅仅怜悯一下有什么用？如果表现一下怜悯的态度就能改变一个人的境况，这个世界就不用那么辛苦，只要用怜悯的眼光瞄一下就繁荣昌盛了。

“人长得漂亮没有用，男人有钱遮百丑。”她慢条斯理地说道。

“谁说我要找好看的了？给你说了，我是要忠诚的！”我看着她，低声却将每一个字都咬得非常重。

她不说话，一边啃骨头，一边看我。我在她眼里就是一只关在笼子里的仓鼠，自己吱吱叫着却根本无人理睬。

手机传来信息声，我打开手提包取出了手机，点开一看，又是李庭轩。他问我：“你在家吗？一起吃饭吧。”

总算有人拿我当人看了，刹那间，我对李庭轩充满感激。

我立刻回了信息：“在南市，明天回去。”

“回来给我电话。”他的回复很快。

“好。”回复后我放下手机。

“回学校这事，你再好好想想。”阿南继续建议。

“我不回。”我声音很低却很坚持。

她要我怎么想？

她成熟优雅，我率性执着。

我想像她那样生活，真的很想。

可我绝对不会回学校，我不要过那种单调的生活，我要过得繁花似锦，生机盎然。

“那你好自为之，反正你好不好对我没多大意义。”阿南站起身，抿了抿嘴，再次向我展示她贵族的傲慢，“顺便告诉你，单我已经买过了。”

我张了张口却说不出什么，又一次在气势上完败给她。

为什么她看着那么优雅说话却那么刻薄？说些有礼貌不伤人的话警察会抓她吗？

她依旧不在意我有多难过，拿起包袅袅婷婷地走了出去。

她显然忘记了和我一起去大姐家的事，留我一人像风中瑟瑟发抖的小白花。

究竟是她感觉我不听她的，气极了她才把话说得这么仗势欺人，还是她真的认为在我面前再怎么嚣张，我也人微言轻不能把她怎样？总之，她对我一贯是这样的态度，很能拿得起放得下，从不怕我伤心。

其实伤心也算不了什么，就是习惯不了亲姐在自己面前的那份不可一世的优越，感觉我们不像是一个妈生的。

她出生的意义，难道就是为了在精神上虐待我？

丽就不会让我回学校，只有她了解我，她远比阿南懂我；或者阿南根本就不懂我，又或者阿南根本就没想过要懂我。

也许，正如她所言，懂不懂我对她来说真没多大意义。

阿南给我脆弱的心灵造成了巨大的伤害，严重摧毁了我去大姐家的快乐心情，我只好给大姐打电话告假：“姐，我有事得赶回英市，今天不去你家了。”

“办事要紧，我这个姐见不见无所谓。”嗯？前半句听得我正放心，后半句就给我一砖。

算了，给大姐一句软话，让她饶了我：“姐，下次回来，我给你买一件漂亮衣服。”

“行了行了，你好就行。赶紧回去吧，不说了。”她在那边笑着挂掉手机。

我这才放心了，坐上南市到英市的直达车，一路想东想西。

我要不要再在晚上兼个职什么的？钱多了人才有底气，不仅可以像阿南那样想买什么就买什么，还可以有多余的钱去资助亲人，比如大哥。他的厂子最近两年一直很萧条，最后不得已而关掉，我要是有钱，就可以甩给他几百万，让他的厂子重新启动。

算了，不要空想，还把自己想得有情有义的，没有实在的行为履行，都是满嘴漂亮话的骗子。

又想起了丽，好久没去看她，不知道她的酒吧现在经营得怎么样。

约过她几次，都说没时间。她最近怎么一直不肯联系我？

回到住处，也不想干什么，反正明天是星期天，还可以休息一天。

冲了好长时间的澡，也不是为了洗，就是享受那种被热水一直冲洗的自由感觉。

冲够了之后，我用蓝色浴巾裹住身体，走进卧室，看看床头柜上手机的时间，从晚上八点开始冲澡，现在已经是九点半，竟然冲了一个半小时。

身心一放松，睡得就特别沉，一觉睡到第二天早上六点，神清气爽地起了床。

换上运动衣准备出去锻炼，手机响了，拿起一看，哎哟，丽这只狐狸，终于跟我联系了，欢欢喜喜地按了接听键：“喂，丽！”

“一一，我没钱了，你能先拿些给我送过来吗？没有就算了。”她声音听起来很疲惫。

“你需要多少？多了我没有。”我一边问她，一边从床头柜里拿出一只档案袋，那里面有一万挂零，是替严总的小公司编内部刊物时他给的报酬。

“一万。”她声音很疲惫，“我可能短时间内还不上。”

“好的，我马上过来。”我道。

本来想全拿给她，想了想，最终还是从袋里数出一万，再把余钱叠好封口放回抽屉。

又到书房取了一个档案袋，把那一万元装进去，把袋口封严实，又再折叠了一次，装进我出门常挎的那只不起眼也不掉价的米色大尼龙挎包。

对着门后镜子看了看，感觉妆容还行，便拉上门出来，到出租车停靠站拦了出租车，十五分钟后就到了丽的家。

她打开门，乱乱地绾着丸子头，额前还飘着几缕乱发，看起来脸色很不好。

看到我，她就说了俩字：“来了。”然后把门再开大了些，我一进去她立刻关上门。

我一见到她很是欢喜，大呼小叫道：“头发这样乱还是这么美哦。”

她懒懒地扯扯唇，半笑不笑的，一双丹凤眼迷离慵懒，只穿了一件宽长的粉紫色睡袍，露出两条细溜溜的长腿，一双漂亮的瘦脚丫穿着一双深紫色拖鞋。

“你怎么瘦了这么多？”我一边问，一边脱下外套，顺手挂在门后墙上的衣架上，换上拖鞋拿着包走进屋内。

从包里拿出装钱的档案袋，冲她晃一晃，放到电视墙前的电视柜上。

一回头，发现对面沙发旁多了一个大号景泰蓝花瓶，便走了过去。

才准备细看，就感觉身后凉飕飕的，回头就看到丽正看着我，满眼警惕。

“不要动我的东西。”事实上她没说话，但警惕的眼光就透出这个意思。

与她凌厉的眼神杀不相称的，是她极度枯萎的脸色。

“你怎么了？怎么这么看我？”我一愣，感觉丽好奇怪，像被什么附了体。

她不说话，抢步过来，拿走花瓶口上架的一只红盒子，仿佛里面装的是救命神丹。

盒子里装的是什么？为什么她抱着盒子才安心？

“里面是什么？”我很好奇。

“别人的东西，托我保管。”她面无表情，眼神还躲了躲。

丽会有这种闪躲的眼神？我更好奇了，故作生气道：“我是贪别人东西的人吗？”

“一一，你出去一下，我换一下衣服！”她看起来急不可耐。

我有些傻眼儿，要换就换吧，干吗要我出去，还那么急？她又不是只有一个房间。

“我不出去，你可以在你卧室换。”我一边撒娇，一边跟她商量，这种讨价还价的模式太诡异了。

“——好吧，你不要进来。”她看着我，逼着我答应。

我想立马离开的心都有了，一忍再忍，终于妥协。

好不容易见到她，我得搞清楚发生了什么事。

她一把拿了那只红盒子，又到茶几下拿了火柴盒和一张锡箔纸，立刻进了卧室，反身就关上门，我还听见咔嗒的上暗锁的声音。

我不可置信地站在客厅，我是来给她送钱的，哪有像她这样待见债主的？

我就是进卧室也不会把她怎样，我又不是“蕾丝边”！在沙发上坐下来，越想越感觉不对劲儿，上暗锁干吗？

究竟怎么了？她的身体里仿佛换了一个灵魂。

以前彼此换衣服从不回避，尤其是徐丽，做得更过分。

前年，和她去城外的天池浴场泡温泉。

泡累了，我穿上浴袍正准备去更衣间换衣服，结果被徐丽揪住后领口拽了回来。

她扯住我一边的浴袍衣领，在冒着热气的温泉边的镜子前，要跟我比谁的胸大。

我很是羞恼，一边拼力拽回衣领，一边咕哝“胸大无脑，胸小掌中宝”，她却看到了我胸前的一览无余，然后得意地嘲笑我是“太平公主”。

想起我们以前在徐丽的酒吧玩时她兴高采烈的样子，她跳起舞来真的比服了摇头丸还疯，摇头丸——我忽然想起比摇头丸更可怕的一样东西，不由得心狂跳起来，她——难道……

我立刻伸手去推房门，结果推不开，门从里面反锁了。

我的身体开始发冷，我一紧张身体就发冷。我脑子乱哄哄的只管拍她的门。

丽终于打开门，我的目光越过她，从她身侧望过去，就在床头柜上，锡箔纸、绿管子、铁盒子里打开的白色纸包，旁边放着一根燃烧过的火柴梗。

她从我身边挤过，疾步走进卫生间，拿着一块抹布出来，以一种很快速的动作擦那些桌子、椅子和柜子，似乎必须得有所动作，否则无法安静。

她的情绪紧张不安，完全没有以前的坚定和自信。

我看着她，我的身体已经开始抖个不停，我转过身，几乎扑到床头柜那里，抓起那个盒子——

“你扔了我还会买，毒很难戒，我会去卖血。”她的语速很快并且无所顾忌。

我呆呆地看着她，像做一场梦。

我希望我快点醒来，然后发现这一切都不是真的。

八、她怎么变成这个样子

如果是伤心，是谁伤谁的心？很多的时候，是我们自己忘记了更多的开心。

如果是绝望，是谁绝谁的望？很多的时候，是我们自己放弃了更多的希望。

同徐丽的友情，开始于上大学的第二年。

那时的我，真的就是井底的青蛙，没见过世面还自命不凡。仗着在报社发表过几个豆腐块的诗而被公认有文采，我一边假意谦恭，内心却越过众人的头顶只看上面的天空，一边为自己这么小就已经会扮谦虚而得意不已。

青春就是生活在云端，因为不担心柴米油盐，所以现实与想象傻傻分不清楚，要么“为赋新词强说愁”，要么以为只要自己出现，留给世界的背影也倾国倾城。

我也一样，满眼满心都是诗和远方。

一个初春的周末，树已绿，花正开。

我早早起来，占了校园的小桥流水旁一个好位置。十九岁的心充满着骄傲，傻兮兮地想着怎样把眼前的情境写成诗。

我的华丽辞藻还没有堆砌成功，就看到桥上出现了一位学姐，高高的马尾，一身红衣白裤的运动装，英气逼人地从桥上下来，当她走到我面前停下时，我有种敬个军礼的冲动。

“你是陈一一，对吗？经常发表文章的那个小学妹。”她抿唇一笑，我感觉自己像个雪人，就要被那阳光般的笑容融化。

“是的，学姐是哪个班的？”我内心很是骄傲，瞧，学姐都知道我了，好有名气。

“我是徐丽，比你高两级。不要叫我姐，你叫我丽就好。”她轻轻地拍拍我肩膀，她比我高出半个头。

我想起来了，她是我们那些低年级女生的偶像，是校舞蹈社团部的部长。

之后，她就经常到我们宿舍来，让我一段时间内很受她的粉丝们——我的舍友们羡慕。

熟悉了半个学期之后，她的真面目开始暴露，经常给我挑刺儿，又絮叨又啰唆，一点儿也没有初见时的亲切斯文。

我的同性好友好像都是这一类型，刚开始看着都是气质出尘，久了就掩藏不住铁齿铜牙的浓浓烟火味儿。

多年之后的今天，我才知道那种烟火味儿是生存的根本。

“你这么小就已经学会装，这不对。你根本不了解生活，你其实什么都不懂。”她经常在我耳边讲类似的话语，一点儿也不客气。

我乖巧点头，内心不置可否。早知道她这么八婆，才不跟她交朋友呢。

终于有一天，她大概是感觉她说得太婉转而我的慧根粗鄙没有理解，终于撕掉了虚伪的面纱，要用真理的火把照亮我内心的黑暗。

“一一，你知道你那些同学都在干什么？”她和我一边在操场散步，一边问我。

“不知道。”为什么管别人？我才不会那么多事，本宫向来两耳不闻窗外事，寒窗只写我的诗。

她倒是很有耐心：“你知道苏晓东吧？看着他邋里邋遢，可是，他利用每天的午饭和晚饭时间去捡易拉罐和矿泉水瓶子，卖掉换生活费。你的生活费是哪里来的？”

我得意道：“我不缺钱。”父母亲那时还开着一家面粉厂，虽是小生意，我却从不为钱发愁。

“还有李娜。你看她打扮得像交际花似的，可是，人家利用业余时间上MBA课程，用带五个学生的家教费用去交学费，她毕业后要去做职业经理人。你毕业后的目标是什么？”她又抛出第二个问题。

“……”我张了张口，却无话可说。我从没想过这个问题，我毕竟只有十九岁。但是，她说的那两位同学，同我差不多的年纪。

“再说说周书雯。”她看了我一眼，停下脚步，继续道，“她去酒吧做服务生，锻炼自己的社会适应能力。你有没有业余兼职做些什么？”

“你想告诉我什么？”我也停下来，自尊心受到重创，“那你呢？你每天做什么？校园特工？”

“观察别人，提高自己，这就是见贤思齐。他们也许写不出好文章，可他们早早开始了适应社会。”她认真地看着我的眼睛，就像看一只她养的小狗，问，“你呢，一一？你好好想一想，现在的你，除了写那些虚无缥缈的诗，还会做什么？”

最后那句像一记蘸过水的鞭子狠狠抽在我脸上。我咬住唇，不知道该怎么回答。

我知道她是对的，但我不愿意承认；虽然不愿意承认，却被她推进羞耻的沼泽地，找不到话解救自己。

郁闷了半天，我问她：“我这么差，你干吗找我做朋友？”

“喜欢呗。你长得好看，我对美好的事物从来没有抵抗力。而且……”她拍拍我的肩，一派自信，“我比你有经验，遇上我，你就偷着乐吧。”

“面对一张厚脸皮，我从来都不会乐起来。”我心里服气，面子上却过不去。

“傻瓜，咱是自己人，所以我才说实话。我喜欢你的诗，要不我干吗主动找你？但我更希望你能学会赚钱，学会生活。到那时，咱俩就是黄金搭档。”她伸出修长的手按住我肩膀，一双亮亮的眼睛对着我眨呀眨的。

我看着搭在我肩膀上的她的爪子，妥协了。

她的话说得那么放肆刻薄，我跟她的相处反而更加自在。这一自在，她就顺便把我给自在进她的活动圈里了。

总的来说，这个女人还不错，安排活动有条理，布置任务有根据。

关键是，什么行业她都懂一点儿，总能说出个一二三来。这么能歌善舞，学校一众没进入社会又整天装成熟演沧桑扮文艺范儿的后辈们简直拿她当神仙姐姐。

她就是有一点不好，给我安排的活太多。要么参加各种社团，要么组织系公益活动，另外还要做书法大赛外联，写联欢会的剧本和主持人的解说词，同校外的活动也要我联系。

“怎么总给我安排这么多事啊？！”在一次为第二天活动布置会场到凌晨一点多后，我终于忍不住埋怨她。

“傻啊你！毕业后你就明白了，这些看着不起眼的小活动，都是你步入社会后的进身之阶。”

彼时，她已有了未婚夫，当时应该只有我知道。她的未婚夫是市报社总编的儿子。

我还跟他俩蹭过几次饭，想说什么就说什么，因为年纪小，所以毫无做电灯泡的压力。

“为什么让我做你的朋友？”我经常问她。

她一脸坏笑：“看你小，好哄。”

我一边无奈，一边对人家十分信任。

一毕业她就结婚了，同总编的儿子。

她当妈妈后，我毕业了。

没听她安排回了故乡，我说我要做教师。

她叹着气道：“‘明知可为而不为，明知不可为而为之。’你不适合做教师，没有我，你什么也做不了，你是个被父母宠坏了的孩子。你啊，韧性有余，魄力不足。”

我不听。我喜欢被叫老师的感觉。

正像她当初的预言，我在单位的任何活动中，都表现得比跟我一起分配来的同事突出，这些都得益于她给我安排的那些实践。

那些别人看不起的小程序和小步骤，我做起来有章法有步骤，深得领导信任。于是，一些主要活动都有我的影子，包括会议安排和晚会主持。

这一切都得益于丽，她的嘴像开过光似的，说什么都很准。

按道理，我应该知足了，但是，我没有丝毫喜悦。

因为，我没想到服从分配的结果，就是被分在那么偏僻的地方。

我不喜欢待在那么单调的地方，我后悔了。毕竟，我只是个二十出头的小姑娘，我有着同龄人都有的对都市文明生活的渴望。

然而，在偏僻的乡镇中学，三分之一的老师是民办员工，不知该同他们说什么。

周围十几里地都是农村和土地，哪有什么流光溢彩的瑰丽夜景？哪有什么时尚前沿的现代文明？

我记得最清楚的是大家一起吃食堂，干巴巴地排着队，然后自己刷碗，再回宿舍写教案。离开三尺讲台，竟再没有什么地方可去。

偶尔想买件衣服，还要坐公交车经过七站路。我感觉自己越来越土鳖。我同那里格格不入，我感觉自己像离开水的鱼一样。

两年之后，母亲辞世，我的情绪更加消沉。

当我偶尔得到留城同学给我发来的几张在英市的夜景照片，看着她在陆离华光前神采飞扬的笑脸，我忽然就想离开，并且一天也待不下去了。

我花了不到一个月的时间，办妥了停薪留职手续，立刻来到了英市，丽在的城市。

“你早该来了，绕了一大圈，这里才真正属于你。”她说。

我没有如她所愿住在她家，我自己租了房子。

深夜，我常站在阳台上，一个人看着四周的城市灯火，一边怀念母亲，一边规划未来。那时我坚信，这里的瑰丽，这里的繁华，必将属于我陈一一。

我去了一家小报社，从记者、编辑、主任，直到进入经营中心。就在丽一路的加油声中，我辞职了，因为，报社发生了一些变化。

报社被所属集团进行了一次整改，上层领导大换血，我便主动请调到广告部，希望借此认识一些人，也学习一些经营手段。

前人总说，只要勤奋学习、吃苦耐劳、低调谦和，必定成功。然而，后来发生的一些事，完全颠覆了这个观念，使我看清了那些和善亲近的面容后所藏着的冷血无情。

打工世界激烈而复杂，越是想和谐美好与人为善，越是被当作可以轻贱戏弄的鱼肉，可以随意刀俎之。

既然现状无法改变，便再没有什么留恋，立辞！

辞职后，我准备开一间文字工作室，我要用自己对各行业宣传文字的驾驭，在换些许生存资本之外，也许能认识肯为我投资的人，然后寻找合适的项目投资。

即使不能如愿实现第二条，也可拥有更多的时间安排我的生活，不会像在报社工作时那么被动那么累。

我把这一切告诉丽，她很吃惊。

这时，她已拥有上下近六百平方米的属于自己的双层酒吧，她的丈夫是市经贸委第二把交椅的主人。

“你现在就撤出来了？你的男人还没找到。”她很着急。

“我就是为了解决这个问题才撤出来的，要不老没时间找。”我当时的心情轻松愉悦，根本没有想到后来的我竟会因为太过挑选伴侣而使精神受到那么强烈的困扰。

“你知不知道你已大敌当前？你已经没有了工作，还想找什么？”她咬牙切齿道。

“爱情和工作有什么关系？我有生存能力，只要他忠诚，养他都可以。”我信心百倍。年轻是什么？就是不顾后果的勇敢。

“我白调教你了。”她肩一垮，彻底泄气。

那时的她，有条不紊地安排着生活，犹如军纪森严的军人。但是，我感觉她生意上有许多秘密。

三个月以前，我去她的酒吧。

站在酒吧柜台后的九宫格前，看着有关机构发给她的文明商户牌匾，我问她：“你的酒吧生意不怎样啊，怎么每年缴那么多税？”

“赔本给国家缴税是爱国者的行为，我要做爱国者一号。”她好脾气地回答道，一边还旋转着一只高脚红酒杯，酒的颜色晶莹剔透，和她精致的妆容很是般配。

“姐夫的钱是从你这儿走的吧？我为你担心。”我轻轻地抓住她的胳膊，小声道。

“胡说什么啊？再说我跟你翻脸。”她板起脸打掉我的手。

“我最近过来，怎么总见不到他？那么忙？”我有种不太好的直觉。

“是啊。”她简单地附和着，并没有要说清楚老公去向的意思。

“一直以来都是你在教育我，我也有些感悟想对你讲出来。”我小心翼翼地同她商量。

她看了看我，毫不在意：“说出来听听。”然后，优雅地抿了一口红酒，像个王似的扫视着她的领地。

“我们这个年龄，青黄不接，年轻人说我们老，老年人说我们小，我自己也总陷入对年龄的反思中。”我一边看着她的脸色，一边思索着该怎样说出我想对她说的话。

“噢。”她看向我，对我的话有些兴趣。

“后来我觉得，其实年龄的困扰并不存在，真正困扰我们的是我们自己。”

“说得好。”她微微点头，唇角轻扬赞许道。

“我们只要真诚地生活，坚决不犯两种错误，我们就会幸福地老去。”我马上就可以说出我真正想对她说的话了。

“哦？”她美丽如鹤的双眼灵动地看向我，等我的下文。

“这两个错误就是你说过的‘明知可为而不为，明知不可为而为之’。”我先歌颂了一下她的金句版权，接着才引申出下面的意思，“有些东西真的不像我们想的那么重要，比如名声，比如金钱，岁月静好才是最重要的。”

我的内心呢，真的对这些不关心？我为什么不直接告诉她我怕她去坐牢？我经常不明白自己为什么要拐弯抹角地说话。

“爱情呢？”她一脸好笑地看着我，就像看一个不懂事的孩子，“你还没正经谈过一次恋爱呢。如果没遭遇到那种让你飞蛾扑火的爱情，你是没资格去谈论什么可为什么不可为的。你更不知道我为此怎样地苦心经营——从上大学开始，我就选定了他，为我们能在一起做了那么多准备。”说着说着，她忽然有些许惶恐，“我不想让我们之间出现危机，他应该一直信任我。所以，我的岁月暂时无法静好。”

现在，她是一个刚吸完毒品的女人。

事实上，最近三个月，她一直拒绝我看她，也从来不曾主动联系我。

“他呢？”我问。

“他和她一起进去了。”

“那是怎样一个女人啊，除了她父亲的权力，什么都没有。”她一边反复地擦那些桌子椅子，一边絮絮叨叨，“可他们就在一起了，三年了。而我还替他俩洗钱。”

“你怎么没事？”当意识到这句话很混账时收回已来不及，我等着她发飙。

我怀念她发飙的样子，说明她正常。

但是她没有发飙，又开始拿着抹布一边奋力擦门，一边自说自话：“他没告诉我怎么来的，只说不告诉我对我也是一种保护。我知道有问题，可我也不想问那么多，怕他说我不信任他。然后，酒吧被封，我成为漏网之鱼。”说到这里，她停顿了一下，自嘲一笑，又继续挥舞抹布，擦那些擦了几遍的家具。

“小小呢？”小小是她的孩子，已经十二岁了。

“在姑姑家。”她不看我，扔掉抹布，翻来覆去看着自己的手，情绪很焦虑。

“戒掉吧！”我近乎哀求她，“你能的。”

“不说了，你走吧。”她忽然看向我道，“一一，让我自己待一会儿。”

她竟然赶我走，我愣住了。

“让我陪着你吧。”我不放心。

"你走吧，你在，我会没有办法宣泄自己的痛苦。"她话说得这么直白，我也是自尊心很膨胀的女人，怎么能厚着脸皮坚持留下来？

我难过得什么都不想说了，默默离开了她的房子。

她现在对什么都没有了兴趣。没钱，没爱，没酒吧，她怎么过？

毒品这种东西一旦沾染上很难戒掉，她这样下去，最后会沦落到什么地步？

她当初为什么选了英市做落脚点？

我又为什么在回到南市后又再度回到英市？

不过是受惑于英市文明时尚的外表，却没有认识到自己骨子里的守旧根本与这个城市的前卫气质不搭，而这个城市不肯养活不能大刀阔斧创造社会附加值的普通人，更无情于不肯为生存拉下脸黑下心的懦弱草民。

九、约老板喝酒的许美女

不知道将从哪里开始，不知道会在哪里结束，不知道过程，但知道相爱后的我们如果分开，都将不可避免地把自己交给下一个男人或是女人，而那个人将在我们不彻底的责任支付下，陪我们度过余生。

无法计算谁更无辜。一切都未知，但一切已安排好。

周一清晨，我顶着因睡眠不足而出现的两只黑眼圈上班了。

最近几天，徐丽的状态一直在折磨着我的精神，以至于让我对另一半的出现都不再像以前那么期待。

她的情商和智商都高出我许多，她的丈夫依然背叛她。那么，我这个呆傻蠢萌又理想主义的女人，即使得到了向往中的爱情，那种忠诚又能保持多久？

一边焦虑，一边伤感。刚在电脑前坐下，一个陌生男人的声音就从老板办公室里传出来："许主任年轻时那个漂亮劲儿，那皮肤，那身材，啧啧——现在不行了。唉，都半老徐娘了，还不安分。"

"那个时候她也就二十出头吧，人年轻，跟她喝酒也有兴趣。现在都四十好几了，还整天跟我约酒场，她都不想想，跟她这年龄的人喝酒还有啥乐趣？"老板的声音随后道，有着满满的不耐烦。

"女人一过四十，就不要再在酒场上混了。男人对她没兴趣，她自己也没有自知之明，还拿自己当美女。唉，也是可怜。"那个陌生的男人声音再度传出来。

"她还是让我帮她推销无纺布。你说说，现在这市场，啥生意都不好做，更不要说无纺布，我到哪儿去帮她推销？我自己的事都忙不过来。"老板道。这次，语气有着满满的不屑。

"我也帮她推销过。"另一个声音道。

"那你们有没有别的那个什么？"老板的话很暧昧。

"你以前帮她推销时，有没有过？"另一个声音更暧昧。然后，就听到两个人心照不宣的笑声。

不知道他们说的这个许主任是谁，但"四十出头的女人"是很"可怜"的，这个我听清楚了。为那个约老板喝酒的女人难过。

其实他们也没说错。很多女人年轻时虽然没文化，但是很漂亮，又或者年轻本身就是一种漂亮。

于是，她们频繁出入夜店、酒场，寄希望于以酒色来换取些许生意，并同时获得男人青睐的目光。事实上，她们确实成功过。

然而，女人普遍在年龄上缺乏自知之明。那些年轻时在公众场合，尤其是酒场混得风生水起的女人，就算到了四十岁甚至奔五的年龄，她们依然以为自己青春貌美，惹人垂怜。

她们不会知道，当男人们看着她们拿着酒杯以一种完全与年龄相悖的妩媚冲过来拼酒时，内心是非常嫌弃和反感的。

再过几年我也就四十出头了，也会很“可怜”。早适应早好，免得到时不甘心。

人一定要遵守自然规律，不能不服老。否则，会像老板口中那位许主任一样，被人瞧不起。

“陈一一，进来。”老板忽然喊道。

我站起来，走进他的办公室，便看到他一手夹烟，一手敲着桌面，用眼神示意我看向他宽大的老板桌的右上角，那里放着一张手稿。

他继续道：“这是我明天的发言，你简单改下，打印出来给我。”

我拿了手稿，转过身后，看到坐在对面沙发上的一位中年男士。

他穿着黑色衬衫，肘部还钉着两块棕色皮子，浓眉阔鼻，正上下打量着我，有着沉湎酒色的混浊目光。

给这个男人的打分是五十五分，因为仅凭他那双眼睛所透露的一切，已经让人很厌恶。

虽然被他看得很不自在，我依然点点头以示礼貌，拉开门准备退出，老板的声音从身后传来：“尽量简单些，不要太深奥，听众都是些农民。”

“好的。”我要做个听话的助理，这么说是否显得乖巧？

回到座位，我先照着手稿在电脑上打完字，又大略调整了几个段落的位置，把语句改通顺，再将标题字体设置为黑体三号，正准备打印，有人进来了。

一回头，林小娜巧笑倩兮美目盼兮地进来，难得地冲我妩媚一笑，这次竟然有了称呼：“陈总监，有人应聘。”

她转身让开，一位高个男孩走过来，一张坚定而稚气的脸，必须得承认，很帅。

“我是商子，应聘项目经理。”他走过来，带着礼貌的微笑。

他的礼貌中带有一种要求接纳的强势。怎么是这样子的气场？我不喜欢这种强势。

我又凭直觉判断人了，这不好，一定要改，我检讨自己。

林小娜又点点男孩的胳膊，展唇一笑：“我回前台了，有什么事就到前台找我。”

男孩子回她一笑："谢谢。"

"不客气。"林小娜一转身，又踩着模特步退场。

"请先填下招聘表。"我没有微笑，平静着一张脸，将招聘表递给这个名叫商子的男孩。

他不是太愉快地坐下来填表，可能是我的态度刺伤了他。

是因为我看到他没有惊艳的感觉？他帅关我什么事？他不过是个毛头小子。

"多大了？"为了缓和气氛，我问他。

"二十七。"他抬起头看了我一眼，又埋下头填表。

"哦，这么年轻。"我感慨道。我也曾这么年轻过啊。

"你也很年轻。"他分明话不由衷。

"我三十五岁，姓陈。"我介绍自己，以弥补刚才慢待他的错。

"你很优雅，很成熟。"一听就不是心里话，他的声调因不带感情而干涩无趣，这孩子的奉承态度竟如此伤人。

我决定不再理他。

"陈总监，请过目。"他将表格递给我。

他的应聘岗位是项目部经理。我看了一下他的简介：应届毕业生，在德润广告公司项目部实习三年，熟悉项目运作全部过程。

德润广告公司我听说过，便问他："为什么实习三年？"

"学校老师在我毕业那年帮忙安排的实习单位，毕业后，我想多学点儿，就主动提出实习三年。"他解释道，很有诚意。

我看了看他贴在招聘表右上角的一寸照片，比本人帅一些，表情也更温和。

"再没有去其他单位工作？对房地产有了解吗？"我问他，感觉他综合素质还不错，而且新人在岗位上更有冲劲儿。

"没有去其他地方，一直在德润。德润几乎能接触各个领域，虽然是三年实习，却让自己的知识体系更加完整。"他解释得条理分明。

"怎么没有留在德润？"我问。

"他们家大业大，需要多年历练的人精，不需要我这种青瓜。当然，我也可以留下，但会被派遣到外省去，我不想跨省工作。在房地产招商方面我有几个实习时参加过的销售案例，我带着U盘，现在就可以看，您要不要先看看？"

他回答得倒是老实。我便起身让开，让他自己在电脑上操作。

他拉开随身携带的黑色公文包的侧包拉链，取出一个红色的U盘，接入机箱下面的接口，然后用鼠标点击打开，放满全屏，便站起来离开座位，等我过去。

我走过去，滑动鼠标，大致浏览了一下。那是几个去年开始销售的楼盘。

“很好，你回去等电话。”看完后我对他道，同时关掉文档，退出U盘给他。

“明天行吗？我不只应聘这一家，我想很快得到消息。”他虽然在笑，可气势逼人，很明显要我现在就表态。

“公司有公司的程序，我尽量吧。”我也带上像他一样的笑容回答。一个应聘者这么强势，真是少见。

“那好，再见。”他很礼貌地点点头，即刻转身走出去，举手投足间有刻意的傲气散出。

给他的打分是七十，太年轻，见识浅，内涵弱。

他走后，我在想，现在的孩子，男孩要么冷傲逼人，要么小鲜肉般艳美；女孩要么女王御姐，要么走玛丽苏路线。而过不了几年，他们和她们都必将被生活还原，成为一波又一波为了生存不顾形象前赴后继的男人和女人。

那时，什么气质风度形象都将如垃圾一样被扔掉，文艺范儿终究要败给人间烟火。

那我呢？我似乎还没有被还原。我变异了吗？我是不是太苛刻了？我在他们这个年龄比他们更爱“炫”。

如果他们知道我对他们的偏见，请原谅我。我必须得首先原谅我自己，这样，心里才没有负罪感。

但是，为什么我总在忏悔，又不断地犯错？

什么时候才能学会左右逢源，游刃有余，像阿南那样混得风生水起？

有轻轻的叩门声很礼貌地响起。抬头望去，一位四十岁左右的女人站在门内，穿着黑色修身连衣裙，裙长到膝盖以上；一双精致的黑皮长靴，裙与靴间肌肤半露不露；肩搭一条方形的米色纱类大披肩，长长的卷发，精致的妆容下有几分压抑不住的焦躁。

“老板在吗？”她问我，然后又打量了我几眼。

“在。”我一边指指老板的房门，一边还在想，这个季节了她怎么还穿长靴？

她轻轻道谢后就去敲老板的房门，老板的声音传出来：“进来。”

女人一推开房门进去，就听到那位中年男人夸张的声音：“许美女，真是说曹操曹操到！”

女人的声音忽然娇媚雀跃：“两位帅哥，难得今天都在，晚上请你们喝酒。”

“好，好。”老板的声音透着无奈。

何苦呢！这位许主任，看着也是不错的女人，怎么一见到里面两位就像被妲己附了身似的？

她要是知道了刚才两位对她的评价，该有多尴尬？

林小娜又姿态翩跹地进来，正准备敲老板门，里面传出许美女的娇笑声，林小娜嘴一撇，又准备踩着模特步退场。

老板的房门突然打开，林小娜一个优美的转身，甜甜的笑脸对上了老板。

老板却没有看她，对我道：“陈一一，把项目部最近的工作进展给我写份汇报。”

我立刻答应道：“好。”老板又关上房门。

林小娜脸都青了，眉间的粉都有些皱起来。

我给项目部打了电话，让他们准备资料，然后站起身离开座位，准备到项目部去询问情况。

那个商子却在这个时候又走了进来，拿着U盘。

林小娜的表情又迅速变甜，她开口准备同商子说什么，无奈她站在老板门口，个子又矮，那个商子又目不斜视，便没有看到她，而是直接向我走来。

他认真道：“陈总监，这几个项目方案直接给您复制吧，如果您有时间，请指导一下。”

“好吧。”我又坐下来，看着商子在主机上插上U盘，他用鼠标打开界面，把他的那些项目方案拷了一份放在我的桌面上。

他看了我一眼，抿唇一笑，有些清冷有些酷，看来这种表情他对着镜子已经练习许多回了，然后转身就走掉了。

走的时候，他又忽视了林小娜。

林小娜也不知吃错了什么药，一直抱着肘等在老板的门口，里边不时传来许美女的娇笑。林小娜为什么不敲门呢？在等什么？

我摇摇头，再度离开座位，准备去项目部办公室询问工作进度。

林小娜两只手肘环抱着胸站在老板的门口，上下左右雷达似的看了我几眼，道：“哎呀，陈总监很吃香嘛，有张好看的脸真是很能占便宜啊！”

唉，英雄相遇决胜负，美人见面拼高低。我是应聘市场总监这个岗位的，她这样称呼我我自然甘之如饴，就当是夸奖了。

只是这“手不动红红自染”“不吃羊肉空惹一身膻”的机会能不能不要再像在报社工作时那样频繁“垂青”我？

“谢谢，你也很好看。”我走过她的身边时，顺便摸摸她的脸，然后转身出来。

一边走，一边忍不住发笑。刚才，小个子的林小娜被我摸上脸时，仰着头张着嘴又气又不知说什么的样子看着我，简直不要太呆萌。

以前在报社工作时，碰到过类似情况，我没有处理好，当时只是一味生气，气得自己肚子痛，别人依然想说什么就说什么。

现在，锐气早已消磨殆尽，碰到这种场合不仅不会生气，而且很圆滑地就可以解决了。

晚上，我给徐丽打电话，第三次拨过去时，她才接了，声音很疲倦：“一一，怎么了？”

“我明天去看你吧。”

“不用。你就让我一个人待着吧。”她挂掉电话。

之后，每周我都会给她打电话，但她不再接听。

是怕我要她还钱吗？

她应该知道，我不会的。

两个月后，文治哥有事临时从西藏回来，处理完事情后他说晚上要带我们去老朋友的酒吧玩。

我喜欢。我喜欢热闹，喜欢生命力鲜活的氛围。

去酒吧是需要一套比平时性感的衣服的，是不能穿西装或传统衣服进去逛的，再美貌的我也是需要好好打扮的。

下班后，我特地回到住处，换了白色露肩T恤和黑色短裤，外罩一件薄的黑色喇叭袖短披肩，光着腿穿上十厘米高的黑色尖头皮鞋，还抹了玫瑰色的唇彩，并用卷发器把发梢做成波浪大卷儿，和梅毓在约好的时间点一起来到文治哥下榻的酒店。

梅毓穿着露左肩的裸粉色齐膝裙，脚上是银灰色铆钉绕带皮鞋，配上她的满头小卷儿，斜挎着一只银色小挎包，格外俏丽。

她看上去很有名媛风，我站在她身边就像是她养的性感小野猫，一时间对她非常有归属感。

因为父母和兄嫂住在一起，文治哥假期又少，便在每次回来后，先在酒店安排好自己的住宿，然后去家里见见父母兄弟。

之后，他就和我们经常待在一起。一年三次休假，每次只有两个星期。

看到我俩的装扮，文治哥很郁闷：“你俩穿成这样，我晚上保护不过来。”

我俩相视哈哈一笑都不接话，一起动手帮他整理带回来的东西。

我摸着那把吉他爱不释手：“这把吉他陪你很久了哦。”

“文治一直等着你开口求他当老师。”梅毓正为文治哥熨烫那些衬衫，听到我的话便开口道。

“弹吉他还要剪指甲。”我看着精心修饰过的双手，不忍想象它们在反复拨弦后被折磨得残缺不全的样子。

“指甲能增加什么吸引力？艺术气质才能提升你的诱惑指数。”梅毓一边熨烫，一边一本正经道，“不过，目前已不必大费周章。自从你的生命史上记载了自杀涅槃的章节，你已经与众不同。”

我装没听见，低头抱着吉他乱拨弦，嘈嘈切切错杂弹。

文治哥开了一听啤酒，看看梅毓又看看我，不时喝上一口，脸上写着“吵吧吵吧，看到你俩吵我真开心”的愉悦感。

晚上，文治哥带我们来到了酒吧。这家酒吧是怀旧主题，不仅装修以乌木为主，歌手也都以唱老歌为主，灯光刻意调得很暗，渲染出一种城市颓废派的氛围。

这种氛围，很刺激客人们对酒的需求。

酒吧老板是文治哥的老朋友，胖且高，穿着紫色大T恤，却搭配一条黑色小脚裤，嘴巴特大，笑起来就像美国动画片里的怪物史莱克。

这只史莱克真的很欢迎文治哥的到来，不仅眉毛眼睛都在笑，还张开双臂直扑过来，一下抱住文治哥，也不管他庞大的身躯文治哥是否撑得住：“哎呀，文治，你什么时候回来的？多久没你消息啦！”

“昨天刚回来。我待的那地方偏僻，特地到你这儿来接受时尚潮流的熏陶。”文治哥也抱住他笑答。

“时尚起于某人，然后才掀起潮流。你在哪儿，哪儿就因你而时尚。”老板看看周围，压低了声音，“看看周围，你的诱惑力绝对超过靓女。”

老板没说错，酒吧内看文治哥的人很多，有些女人口水都似乎要流出来了。

文治哥只管笑，带有肩章的卡其色T恤和同样卡其色的宽大的韩裤藏不住他的威猛身形，深棕的户外靴穿在他脚上亦很有坚实感。

他向老板介绍道：“梅毓、一一，我的两个多年好友。”

老板冲我们笑道：“你们好。一个清新，一个脱俗，果然跟文治是一类的。”

“这是我的土豪朋友，夏云涛。”文治哥又给我们介绍了他的朋友。

“什么土豪！别听他瞎掰掰。我就是没事干，随便开个酒吧玩。”夏云涛道。

随便开个酒吧玩，还说不是土豪？！这是有多张狂？这一种有钱人的口气摧毁了我原本还为今晚打扮得很美而爆棚的自信心。

给他的打分是七十五，虽然见识很广，也有一点儿内涵，但颜值差还变相炫富，影响了综合得分。

梅毓道：“你好，夏老板。”

我随后也向夏云涛点点头，道：“你好。”

他咧着大嘴笑着点头回应。作为一名酒吧老板，也许看惯了各色美女，他的目光并没有在我们身上多做停留，转身又开始鼓动文治哥：“好不容易回来一次，给我捧捧场，唱几首。”

“好。”文治哥愉快地接受了安排，今晚他好有兴致嘛。

夏云涛叫住一旁走过的服务生交代下去，服务生按照他的吩咐取笔写了字条，到舞台旁边交给主持人，主持人拿过后看了看，便站起身来，等着正在演艺台上演唱的歌手。

歌手戴着眼镜，有着自来卷的头发，文文弱弱的气质，却在唱《披着羊皮的狼》：

……

我确定我就是那一只披着羊皮的狼

而你是我的猎物

是我嘴里的羔羊

……

歌词撕心裂肺，听来感觉忧伤，我不喜欢。因为歌词有些色厉内荏，狼不像狼，倒像一匹披着狼皮的羊，正在把自己作为一种祭品，献给根本不值得献的人。

我是不是正好跟歌词的主题相反，是一只披着狼皮的羊？我等的那个人是不是根本不值得等？

文弱歌手唱完歌，主持人上前小声说了几句，便见歌手留下吉他，像只羊一样乖乖退至台后。主持人隆重介绍了文治哥，文治哥走上台，像只狼一样抱起吉他，高大的身躯像一座山似的在麦克风前的椅子上坐下来。

我们以为他会唱齐秦的《狼》或《大约在冬季》，不料他的手指一阵令人眼花缭乱的拨弦后，开口竟然是《朋友别哭》。

稳健的气质，温和的浅笑，那些歌词从他宽厚的嗓音中带着磁性涌出来，如潮汛般一起一落，化成质感的力量与听众的感官碰撞。

前排的人几乎一动不动地看着他，注意力都被他的声音掠夺。

他依然沉浸在自己的倾诉中，此刻，他是诚恳而神圣的歌者。在西藏久经磨砺已渗进骨子里的泰然，别说吸引了酒吧内很多女人，就连熟悉他的我们也被深深吸引。

……

朋友别哭　我依然是你心灵的归宿

朋友别哭　要相信自己的路

红尘中有太多茫然痴心的追逐

你的苦我也有感触

……

经典的老歌似乎只该由文治哥来唱，因他歌声中的真挚深入骨髓，与听者内心最柔软的部分触碰，牵引出人们藏在心灵最深处的情怀，勾起尘封已久的回忆。

第一次见他在公众场合、在演艺台的灯光下秀自己的歌声，我感觉很特别，也很骄傲。

我看看梅毓，她依然沉静，眼里似有光点闪烁。

人的特长和自己的职业真的很不容易一致。比如，文治哥可以当歌星，却成为水文工作者；李庭轩可以当影星，却喜欢当厨师。

一曲唱完，四面掌声，文治哥起身略略俯身致谢。

“再来一首！”

“帅哥，做我男朋友吧！”

听着周围座位上传来的带着酒意的喊声，我和梅毓对视一眼，都笑了，都有一种与有荣焉的成就感。

DJ 换了慢摇舞曲，一个胖胖的光头男人不知从哪个角落忽然摇摇晃晃着过来，脖子上露出粗粗的金链子。

他拽拽黑 T 恤的领口，一屁股坐到我们的卡座上，上半身向我靠过来：“美女，请你跳支舞。”

我被吓得小心脏怦怦乱跳，偏生今天来酒吧还特意换了一件露肩装，非常怕就这么被人揩油，只好佯装镇定，一边不动声色向后躲，一边勉强笑道：“对不起，我不会跳。”

“嗨，朋友！”文治哥如神祇般及时降临，他的手在光头男人肩膀上一拍，用力不小，在酒吧的吵闹声中我都听到了啪的一声响。

“这是我女朋友。”文治哥抽回手，示意我向沙发里面移过去，然后，他在我和那个男人之间坐下来，一手绕过我肩膀，圈住我，看似平静的眼神透着一缕狠戾，看向那个男人。

文治哥虽然外表是个文艺范儿，却也是个练家子，块头又大，比那个男人高出半个头来。

拳头大才是硬道理。那男人大概是看出文治哥也是个惹不起的，便大着舌头说：“对不起，认错人了。”然后他站起来，摇摇晃晃着向来处走去，好像随时会跌倒似的。

“以后碰到这种人不要理，装醉占便宜的。”文治哥眼神里的那缕狠戾消失得无影无踪，仿佛从来没有出现过。

他一边告诫我，一边准备从我肩膀抽回手，结果，我的头发缠在他的肩章的纽扣上，疼得我叫了一声：“哎呀。”

文治哥用另一只手细心地拿过缠绕的那缕卷发，慢慢地一圈圈解开了纠缠。

梅毓笑着在一旁看，很欢喜的样子。

真是莫名其妙，我的头发缠在扣子上是一件很搞笑的事吗?

“好了。”文治哥道，他顺利抽回了胳膊。

“哦。”我答应着，理顺自己的长卷发，很有些后怕，“文治哥，你刚才的样子好可怕，幸亏我们不是你的敌人。”

他在我头上敲了一下：“说什么呢?”

他好像特别喜欢敲我的头，像打地鼠游戏似的。

他拿起杯子，为自己满上一杯后一饮而尽，然后展唇一笑，笑容如山泉般清澈明净：“每次跟你俩在一起，感觉就是回家。”

“我也是。”梅毓也一饮而尽。

“我也是。”我也一饮而尽。

我们的友谊如八月的荷，盛开于酒吧的酒色之外；众荷喧哗，我们是最温情的那束。

十、十分想做个坏人

每个人都要承受一些本不愿意承受的，为了生存和生存得更好。

然而，在承受的过程中，我们常常是无谓地牺牲了自己最珍贵的声誉，出卖了最能使我们挺直腰杆活着的自尊心。

是因为我们怕自己斗不过想象中的敌人，还是我们不相信自己的力量？

其实最大的敌人，正像许多善于总结的人们所说的，真的是我们自己。

周五下班前，我将项目部的工作进展给老板做了汇报，他听完后忽然问："你和林小娜有矛盾？"

"没有啊！"我诧异道。

"你感觉她这个人怎么样？"他又问，好像不相信我。

"很好，很敬业。"夸人总是没错的，以防万一，万一他俩关系深刻呢？

"好。"老板笑了。

我退出他的办公室，百思不得其解。

算了，不想了，本来就没什么事嘛！

虽然这么劝自己，但心里总觉得会发生什么，这种感觉真不好。

周六，本想和梅毓与文治哥出去玩，但三个人商量了半天，都没确定该去什么地方。其实，基本上就我和梅毓在商量，文治哥只是"噢""好"附和。

实在是商量不出什么好结果，只好决定哪儿也不去，就窝在我住的地方，喝啤酒吃零食聊人生。

聊着聊着，就聊到女人这种生物。

梅毓一脸"唯女子与小人难养"的嫌弃，谈起她办公室一位女士对她莫名其妙的敌视："你们说这该有多奇怪，我和她之前又不认识，在办公室也是第一次碰面，从没有什么纠纷矛盾，结果，她一见我，唰的一下扭过头不看我，绷着脸，满脸不高兴，好像是我抢了她男人一样。

“之后每天她都会找我的错，文件的字号不对，资料放错了位置，她不是告诉我怎么改正，而是直接冷嘲热讽。

“办公室的老师傅说她：‘你刚上班不也是这个样子嘛，你也是从新人走过来的嘛。’结果，她当时就回了老师傅一句：‘你这么老了还想当护花使者。’直到现在，八年过去了，她依然拿我当敌人，真是很奇怪。”

我一边听，一边感同身受，频频点头，又问她：“那你没找她谈谈？我碰到这种人会先忍一段时间，然后再主动沟通。”

“沟通的结果怎么样？”梅毓反问道，一种“结果我全知道”的眼神。

“有时会有点儿作用，但大多数时候对方会更加嚣张。”我老老实实地回答道。

女人之间很容易产生天生的敌意，沟通在大多数时候不仅没什么效果，有时甚至会将事态变得越来越白热化。

虽然没什么好效果，但如果不沟通，事情可能会比白热化更糟。

沟通这种东西，更多是为了少一些误会的概率，让自己准备反扑时，能越过心里那道良心坎儿。

在这方面，我有着丰富的经验。

三十岁以前，我认为自己无所不能；三十岁以后，我开始惧怕女人，三姑六婆猛于虎啊！

在三十岁以后经历过的一些事，使我对女人练就了巫婆般的观察力，能在短短几秒内，仅凭对视一眼，就能确定对方是拿我当敌人还是朋友。

很不幸，观察的结果多数是前者。

这眼力要搁在一男人身上，绝对可以泡妞无数啊！

想到这里，我不禁感慨道：“女人之间真的是天敌，没有灭族之恨，没有夺夫之仇，仅凭你比她多点回头率，你就被另一方狠狠打入黑名单，还画个大大的叉。真是无辜。”

我起身又开了两罐啤酒，给梅毓面前放了一罐，我自己手里又拿了一罐，靠着沙发懒洋洋说八卦的感觉真是岁月静好。

看到我的态度确实诚恳，梅毓便灭了她要驳斥我的小火苗：“对嘛，明知道无辜，又改变不了别人的成见，那还沟通什么？干脆不用理她，更不要寄希望于和解！宁可错杀一百，不可放过一个。自己的事还忙不过来，哪有那些闲时间理那些闲杂人等？”说完，她纤细的身子向沙发背一靠，拿起啤酒又抿了一口。

“因为是闲杂人等，闲着闲着就无聊了，便无风起浪找乐子。什么‘人闲桂花落’，哪有那么美？！人闲搞事情才是真的！他们的触角不仅深入工作中，还潜入你的私人空间，打乱你正常的生活秩序。”我想起自己曾经的遭遇，心情一下子就压抑了，“梅毓，你这么多年一直没有被提拔，跟那样的人在背后捣乱有很大关系。”

“言重了。以梅毓的性格，自己也没想过被提拔吧？人之所以为人，就是要琢磨来琢磨去的，你们不琢磨还能不让别人琢磨？都是小事，太正常了。”文治哥靠着窗户，正在看风景，大概因为听到我们的对话越来越黑暗沉重，对不起他的听觉审美，便转过头来劝慰我们。

我白了他一眼，因为他驳斥我。他笑着对我伸手做了一个 OK 的手势，表示收到。

“你们男人被人琢磨了怎么办？”我看着文治哥对一切稳操胜券的样子，想到男人们之间多不像女人们这样通过无中生有和造谣生事抹黑别人，便真心请教文治哥，希望能从他那里找到应对此类常态问题的解决方法。

读万卷书不如行万里路，行万里路不如名师指路。

“有话我们就说在当面，真刀真枪。”文治哥喝了一口啤酒后慢悠悠道，“当然也不排除确实有小人，小人就是还不成熟嘛，等他老了就会慢慢明白的。我不关心这些，把事做好就行，时间会沉淀一切。”

“你果然是个生活的智者。”我真羡慕他的境界。

“你还见过那个老女人吗？哦——那位女副总。”梅毓问我，大概是感觉“老女人”这三个字拉低了她的文化修养，便又用“女副总”替换了称呼。

我正准备回答，一声声的猫叫忽然从窗外传进来。

我有点儿强迫症，一有感觉不对头的声音，就一定要查出来声音是从哪里来的。

丽曾经分析说，那是典型的缺乏安全感的症状。

我直奔阳台，打开一扇窗户探出头东看西看。终于在隔了一条小道的楼前花园一角看到了两只猫，一只一动不动地守在树下，另一只大着肚子冲着树上一声声地叫，几只麻雀扑棱棱从树上飞走。

麻雀也许只是想啄几口树上的果实，却不想猫想吃的是一整只麻雀。

我耸耸肩，拉上窗户，一脸放心地回到客厅。

梅毓见怪不怪地看了我一眼，我冲她做了个无奈的表情。

梅毓问起那个老女人，我的思绪又一次被拉回到在那家内刊报社工作时的一幕幕场景里。

投靠那家小报社，是因为喜欢文字；而离开那家小报社，不仅是因为那位女副总，还因为那些同为打工仔的同事为了混碗饭吃，在女副总的指挥下对我的那些排挤和掠夺。

那时，我不过二十出头，基于当时对下海的理解误区，以为只要凭着“初生牛犊不怕虎”的年轻人的共性，再加之拥有可以大把挥霍的年轻岁月，又有一腔“不成功便成仁”的热血，便可以只身一人到英市拼杀出一片天下。

因为有在社团做过校报主编的经历，我便带着十几篇发表过的报刊文章复印件，去一家内刊报社应聘，很顺利就成为一名经济版编辑。

新环境新工作，都市的一切看在我的眼里，遍地琉璃处处发光。

我白天编审稿件，晚上自学编采和英语，满怀憧憬和信心，挽起袖子准备鱼跃龙门。

在第一次全员大会上，主管编采的女副总上台讲话，她一身正装，干练又不失婉约。

这种气度深深吸引了我，看着她在台上谈笑风生，那种幽默和正能量，瞬间让我成为她的粉丝。

那次会议，我崇拜的目光全程追随着她，认真地记录着她的讲话中我认为很值得吸取的部分。

之后，我编的版面频频获奖，几乎每个月都是最佳版面，还被女副总在会上点名表扬了好几次。我对她的好感更加浓烈。

然而，我还没有充分领略到“米粒之珠，也放光华”的成就感，报社便被总部整改了。

总部根据版面资料和员工意见，从各版的编辑中新任命了几个人作为各编采部门的主任，幸运的是我也是其中之一。

女副总依然是女副总，但是从此，她仿佛被黑暗力量附了身，再不复从前的和善亲民。尤其是对我们这几位新上任的年轻女孩，她总是隔三岔五地批评，用词也极尽刻薄露骨。

新上任的办公室主任，是位很敬业的美丽女子，戴着副文弱的金丝边眼镜，经常被训得珠泪滂沱，让人好生心疼；而另外一名叫肖凌的副刊部主任，却有着有仇必报的刚烈性子，是那种谁给她气受就一定会跟对方拼到底的性格。

女副总第一次在会上点名批评肖凌时，肖凌还只是沉着张脸，当女副总第二次批评她时，她便拿了笔和本子站起来，径直向主席台走过去。

她走到台下，竟用厚厚的皮革封面的笔记本向女副总砸了过去。

女副总吓了一跳，会场上也是处处惊呼，但女副总毕竟是见过场面的女人，她大声对着话筒喊道：“我不跟你计较。”随之无视肖凌，而将话题一转，谈起各版编辑大调整的内容来。

此后，女副总不再批评肖凌和其他人，却将矛头指向那位文弱的办公室主任和我。很简单，我们俩都是打工妹，而其他人都是终身员工。

尤其在指责我时，她总是一种理所应当的态度：“陈一一，你就像妖精一样只想着迷惑人！”

说这句话时，她的气势像心怀光明的名门正派，诛杀各路邪魔妖道势在必行。

如果以现在的认知回到那个时候，我会很骄傲，因为，被称作迷惑人的妖精，说明我有着对方比不上的能力。

然而，当时的我不过是黄毛丫头一个，不仅严重缺乏社会应对经验，而且毫无“与人斗，其乐无穷”的大无畏精神，所以，一听到“妖精”这个称呼，我的第一感觉是惊讶，然后是羞愧。

我把对方当偶像，对方对我却有着怨入骨髓之恨，我反省了好久，不知道究竟在什么地方做错了，才被她如此仇视。

之后，女副总批评我，几乎成了瘾，不仅隔三岔五批评，惩罚手段也层出不穷，不是增加编采难度，就是在全员大会上点名批评，带着霹雳舞的节奏感，像孙悟空雷霆万钧的金箍棒，誓要灭了我这只妖精……

我几次去找她汇报工作，以图化干戈为玉帛，她却用刻意修饰和剪辑过的内容向其他员工描述我找她的过程，言语间愈来愈蔑视和小觑。

就这样，彼此折磨了好久，我的绕指柔始终未化去她的金刚怒，我只好收拢巴结取悦的翅膀，不再向她瞎扑腾。

只是从此，我再也不喜欢别人说我性格好，也不喜欢被人说成是率真无害。这样的评价等于说我是个软柿子，可以由人拿捏。

也就是从那时起，我的理想就是做个坏人，只要做个坏人，就没有人敢欺负我，就不会被人当软柿子捏。

即使做不了坏人，最起码也要做个像肖凌那样勇敢的人。

大家喜欢欺负的都是那些软柿子。真正坏的人，越是坏事做绝，人们越是退避三舍，甚至阿谀奉承，生怕得罪了坏人。如果能有一次与坏人一起出行的机会，随同者便有了一种殷实的骄傲，改变了原本俯仰由人的态度。

可惜，那时我才二十五岁，没有做坏事的胆儿。在做坏人与挣工资方面，没见过大风大浪的我，小心翼翼地选了后者。

我只是个打工妹，编的版面再优秀，也不过是个打工妹。

我找了一个折中的方式，以回避女副总满满的恶意，我主动请求到广告经营中心去。

我天真地以为，与给报社带来直接经济利益相比，编辑和选择稿件无疑很轻松；广告任务那么重，又是给报社创收，知道我选择的是比较艰难的工作后，女副总定会放我一马，不再针对我。

到此，我终于理解了逼上梁山的那一百单八将的委屈。

广告部正需要人，领导层很快同意了我的请求。

这次，女副总果然没什么意见。我想，她应该知道拉广告的辛苦，这莫名的恩怨也算就此化解了。

事实证明，我高兴得太早了。

几番摸爬滚打，风里来雨里去，我请人吃饭、送礼品、写软文，终于将几家从来没有在我们报纸投过广告的家电大客户吸引过来，客户们开始定期在我负责的版面上投放广告。

我不仅重拾信心，还被首战告捷的喜悦冲昏了头脑，以为只要选好方向，运作科学，积累三年的广告提成，就足够买一栋房子了。

然而，我的八字不知哪一字犯了禁，又出了意料之外的状况。

在一次出外采访中，我一连接到十几个客户电话，客户焦急万分，因为报社有人给他们下最后通牒，如果不按照要求的金额去打广告，立刻整版发布他们的负面报道。

客户们纷纷质问："你是怎么跟领导沟通的，我们已经按期投放广告，为什么还会遭到这种低手段的刁难？"

我一头雾水，立刻拨打直属领导办公室电话，以期获得支持。

直属领导完美展现着他身为领导者的沉稳厚重，在电话那端慢悠悠道："你的客户广告投放量都很低,工作效率比较差,报社这么做也是在帮助你嘛。接下来怎么做,你就不用管了。"

电话应该是开在免提状态，因为，领导的语气有着表演的刻意，而且从电话里竟能听到周围传来的阵阵压低的窃笑声和私语声，像电视剧中常出现的那种几个人聚在一起商量怎么陷害忠臣良将的场面，突然，女副总的声音大义凛然脱颖而出："跟她说那么多干吗！"

那边咔嗒一声，电话挂掉了。

我不禁怅然望天，哀声长叹，我不过是一个单枪匹马的打工妹，他们这么精诚团结的目的却是要对付这样的一个我，是不是阵势太大了？

我又拨打直属领导的手机号码，但始终没有人接。

最后，客户投放了规定数额的广告，它标志着：我陈一一，不仅在报社没有了话语权，而且在客户那里，永远丢失了信任。

再后来，女副总经常介入广告部的工作，当着我的面，指挥我的一些同为打工者的同事"分担"我的客户源，我眼睁睁看着一个个客户被她安排给别人却什么也不能做。

毕竟对第一个打工单位还存有感情，我便抱着最后一线希望去找她沟通，苦口婆心剖肝沥胆，希望她能理解我身为一个打工妹为了独自生存而拓展业务的不易。

"我本将心向明月，奈何明月照沟渠。"我这边态度诚恳，语气平和；她那边冷若冰霜，爱搭不理。我自以为字字珠玑感人肺腑，岂料说完后，她抬头冷漠地看了我一眼，身体向后一靠，双手插入外套的衣兜，道："客户属于报社，不属于你个人。"

这话说得好高尚，我竟无法反驳。

我已经蹦到嗓子眼的反驳是：你们夺了我的客户，我的广告提成怎么算？我前期投入的那些请客送礼的资金，你们谁给我退回来？

但是，我终于什么也没有说。对于这种黑白混淆和指鹿为马的行为，我除了瞠目结舌，还郑重表示欣赏，它终于让我决定闭嘴，不再试图做任何毫无用处的挣扎。

那时那刻，我真希望自己是她口中所说的妖精，穿一身风中飞舞的艳红纱袍，眉心朱砂，身姿妖娆，衣袂飘飘跳上她的桌子，一只素手出手狠厉，闪电般掐上她的脖子，另一只手拿起她桌面上的那些装腔作势的文件一本本砸向她，并且以比她更冷漠高傲的凌厉气势反问她："广告费最后都是要交给报社的，又不会少交一分钱，你何苦非要抢我的单子，为难我一个打工妹？"

想想还是作罢，因为自己并不是什么妖精。

这是人家的地盘，她如日中天，我无力回天。想了好久，终于决定辞职。

辞职那天，我一身轻松，心寄诗和远方，坚信"守得云开见月明"。

两周后，美丽的办公室主任也辞职了。

她给我打来电话，带着同仇敌忾的愤怒："她后来还在会上说，你在抢报社广告，有一些新员工就相信了。我们都知道，那是你辛苦拉来的广告，单是请客户吃饭这一项，就花了你不少钱吧？"

我抢报社的广告？一个打工妹能有多么肥的胆儿去抢自己打工单位的广告？这根本违背常识好不好！

多么赤裸裸的颠倒黑白！而更为可怕的是，总有一些人怀着莫名奇妙的诅咒心，倚仗着所谓的靠山，抓住刹那的风向，堂而皇之地造谣传谣，以图达到他们幻想中的快感。

我们能指望谁制止这些人的无中生有？又能指望谁在法律允许的前提下，严厉制裁他们颠倒黑白所犯下的罪恶？

算了，忍！忍无可忍，仍需再忍！身为弱者，我只能自欺欺人，听命于宿命或因果，让时间去完成报应，让他们为自己不道德的行为付出该付的代价。

办公室主任给我打电话，不过是为了惺惺相惜地宣泄，她知道我不会告密，也许她认为：我们有着共同的敌人。

我从不愿树敌，我希望世界大同，但世界不与我大同。

世界要孤立我，我又有什么办法？

人类就是这样，总喜欢在自己的同类中搞事情！

逐渐成熟以后，我接受了这种存在即合理的规则：这个世界，有无缘无故的爱，也有无缘无故的恨。对有些人来说，我们的存在本身就是个错误。

我可以理解这种普遍存在的同性的劣根性，但绝不会原谅这种嚣张跋扈的恣意行为。

当然也不会谴责，谴责是最软弱的叫嚣；更不可能讨伐，我没有战斗实力……

离开之后，有几个谈得来的同事依然在那里工作，从他们那里不断得到报社的消息。

最后听到了喜讯：大约是从中尝到了甜头，女副总的手伸得越来越长，经常带领着她的嫡系成员，将利用负面新闻威胁客户投放大额广告的手段变成常态化。

常在河边走，焉能不湿鞋？终于有客户投诉到总部最高层，她被明升暗降进了一个不用做事却可拿到同等薪水的部门。

对于一个喜欢众星捧月一枝独秀的女人来讲，无事可干无人指派才是最不堪忍受的。

我偶然从一条街道路过，看到她一人从药店出来，两只眼睛的下面青黑，冷着一张脸，全无当年的神采。她抬头间看到了我，两秒后却撇过头去。

我也没有走过去和她打招呼的肚量，遂向着我要去的地方继续前行。

知道她过得不好，我就开心了。

啊，我真坏！不过，坏了好，坏了就没有人敢欺负了！

静下来反刍跟那位女士的几次沟通，不仅没有丁点儿缓和我们的关系，而且让我在一段时间里一直活得低三下四，自己当时的行为现在怎么想也想不通。

这就是年轻的弊端，做什么事情都莽撞极端，一切凭着想当然而没有立足现实。于是，不仅让浅矛盾升级为深矛盾，而且让金玉帛化身成厮杀戈。

就像我，当时选择了委屈求全，还以为自己是忍辱负重。

其实，在当时那种没有任何势力支持的背景下，要么找只老虎狐假虎威，要么认清眼前事实立刻离开。

这样，至少保住了自尊和底气。

不幸是幸的序曲，幸要感谢不幸。年轻时丢失些脸面得到的教训，用多少钱也买不回来，足抵万金。

所以，应该感谢那段时光，让我彻底学会了适时而得体地退出，不再为一些无谓的人和事浪费自己的时间。

懂得在适当的时候主动离开的人，背影都逸散着清贵之气。

唉，什么清贵之气，这只是我为自己当时的软弱所做的让自尊得以维持的粉饰。

“再没见过？”梅毓的磁性嗓音把我拉回到现实。

“见过一次，没打招呼。反正她见到我就恨不能掐死我，好像我跟她有什么不共戴天之仇。可笑的是，在我知道她恨我之前，她是我的偶像，结果，我崇拜她，而她恨我。”我自嘲道。我表面云淡风轻，内心暗流汹涌。

“你在那里打工时一直在忍，不忍的都爬上去了，你忍的结果呢？你说你碰到敌意会首先沟通，你沟通的结果呢？”梅毓反问道。

“什么都没有得到，还失去了尊严。”我老老实实承认。

“你对现在的公司感觉怎么样？”梅毓突然问，她的眼神像温柔的鱼钩，要钓出我心里的什么鱼。

“上班还不到一个月，不好说。”我的心情有些复杂，总感觉公司的气氛不清爽。

“老板呢？你还要忍吗？”她亮亮的眼睛后颇有深意，语气温柔而寒气凛冽。

我忽然明白了她想钓的鱼是什么：“我不会的，你放心。”

我向她也在向自己保证，我真不会走出那一步，只是原因特别，暂时蜗居而已。

“万一老板还有别的行动呢？”梅毓看着我，一双清澈的眸子一闪一闪亮晶晶，让我面前都是小星星。

“我会在不到半秒的时间里离开。”我肯定道。

“工资呢？不是要翻一倍吗？”梅毓逼问道，貌似不相信我对金钱的抵抗力。

翻一倍的工资确实很有吸引力。钱对于我的重要性，这个中滋味她又怎么能知道？

“委屈自己要有个底线。”尽管对她心存怨念，我还是很严肃地回答道。

“那就好。”听到我的答案，梅毓唇角上扬，微微一笑。

尽管她笑得倾国倾城，我还是瞪得她人仰马翻，她愣了一下，然后又继续笑。

看到她在笑，我更生气。

我怎么就不是个官二代富三代？那样，谁都不会将我同那些不三不四的事搅和在一起。如果我俗，别人会说我虽出身高贵，却广接地气；如果我雅，便自有人称颂我家学渊源，底蕴深厚。

想到这里，我才终于不甘心地确信：投胎技术果然比后天努力更重要，直接就把输赢决定在了起跑线上。

我没有立刻离开现在的公司，原因只有两个：一、正在开发的新项目正好与我的兴趣一致，一旦项目建成，那些来来往往的故事都将带给我宝贵的生活素材。二、下个月就会出差，参加一个同行业的论坛。不要小看论坛，它可以带给我很多信息。

可我不能把这两个原因告诉梅毓，她很可能会认为我在狡辩。她大多时候很自信，她的自信我永远做不到，她认定我是什么样子，我最好别辩解。

梅毓应该没有将我当成敌人吧？才讨论过“女人为难女人”这个话题，我有些发怵。

“你俩节省点儿力气，好吗？”文治哥开口了，他展唇一笑道，“我只能待两周，所以当我在你们身边时，能否双星捧月，多给我一些阿谀奉承？”

文治哥又要离开？在这个城市，我为什么就没有几个想见就能见到的朋友？为什么我信任的人总是不能永远在我的身边？

十一、女人眼里的男人的颜值

有时，我们会把自己厚厚地伪装起来；有时，我们又会把自己彻彻底底地交代出去。我们总把幸福的赌注轻易地押在萍水相逢的陌生人身上，我们总相信人越陌生，给予我们幸福的可能性越大。

我们向每一个可能赐予我们幸福的人不厌其烦地推销我们自己，而其实，在激情交集之后，我们不过是彼此擦肩而过的路人。

有多渴望，就有多失望。

“早，陈总监。”我上班经过项目部门前，商子正走过来，他向我打招呼。

刻意的酷，刻意的傲，刻意的帅。

我不明白，是他刻意地表现，还是我刻意地挑刺?

“早，上班很及时啊。”我微笑着回应。

“我还不了解公司的运作模式，早来早熟悉。”说这句话时，他很认真，是那种骨子里的认真。

我嘉许地点点头。

商子白皙的脸庞染上一层粉红。青春年少，正是很容易脸红的年龄。

他的名字很奇怪，姓商，单名一个子。他的父母是诸子百家的粉丝?

在应聘的数人中我特别推荐了商子，尽管对他有着很多的不认可，但其他人在更多方面不能让人认可。

老板对我推荐商子有明显的意见，他认为奶油小生最不可用，明确表示他不想用书生。

许是商子迫切的成功欲博取了我的某根惺惺相惜的神经，我像律师那样做了以下陈述：

一、该名应聘者态度最为认真，我们需要的不但是高手，而且一定要具备对工作认真负责的态度。

二、该名应聘者毕业后主动提出实习三年，所以没有正式工作经历。目前，各用人单位在工作经验方面要求严格，给他一个机会他会以感恩的态度投入工作，对企业忠诚度较高。

三、该名应聘者在薪水方面要求不高，对成功则要求迫切。在这样的薪水线上找到这种综合素质和背景都有利于公司的人实不多见。

老板笑了，说那你就定下来吧。其实老板还是很好沟通的。

我并没有告诉商子实际情况。我不知道，如果他知道是这样的受聘真相，尤其是被唤作奶油小生，会作何反应?

此刻，看到他来这么早，我就放心了。至少，他的态度已说明了他是个负责任的员工。

走进办公室，刚准备坐下，就听到老板的声音："陈一一。"

我随即走进老板的办公室："老板，早。"

"不早了。"他看着很是生气，"怎么市场调查还没交来？你看那个商子能做就做，不能做就把他辞了。"

"最少还需要两周的时间吧，上个月才把工作安排给他。"这是事实，不知老板为什么这么生气。

"我不管时间，不管过程，只要结果。"他霸气道。

现阶段，但凡是个头目，无论职位高低都会来这么一句："我不管过程，只要结果！"仿佛说出这句话，就能证明他们很专业，很不容小觑，有着强大的实力。

我没有再分辩，也不想看他的脸色，直接转身去了商子所在的项目部办公室。

商子真的很认真。他总是早上出门采盘，再用一下午时间在电脑上做资料汇总分析，办公桌上总是放着成堆的资料。

我偶尔去他的桌前了解一下市场调查的进展，他会很酷地用一种冷峻的眼神示意我坐，然后向我陈述工作进度和计划。

现在老板要进度，我便又来到项目部，走到商子的办公桌旁，问他："商子，市调完成还需要多久？"

他回头看着我，我的问题让他有些发愣："还有两个片区，完成就到下一周了。"

我知道这已是很高效了，便道："老板要定下一步计划，你尽量加快速度。"

"已经是马不停蹄了，还能快多少？不可能再快了。"他反驳道，还有一些浅浅的嘲弄。是嘲弄我，还是嘲弄老板？算了，不跟他计较。

"尽量快吧。"说完我转身就走。

"别太累了，我挺担心你的身体的。"身后传来他的声音。

我回头看他，他正认真地看着我。

"你在跟我说话？"我问他。

"当然，你值得我关心。"他依旧认真。

"谢谢。"我刻板地说出了两个字，内心无一丝波澜，转身离开。

他在用他们这个年龄最拿手的情商，我才不吃这一套。

常见他躲开写字间的人在外面的走廊上打电话，有“乖乖”“宝贝”“我的女人”之类零零碎碎的话语飘入耳内，我不禁怅然，谁会如此唤我？

上周五的中午，正是吃饭时间，我从办公室出来，正好看见一位打扮另类的女孩来公司找他，商子味同嚼蜡的表情让我对他的私生活有了不好的猜测。

商子送她下楼梯时又被正上楼梯的我碰见，听到商子对女孩道：“对不起宝贝，我晚上加班。”

他晚上加班？

这么认真地对待工作，我没选错人。

转眼，商子却似刚刚烧掉从衣服上露出的线头般轻松地唱起刘德华的歌：“给我一杯忘情水，换我一夜不流泪……”

“女朋友啊？”我笑问。

“还没定呢。”他不承认。

“晚上还要加班？”我又问。

“不加。她回老家让我送她，关系还没确定送什么送。”然后，他很快转换语气，用一种刻意的眼神看着我道，“要是你有妹妹就好了，我一定娶她。”

“呵。”我轻轻一笑，没接招。

这小子是不是想跟我比情商？如果是，就赶快醒来吧，我从不吃青涩的果子。

是我多疑吧，满世界的小男人难道都是某男星，都有姐弟恋情结？我嘲笑自己的敏感，这是有多闲才会这么胡思乱想？

我若是男人，肯定只喜欢比自己年龄小的，老牛吃嫩草只适合于男老女少。

时间过得真快，转眼间，从应聘至今已经半年。

从上班的第二个月开始，我就拿到比应聘时原定岗位翻一倍的工资。这种钱越赚越多的喜悦，重新点燃我对未来的希望，让我这段时间对人生充满热爱。

因为心情好，我每天早上都起得特别早。

早上起得早，也不用担心迟到，慢悠悠步行来到公司，距离上班时间依然还有十分钟。

我来到自己办公室门口，无意间回头，看到楼梯转角处一位瘦小的女孩子在哭，是商子所在的项目部的员工。

一时多事，我便走了过去。

“怎么了？”我问道。

女孩子一看是我，擦了擦泪道：“没事，陈总监。”

“需要我帮忙吗？”我对这些年轻女孩子总有着过来人的同情，不希望她们遭遇我年轻时受过的委屈。

女孩子沉默了一会儿，终于道：“我不会写市场调研，商主管说再给我一周时间，写不好就滚。”

商子办公室的员工，按理我是不能插手的。想了想，我问她：“你叫什么名字？”

“常雅如。”

我把自己的手机号码告诉她，然后道：“小常，你把邮箱地址给我，我给你发几个模板，你认真看看，按照模板试试。”

“谢谢陈总监。”常雅如高兴地向我道谢，然后把邮箱地址发到我手机。

回到办公室，正准备坐在电脑前整理那些文档，又想起要给常雅如发模板，便打开邮箱，按照常雅如的邮箱地址选了几篇发过去，之后才开始整理文档。

直到下午五点，才将各部门报上来的各类文件资料做完汇总，然后给老板送进去审阅。

老板并没有让我离开，他要我讲讲最近各部门的工作进程。

我一边讲，一边不断地看手机上的时间，因为文治哥将坐下午六点五十五分的火车离开。

等到和老板谈完事，已经六点二十。当我赶到的时候，距开车时间已过去半个小时。

我呆呆地站在车站广场，对自己很失望，我怎么就抓不住时间？

“一一。”声音从身后传来，我惊喜地转过身，梅毓和文治哥就在我身后。

只是文治哥在微笑，梅毓却一脸埋怨：“文治为等你误车了。”

“那怎么办？”我又内疚又着急，脸都急红了。

“罚你喽。我只好改天再走了。”文治哥还是微笑。

“罚吧，罚吧，罚什么我都认。”我只想将功补过。

“今晚去喝酒。你——”

“好，我请。”我急急地接话。

“不，你陪。”他好脾气地道。

我心里顿时暖起来，文治哥总是这么宽容，果然是 24K 暖男啊。

一个念头闪过：男朋友是他就好了。

不自觉又摇摇头，怎么会？一直管他叫哥的，若有情早就应该开始了。

梅毓看我又摇头又晃脑的，问：“你还有事？”

“没有啊。”我搀住她的胳膊，和文治哥一起向蒙氏烧烤店走去。

到了地方，我点了几种烤菜，梅毓和文治哥点的是烤羊肉系列，还要了一个中桶的扎啤。

跟自己人在一起时间就过得飞快，感觉还没怎么喝就过了十二点。

文治哥拦辆出租车先送了梅毓，又掉转车头送我。等回到我的小窝，已是差五分一点了。

我有些酒上头，胡乱洗了把脸，也忘了刷牙，就一头栽到床上，直睡到闹铃一遍遍响着吵醒我。

急匆匆梳洗好赶到办公室，却发现老板今天来得很早，因为从他的房间里面传出隐约的小声说话的声音。

他的房门打开了，一位女士从里面走出来，正是那位许主任。

她看到我，向我走过来，走过来的姿态真的很娴雅。

走到我的办公桌旁，她用软软的声音道："你好。"

"你好。"我等着她继续讲，不理解她过来要和我说什么。她的口红很鲜艳，像是才涂上的一样。

她从包里取出一张名片递给我："小陈，我是你们老板的朋友，这是我的名片。"

我双手接过来，放到桌面左边的台历上，对她道："谢谢。"

顺手从抽屉取出自己的名片，站起身来双手递给她。

别人有礼貌，我也要礼貌地对待别人，老祖宗礼尚往来的优秀传统不能丢。

许女士也是很礼貌地双手接过。

"如果有无纺布的需要，就随时跟我联系，给你有抽成。"她微笑道，一边拉开侧袋儿拉链将我的名片装进去。

"好的。"我点点头。

她再次微微一笑，转身优雅地走了出去。

我拿过那张名片，上面写着一家公司的名称和她的职位：副总经理。

副总经理？哦，兴许以前是主任，然后业绩突出，升官了。

"陈总监。"老板又在传唤我了。

从第二个月开始，他不再叫我名字，而开始用"总监"这个职位称呼。这是提示我他已认可了我，所以，我更要鞠躬尽瘁。

我走进去，他点燃一支烟，很享受地吸了一口后道："昨天的汇总我都看过了。项目部还没有进展，那个商子好像没什么作用。"

他好像一直很针对商子，老男人对毛头小伙子的忌讳？

昨晚和梅毓、文治哥喝了酒，早上起来就有些反应迟钝，愣了好一会儿才想起要回答老板的问题："很正常啊，我们这么大的盘子，各层业态都要在同类行业中进行大量细节化的调查，最快也需要三个月。"

"你不要看他帅就包庇他！"老板又狠抽了一口烟，身体向后靠去。

这话说得真没水平！我心里白了他一眼。

“他哪儿帅？！男人是要看实力和魄力的，如果有这两样，越丑越有魅力。”我辩驳道。

老板不说话了，我看到他“一低头的温柔”。

走出他办公室，我真想扇自己一耳光，骂自己：“陈一一，你废话真多！”

我立刻转身到项目部办公室去找商子，以免叫他到我这里来再让老板不自在：“先拿出一个草案，让老板了解一下你们项目部最近的工作。”

商子不愿意：“哪有这么快？”

“让你拿你就拿，为工作也是为你！”话一冲出口我自己先呆住了。

我还在吃惊于自己无意识的语言错误，商子却高兴了：“好的，宝贝。”

我张开口准备呵斥，又一想，这怎么驳斥？不理睬他就行了。

我瞪他一眼，转身就走。现在年轻人都这样，男女老少动物植物都乱喊宝贝。

刚离开商子办公室没几步，就听到身后有人喊我：“陈总监，陈总监。”喊得小心翼翼。

回头望去，是常雅如。我停住脚步，站在那里等她过来。

“谢谢您，那些模板我都学习了，真的对我很有帮助。这是我的一点儿小心意。”她从工装的裤兜里掏出一个水晶钥匙串，不好意思地递给我，“您别嫌弃。”

要是什么贵重的礼物，我还真不会收，但是这个钥匙串用的水晶料很普通，市场价格不过一二百元，我就顺手接过来，道：“很好看，我收了。”然后摸摸她的头，转身向自己办公室走去。

在办公桌前坐下，看了眼老板办公室的房门，想着他那句话，就感觉气不打一处来，什么叫“看他帅就包庇他”？！

事实上，同男人一样，女人一看到颜值高的男人，多数也会多看一下。

不同的是，男人多数会立刻开启撩妹模式，春风一度更是家常便饭，反正吃亏的是女人；而女人则不同，真要面临要不要在一起的选择时，可不见得会那么莽撞，基本还是会慎重考虑的。

因为，女人不仅善于装，还善于想，越是遇上高颜值男人，越是表现得斯文得体。

哪怕心里百花齐放，但在看了一眼之后很快就目不斜视，强迫自己从心里头道貌岸然起来。

有三个原因导致女人不会轻易跟高颜值男人厮混在一起：一是男人颜值高容易招惹烂桃花，稍微聪明点儿的女人都不会飞蛾扑火；二是女人们会想，那么一副好皮囊，万一是个吃软饭的甚至已经被别人包养了怎么办；三是又没有结果，何必招惹。

这就是女人面对美男的普遍心理。商子确实帅，但我更看重安全感，何况他年龄小，又是个给点儿阳光就灿烂的性子，怎么可能对他产生什么情愫？

老板的话说得很不合适，让我很不高兴。但也没办法，这事是不能当个正经事去和他理论一番的。

一个人生了半天气，忽然想起下午还要送文治哥，赶紧给梅毓打电话问出发时间。

定好时间，花美男李庭轩打电话过来，问我在不在家。

我告诉他在上班，下班还要送文治哥。

他便同我约好七点左右见面，说熬了枣汁给我送过来。我欣然答应。

下午和梅毓一起送走文治哥，看着火车离开心里很惆怅。我从来不喜欢送行，尤其是送自己人离开。

每逢这种场面，我就立刻想起五代词人徐昌图的《临江仙》：

> 饮散离亭西去，浮生长恨飘蓬。回头烟柳渐重重。淡云孤雁远，寒日暮天红。
>
> 今夜画船何处？潮平淮月朦胧。酒醒人静奈愁浓。残灯孤枕梦，轻浪五更风。

人总是不喜欢和自己人离别，我也同样，心情已经非常低落。

和梅毓分手后，我回到自己隐在群楼深处的小窝，趴在阳台上看着外面的光光点点发呆。

门铃响了，我快步走到门后通过猫眼看出去，李庭轩到了。

打开门迎接他进来，他把手里一只陶瓷罐子递给我，笑着眯起他狭长的双眼道："桂圆枣汁。"

我把罐子拿到厨房，倒出一碗先尝了一口，嗯，果然很好喝。

我咂吧咂吧嘴，把碗端到客厅，在沙发上坐下，一口接一口，不知不觉一碗枣汁儿都进了胃。

"熬了一个多小时。"他看着我喝完，笑得格外得意，"你要学会自己熬，先把枣泡一夜，去掉核儿，怕麻烦就用豆浆机打，想要味道醇美就用小火熬，一直搅，一个多小时就好。每天喝两次，每次一小碗，早起睡前喝，要加热。记住，熬好后放凉，然后再放至冰箱。"李庭轩认真叮嘱道。

"有人关心真好，幸福死了。"我意犹未尽，舔舔嘴唇，还有香甜余味儿。

"美容补血，调理脾脏造血功能。"他嘚瑟道，仿佛做了一件拯救世界的事情。

"饭店最近是什么状况？"我问他。

"我不打算转让了，准备改成面馆。"他很轻松，"出价太低，转出去就赔大了。"

"能包住吗？"我问他，听到他主意改变，我也感觉安心。

“可以。我让一个朋友帮我管理，我去外省。”

“怎么这么急？”我感到很突然，他也要走？

“同学部队转业了，准备开酒店，请我去给他帮忙。”他恢复了之前的阳光爽朗，又道，“这边赔进去太多，我得两边转才能补回来。”

“谢谢你给我熬枣汁，没想到你是来跟我辞别的。”他的决定让我难过，他走之前还给我熬枣汁，“以后还能不能喝到你熬的枣汁？还能不能看到你礼仪周全的帅样子？”

“你有时间去那边看我吧，喝了枣汁就要去看我。”他一收笑容，很严肃地对我道。

“给您添麻烦了。”我一副韩国妇女模样向他躬身致谢，又道，“你到外省去，需要我做什么？你给我熬枣汁，我都不知道拿什么感谢你。”

其实，我心里有着计较，最近并没有给他做文字活儿，该怎么还他的情？

世间最简单的关系，其实就是做生意，银货两讫，彼此不相欠。

而最难的关系，则是人情世故，礼尚往来只是个成语，度却很不好把握。

他却一下子黑了脸：“既然你这么生分，我以后就不给你熬了！”

“啊！”我吃惊地看向他，不明白怎么就惹怒了他。

他却笑起来，一双眼又弯成两轮上弦月。

十二、莫名其妙的告白

我们一直以为真诚就好，直到发现，越真诚就越被人当成傻子，我们便变成了没有良心的聪明人。

而人类多数错误，都是极力向不值得的人要肯定。

周末洗完衣服，不想待在家里。走来走去，看看这看看那，又想起了丽。

难怪总不让我去看她，原来，是怕我发现。也许并不是怕我发现，而是她根本没有心情见任何人。

很担心她，又没有办法救她；期待着她自救，却知道她不会解救自己。

我要去找她，想给自己救她的一线希望，不管她愿不愿意。

坐出租车到了丽住的地方，我付了早就准备好的零钱，一下车就小跑着进了院内，一步两个台阶登上二楼，二楼东户是丽的家。

她的门口趴着一只猫，我冲它摆摆手："猫猫，让一下。"便过去按门铃。

门铃响了好久，没有人开门。我打她手机，语音提示已关机。

我趴在门上侧耳细听，房里没有一丝儿动静，我有种找把斧头砍门的冲动。

想了想，我下了楼梯，到门房去问守门人。

"师傅好，二楼东户的人您知道去哪里了吗？"我很礼貌地敲敲开着的房门。

守门老人看着老实木讷，打量了我几眼，大概是看着我这形象也不具备做坏人的资格，便道："前天被家里人接走了，看样子病得不轻。"

"老人家，你知道是谁接走她的？"我有种从此再见不到丽的惊慌。

"不知道。"老人摇摇头。

我没有听她讲起过她的家，我竟从没有问起她的家世。

我又拦车到了她的酒吧。这里已是面目全非，陌生的接手者对我说他不认识丽，他要把这里改装成火锅城。

丽会到哪儿？接她的是谁？她现在是什么状况？我一概不知，作为她的朋友，我原来这么不合格。

惶惶不安地过了周末，周一来到办公室，我根本不在状态，怎么也无法让自己安静下来。

总有一种预感，感觉有可能再也见不到丽。

老板进来，身后跟着的又是那位许美女。

老板看到我时将眼光避了过去，带着很奇怪的漠然，而那位许美女倒是对我笑了一笑，他们进去后关上了房门。

老板是对我失望吗？又是因为商子吗？还是认为我无能？又或者是因为许美女在旁，所以他故意装出一副酷样子？

打电话叫来商子："招商方案还没出来？"

"哪有那么快啊！"商子笑道。

"你怎么效率这么慢？"我第一次发火。

他看到我发火，有些无措。

我明知不怪他，他只来了一个月，公司又几乎没有什么可供查阅的资料，一切只能自己去调研，但让老板有意见就只能是他的错。

"你有心事啊？"他一点儿也没有惭愧的意思，"说说看，我能帮你什么？"

要命！老板就在里面！老板的脸一定极其难看。

"市场调查结束了吧？应该是可以出结果的时候了。我希望在这个周六看到你的方案。"我义正词严，他听后一脸不驯，傲然转身走了出去。

我苦闷地看着门，想着到哪里找丽，想着怎样让老板高兴点儿，想着怎么对付这个经常冷不丁说亲昵话的商子。

不知道怎么回事，我无法让自己像同普通员工那样同商子沟通，总怕伤了他。

我怎么能在意他的感受？我为什么在意他的感受？是因为他像年轻时的我，还是他让我想起了自己年轻的时候？

我想再去找丽，却不知道该到什么地方去找。煎熬之下，想去一个很久就想去的地方散心。

下班后，我心情低落地去楼下等出租。

"你回家吗？"商子出现在我身边，好像我从来没有冲他发过火似的。

"不是。你是回家？"出于礼貌，也因为他主动低头，我便顺便问问他。

"你到哪儿去？"他不回答却反问我。

常雅如也从公司出来了，看到我立刻高兴地走过来："陈总监。"

"小常下班去哪儿玩？"我微笑着问她。

"回宿舍，没地方去。"她不好意思地回答，又对着商子道，"商主管好。"

"嗯，赶紧回家吧，女孩子别在外边逛。"商子老气横秋道。

常雅如的小脸腾地红了起来。她匆忙跟我道了别，立刻反身走掉。

“你到哪儿去？”商子继续问我。

我到哪儿去？哦，对，我反应过来道：“去登城墙。”

是的，我是准备去城墙。

几年前回故乡，故乡的小城中有位当公务员的男人追过我，是摄影记者。

初时，给他的打分是八十五。他离过婚，因为身材高大，颜值不错，就试着和他交往了一周。

但之后过不了几天，我给他的分数就降到了七十以下，便找理由不再跟他联系。

当时跟他谈起英市历史，在谈到城墙时，他讲到他和前妻的一个小故事，讲起那个故事时他一脸沉醉。他说，最让他难忘的就是他带她上城墙后她欢天喜地的样子。

我听完尴尬症都犯了。我正好一直想去看看城墙，而男人带不同的女人做同一件事，肯定只有第一个女人的感受，我不要做那第二个女人。

并且，他说他对他前妻用情很深，他前妻专升本学费都是他交的，而那个女人在修完学业后就坚决去了异省，一年一年找借口不回来，然后就抛弃了他。

当他说完这些后，我彻底对他没有了兴趣，因为这是个人修养的问题。他已经离婚了，却对自己的付出喋喋不休，谁知道是真付出还是虚荣地给自己制造光环？

很多男人都是使用这种手段来彰显自己的忠诚，爱情上的挫折让女人成熟，却颠覆男人的世界观。

这大概就是“男人离婚像根草，女人离婚变成宝”的原因。

事实上，这种男人真正的悲哀在于，他们只是不甘心他们的前妻首先对婚姻叫停，他们失去才觉得珍贵而已。

当时，有我们共同的熟人对我和这个人的关系不抱乐观，他说，这个男人和他前妻在一起时经常吵架，而且前妻经常到单位查岗，责备他勾三搭四。想那女人为同他离婚一定是做了深谋远虑，所幸终于成功，再也不用见他。

那一定是个很聪明的女人。

所以，我对这位摄影师说我们不合适。

他愣了一下，很快道：“没事，还可以做朋友嘛。”

“是啊。”我笑着应道，心里想：才怪！

“要不要我陪你一起去？”关于登城墙的事，商子还在等我点头。

“也好。”我答应了。天也快晚了，有个人在旁边安全些。

他去买的票，他那张是用学生证买的，只交一半钱。

“还在上学？”我吃了一惊，以为他在简历上撒谎了。

“学生证没交上去，就留着在这里派上用场。”这几句话说得漂亮，既让听者感到舒服，又为自己解了围。现在的年轻人，情商果然高。

有些陡峭的台阶同时有些窄，他向我伸出手，我说不用，自己扶着墙壁小心翼翼地走了上去。

真正踏上城墙的那一刻，我有种心愿终于实现的狂喜。

古老的墙砖摸上去有着神秘的冰冷，我似乎已闻到自久远年代留下的士兵铠甲上的金属味道，仿佛看到在猎猎旌旗下站立的他们岩石般坚定的身影，目似鹰隼不放过城外细微的风吹草动。

“你没来过？”商子的声音将我拉回现实。

是，我没来过。在这个城市这么久，我竟然没来过，而这里是我一直想来的地方。

我点点头。他不相信：“怎么会？！”

“没必要骗你。”我随意道。

“我到这里上学第一年就来过了。”他道。

他对我表现出的喜悦莫名其妙，可能还会认为我幼稚。

“历史留下的痕迹，总是让人更清醒。以史为镜，可知兴衰，就是这个道理。”无视他的诧异，我双手贴上墙砖，感受着冰冷带来的历史与现实的沧桑的距离感。

古老的年代和古老的人群，古老的生活和没有被污染的绿水青山……

年轻时一直幻想能生活在古代，邂逅长剑白袍的少年侠士，伴他红尘黄沙，仗剑天涯。

现在呢？恐怕只能遇见白袍中年吧，而且，很有可能是二婚的。

我从来要求完美，爱情的结局怎么会是这样的？我非常委屈，很是想不通。

来到一座阁楼前，我仰头看了看，忽然有种要上去探寻的念头。

那上面会有些什么？会不会是位将军的塑像？是哪位将军？

“上去看看吧。”我看了一眼商子，率先走进了阁楼。

一进门就傻眼了，扑面而来的是盘旋而上的楼梯，比登城墙的台阶足足窄了一半，也陡了一倍。

商子越过我，踩上楼梯的台阶，又一次向我伸出手，这一次，我将手交了过去。

我们很小心地攀过几个转弯，到了顶层的小门，穿过小门，是露天里窄窄的廊台和墙垛。

这座阁楼是用来登高望远的，在古时是为了看到更远处发生的状况。

现在的我们站在这里，看到的是方圆几里的城市夜景：拥挤的车流形成的奇幻光带，喧嚣奔忙的人群，几处亮着刺眼灯光的在建工地，更有无情的楼群远近林立，竞相攀比着高高在上的虚荣。

相比之下，我便有了闲云野鹤的优越感，心情总算有了些许轻松。

说来我也真是奇葩，为什么以前就不愿意和其他人登城墙呢？很大可能是被南市报社那位摄影师影响的。

“谢谢你，商子。”我对商子真诚道谢。

“我的荣幸。”商子拿腔拿调。我弯唇，挂上若有若无的浅笑。

下楼时因为楼梯太陡，所以，依然接受了他小心伸过来的手。

走出阁楼，一位中年女士拿着快照相机过来：“给你们拍一张吧，俊男靓女，拍出来肯定漂亮。”

“我们拍一张吧，留张纪念。”商子看着我，谨慎问询，似乎怕我不高兴。

我有些不知所措，直接拒绝会让商子不愉快吧？人家毕竟是为了陪我。

“行。”最后，我答应了。

“看谁拍得好看。”他开心道。

我看了他一眼，却没有说什么。

男孩子和女人比谁好看？这个男孩对自己的容貌有多重视？

好像这个时代的男孩子越来越多注重自己的美貌，有些男孩子已经开始化妆了。

我选了城墙道路中心的位置，我们身后是绵延无尽的路和周围青色的墙壁。

摄影师的技术还是很不错的，照出来的快照像一张油画，我墨绿色的风衣和商子卡其色的休闲西装在青色的墙砖和灰色的路面中颜色很是协调，我微笑的表情和商子自在的状态亦有一种奇怪的默契。

我们又拍了一张。

拍快照的女人说：“真漂亮。”

我和商子各自留了一张照片。

“现在心情好了吧？”走下城墙，商子问。

“哦，谢谢你，好多了——真是可惜了。”我忽然想起一种状况。

商子说：“什么可惜了？”

“这种地方，这个时候，应该是你和你女朋友，我和我老公一起来才对。咱俩一起来，我们那两位估计都很郁闷。”我是在刻意强调同事间的距离。

“陈总监，你绝对没有老公，而我也没有女朋友。”

听完这句，我不禁抬头打量他，他怎么看出来的？

“你下班从不去菜市场，你接电话没有一个是家庭味儿的，你应该有一个好朋友，叫梅玉还是梅雨。”他自信地分析着，丝毫不掩饰他的得意。

“所以呢？”尽管被拆穿，我一点儿也不心虚，反而颇觉好笑地立刻反问他。他观察得还挺细致。

“所以，我决定追你。”他很干脆道。

“哈哈，怎么可能？青瓜蛋子。”我一口回绝。这告白来得莫名其妙，一点儿也不让人心动。

晚上，躺在床上，看着和商子拍的合照，我又想起丽，便随手将照片扔在一旁，心又慌乱起来。

只好又下了床，到书房拉开包，取出记事本，看明天的日程安排。

明天要对一家茶秀进行第三次拜访。

据说那位茶秀老总不仅懂茶，还开设了古筝表演、国学讲座和书法培训。拜访的目的是，希望他能入驻我们的商务会馆，以他现在所开设的项目来看，他应该是一位有着文化底蕴的男人。

第二天早上，因为茶秀都在十点半以后开门的不成文的规矩，我带着商子踩着十点半的点儿到了茶秀。

老总依然没在，员工正在做清洁，他的大堂负责人金经理接待了我们。

我给金经理的打分是六十五，因为感觉他没内涵，颜值低，刻板矫情，修养不到位。

这位金经理今天戴着一副黑边儿眼镜，隐隐多了一丝书卷味儿。

之前我们已经来过两次，都没有看到老总，倒回回都是这位金经理接待我们，每次都请他向老总转达我们的来意，却一直没有得到消息。

我有点儿怀疑他是否认真地给老总转达过我们的来意，否则，为什么每次过来老总都不在？

我们既不催债，也不拉广告，只是一次上门招商，老总还犯不着躲着我们。

“老总出差了。”金经理回答道，他看着很礼貌，目光里却含着些许蔑视。

他为什么蔑视？

“那您把我们的招商目的给老总说了，他有没有说什么？”我忍不住追问道。

金经理笑了，笑得很功利。我很奇怪，我为什么用“功利”这个词去形容一种笑容？

“老总没说什么。”他道。

我很想骂人，不管是什么脏话都想招呼给他全家。

想想还是算了，这个世界什么人都有，人人都有自己的价值观，我不能因为自己不习惯就要改了别人的习惯。

“那好，能把老总的手机号码给我吗？”我又道。之前向他要过号码，他没给。

“呵呵，不行。”他笑了一声后，直接拒绝。

我真想一拳头揍过去，压了压火气，对他道：“金经理，我们过来是为了招商，如果老总听了计划后没有这个意向，那么我们就不再打扰。所以请问，老总什么时候回来？或者什么时候在？我们和他谈话的时间，估计不会超过十分钟。您向老总转达一下这个意思好吗？”

“你不要纠缠我了，我已经有女朋友了。”金经理忽然道，表现出一副要给自己立贞节牌坊的浩然正气。

啥？他说的啥？我瞠目结舌。

“你对我们金经理有意思，对吧？你都来三次了，给你说了老总不在你还是来，不就是冲我们金经理过来的嘛。”一位女服务生一边拖地一边道，戴了假睫毛的双眼很看不惯地上上下下瞄我。

啊？这位金经理不但没有向老总传话，还自作多情以为我看上他了？！哪来的自信？

心理学中有一种“达克效应”，用一百名观众给三十位喜剧演员打分，同时，让演员自己给自己打分。测试结果显示：观众打分高的演员给自己打的分低，而观众打分低的演员给自己打的分却很高。

这就说明了一个道理：无知比知识更让人自信。

真像吃了只苍蝇！这是有多滑稽？就凭他？！对这种人就是不要太尊重，给二两棉花就想织布！

“忍，一定要忍，只要能忍下对面这种货色，以后就能忍下地球上所有的自恋症患者。”我一边在心里压抑着自己不要被眼前这混账弄昏脑子，一边还在紧急选择准备反驳的句子，该用哪种修辞手法，是夸张拟人还是飞白跳脱，楼梯口忽然传来“老总早”“老总好”此起彼伏的问候声。

我立刻想到解气的方法了。

我刻意提高声音，用经过培训的标准的播音员嗓音对金经理道：“我理解金经理的忌讳，您是怕老总把茶秀开在商务会馆，会有人接替您大堂经理的位置。所以，尽管我们前三年不收物业管理费，您依旧因为担心丢了饭碗而不向老总汇报。这个您放心，我们不介入你们的人事安排。”

这不能怪我。我们一直以为真诚就好，直到发现越真诚越被人当成傻子，我们便变成了没有良心的聪明人。所以，我只能用拆穿他的小聪明来对付他莫名其妙的自恋和胡扯。

“我，你……”他面色迅速涨红，像煮熟了的螃蟹，却仿佛被我说中了心事。

他担心自己的职位，所以就向服务生抹黑我，真无耻。

生活中这类自恋功利又故作清高的男人多而又多，女人能做到的就是不要被这类人的表象迷惑，尤其不要指望这类人肯定你。

而人类很多错误，都是极力向不值得的人要肯定。

“找我什么事？”一道很爽朗的声音从后面传过来。

我转身看去，一位四十岁左右的男人正向这边走来，身形高大壮实，气质温和儒雅，不禁令人想起“儒商”这个名词。

他穿着熨烫得笔挺的黑衬衫，一只胳膊上搭着一件咖啡色外套，另一只手插进裤子口袋里，一边看着我们，一边走过来。

“你好，老板，我是商务会馆招商负责人。”我把名片递过去。

“到我办公室谈。”他转身便走，并没有接我的名片。

我和商子到茶秀老板的办公室，将招商优惠条件和会馆发展目标向他作了阐述，并把会馆招商资料留给他。

最后，他却主动向我说道：“把你名片留下，有意向我跟你联系。我姓丁。”

“谢谢丁总，能把您号码留给我吗？”

他拿起手机，按照我名片上的号码给我拨过来，我的手机刚响他就按掉电话。

我按照手机上的号码存了他的称呼——茶秀丁老板。

给他的打分是八十五，印象分，与爱情无关。

我们离开的时候，那位大堂经理一直沉着一张涨红的脸。

我没理他，带着商子故意又说又笑地离开了茶秀。

十三、从此失去丽

相悦—疏离—修补—对抗—逃避—接受—漠然—无所谓。讨好爱的女人必经这个过程后才能真正成熟起来。

期望爱情忠诚的女人经历都是一样的，她们的命运是被冥冥中的主宰者复制后安排给每一个人的，谁让她们要把自己整个儿绑在男人身上？

主宰者怜悯的眼神在随时等待同一个结局出现，当然也在等着去收拾同一个残局。他闭住眼睛都可以处理这种只有女人才觉得了不得的事："谁让你们不信命啊，我的命都是早已被安排好的。"

他想说出来，宿命一甩袍袖，捂住了他的嘴巴。

从茶秀出来，我们直接回到公司。

"那个金经理简直自恋到变态，凭他怎么可能让你对他有意思，他以为他很帅吗？可笑！不过那个丁总很大气，这个人值得做朋友。"商子由衷地对那个丁总予以好评。

我有些好笑，问他："才见一面就给人下定义？"

"闯荡这么多年，我还能没有这点儿眼光？！"他装老气横秋，我不置可否。

"陈总监，你这表情挺伤人的。"他对我有意见。

"我在想事，与你无关。"我想起了丽，心情越来越湿冷，最近总忍不住想哭。

他不再问，我们回到各自的办公室。

上次登城墙后，商子的告白被我一句轻飘飘的不可能打发了，他没有再讲类似的语言，我也当他是在开玩笑。

截至目前，这样互相比较有好感的同事关系，对提高工作效率还是很有帮助的。

"实在是没办法帮你，现在需要的人太少了，不好找。"刚一进门，就听到老板的声音从里面传出来。

"你约人，我做东，到时候你再帮我推动下。"是许女士的声音，有着软语相求的无奈。

"马上就元旦了，这个时候，都在忙自己的事。"老板道。

"你再——"女人还在请求。

“我还有事，你先回去，有消息了我给你电话。”老板打断女人的话。

几秒后，老板的门从里面打开，许女士走出来，有些卑微地带上门。

她看过来，正好对上我的目光，她转过头去，脸色很不好，有着压抑不住的烦躁，还有无助。

见过她几次，似乎都是这样的神情。

看着她孤独的背影，很同情她。

手机铃声忽然急促地响起来，寂静中愈发清冽。

我按了接听键：“是陈一一吗？”手机那边是很陌生的老者声音。

“你是哪位？”我问。

“我是徐丽的舅舅。”听到这一句，我的心忽地一沉。

“丽丽住院了，肝癌。她想见你。”

我问了地址，便敲了老板的门进去请假。

老板照例在抽烟，神色跟以往并没有不同，看来许女士并没有影响到他。

“老板，我姐姐住院了，我请半天假过去看她。”

“行。”他准假了。

匆匆将工作对商子做了交代，便拦了辆出租车赶往医院。

途中收到商子发的信息：“别着急，宝贝。”

自上过城墙后，他发此类语言已无所禁忌。

我没有理睬，按灭了手机界面。

来到英市东区医院肝胆内科病房，丽刚醒过来，脸上有细细的汗珠，那是身体太虚的缘故。

看我进来，她伸出枯瘦的手：“乖，来了。”她异常温柔，又笑得太甜。

我紧紧握住她的手，心一阵阵紧缩。

她的舅舅拿着保温瓶出去了。

“傻丫头，真没良心，一直不见你过来。”她温柔地责怪我。

“我找不到你——”喉头一阵哽咽，我说不下去。

她在笑，我在哭。

“我小时候，有父母的时候，也像你一样优越，可后来，他们在一次上班的路上一起走了，再也不能回来。”她的眼里没有悲伤，只有浓浓的怀念。

“我是在姑姑和舅舅家长大的。”她歇了好一会儿，又继续道，“姑姑去世时，我才十岁，又来到舅舅家。从那个时候起，就学会了掩饰和隐藏。为了过上自己做主的生活，一直比别人多付出十倍努力，一边谋划，一边小心翼翼，直到今天。”

“我把幸福早就做了规划，押在他的身上。事实证明，人算不如天算。”她苦笑。

“所以，你不要把自己的幸福绑在某个男人身上，否则，你就会随时被他从身上解掉，解掉的动作很容易。”她低低地叹息。

“不过，不要因此不再相信爱情，你最不在意的往往是最重要的。”她看着我，摸着我的发梢，“我想，我们是有着轮回的缘分的，我没有得到的，你一定会替我得到。”

我看着她，根本说不出什么，只有握紧她的手，任悲哀排山倒海。

“我睡了，困。”她道，然后闭上双眼。

我握着她的手道：“我在旁边陪你，你安心睡。”

丽的舅舅回来了，他示意我到病房外面。

来到病房外，丽的舅舅低声道：“丽丽今天很清醒，本来已经是肝昏迷期，今天却清醒了过来，催促着让我一定要联系到你。”

“什么时候发现有这病的？”我不相信医院的诊断，“会不会错了？”

“应该有半年时间了，发现太晚了。”舅舅道，“而且，她还有其他的问题，那个问题加重了病情。”

“我知道，也是前不久才知道的。”我知道舅舅的意思。

“所以，更不好治。”老人眼圈发红，咳了一声。

“怎么会这样？！”我被这答案惊得心都要跳出来了。

回头看丽，她仰面睡着，有着让我难过的鼾声，这是肝昏迷病人的明显症状。冷静智慧的丽怎么会如此命运多舛？

我又走进去，来到床边，想用棉签蘸水湿润她的唇，她张着嘴呼吸，嘴唇很干裂。

这一看我大惊失色，因为她的头忽然偏向一边，双眼圆睁却一片空洞，我喊：“丽！丽！”她不回应。

“坏了。”舅舅也赶过来，一边喊医生，一边急按床头应急呼叫器。很快，丽的床边医生和护士乱作一团……

然而，白色的床单最后盖上了她的头，悲哀席卷了我全部的知觉。

那个红衣白裤的社团部部长，那个逼着我找个好男人的女人，那个在酒吧里优雅地品着红酒的女人，那个毫无保留调教我的女人……从此再也没有了这个人。

生命是怎样一种存在？让我们清醒地认识万物，清楚地感知自身，又清醒地让我们消失。

护工送丽去太平间，我同丽的舅舅默默地跟在后面，直到那个偏僻陈旧的黑铁门阴森地挡住我们。

我离开的时候，问丽的舅舅：“小小怎么办？”

“我会好好照顾的，你赶紧去忙你的。”丽的舅舅背好像驼得更厉害了，声音有些喑哑。

“如果您累，就给我电话，我来照顾她。”直到此刻，就像父母当初离去一样，我还是感觉丽的离去是一场梦，我期待着梦醒，然后就看到她还站在酒吧的吧台后面，一边慵懒地拿着红酒杯，一边跟着音乐节奏摇头晃脑。

“我怎么都会照顾好她的。”老人谢绝了我的建议。

走出医院，跟丽的舅舅道了别，我们分开向两个方向走去。

老人不让我送他，大约在老人的世界里，已经比我们对生老病死有了更深沉的领悟。

医院之外，人们依然在过正常的生活，没有人知道这里刚有一位美丽坚强的女子离去。

她说我像小时候的她，可她不知道，当她说她很小就已经没有了父母时，我有着切身感受。

当初在母亲不在之后离开故乡的小城，来到这个城市的第十二年，父亲又离去了。

父母在与不在，人的状态真的很不相同。

父母在时，即使不见面，人的内心也是完整的；父母不在之后，再富足的人，生活中总是缺失了一大块，看待世事的心境便荒凉了很多。

丽那么年幼就失去了父母，寄人篱下的她，度过了一段怎样的心劫，才将自己修炼得那么坚强？

我望向天空，身上很冷，阳光白得刺眼，我的心苍白湿冷，像陷入一场永不到头的轮回。

回到自己的房子，我形影相吊，坐在电脑桌前，翻开一本影集。

望着丽和我的合影，还有她仪态万方的微笑，怎么也不相信她走了。

我的心飘摇在一片空虚中，我生怕这颗心会像流星一样消失，我怀疑我其实一直是没有心的。

我怀疑我的存在。

丽离去两周后，李庭轩打来电话：“一一，过来玩几天，我有事要向你请教。”

答应他吧，让我在被需要中淡化无法解脱的悲伤。

给梅毓打了电话，约她一起去看李庭轩。

梅毓道：“哦，那个，我没有时间，你自己去，出去几天很好，换换心情。”

感觉她好像真有事情，我没再强求，便请好假，订了机票，即刻飞往李庭轩所在的城市。

下了飞机走出机场，正准备给李庭轩打电话，结果一抬头就看见他。

李庭轩正在出口的人群中等我。他个子太高，又穿着一件比较突出的米白色T恤，冲我一直挥着手，从人群中一眼就能看见他。

他顺手接过我的行李包，狭长的双眼含着欣喜。他一直笑，不说话。

“瞧，够朋友吧，我这么远来看你，你要给我做好吃的。”好久没见他，再见到时，我也感到有些开心。

他还是笑，忽然问我："你有没有想过我？"

我呆了呆，很快道："当然啊，经常想起你，不知道你在这边过得怎么样。"

"跟我来。"他抓住我的胳膊，向马路对岸走过去。

一辆黑色的奔驰停在那里，见我们过去，驾驶座上的司机打开门出来，冲我一笑："嫂子好。"是个非常阳光的小伙子。

"不是不是，我是他的好朋友。"我一边冲他回笑，一边急急地解释。

李庭轩却只是笑笑不说话，他怎么不解释？

"哎，李庭轩你……"

"就住我们酒店。"他笑着打断我的话，然后替我拉开后车门，还做了个极绅士的动作，一手垫在车顶之下，一手半扶着我，我只好坐进车内。

"这是我们酒店的司机，这车也是。"他坐上副驾驶位置，回头诚恳地对我做解释，"我还不能够买一辆车。"

"已经很好了，你的精神和气色都很好，看来很顺利哦。"这次见他，神采奕奕，精神饱满，一张明星脸更是秀色可餐。

手机发出接收到信息的声音，我拿出点开看，是茶秀丁老板，他在信息中道："我暂时没有去别处开分店的计划，但我们可以是朋友，多联系。"

我回复道："谢谢。"

到达酒店，跟着李庭轩进了电梯，到了他提前为我安排好的房间。

他让我休息一下，说半小时后接我去吃饭。

我稍微梳洗了一下，换上一条灰色牛仔裤和白色衬衫，拉开窗帘看外景。

这就是大城市的不同，一眼望不到边，高高低低，处处华灯闪烁。

道路比蜘蛛网还复杂，车流形成的光带在城市间回旋。

胃里很空，好饿！我揉揉胃表示安抚。

门铃响了，然后传来李庭轩阳光明媚的声音："一一，是我。"

我打开门，李庭轩没有进来，他看了看我的衣着道："应该准备一套漂亮的晚礼服。"

"这样不好看？还是今晚有节目？"不然，为什么要我穿晚礼服？

"不是，我是说，你穿那种露背的晚礼服会更美。"他的回答很爽快。

我凑近他，仰头看着他的眼睛，我的高度才到他的肩膀，海拔低的郁闷谁会懂？

我干脆扶着墙壁，踮起脚，一板一眼地道："李，先，生，我，好，饿。"

他唇向上一弯，狭长的双眼眯起，拉上我的胳膊，转身向电梯口走去。

“门，门还没拉上。”我急忙从他胳膊里挣脱出来，抽掉房卡，拉上门，才转身跟他一起走。

他今天已是第二次拉我的胳膊，与以前的他同我的相处方式有些不同，我有些忌讳。

餐厅在二楼。说是餐厅，其实是一个个分隔开的包间，包间名称用了不同的花名做以区分。

我们的包间是“富贵牡丹”，其他诸如“踏雪寻梅”“空谷幽兰”“醉里芙蓉”等，颇有些古风。

李庭轩点了两荤两素一汤，荤菜是肉糜炖蛋和干锅茶树菇辣子鸡，素菜是东坡豆腐和西芹腰果百合，汤是四宝蔬果汤。

从登机前到现在，我一口水没喝，一口饭没吃，早饿了。

菜一上来，只看看颜色便更感到饥肠辘辘。

在一片热气腾腾中，李庭轩用勺子先给我盛了一小碗肉糜炖蛋。我小心舀了一勺送进嘴里，嫩滑柔香，鲜美异常。

我满足地咀嚼着，感觉吃到美味的东西真是比爱情还让人幸福。

“怎么样，味道？”李庭轩问。

“好吃。”我又逐一品尝了其他几个菜式，味道做法各有千秋。“这些菜你都能做？”我问他。

“小瞧我，这都是基本菜式，我会的多了。”他又嘚瑟了，“邀请你过来，一是给我提提建议，二是我想见你。但这边忙啊，所以，只能请你过来。你过来我真是太高兴了。”他看着我笑，清秀的一字眉下，狭长双眼星光闪耀。

“我能给你提什么建议？”疑惑地看着他，我很没有信心，我又不是业内人士。

“宣传，就是怎么把这个酒店和它的卖点宣传出去。”

“位置不错，交通和停车都很方便，这就解决了客人到来的第一个难题。”我凭着刚才隔窗看到的环境和他接我过来时的一路所见，说出我的看法。

“是的，这就是朋友选址在这里的原因。”他微微点头。

“酒店一靠旅游业带动，二靠客户结构带动，三是自身的住宿配套服务优势和菜品优势。”

“对。”他开始认真倾听。

“但是，没有专业的品牌建设队伍，就无法形成良好的发展趋势。”我搜索在报社广告经营中心工作时，在各行各业采访的经验告诉他。

“是得招聘一些精兵良将。”他也深有体会。

“酒店还需要突显出它独具的特色，除了菜品外，还需要表演、游戏或是VIP俱乐部独具风格的会员活动等，才能与同类酒店有鲜明的区分。”

我开始按照议论文的格式给他讲事实、摆道理，像班主任一样一步步引申：“首先，你们的文化定位是什么，茶文化，还是酒文化？你们的员工要培养出哪种文化内涵？你们社会效益的目标是什么？其次，你们希望同哪些媒体或广告平台合作，比如电视台美食栏目，美食网站酒店专栏？第三，你们的目标客户群是哪个行业、哪个地域或是哪个年龄段的……”

这些都是当年从采访对象那里获得的知识积累，我们的晚餐时光就这样在我吧啦吧啦的讲述中过去了。

李庭轩送我回房，他又在房间里同我聊了十几分钟。

后来我就开始犯困，不停打哈欠，他看出来了，立刻站起来道：“我走了，你好好休息，明天带你出去玩。”

十四、我讨厌自己

越是人多的地方，越是孤单。

我来了，你刚好在，接受你的不是我，是寂寞。

我在酒店里一边打字一边看电视，一直有这种习惯，不开电视就写不下去。

因为心不静，只有打开电视，乱乱的想法才会被屏幕上的喧闹挤走。

为了不让自己沉浸在丽离去的悲哀里，我才千里迢迢坐飞机赶到这里，希望在难过的时候，有一个重视我的男人在身边，让那种被需要的感觉挤走内心的彷徨。

是的，李庭轩重视我。他给我熬枣汁，给我做饭，给我买我最喜欢的韩国女士烟。

直到现在我才知道，他对我产生了别样的感觉。

难道仅仅因为我能提建议？只有我知道，我那些知识，不过是半瓶子醋，而已。

准备回去时，他送我进机场，最后一句话是：“一一，我希望你能一直在我身边。什么时候再过来看我？”

“有时间就飞过来。”我知道他的意思，却鬼使神差地答应了，然后冲他挥手道别，就进了安检处。

之后，李庭轩几乎天天打电话给我，从生意上的话题不知怎么就逐渐转移到他对我的情感问题。

自丽走后，我的世界忽然变得不真实，我需要有所依靠，需要有人来爱我，有一个纯朴的男人爱我。

于是，他就被我抓来做了临时的停靠，我像流浪汉找临时栖息地一样，想从他身上找到一种被需要的存在感。

然后，我确实找到了被需要的存在感，这时，我却发现，我其实想要的并不是存在感，而是两个人能彼此懂得、彼此疼惜的安全感。

而他没有给我这种感觉。

尽管他好像基本比较听我的话，但他同以前的任何一个男人一样，只是觉得我能干，并没有看到我的脆弱。

当然，更不可能像我所幻想的那样，处处对我疼惜和呵护，并且懂我。

可是，我不能去向他索取那种懂得、疼惜和呵护，那种情感需要发乎自然。

而女人，即使是八十岁的老太太，内心依然住着一个小公主。

所以，他对我动情只是因为我有用；我对他没有感觉，因为知道他动情的理由。

他看不到真正的我，即使我明确告诉他我的需要，他也只能从形式上而不是从内心照顾我的感受，这就很麻烦。

不怪他，他很在乎我，而我不能给他爱的互动。究其源，责任在我。

在明知他对我的情意之后，我看过他两次，这次是第三次。

事不过三，我决定结束这场不能继续的互动，停止这种无聊的自我放飞。

我讨厌自己，讨厌这种活法。只为了回避寂寞，为何拖无辜的人下水？

《蓝色的爱》响起来，这是我的手机铃声，对方的声音很亲切，仿佛朝夕相处的老友："一一，最近忙什么啊？"

"没忙什么，混日子哪。你是？"

"东开发区。"

"……"我想不起来。

"凤酒！"

"啊，彭总，你好！"

那是个和我一样年纪的男人，西凤酒的地区经销商，积极热情，精力充沛，当时，我内心给他的打分是八十五，与爱情无关。

"过节了，给你送份 VIP 专供美酒做年礼。"彭总的语气依然爽朗。

"不用了，谢谢。"我不喝白酒，也别浪费人家一片心意。

"打报社的电话，说你很早就辞职了。"他道。

我想，报社不仅仅说我辞职吧，恐怕还黑白颠倒地把抢我广告说成是我抢他们广告吧？

不过，那位女副总已调离，也许还有人主持公道维护我也说不定。

"是啊，从你那里买完酒出来我就辞职了。"我轻描淡写跟他打哈哈。

"哈哈。"他大笑道，"你现在在哪儿？没事的话接见一下，我把酒给你送过来。"

我要不要告诉他，我在另一个城市？

不行，我还要拓展人脉，扩张生存资源。最后，我对他道："明天吧，不用送过来，明天下午请你喝茶。"

我准备明天上午飞回去，我给李庭轩写了封信，明天出发时再交给前台，由前台转给他。

不要相信酒吧里男人说的话，在这里很难找到爱情、工作或价廉物美的房子。

酒吧或夜总会里的男人，没人能为他们的信誉作担保，浪漫而虚荣的女人，请停止幻想。

那么，在汇丰咖啡厅里，等待我的是什么样的男人？对此，我也只是随意想想，并未有太多猜测，原本只是想多个成功人士做朋友，汲取他们深厚的战略思想和积极的人生态度。

文治哥总是在我和客户即将见面或见面时打进电话，每次我只好说“待会儿给你打过去”。结果总是和客户聊许久，即使是些无聊的话题，即使我已经没有耐心，可我还要听下去聊下去，最终就忘了回拨给他。

这次同样，刚踏进汇丰，文治哥的电话在我以点头回答迎宾小姐的问候时随之而至。

我还是说：“待会儿给你打过去。”

我不是故意的，文治哥你也不要说原谅我，因为我并没有做错，我要生活，要有无限商机的生活。

我要自己养自己。

彭总在靠窗第二个卡座冲我招手，依然热情，精力充沛。他穿着立领的黑色衬衫，同样黑色的颇为流行的男式小脚裤，休闲地靠着沙发。

我冲他挥挥手，微笑着走过去，没有其他期盼，只是想培养商机。

当然也没有丝毫爱上他的意思，因为，他气质不清雅，商人味道太浓。

但我心里想：“这个男人，待会儿能给我讲些什么？”

寒暄，问候，再正常不过的开头，然后就是他的酒，他的公司，他的计划。

而这些我很喜欢听。这样的客户，这样的谈话，我需要。

我像一块海绵竭力吸取着他们语言中的精髓，这些精髓就是经验、密码，创业的经验和处世的密码。

这样的客户，这样的谈话，就像了解一个自己没有去过的国度的历史。

它不同于个人英雄的历史，而是现实社会的历史；它不同于上下五千多年的中国历史，而是就在我们身边却被我们忽略的历史。

这样的历史同任何历史一样可以使人明智，却比其他历史更快捷地缩短我们实现目标的路程，因为它的作用就发生在当下。

我感谢有着这样历史的人们，能在竞争如此激烈，时间如此紧迫的状态中挤出空间给我，只因为我是能给人留下较好印象的女人。

而我这样的女人，除了倾听，做一个乖乖的听众之外，什么也回馈不了他们。

“女人的心不要太大，否则就会很悲惨。”彭总突然道。

“嗯？”我愣了一下，不明白他忽然提起这个话茬的原因。

“女人不同于男人，精力、生理、抗压性都比男人差，野心越大，结局越悲惨，因为欲望同本身的条件不对等。”

接下来，他会不会再聊起女人来大姨妈的各种症状，或者更年期女人与年轻女人的心理差别?

我掩饰着尴尬，尽可能口气自然地回应他：“哦，受教。”

“所以，越学会倾听，越会做女人。我喜欢这类女人。”我的谦虚进一步刺激了他的讲述欲望，他开始就这方面引经据典、侃侃而谈。

为什么忽然分析女人?敏感的我快速回忆我们的谈话记录，对了，在我对我的工作室做了一番解释后他开始如是说，是提醒我不要太过坦白?

“这也是我喜欢和你交流的原因。”他最后道。

原来，在他的感觉中，我竟然是个很会倾听的女人。

我接受他的善意，更加话少，只是认真地听，诚实地笑，心情刹那间变得愉快。

从刚开始的试探到疑惑再到被肯定，我的心情几番起落，还好，最后是被肯定，我很满足。

感谢他，感谢那瓶包装华丽的白酒，感谢他为我挤出的时间，也感谢他的提醒。

之后，我是否应该更好地学会倾听，尤其是面对男人的时候?

仅仅为了给别人留下一个习惯倾听的淑女形象，就不能及时将心中的话讲出来，那样压抑着自己的真心会不会被噎死?

我讨厌自己，为什么比别人多那么多的纠结。

“五子棋你怎么样?”彭总问我。

“还能下几步。”我回答。

彭总按了桌上的服务铃，叫来服务员，要一盘五子棋，结果，服务员说没有。

“围棋有吗?”

“有的。”服务员回答道。

我俩白山黑水拉开战局。

半小时后，我们的棋盘空处已经所剩无几，眼看着就要无处落子。

彭总不像开始那样略看看布局就落子，他开始沉吟起来。

我不敢掉以轻心，已经没有多少路可走，我又是黑棋，禁手太多，便在密密麻麻的棋子的空隙中找路搭桥。

“不错哦，能跟我下到把棋盘摆满，你围棋应该也不错吧?”彭总问我，眼睛依旧在棋盘上琢磨。

“围棋我下不了，五子棋还凑合。”我谦虚地回答。事实上，我参加过小范围五子棋比赛，第三名。

最后，当他以为胜券在握时，我落下一子，以冲四活三破了他的围剿，胜了。

“哎！”彭总惊讶地轻呼了一声，脸有些发红。

他很在乎这种小游戏的输赢，无疑是个好面子的男人。如果有下次，我一定让他。

“你应该是心里有事，疏忽了。我也是侥幸。”我继续谦虚。

“是的。以后没事可以杀几盘。”彭总有些不甘心，就给我下了约战书。

“好。”我只管答应下来。至于以后约或不约，不要当真。

彭总接到一个电话，他立刻站起身来：“对不起，陈一一，我有事要马上赶到一个地方。”

“行，你去。我再坐一会儿。”我遂起身送他离开。

他离开前买了单，他不让我买，说他从不让女人买单，他为多少女人买过单？不过这个问题应该与我无关，我们之间除了合作，不可能掺杂其他。

看着他走出咖啡厅的大门，我叫来服务员，为自己点了一份黑胡椒意面，又要了一份罗宋汤。

等餐的过程中，我又开始胡思乱想。

本来还想着不破不立，计划最近大刀阔斧地开拓房地产市场，不承想竟被彭总的“做会倾听的女人”给搅了局，我从精神上就气馁了。

彭总是生活中典型人群的代表，他能这样说，想来这世间多数男人应该都是这样看待女人的。以他的理论来分析，我在公开场合不管不顾的勇气和果敢简直就是成为一名好女人的绊脚石。

想到这里，我立刻从包里拿出随身笔记本和笔，写上两个名词：倾听，内敛。

顺便提笔把之前所列的工作计划做了变动，重点把一些主动出击的安排都改成跟老板商量。

老板也是男人，并且正好有着普通男人的共性，如果我低调些柔软些，我的建议可能更容易得到他的认可。

“陈老师，您怎么在这里？”我抬起头，看到一位男服务生正惊喜地看着我。

“你是？”感觉很熟悉，但想不起来是谁，他叫我老师，难道是从南市来的？

“我是吴小刚，老师，您当过我们班的班主任。”

我带过两级初二学生，做过一年班主任。

这都多少年过去了，当时的小孩子如今都工作了？

“你什么时候到的这里？坐下聊。”见到当年的学生，我内心颇有感触，便邀请他坐下。

“来了三年了。我们上班，不能坐。”他红着脸道。能看出来他很高兴，我有种时光匆匆的沧桑感。“老师您后来不教我们了，换了班主任，我们都很想您。”

“我也很想念你们，时间过得真快啊！你已经上班了。”我再次感慨光阴荏苒。

“您等我一会儿，老师。”他转身急急地离去。

他再次走过来时，手里拿着一张金色磁卡，双手递给我道：“老师，给您一张金卡，以后过来消费，可以打八五折。”

我接过来看了看，号码是8518。不错，数字很吉利。

“好，谢谢。”我收了他的心意。

“老师，您慢用，我还得上班。”他不好意思道。

“你忙你的，不用管我。”我笑着安慰他。

看着吴小刚又去别的桌招呼客人，我又一次意识到我老了。因为，当年的学生都已经工作了。

为什么我总是感觉自己才毕业？看来，还是心理太过幼稚。

那天之后，每周两次去汇丰咖啡厅消遣，成为我的习惯。

来时，几乎都坐在靠窗的十五号秋千椅上，我喜欢十五号这个数字。

其间见过几次吴小刚，有时他在大厅门口导客，有时在给全体服务生做例训。

例训时，看着那些服务生手背在身后，眼睛却或发呆或忧郁，喊口号时声音很大，却没有诚恳的士气，便感觉他们都很迷茫。

没人愿意做服务生，除非是暂时没有更好的去处。

偶尔吴小刚没在，问起他的行踪，服务生说他每隔两周要回南市陪父母两天，是个很孝顺的孩子。

他是这里的服务生主管，从故乡来到这里打工，能做到如此已是很好的结果。

当他的班主任时，我二十三岁，他十四岁。不知他看到曾经花容月貌神采飞扬的班主任十二年后如此落寞地坐在他工作的地方，看着又小资又无聊，他会不会反感？

而他应该二十六岁了，二十六岁还当服务生，尽管是主管，他也很不快乐吧？

我想哭，不是为了我自己，是为很多不快乐不如意却找不到解脱的方法的像我这样存在着的一群人。

真像彭总说的，女人野心越大，结局越悲惨？丽野心大吗？我野心大吗？

一栋房子，一辆车，一份如意的工作，一个爱我的男人，野心大吗？这是野心吗？

我的他究竟在哪里？

十五、老板请吃饭

为什么我们辛勤浇灌，却看不到一朵花儿开放？为什么我们等待着荒芜，却可能获得满园的芬芳？但是那样的芬芳，有着可怕的毒。

有时候，恩宠是一种劫数。上帝啊，请慎重选派恩宠我的使者。

又是周一，我正在电脑前看市场调查材料。

老板从里面拉开门道："陈总监，进来一下。"

"哦。"我站起身走进他的房子。

"坐。"老板今天看着很是亲切热情。

"好。"我依言坐下。

非常拒绝这满屋子的烟味儿，又不能提出意见，只能坐在他对面的沙发上，隔着他的老板桌看向他，等着他吩咐。

"最近，有没有为公司想几个新项目？"他喷出一口烟，有烟灰掉到他铁锈红色衬衫的衣领上，他把烟灰弹掉，然后问我。

这个问题让我有些措手不及，这也是我的事吗？他没有说过。

"这一阶段正在为项目招商做调研，同媒体的关系也正在进行搭建，一切按部就班进行之后，我会抽出时间专门寻找新项目。"我强调"按部就班"四个字。

"有些事说起来容易，做起来就不是那么容易了。"他慢条斯理道。

"嗯？请老板明示。"我在嘴角布置出微笑，认真看着他。

"这些文人什么都干不了，还固执清高。"他又开始损文人了。

"我不明白，您举个例子。"我的话有反抗意识。

他的手机响了，他看了看，按了拒接键。

"不是说你，是说张工，拿那么高的工资还什么都要问我，我要他干什么！"他抽一口烟吐出去，将身子深深陷进沙发里。

手机又响了，他又看了看，神情闪过一丝不耐烦，拿起手机，按了接听键放到耳边，也不听对方说什么，直接对着手机道："许美女，回头打给你，正忙。"便按掉手机。

“让他们各自承担各自的岗位责任吧，用绩效考核去监督执行，责权利分明就会避免这种现象。”我接着他接电话前的话回答。

我并不认为是张工程师的责任。老板一手把着财务签字权，一手把着购买材料验货签字权，连价格都要亲自去讲，手下各科室的负责人其实都只不过是个傀儡，自然什么都要找他。

“责权利很分明啊，我已经很放手了，他们还是找我。文人就是这个样子，尽玩表面文章。”他慢慢呼出一口烟，一脸看不起的表情。

我觉得我应该明白了老板的意思：“老板，文人只不过是做些华丽空洞的文字堆砌工作，实践经验才是硬道理，我们这些臭文人都要向你学习的。”

果然，只见他一脸深以为然，瞬间龙颜大悦：“一一，我就喜欢跟你聊，这么大的公司没个能聊的。你好好干，将来有事情让你做。”

“谢谢老板。”他会安排些什么事情交给我做，我很是期待。

“最近公司的资金有些问题，你去找些途径，最好用民间借贷的方式，筹三百万就够了，高于银行十个点，一年内还清，给你百分之三的提成。”他看着我，大概是想通过我的表情了解我有无这方面的关系。

“我试试看吧。”有回报就好。我有这方面的人选，他们有着闲散资金，但他们不指望用借贷给别人来赚钱，而是想做些有成就感的事情，说透了就是要赚一个好名声。

而且，每个月的工资虽然比应聘时多了一倍，但距买房子买车还有好长的距离，在君子爱财取之有道的前提下，我需要赚更多的钱。

一时没留意，不知道什么时候老板站起来，竟然绕到了我的身后，我的身体立刻变得僵硬，在他的手快要搭到我肩膀时，我慌忙退了一步道：“我得赶快去一下项目部，他们的调研区域漏掉了一个地方。”

老板的手僵在那儿，我冲他一笑，忙拉开门出来，心里很难受。

不是所有的老板都是看到员工的付出大于岗位责任就会认为他们是人才，尤其对于女员工而言，进入一家新的公司之前，一定要摸排清楚，是老板需要我们，还是老板的公司需要我们，这真的是两个概念。

来到项目部，幸好项目部没人，否则不知道到这里来干些什么。

我坐在商子的位置上给彭总打电话，说了老板的意思，听起来彭总挺有兴趣：“可以，约时间见下。”

想了想，又给茶秀丁总打了电话。虽然他拒绝了在会馆开分店，但他也说过，我们可以是朋友。丁总在电话里说，可以跟我们老板谈谈。

我将他和彭总约在一天，我的愿望是，即使没有和老板谈成功，他们俩之间也可能在另外的项目上合作。

我没有立即告知老板，我还要多联系几个有着这方面实力的人，那样，成功的概率会比较高，拿到的提成也高。

这么说来，我做资源整合也挺不错。

其实哪有这么容易，认识几个人就想做资源整合？我有点儿过于乐观。

老板已约见了我介绍的三个拥有闲散资金的朋友，而这三个朋友均不接受老板提出的高利借贷合作方式，一定要求控股、参与管理和分红，老板都用三个字回绝：不可能。

“我的项目马上完工，他们倒想得美，拿点儿钱出来就想从我这里名利双收。这是我一个人的项目，谁都别想插手！你再介绍人时提前给他们讲清楚！”他们走后老板很生气。

要是提前讲就没人愿意来了，我腹诽道。要将历史内涵厚重的旅游产业链做大做强，一个人的力量够吗？何况资金已成问题，为何不接受控股合作？就让合作者参与管理吧，既可分担风险，又能广纳智慧，做出品牌事半功倍啊！

我并不是经济学家，在这方面，老板表现得如此强硬，一定有着能让他强硬起来的理由。

一周后的下午，彭总和丁总如约前来，他们同我打过招呼，我把他们带进老板的办公室。

老板的办公室门一直打开着，而他一直将身体深深地陷进高背椅中，似要在来客面前展示一种胸有丘壑的强势。

彭总和丁总进去时，老板也只是很拽地点点头，就算是打了招呼。

带上门出来，心情很复杂。我是该祈祷他们合作成功，还是让他们一生中只在这个时间段里毫无意义地进行一次对话？

让他们自己了解吧，市场合作也要讲缘分。

不过，毕竟是我在为公司融资，如果只开花不结果，会不会显得我没能力？

半小时后，彭总和丁总出来，老板只送到他的办公室门口：“一一，替我送一下。”

“好。”我答应着跟在两人身后出门。

走出电梯后，彭总说：“你们老板很不尊重人，他需要我的钱，还表现出一副高高在上的样子，他给我的感觉不是那种踏踏实实的企业家，态度很嚣张。”

丁总倒是无所谓道：“也很正常。不过，小陈，”丁总忽然转向我道，“你不如到我那里打工吧。”

“啊！唉！”我先是一愣，然后叹气道，“才到这里不久，我再看看。投资的事你们看吧，我只是当个机会介绍给你们，还要看你们自己。”

这次同他俩讲话，感觉我们已亲近了许多。

“一一，晚上请你吃饭。”送走彭总后，老板对我道。

我答应了，真的很想好好了解下他，甚至引导他，给我自己营造一个良性发展环境，找一个值得为他做事的理由。

又有一位穿着很正统的中年男人进来，老板从自己房里出来，拉着他胳膊一起进去。

他们的谈话中隐约传来老板的声音："拜托你了。"而那位客人道："不出意外这周就决定了。"

半小时左右，老板亲自把客人送出去。

这种状况倒是很难得，一般情况下，只见得到他的高傲范儿，难得这么有礼貌。

林小娜忽然进来了，难得她小小的身子扑过来竟还有风带过来。

"你给老板说我什么了？！"她小小的脸上柳眉倒竖，圆圆的大眼睛闪着愤怒的蓝焰。

我莫名其妙："啊？说你什么？"

"你装，你还装！"她一下把我桌上的本子和笔扫下去。

"捡起来。"我平静地开口，冷冷地看着她，尽管心里已愤怒至极。

"我就不捡。"她可能有些怕，但还是强撑着，难得那么矮，还表现得像个充满能量的核弹头。

"行，你别走，就给我站在这儿，等老板回来。"我更平静了，没来由被个小姑娘这么闹一出，不给老板说，这口恶气难出。

老板进来了，看到我俩的样子，他有些发愣。

"老板，她说我给您说她什么事了，我不明白，我跟您说过她什么？"我一字一板道，虽然感觉这种局面简直让人像吃了苍蝇。

"小娜，我不是说了嘛，陈一一在我面前还夸你呢，怎么会说你坏话？"老板笑道。

"老板，您别向着她。"林小娜撒娇道，转向我时立刻变脸，"你真会装！明知我给老板说对你有意见，你就向老板夸我，显得我卑鄙你高大，你用心真险恶！"

"在我眼里，我真不觉得你有什么可说的。"我很认真地看着她，并且实话实说。我算是明白了，这丫头太自恋了，以为谁都要跟她争个高下。

"我没有什么可说的？！就你有？你伟大，你有才，你聪明得像个狐狸精！"她大喊大叫起来。

这是个糊涂人，我在心里道。

我再没有说一句话，绕开她走出办公室。

怎么做都是事，唉，吃饭去吃饭去。

不行，今晚跟老板约好了去吃料理。

“那个领班长得最漂亮。”和老板在一家日本料理店里用餐，老板用他独特的眼光在来来往往的服务生中选美。

好像我和林小娜的吵架丝毫没有影响到他，甚至于让他以此为傲。

“哦，是的。”我敷衍着回应。让女人承认女人美总是一件难事。

“你是要从我这里得到什么承诺吧？”他吐出一口烟后问。

“啊？！”我睁大眼睛看着他。

“对吧？”他再问。

“对不起，我没听懂你的意思。”我很茫然。

“因为没承诺，所以，你不会轻易付出，我懂。”他一副洞察万物的样子。

“我还是不懂你的意思。”我感觉到梅毓的预言正在被证实。

“你说吧，你要什么？”

“我要——我要了解你对这个项目的目标，这样我做策划才好把握。”我真的想了解，他从不深谈，只一味要求我们理解项目，达到他需要的理想状态。他的理想状态究竟是什么？

“我告诉你，策划太简单了，不要想得那么复杂。我会找个专业的策划机构，只要你能配合好就行。”他将手伸过来搭在我的手上。

我的身体又开始变得僵硬，在医院的时候，文治哥也握过我的手，而现在的这只手，感觉却如此不同。

“我去一下洗手间。”我站起来，顺势将自己的手抽离出来。

再回到桌边的时候，他已很坦然：“喝清酒还是别的？”

“随你喜欢。”

“我今天不喝，要开车。你放开喝，你酒量应该不错。”他又点起一根烟。

我其实酒量很差，可是此刻如果不喝酒，气氛便有些沉闷。

喝点儿吧，酒壮㞞人胆，为我增加些底气。

“那就清酒吧。”我只好做了选择。

服务生将一小瓶热过的清酒端上来，我为自己斟满，一小口一小口地饮着，因为情绪的关系，对酒精的敏感度临时提高，头有些发沉。

我看着老板，试图说服他：“老板，其实你很有抱负，只是时机没有成熟，还需要再在其他地方筹谋一番。”

“时机已经成熟，我这边都很好。你有什么想法？”他已不再对我示好，并且不动筷子，只是抽着烟看来来往往的人，偶尔乜我一下。

“其实，作为朋友一起做事更没有顾忌。”我很真诚。

“你们这些文人。”他吐出烟雾，目光跟随着那位最漂亮的领班。

饭后他忘掉送我回家的事，说要去省政府接人，径自开车走掉，一骑绝尘。

我冲着车尾巴摇摇手：“再见，老板。”

然后为自己拦了一辆出租车，回去的路上我一直支着胳膊傻笑，眼里烟雨蒙蒙。想起一首李商隐的诗：

> 云母屏风烛影深，长河渐落晓星沉。
>
> 嫦娥应悔偷灵药，碧海青天夜夜心。

老板给的灵药我吃了也不会飞升，我不愿留下遗恨，最主要的原因是，我不喜欢他。

那么，我还待在公司做什么？

我该离开了。

十六、梅毓的批评

什么是真正的友情？在外人面前，一定是相互维护；单独相处时，则可以畅所欲言。

什么是爱？爱是一种成就，爱让我们将事情做出奇迹。

尽管只是让你爱，而不是被爱。

“总是同样的剧情，同样的对白，同样的空白。”我哼哼着吴宗宪刚出道时的歌曲，在镜前试刚取回的定做的紫色织锦缎上衣，上面有手工绣制的银边梅花。

女人对漂亮衣服的抵抗力为零，更何况，先敬罗衣再敬人，本就是改变不了的世情。

所以，我对自己的“装潢”从来都是不遗余力。款式出色、质量上乘的衣服我不是太买得起，就常光顾那些成本不高的制衣屋，我自己设计款式，让裁缝来做，大大地满足了爱臭美的虚荣心。

女人，尤其是我这个年龄的女人，再过些年连高跟鞋都不能穿了，趁着能美，就多美些时候，别人看着舒服，自己也活得有点儿精气神。

我想我该离开那家公司了，却又对那个项目恋恋不舍，那个朝代的民俗风情我沉迷已久。我喜欢历史，喜欢历史带给我的思考，让我明智，甚至超然。

并且，马上要去外地参加相关论坛，那是个很好的学习机会。

而我究竟是个俗人，我要生存，要爱……多待一个月，便可以多拿一个月的工资。

我必须得降低自己的消费水平，卡上有钱，心里不慌。

手机响起来，是李庭轩：“一一，为什么不辞而别？”

“我留了信在前台，他们没交给你？”

“拿到了，但是还想问你几个问题。”

“哦，你问吧。”

“离开我只是性格不合适？”

“是。我真的很珍惜我们的友谊，只是，要做成情侣很不容易。”我实话实说。

“为什么？是怕我养不起你，还是怕我不忠诚？”他问得好直接。

“做朋友更长久。而且，你需要找比你小很多的女孩，我年龄太大。”其实，我想说的是，因为他只比我大两岁，所以，不会很宠我。

事实上，他对我产生的情愫，更多来源于他对我的依赖，而不是疼惜。

我能看出来，他却人在事中迷。

我需要被疼惜，却不能直接说出这个需要，疼惜是自觉自愿自发自动的，而张口向对方要疼惜，真的是太可笑了！

“我不强求你现在接受我，但我不会放弃，只要我赚够三百万，我会再次找到你。我相信，我们会在一起的。”不容我回答，他便挂掉了电话。

这是有多自负？又想追我，又敢挂我电话，像恃宠而娇的小孩儿。就凭这一点，我们根本不可能在一起。

这就是跟同年龄段的男人在一起的弊端，他们不会对女人妥协，除非女人比他们小很多。

我不打算管他。什么事要靠自负就能够实现，全球早实现共产主义了。

我没有了兴趣再去试衣镜前秀自己的身材。

我想丽。没有爱情的时候，友谊比什么都重要。

我想在网上点天堂的网址，但我知道，查询到的那些个天堂都不是真正的天堂。

真正的天堂在我的世界里。于是，我盘腿坐在沙发上，闭上眼睛，希望在冥想中与丽相遇——

“嗨，那边好吗？”我问她，见她穿着白色的衣裳，衣袂飘举，发上戴着一朵白色玉兰。

她不答，只管笑。

“那边有酒吧吗？”我再问。

她摇头，还笑。

“我想和你喝酒，丽。”我去拉她的手。

“不能碰我。”看到我向前，她的身形向后飘移，她的眼里充满忧伤。

“我不管，我很孤单，你知道吗？”我看着她，想哭。

“为什么要孤单？你可以过得更好的。”

“我不能，真的不能。我发现自己真的很笨。”我终于哭了，“就像你说的，离开你，我就像个孩子，我现在就是个孩子。”

“还没找到爱人？”她挥挥长袖，拂开一片飘到她脸上的云，望向我，满眼浓浓关切。

“我不要找什么爱人，我要你回来，我们姐妹俩过一生。”

“傻，你还远远不到时间。”

“让我拉一下你的手，我要感觉你的存在。”我向她走去。

“我已经不存在了。其实存在与不存在也没有什么不同，我们不是还可以这样见面吗？”她一直向后飘移，要躲开我。

“我要去，和你在一起。我不怕你伤害我，我觉得像你这样存在很好。”

“不好，我只存在于你的梦境里。你活着，我就存在，如果像我这样，我们就再也见不到彼此。”她急急地劝我，“而且，你的事远未做完。”

“我还能有什么事？我不做了不行吗？”我哭道。

“还有很多的事，让你幸福，让你伤心。”她一脸无奈。

“那我怎么办？丽，帮我。”

她摇摇头：“傻丫头，该来的总要来。”她渐渐变得模糊。

“丽！丽！”我焦急地呼唤她。

手机铃声在响，我醒过来，原来，我在沙发上睡着了。

从茶几上拿过手机看号码，是张工。

“一一，这会儿讲话方便吗？”

“方便，张工请讲。”他很少给我打电话。

“听说，你今天给老板引资了？”他问道。

“是的。”他问这个干什么？

“你知道咱们公司的背景吗？”他继续问道。

“不知道。”我装傻。

“咱们其实是乡镇企业，老板是村委会主任。”

“哦？”我故作吃惊。

“那么公司的资金来源你就应该清楚了。现在你引资，有两种结果，一种是双赢，另一种是对不起投资的人。”

“可是，张工，您也很负责啊！”我婉转地提醒他，作为公司的员工，他的做法不妥。

“唉，我比你热爱这个项目，我也对历史有着深厚感情。可是，我现在只能尽力保护好这个项目少经历些波折。”他的声音听起来很痛心。

但我不明白他的意思，他既然不相信老板，为什么还留在公司？仅仅是因为热爱这个项目？这个理由说不过去。

现在的人际关系因为生存变得如此复杂，我不能让自己表现得那么傻，于是我道：“张工，您的话我都记下了，我不会拖无辜的人下水。但是，我想问您一个问题。”

“你说。”

“您为什么还留在公司？”不管他是什么理由，我问出来这个问题，最起码说明，我并不像他以为的那么糊涂。

“我还抱一线希望。我能做多少做多少，我不过是个工程师，只为建筑负责。”

“知道了，谢谢张工，再见。”我挂了电话。

手机又响了，我拿起看，是梅毓，她出差回来了？

“喂，梅毓，你回来了？”

“刚到。文治寄来一些小礼物，你过来取一下。”她在电话那端说。

“明天行不？”我有些懒。

“他寄过来你心心念念的嘎乌，辟邪化煞，还有唐卡，你不想立刻挂起来？”她诱惑我。

“马上马上。”我雀跃而起。

“我约了几个朋友喝茶，你一起来。”

“好。”我立刻起身，打开衣柜，穿上那件露肩的紫T恤和烟灰色的低腰微喇长裤，外搭一件粉色大衣，蹬上一双十厘米高的黑色圆头皮鞋，还化了淡妆，打扮得美美的去见她。

在茶秀，梅毓约我们几个女友喝茶。

她的短发略做烫染，变成上世纪四五十年代的好莱坞影星发型，神态优雅而安静。

我们以讲故事为酒令，必须与动物有关，谁讲不出来罚喝啤酒一瓶。

她们讲十二生肖的故事，讲《红楼梦》中邢大舅骂贾蔷的故事，轮到我，我有点儿卡壳。

不讲就要一次喝下一整瓶啤酒，我酒量其实不行。情急之下，随口乱编了一段“狐狸与猎人”的故事。

故事的结尾是：当白狐被猎人彻底地伤了心之后，便从猎人身边消失了，而猎人这时才醒悟过来，但再也找不到白狐的踪迹了。从此，猎人的一生成为寻找白狐的一生。

不料故事讲完后，在座的几个女人都失了神：“哪里有完美的爱情啊？狐狸精都操纵不了爱，我们这些凡人……”

她们不约而同地拿起面前的整瓶啤酒互碰后一饮而尽。

晚上，住在梅毓家里，梅毓道：“你呀你，太不切实际。”

“我怎么了？”我莫名其妙。

“你太沉湎于空想。”

“讲故事嘛，我讲得难道不感人？道理难道不透彻？”我不置可否。

“讲得那么感人，看得那么透彻，你谈了几个了？有哪个值得你托付终身？傻乎乎地一头栽进去，才发现是个烂泥坑。”梅毓恨铁不成钢地反问。

“那我能怎么办？我是不是把老天得罪了，所以总塞给我不值得托付的人？”我自怨自艾。

“自古真情留不住，唯有套路得人心。别的女人谁像你那样在爱情上苛求？”

“别的女人都苛求什么？”我像个好学宝宝似的问她。

“别人都是奔着财富去的，要么就奔着地位，谁像你，苛求什么互不猜疑的爱情？！天真，幼稚！”

“我错了，我正在改。”我沉痛承认错误。

“还有，现在这个公司，你明知道老板的为人，却还待在那里，难道你真的指望老板对你的那份不怀好意来生存？”梅毓又问。

“我一时找不到更好的。”这是我的真实理由吗？我问自己。

“你怀疑自己的能力吗？这种素质的老板不可能给你真爱，不可能帮你实现你的目标。”

“哪里都有这种人，把握好度就行。”面对她提出的问题，如果辩解就等于把自己放在被告席上，心里很不舒服。

没有必要说出还想参加论坛的想法，说出来她只会以为我是在给自己找理由。

“说出这种话，你自己相信吗？总是掩盖和回避，解决不了实际问题。说你不务实还不高兴。”梅毓一边把文治哥给我的唐卡展开让我看，一边道。

我忽然想起了丽，因为，梅毓此刻的态度同当初丽对我的批评如出一辙，一瞬间又狠狠难过起来，泪就簌簌而下，面颊一片湿冷，心也在刹那间跌入冬天。

“哭什么？只不过说你几句。快过来看。”她嗔怪道。

我擦掉泪，走过去，看了一眼就大为惊喜，是作品《莲花生八变彩唐》！莲花生大士仅仅一个神态就文武兼备，空中诸神围绕，栩栩如生，神秘庄重。

整体构图复杂，用色古朴，同敦煌壁画有得一比。

“文治说，这是纯手工唐卡，可以帮你避掉灾难、延年益寿、去除魔难。你要心诚啊！否则怎么对得起文治的诚心。”梅毓啧啧称奇，认真嘱咐我。

我不禁神情肃穆，细细地抚摸那些细节，感觉魂魄都被吸引了进去。

“文治哥真好。这张唐卡需要多少钱？”我问梅毓。

她奇怪地看了我一眼，手里拿着一张照片，上面是文治哥和同事们与藏民围着篝火一起跳锅庄舞。

她直起腰回答我的问题：“等他回来，你自己问他。”

十七、都是寂寞惹的祸

人性的弱点就在于，有些事情明明被传统定义为错误，但我们还是要以身试法，有时是因好奇，有时则是因太过寂寞。

红尘中有几人能理智地对待爱情？尤其是当爱我们的人对我们表现出石破天惊的爱的时候，谁还能顾及该不该爱，或者这份爱对不对？

公司要去异地参加房地产论坛，老板命令张工程师和我陪他出行。

我已决定辞职，便决定站好这最后一班岗，于是，决定同公司一行人一起出发。

“再带个女孩吧，我一个女人有些孤单。”老板的安排让我有很大的隐忧，便向他提出这个要求。

“把林小娜带上。”老板很快做出决定。

“行。”我点头，其实我答不答应又有什么要紧？老板说了算。

张工程师忽然道：“让项目部商主管一起去吧，多接触行业活动，对公司的项目运营有指导作用。”

老板看着我，眼光很复杂：“你认为呢？”

“公司决定吧，项目部的常雅如不错。”我没有直接表态，而是故意抛出常雅如，老板才不会胡思乱想。他不胡思乱想，就不会给我找麻烦。

“那就都带上吧。”老板表情漠然。

我们一行五人上了列车。列车上不断收到商子发的信息，尽管他就躺在我对面的上铺。

“我真的爱上你了，宝贝。”这是第一条。

“小孩子，别胡闹。”这是我回的信息。

“你必将成为我的女人。”这是他发的第二条，我不再理他。

“我一定要得到你，你是我的女人。”这是第三条。

“没有你，我活不了。”这是第四条。

我关了手机。

我一直对九〇后的男孩子有一种偏见，觉得他们哄女人特有一套，不花任何钱只管拿些温存的动作和哄死人不偿命的热烈语言俘虏女人。

我命名他们这套动作和行为的储备系统为“爱情超市”，取用真的十分方便。可笑的是一些女人就吃这一套。

会议在团结友好的气氛中进行，专家和房地产商就当前市场中存在的问题提出很多精辟见解，我已记录了半个笔记本。

偶尔回头看商子，他也在认真地记录，发现我看他竟冲我眨眼放电，我慌忙回过头。

为什么我不正经八百地呵斥或制止他？为什么我允许他如此放肆？是我在犯错。

自那次登城墙以后，又加之丽的离去，我同商子的关系渐渐变得暧昧。

他对我很是关心，加班时为我买饭；我胃痛时他又买胃药给我，还倒了水逼我吞下后才肯走；再三叮嘱我注意身体别休息太晚。

他工作起来很投入很卖命，真是属于工作狂一类，需要一周收集的资料，他会发动各方关系两天之内搞定，他很有办法。

卖命工作是真正让我触动的原因，可惜不入老板的法眼。

商子不仅长得帅，人缘也奇好。他同公司所有女孩相处得都很亲密，甚至老少通吃，对谁都是“乖”“宝贝”乱喊一气。

那些女孩也都很喜欢他，经常有人买礼物给他。前台小姐林小娜有次竟傻傻地看了他半天，客户进来问话都没听到。

我感觉他是在感情投资，就旁敲侧击告诉他收敛起他那些给女孩们制造被喜欢的错觉的行为，否则就有被火烧掉的危险。

我还郑重其事地告诫他：“如果温存的语言和举止就能得到女人，那这个女人的爱情一定不值得推敲。真正的男人要凭实力得到女人的爱，这样的爱带着生存的考验，你那种做法只能让女人想起你时，只想到你的身体而忽略了你的思想。”

他却郑重其事道：“你别吃醋，我那些话只有对你讲时才是真的。”

我很无奈，又不能当个正事去批评他，那样反而矫情，就板起脸打击他：“我三十五了，我是你的阿姨。”

“我感觉不到你的年龄，我只感觉到你是个需要照顾的孩子，你一个人能撑多久？”他眼神注满了情意，我落荒而逃。

如此的对白我们发生过几次，每次我都被他打败，然后丢盔弃甲。

我不知该怎么处理和他的关系，我一直提醒自己：我们不可能！可还是被他不断感动，我们之间我已处防守劣势。

我知道这样不对，可能是太寂寞的缘故，但我没有狠下心来制止他的靠近。

都是寂寞惹的祸啊！

晚上，公司没参加会议用餐，老板带我们出去唱歌，老板喝酒喝得很凶。

我被灌了几杯后天旋地转，真的无法再支撑下去，便趁老板唱歌时悄悄向张工告假：“张工，我不胜酒力，头很痛，我先行一步回去休息，行吗？”

“让林小娜陪你一起回吧，你一个人不安全。”张工道。

林小娜听到张工这么说，便冷冷看了我一眼，又立刻转过头，一脸不情愿。

老板突然道：“不唱了，我们回宾馆，我也累了。”

我如释重负，一个女人醉醉地独自回宾馆真的不安全，老板还是体恤下属，善解人意啊。

回到宾馆，我刚躺下来，就听到门铃声。

林小娜走过去，从门上的猫眼向外一看，立刻打开门：“老板。”

这女孩，我这样子他怎么就让老板进来！

老板醉醺醺地在林小娜的搀扶下躺到她的床上，他虽拉着林小娜白嫩的小手手，一双醉眼却看向我，含含糊糊道：“一一，你真的喝大了？”

还没等我回答，他又道：“我走不动了。”

“那您就在这里休息吧。”林小娜柔声说。

这女孩怎么这样？那我和她晚上去哪儿？我正不知如何是好，门铃又响了。

林小娜正柔情似水地为老板一下一下捋着胸口，像是他的小媳妇一样。我挣扎着欲起来开门，老板说：“不要开。”

“陈总监，老板说了别开。”林小娜竟急了。

不开？这个场面不开门会有多恶劣的后果，我要把自己洗清！

我坚持起来开了门，是张工。

“商子那边有方案等你去商量。”张工一边使眼色，一边将我向外拉。

我不明就理被张工拽出房门，张工一把将门拉上。

走出三四米距离后，张工才对我道：“你这孩子真没眼色。”

我明白了，那我到哪儿睡去？

“常雅如一个人一间，你去和她挤一挤。”

真他妈乱！我心里好堵。

迷迷糊糊已到清晨六时，我听见常雅如轻手轻脚拉开门出去了，我翻个身准备继续睡，门铃声响起来。

我的第一反应是老板要进来，像士兵集合一样紧急穿戴齐整，奔到门口从猫眼望出去，却看见商子。于是松了一口气，将门打开。

商子一步踏进反手要将门关上，我坚决不让："商子，这样影响不好。"

"我不管，我要见你，不见你我会疯掉的。"他一把搂住我。

我想推开他，却因力量太弱而失败。

他俯过来，与我唇齿纠缠，我没有力气推开他，但也没有喊。

何尝不是我潜意识中想要发生的呢？但是，他比李庭轩还要小很多，为什么我对李庭轩没有感觉，却对他比较放任？仅仅因为他表示疼惜的语言说得正对我胃口？

在他的怀里我很迷乱，不知过了多久，我清醒过来挣脱他："你快离开这里，太危险了！"

"我不要走，我一秒钟看不见你都忍受不住。"他央求。

"那我们到大厅吧。"

"那里不能抱你不能吻你。"

"那你就坐沙发上别再乱动。"

"不。"他又要吻我。

我无奈，准备自己出去，一回头却看见司机在门口一闪，是的，是司机。

我恨死了商子。

商子也看见了，却一脸不在乎，他竟然追出去叫住司机问怎么了，又转回房间告诉我："司机人不错，很讲义气，没事的。"

他怎么这样容易相信人？我颓然倒在窗边的沙发上，透过飘窗看外面人来人往，心里一片烦乱。

怎么办？这是爱吗？传出去会有什么样的后果？

早上，公司一行人一起在自助餐厅吃早餐。

林小娜一脸春风得意，一边往盘子里夹菜，一边对常雅如解释，很是此地无银三百两："昨晚上我在桌子上趴着睡了一夜。"分明传递着"你们赶紧羡慕巴结我吧，老板就在我房间里"的炒作感。

所以，林小娜故意曝光的原因，也许就是要大家先羡慕她，然后尊重她。

回到公司后，老板在我们房子里的事很快就被传遍了，那位女主因此收获更多的奉承；传得更火的还有商子一大早在我房间不肯出去的事，我因此收获更多的不屑。

谁敢传老板闲话？不想领工资了？任谁也想不通，是林小娜自己传出去的。

谁敢传打工妹的闲话？谁都敢！我知道，第二件事绝对是司机传出去的。

十八、许美女请吃饭

谣言止于智者。但又有几个智者，又有谁甘当智者？生活如此无味，谁愿放过咀嚼别人痛楚的机会？

于是，三人成虎，众口铄金，积毁销骨。

“简直是只狐狸精，跟那么小的男孩谈恋爱，还勾引老板。”

从洗手间出来，听到林小娜在前台正跟人讲话，话题明显是我。

我冷冷一笑，究竟是谁勾引谁？天知道。

那小丫头一直对商子有所关注，曾几次请商子吃饭。

这次出差回来，裙子越穿越短，每逢进老板办公室，都是一脸女主人的骄傲。

而现在，她以为自己是民间法官，在众人中对我进行人格审判。她算什么东西！

所谓狐狸精，除了本身的贬义，最深层的原因，其实应该是一种荣誉。

我读过一篇网络小说，在其中一个章节中写道：当女人们无法在某些方面超越一个女人，这个女人就被骂成是狐狸精。这个词，本身就代表着被羡慕。

说得真对。想通了这个，我不自觉地优越起来，很明星范儿地走出来，还居高临下地扫视了一下前台。

大约是看我出来还带着一股子蔑视感，林小娜不再吭声，竟然气得胸脯子一起一伏。

反正都被当作狐狸精了，她能指望我这妖精有多么高的觉悟？

我肆无忌惮地看向她的前胸，目光在她的胸上戏弄地上上下下看了好几眼，林小娜噌一下转过身去。

我不动声色，抻平着一张脸，满心无所谓，踏着灰色的走廊地面，向自己办公室走去。

经过项目部，常雅如正从里面出来，看到我，她头一低又转身进门。

我想说些什么，却知道什么都没必要说。

去找她解释？我能解释多少次？解释有用吗？我越是解释越是显得此地无银三百两。询问？她会躲得更远。趋利避害是人之共性，即使那人是你曾经帮助过的。

并且，你越是帮助一个人，越是别指望他会感激你。“升米恩，斗米仇”，就是这个道理。

走进办公室，张工正好从老板办公室出来，他看到我，微微皱了一下眉头，从他的目光里，我读到一种匪夷所思的同情。

传言肯定是到了他那里，他对我应该是又同情又纳闷吧。

拿着熬了两个通宵赶出来的开盘宣传计划，我敲开老板办公室一直紧闭的门。

“你先放那儿，我有事要跟你谈。”老板看都不看一眼我的辛苦结果，点上一支烟后，他深吸一口，“我建议你还是主动辞职吧，你和商子的关系有目共睹，大家很有看法。”

是啊，商子那么早去宾馆敲我的门，缠绵间又有老板的司机过来看见，傻子也会这样想我们的关系的。

可如果是和老板有这样的情形发生呢，司机会不会对我像对老板夫人那样诚惶诚恐？老板还会这么义正词严吗？

在宾馆，我让商子走，可他赖着就是不肯走，我不忍心看他失落的样子。

“我看不见你就心慌。”回来后他说。

我很紧张又很甜蜜，给他的打分已到八十五，不由得一次次接受他的约会。

喜欢他站在天桥上等我时望眼欲穿的样子，当我到桥底时他会站在台阶的最高处，深情地看着我一步步走上去离他越来越近，登上最后一级台阶他就拦腰将我抱起，然后搂住我，将我整个儿埋进他怀里；

如果我站在马路的另一边，他便不顾急速驶过的车辆，横穿马路跳过栏杆再伸出他长长的臂膀圈住我，说不能忍受我给他造成距离感的恐怖；

吃饭时他总先点我喜欢吃的菜，吃火锅时怕我胃不好强行换掉我的麻辣油碗，逼着我吃三鲜味的；

走在街上忽然下雨，他毫不含糊迅速脱掉外套顶在我头上……

我几次因他的细心体贴而泪眼婆娑。

人和人之间相爱有什么过错？相爱是一件如此美好的事情。

我很犹豫，想退出，却总留恋于其间的温暖，而忽略了世俗规则。

现在，世俗终于开始行使它的权力，由对我有着“情意”的老板充当执法者，并以取消我的就业资格来惩罚我的“过错”。

滑天下之大稽，幽世人之一默。

我填了辞职表。在最后让老板签字时，他靠着他的高背椅子，右手抱肘，左手夹着烟，冷冷地看了我一眼，开口道：“这就是教训。如果你是老板，那你无论怎么做都只不过是件风流逸事，可惜你，只不过是个打工妹。”

“谢谢提醒。”我冲他点点头，转身便离开了他的办公室。

打包好自己的物品，抱着收纳箱走出公司时，前台小姐林小娜道：“陈总监，没事过来玩啊。”俨然她是这里的女主人。

我面无表情，目光从她的脸上轻飘飘掠过，说没耻辱感那是自欺欺人，但是，我在心里暗道：“有你哭的日子在后头。”

幼稚的林小娜，以为这样可以获得成功，怎么可能？

“这是我的钥匙，从今天起我是有家室的人。”商子搂紧我道，他自然也辞职了。离开公司后，商子将我带回他住的地方，他很严肃：“这是我第一次带一个女人住我这里。”

我又一次被他惹哭。

“乖，别哭，有我这样的好男人，你还哭什么。”他抱紧我，“你是太过幸福才哭的吧？”

我忍不住笑：“好无耻啊你。”

他说：“老婆想吃什么，老公给你买。”

“方便面。”我说。

“老婆已经懂得过日子了，我真是幸福啊！”

是该节俭了，我对他有归属感，觉得我就是该给他做老婆的。

但是，我没有住到他那里，感觉还是应该再熟悉一段时间。

歇了一周时间，我整理好情绪，又去另一家房地产公司应聘。

他们看了我的简历，又问了我一些市场问题，便问我对做总经理助理有没有压力。

我力拒该岗位，告诉他们我只要做办公室普通员工就好。人事干部很奇怪：“怎么还有不肯做总助的？”

“我能力不够。”我认真地说。

人事干部笑了：“总算碰到个谦虚的。”

打电话告诉商子经过，商子说：“就应该这样，否则我怎么放心。”

商子常在中午仅一个半小时的休息时间赶六公里的路程来陪我吃午饭，他离开那家公司去了他的老师那里，职务仍旧是项目经理。

每次他总看着我吃完才肯放心离去，他严肃地告诉我：“不许减肥，否则我就不要你了，我喜欢胖胖的老婆。”

如果晚上有应酬，他会提前打电话给我：“宝贝，你晚上一个人吃晚饭行吗？如果不行我就推掉应酬。”

我会告诉他我能安排好自己，让他好好应酬，应酬也是一种工作。

每逢如此，商子就感慨万分：“有妻如此，夫复何求！”

我会更乖巧地叮嘱他：“少喝酒啊，我要个健康的老公。”

他还常在应酬间隙打电话追踪我：“小混蛋，你在不在家？和谁在一起？要是和哪个臭男人在一起，看我不揍扁你！”

我知道那是他的情趣，可是也有着真心在里边，不禁有种浓浓的被爱监控的甜。

于是，我答应了住在他那里。

他让我退掉自己租的房子，我没有答应。

一切还没有水到渠成，尽管目前来看我们相处很好，但年龄问题总是挥之不去的阴影，我不相信我们能跨越这个障碍。

但我没有告诉他内心的担忧，怕他难过。

在我们住所的附近，有一座香火旺盛的寺院，里面供着一得道高僧的塑像。晚饭后我常被他搂着去那里散步。

商子说：“常来这里，我们的爱情才能得到来自上苍的庇护。”他说得很虔诚，让我沉醉其间忘了一切。

商子总提前准备几张报纸在草地上铺下，我很惭愧地看着他做着这一切：“对不起啊，我总是没有你细心。”

他毫不在乎地一笑：“老婆是做大事的，这些小事让为夫来做吧。”

等我坐下后，他会离开我一会儿，十几分钟后他就拿着大包小包的吃食过来，有时，还有一瓶啤酒或者白干。

我们坐下来小酌，看夕阳西下，看人来人往，看飞鸟归巢。

吃完后商子就枕着我的腿闭上眼睛，很悠然很满足。

我知道跟我在一起他是真的感到幸福，让他感到幸福其实我很惶惑。

我的直觉告诉我和他不会长久，但又撇不下这种美好的感觉。

晚饭后，我们照例到寺院附近散步，那里有一片樱花林。

得道高僧的塑身在坡度呈四十五度、长度近五十米的台阶上，我满怀崇拜地望着高僧智慧坚毅的表情。

商子在我面前背对着我蹲下。

“干什么啊你？”我问。

“娘子，我要背着你跑上这台阶直到拜伏在高僧的脚下，我们的爱情才会感动上苍。”

“傻瓜，那么高，会累死你的，我不舍得。”我摸摸他的头发，感动满怀。

“不。”他坚决要履行他的誓言。

我知道拗不过他，只好贴住他的背搂住他的脖子听任他直冲而上，我们真的直接拜伏在了高僧脚下。

“我一生只爱你一个女人。”商子在高僧脚下向我说出誓言。

我的双眼漫起一层水雾，慢慢靠近他，搂住他的腰将整个人深深挤进他怀中……

大约两个月后，商子说，林小娜被老板夫人打了，脸上好几道血痕。她也辞职了，谁知道是不是被迫请辞。

当初她以为这是一种好运气，其实呢，这种运气就是一种邪气。

真正相处起来，便越来越为商子担心，他工作起来像一个高速旋转的陀螺，连饭都忘了吃。后来才发现他其实是不肯吃，似乎一吃饭就会耽误整个事情。

我常心疼地责备他。

我很想为他送饭，又怕我的出现会影响他在同事中的形象，他的同事会接受我这样的一个“老女人”吗？一旦我出现，商子的形象分肯定大打折扣。

“要多吃蔬菜，不许吃太油腻的东西！”我命令他。他很容易出头皮屑，嘴唇也容易干燥，耳朵后还容易起皮，据专家讲是血液黏稠维生素太少引起的。他答应得很好，一见红烧肉马上忘了我的叮嘱。

这小子的成就感和事业心非常强，关键时候还是会将我放在工作的后边，而且他很在意别人对他工作方法的评价。

我总有种不安，看着他如此看重事业，生怕他总有一天被世俗俘虏；也总陷入恐慌，我是那样恐惧不能通过周围人对我们的道德审判。

每逢我说出这样的恐惧，商子就发脾气：“我们活我们的，管别人做什么！谁能像我们如此默契，我们是天生一对的佳侣。”

他发脾气我就难过，他又柔声劝我：“傻瓜，你看起来比实际年龄要小得多，不说出来别人是不会看出这种差别的。”

不想让他担心，我就做出一脸轻松样子：“我当然知道，我还算是靓女。”

“这样想就对了。”他像个老爸似的摸摸我的头，我却感到他其实也有着同样的烦恼。

“马上就春节了，你怎么过？”他问，“和我一起回家吧？”

“时机还不到。”如果到他家，他的父母知道我的真实年龄，一定会很无措。我不要给别人带来麻烦。

“没事，丑媳妇总要见公婆的。”他在我唇上吻了一下，笑着道。

“不如这次你先一个人回去，把我的情况给他们讲清楚，看他们的反应后再说。”我想了想，对他道。

“好吧。你在这边要老实待着等我，不许跟别的男人出去，不许喝酒。”他命令道。

“没问题。”我笑着答应下来。

周末下午五点左右，接到一个人的电话，让我很莫名其妙。

是那位许主任，她约我吃饭。

本想拒绝的，但又感觉她挺可怜，便答应了。

我们约在一家湘菜馆，在我刚辞职的单位一里外的地方，她定的地方。

我一贯没有主动提出用餐地点的好习惯，只能随她。

到达饭店时，街道两边流光溢彩，漂亮的门迎们也已就位，整条饮食街显得热闹非常。

我有些延误时间，因为路上太堵。走进大门，打眼望去，就看到靠窗第三张饭桌旁，许主任正笑着向我看过来。

她穿着黑底绣花的短袖旗袍，并且已经点好了菜，还开了瓶红酒。

她很喜欢民国风装扮，我一边想着，一边穿过两边饭桌之间的地毯，走到桌前向她问好：“你好，许总。”

之所以没叫她许主任，是因为她给我的名片上，职位就是副总。

“快坐下，等你好久了。”她很亲切。

“不好意思啊！路上堵得厉害。”我不好意思地致歉。

“怪我，这个点儿本来就堵，正是饭点儿。”

她拿起酒瓶要为我斟酒，我忙站起来，被一个女士这么伺候着真是不习惯。

“你别客气。”她道，“我一见你就喜欢你，你很像我年轻的时候。”

“谢谢。”我不喜欢像她，尤其是亲耳听到老板和他的朋友以轻浮的语气谈论过她之后。

“我听说你的事了，但我想，我听到的绝对不是真相。”她举起杯子要和我碰，我只能拿起杯子接受。

“你听说我什么事？”我礼貌地问道。如果没反应也不对，毕竟人家看起来是善意的。

“说你和比你小的员工谈恋爱。”她说完后就自顾自喝酒，并没有看我表情的兴趣。

我却来了兴趣，我对她道：“他们没说错。”然后看她的反应。

“你以为我会劝说你，还是以为我会支持你？”她忽然有些顽皮，眼睛里闪着调侃的光芒。

她的这个状态取悦了我，我立刻道：“你既不劝说，也不支持，你不过想找我说话。”

“聪明。”她嫣然一笑，竟然刹那风华。

“你年轻时肯定很漂亮。”我由衷道。虽然同老板和他的朋友评论许女士的语言一致，内涵却完全不一样，我是真心赞美，而那两位是亵渎。

“年轻时，哪个女人没漂亮过？”她又很快转了话题，“你辞职不是因为谈恋爱。”

“那我是因为什么呢？”我倒想看看她是否说得清原因。

“你没看上老板。”她看着我，接着道，“你有谈恋爱的自由，你是单身，只要不违背人伦道德，想跟谁谈就跟谁谈。”

“和比自己小八岁的谈也不违背人伦道德？”我问她，根本没接她所说的没看上老板的话题。

“男未婚，女未嫁，正常恋爱。”她回答得很干脆。

“不正常，违背了世俗规则。”我道。我其实对和商子的这一场恋爱并不抱什么信心。我对自己都感到奇怪，我以前不是一直不喜欢比我年轻的男人吗？连李庭轩我都感觉太嫩，和商子这一场又算什么？

我一定是吃错药了。

“看不上老板是好事情。”许女士也没接我的话，自顾自道，“我很后悔。”

我没有追问，只用疑问的目光锁住她。

“年轻时不懂事，以为自己长得美就可以换来一切，既没好好读书，也没有得到值得托付的人，反而因为年轻时的糊涂事妨碍了今天的发展。”

“你和老板谈过恋爱？”我是猜准了吗？

“没有，但是，付出过。”她悲哀而痛苦，“其实，我也不知道为什么约你，但是，我知道，你不会看不起我。”

“都不容易。”我想了半天，只想到这四个字，既能表明我体谅她，又能在语言上不伤害她。

“谢谢。”她此刻已经完全放松了，“我原以为你会消沉，没有想到你还是这么自信。”

“我不是自信，走一步算一步，人算不如天算，对付着过吧。”

“以后还像现在这样坚持吧！”她忽然道。

“坚持什么？”我问她，好像知道她说的意思，又怕自己猜错了。

“永远不拿自己交换。”她道，“我要是像你这样理智，就不会是这样子了。”

被她夸得云里雾里，我只能用“好”或“是”来回答她。

最后她说：“有机会的话替我留心谁需要无纺布。”

“好。”我答应道。

只要有这方面的机会，我一定会推荐她，为了她的这份信任，为了女人的不容易。

十九、梅毓的心事

独自反刍痛苦，我们会更加坚强，更加深刻我们的精神，因为生活需要隐忍；
与人分享快乐，我们会更加幸福，更加广博我们的心胸，因为生活需要坦荡。

春节期间，商子回老家过年。

我有了和梅毓聚会的空闲，文治哥却没有回来，他今年值班。

“重色轻友。”梅毓乜了我一眼道，接着点燃一支纤细的女士烟，优雅地靠着沙发，似乎要和沙发融为一体。

我只是笑，不反驳。

“会有结果吗？”她吐出一口烟雾后再问。

“不知道。”我的情绪有些挣扎。

“你不如选我表弟，给我当弟媳妇。”她有些无奈，“小轩给我说了，他很喜欢你，年龄也合适。”

“商子真的很好。”我竭力突出商子的优点，但内心却一阵阵发虚，又强撑着底气道，“你说他年纪小，我却对他有依赖感；可我对李庭轩，没有依赖感。”

“我表弟不会说情话，老实人更靠谱。”她平静地继续说服我，仿佛说的不是她表弟，而是一道几何题。

我哑然，我说过李庭轩只比我大两岁，我嫌弃他年龄太小，对我有依靠感，会看不到我的脆弱；商子比我小了八岁，我为什么会对他有依靠感？

又或者，我容易被男人甜蜜的语言俘虏？可是我分明知道会说话是这个年代男孩子的共有属性。

我迷茫起来，不明白自己长久以来，关于爱情都坚持了些什么。

“梅毓，你和姐夫之间是不是贴心贴肺？算不算相濡以沫？”我问她，并不想延续李庭轩这个话题。

“我不知道该从哪里讲起。”梅毓又吐出一口烟雾，看着烟雾袅袅上升再逐渐散开，她的表情忽然变得淡漠。

“从哪里都行，让我借鉴下。”我早就想从梅毓这里得到一些情感启迪，不知今天能否如愿。想来人人都有窥探别人隐私的不良欲望，我也未能免俗。

“我在文化站工作的时候刚刚大学毕业，他是我的初恋，然后我嫁给他，以为我们必将幸福一生。”她仿佛在讲别人的故事，娓娓道来，带着节奏的美感。

“恋爱中的幸福人人相同，就像幸福的家庭都是相似的，不幸的家庭各有各的不幸一样。

“追我的时候，他深夜都会骑着单车经过五公里的路程送夜宵给我。那时，我们可以整夜地煲电话粥，我们的情话如诗一样感人，我们的默契可谓天造地设。旁人都说我们是绝配。

“夏天的晚上他一定会为我捕杀完房间里所有的蚊子；打雷的时候他会替我捂耳朵；胃痛时他买药看着我服下后彻底止痛了才肯放心；他连我父母的生日都记得清清楚楚，总是提前帮我买好礼物，以我的名义邮给我的双亲……如此体贴与关怀，我复何求？做他的女人没有话说。”梅毓的声音低沉，有一种回忆的苍凉。

“婚后的一年我们尝尽爱的甜蜜，相依相偎相携相惜，只羡鸳鸯不羡仙，神仙也不过如此。

“三年之痛七年之痒，真是一点儿不假。我一心只想做好他的贤妻，做好孩子的良母，朝九晚五的工作之后，就满心思经营我们的小家。为他翻烂菜谱，为家精打细算，满以为他会备觉幸福与满足，他却觉着日子过得太平淡，渐渐变得同我没有话说。

“也许是两人的工作性质相差甚远，也许是他辞职下海眼界更加宽阔，总而言之，言而总之，他对我产生了审美疲劳。

“‘没有思想，没有上进心。’他如此评价我，令我大出意料，原来做贤妻就是没有自己的思想，做良母会被定位为没有上进心，这样的结果令我为自己悲哀。他对我的所有言语举止进行批驳，在他眼中我劣迹累累、毫无是处。”

说到这里，梅毓起身去酒柜里拿了半瓶红酒出来，拔掉木塞，给我俩都倒了半杯，轻抿了一口继续道：“认真反省我自己的作为，又何尝不像他说的那样？他融进了社会大熔炉，阅人无数经事无数，而我，却没有与时俱进，在华丽时尚的都市中，过着与现代文明相悖的封建妇女生活，这样的结果势所必然。

“我开始了经济管理课程的学习，以为他会肯定，他却冷潮热讽；我结交朋友出席社交活动，以为他会支持，他却以不守本分而横加干涉。我曾用尽办法同他沟通，想了解他到底需要我做什么样的女人，最后才幡然醒悟：他不是想让我做什么样的女人，他其实是需要再拥有另外类型的女人。这是男人的天性，贪婪的占有欲在作祟。

“‘大丈夫何患无妻’‘穷人多收五斗米便想易妻’‘时位之移人’‘审美需求的多样性’，凡此种种理论都证明男人这种天性的存在，很少有女人能逃过此劫，这是女人命定的天数。”

一连串典故和古语从梅毓的嘴里流畅地说出来，像是已经在地底下燃烧好久的岩浆终于喷涌而出。

我现在终于明白了她当初是以怎样的心情给我发的那篇“执子之手　与子偕老”的转帖。

“商子绝不会这样待我。”听完梅毓以旁观者的态度讲述了自己的爱情故事，我对自己的爱情表示了肯定。

我和商子相互理解相互珍惜，既是生活伴侣又是事业搭档，梅毓的历史不会在我们身上重演，但我仍然心虚。

“所以，女人不能没有自己的事业，不能指望浪漫和幻想过日子，必须建立自己的尊严，必须不被男人拉开距离，才能经营好自己的人生。”梅毓并没有接我的话，自顾自地将她的故事做了总结，“没有永远的爱情，什么都在变化，这世界唯一不变的法则就是永远在变。”

梅毓按灭了烟头，继续道：“女人若是把整个儿的幸福都押在一个男人的身上，她是不会如愿的，男人没有那么强大，他们也需要肩膀。”然后她加重了语气，“更何况你的那个他，是个才进入社会的小男人，有着太大的变数。”

然后，她又补充一句：“一一，你是不是灯下黑？”

虽然我极力让自己乐观对待和商子的恋情，但从梅毓的口里讲出来，我虽还不愿意相信，却沉重了心情。

“我一生只守着你一个女人。”商子回来后，我说了自己对未来和他在一起的担心，但没有提梅毓，商子这样回答道。

然后，大约是为了表现他的坚定，他又双手按住我肩膀，一字一顿道：“我是很理智地开始我们的爱情的，我考虑了很久才向你伸出手。别拿我同那些俗男人相比，我很受辱。”

听完他的话我不禁唇角上扬，很开心。

“乖，我最近工作会很忙，你一定要照顾好自己。”他摸着我的脸说。

“别担心，你工作有成就比什么都让我开心。”我抱着他的腰道。

“真的吗？有了其他女人你也开心吗？”他似乎有些不高兴。

“相爱是两个人的事，如果你对我没有了爱，即使我再爱你也只会增加你的痛苦。你痛苦我会更痛苦，我宁愿忘记你，也不要对爱强求。”我实话实说，虽然心里很不舒服。

“怎么会这样？”商子看起来很失望，“我以为你会哭着求我。”

“我不喜欢强求，我宁愿痛苦。那样的痛苦很伟大，有着信仰般的牺牲精神。”当我义正词严地说完这番话时，心里忽然变得很空。

如果真的有那么一天，我会怎样？我不知道，但我知道我一定不会纠缠。

“纠缠”这种行为，真的太没品了。

有着很不好的预感，我提醒自己：该来的总要来。

商子说他已向父母汇报了我们的事情。

“他们是什么态度？”我忐忑不安地问他。

“无论哪种态度都很正常啊，让我慢慢说服吧。”商子拍拍我的头，“有我呢，别怕，我会处理好一切事情。”

我选择相信他。

二十、商子如愿以偿

爱情在出现危机时就是这样，这边心急如焚想要一份被爱的肯定，那边却矛盾重重不知该对爱做怎样的交代；这边日渐衰败着心情，那边却愈来愈鲜艳着欲望。

入夜，我和商子在灯下看书，都没有上电脑。喜欢这种氛围，很温馨，很书香。

“我和家里闹翻了。”商子忽然开口。我转头看他，他表情有些受伤。

“怎么了？”我很惊诧，他一直很孝顺父母。

“为我们的事，他们说我在开国际玩笑。”

我很难过：“那你打算怎么办？”

“先拖着吧，到时他们自然会被我逼得答应的。”他拿着书，仰头看向天花板。

我无言，想走过去抱抱他，又感觉这样安慰不了他。

“老妈打电话说老爸被我气病了。”几秒后，商子又道。

“不行就听他们的吧。”我压住内心的酸楚对他道。

“那怎么行？我离不开你。”商子过来抱住我，头抵住我的额头，“明天请同事吃饭，你一起去。”

“哦。”我压下心中沉沉的负罪感，看着房间里简陋的布置，心境也开始变得断壁残垣。

第二天晚上，和商子的同事们到楼下一家火锅店吃饭，其中一位看着我说：“你女朋友气质很好啊。”

商子的骄傲毫不掩饰：“本人的眼光那还用说。”

“好像比你大点儿吧，能大三岁吧？女大三，抱金砖，你小子有福啊。”另一位同事说。

“她大我八岁。”商子毫不遮掩。

“开玩笑吧？”同事不信。

“他没骗你们，真的。”我坦然道，尽管内心很不自在。

他们惊愕之后说：“经典，经典的爱情故事。”他们表现出很夸张的自然。

我坦然地接收着他们传递过来的匪夷所思的信息。

商子也一直夸张地开着玩笑。

晚上回到住处，我先把两人的衣服都洗了，又去冲澡洗去满身的火锅味儿。

让商子去洗一下，他说累，不想洗。

我看了他一会儿，自己也觉得没意思，遂打开电脑，随便翻网页。鼠标乱点，翻的什么内容全没看进去。

“怎么了妞？给爷笑一个。”商子过来搂住我肩膀，逗我笑。

我望着他叹口气，哪里笑得出来？

“不笑？那爷给你笑一个。”他把整张脸放大在我面前，用手把嘴角向上扯。

我勉强扯起笑脸，笑比哭还难看。

他看出我的心情，安慰我道：“我没事，乖，睡吧。”

深夜，躺在他怀里，感觉到他在装睡，因为，他没有鼾声。

此后的几天，我感觉到商子已没有精力和心思照顾我，他经常很晚回来，而我的新工作朝九晚五，以至于我比以前更感到寂寞。

我经常想，我是不是需要找个晚上的工作？这样既不孤单，又能多赚些钱。

同商子商量，他不同意：“晚上的工作哪有适合你的，需要晚上工作的都是些什么人？你好好待着，一切有我。”

虽然有他安慰，后来的事实却再次证明，不要把男人的誓言当情感保障。

公司竞聘副总，商子要同两个强有力的对手竞争。他比以前更晚回来，不是加班就是开会，要么就是有重要的客户要应酬。

不知是工作真忙，还是他想多些距离让自己冷静，总之，他不再提前打电话给我，对我的疑惑也不耐烦地解释，我们为此闹僵过几次。

以前绝不是这样，他一直很在乎我的感受。

我感觉到有问题，但他坚持说没有，并且说我在找事，然后两人就互不理睬。

在很激烈的一次情绪对抗后，我就告诉他我最近要加班，就搬回自己的住所，我也想让自己冷静下来。

开始他还打电话，我赌气不接，再后来他发信息给我说让我照顾好自己，他要将全部精力投入这次竞争。

读完信息我颇觉后悔，在他最关键的时候我怎么能给他增加烦恼？即刻打电话给他：“对不起，是我不好，你好好准备，我相信你一定会击败他们。”

商子说：“对我有信心就好。”

一周后，商子打来电话：“老婆，我胜出了。”

我如释重负。

商子胜了这一局。我听到他在电话中的骄傲，只是我感觉不到从前的亲密，尽管他还喊我宝贝，还关心我是否又不肯吃饭，但我感到他是在例行公事，他其实好像对我是否吃饭并不那么在意。

“你还不搬回来？”他问我。

我说让我再考虑一下。

他说：“那你早点儿休息，乖。”

“你也是。”我说。他没有再劝我回去，我心里很空。

其实我还想提醒他距离真正的成功还有一段路程，他应坚持到真正的胜利，但我觉察出他不会听进去我的意见。我的提醒，对他来讲只不过是画蛇添足。

尽管这是预料中的变数，我还是感觉这变数来得太快。

他还是偶尔约我吃饭，只是见面时间越来越少。一起吃饭时他打出许多电话，又接进许多电话。

偶尔还有暧昧的语句让我颇费猜疑。忍不住问他，他也只是用“别疑神疑鬼”一语带过，可我总感觉他在撒谎。

终于，在一天下班后，我头痛难忍，便让他接我，借机搬回我和他住的地方。那里毕竟是我们的小窝，记载着我们曾经的甜蜜时光。

当然，我更想弄清楚我们之间到底出了什么状况。

第一天晚上，平静地度过了，他说出去看位朋友，回来时已经夜里十一点。

第二天晚上，他又一次很晚回来，这次，是十二点半过后。

我问他吃什么，他说吃过了，然后就去洗澡。

我把他脱下的外套拿起来，准备挂到门口的衣架上，在撑开外套时，发现第二颗纽扣上缠着一根卷曲的长发，齐腰的长度。

我的心慌乱起来，把头发取下来，在手指上绕来绕去，想着等他洗完澡出来跟他怎么说。

要不，装傻，把头发扔进垃圾筐？还是把头发给他让他解释？他说不知道，我该不该继续询问？他说是另外有人，我是不是马上分手？

吵闹肯定是不会的。第一，我不会吵架；第二，如果对方有了新女友，我主动退出才是不会让事件升级的唯一方法。

不纠缠，主动放弃，才是尊重自己。如果非要逼着对方跟新女友分手，重新在一起的我们以后肯定不会幸福。

爱是互相疼惜互相尊重，即使不能在一起，也应该互相记住对方的情意。毕竟爱过，互相都曾经折服于彼此的美好。

他出来了，一边用毛巾擦着头发，一边朝我走过来。

走到我身边，他搂住我肩膀。那一刻，我决定不去问他。

我悄悄地把头发扔了，任它落向地面。

“怎么总是这么晚啊？”我搂住他的腰，把脸贴在他身上，这一贴，我发现，贴的大概正是那根头发缠绕的纽扣的位置，身体不由一僵，手上的温度骤然降低。

他的手摸上我的背，一下一下地抚摸：“这不刚上任，公司又招进一批新员工，我是主要负责人。我们老板也太看得起我了，要求我亲自培训，说只有这样，我才能带领出一支都像我一样优秀的员工队伍。”他说着说着笑起来，有着些许被肯定的骄傲。

“新员工都长得漂亮吗？”我故意装作无意地问道。

“有男有女，都——一般。”他有微妙的表情闪烁，回答得不是太顺畅。

“他们都比我年轻，年轻真好。”我感叹。

“瞎说什么。”他咕哝道，有些不耐烦，眉头轻皱了下。

以往说起年龄时，他会坚定地否决我对年龄的介意，而这次，他似乎被这个问题触碰到了。

我的心在无底黑洞中无限下沉，我在心里叫嚣：我陈一一，什么时候也混到这种卑微地维护爱情的地步了？

二十一、为什么悲情的预感从不出错

为什么要发恶毒的誓言，为了证明自己短暂汹涌的激情？

一旦有了誓言，我们就被誓言捆绑，悲哀却要坚持对誓言的守护，不管心已去了何方，不管谁该不该去，谁该不该留。

又一个晚上，直到凌晨一点过后，商子才满身火锅味地回来。

“和谁吃饭了？”我终于彻底怀疑，便不再忍耐，索性直面，问他个清楚，“别骗我。”

“和同事。”他眼神不肯看我。

“不对，你瞒不过我。”感觉到身体温度骤然降低，我有了轻微的颤抖，怎么这么冷？

他的脸变得苍白，无力地倒在沙发上：“一个女孩。”

恍惚记得他多次对我说：“我一辈子只守着你一个女人。”

“你手下的员工？”我试探着问道。

“嗯。”他没有否决。

“多久了？”我沉住气，但手指冰冷如铁。

“——今晚才开始。她请我吃饭，感谢我指导她。”他的回答没有底气。

“已经说出来了，就全说出来，到底什么时候开始的？”我的血液一寸寸冻结，身体又开始变冷。

“两周前，你和我生气，不肯接我电话。她一直要请我吃饭，就从那个晚上开始的。”他看着墙，“我受不了了，压力太大了。”

说完，他去沙发上坐下，双手抱着头，双肘撑在膝盖上。

“谁主动的？”我真可笑，这时候还想抓住一根让我不致太难过的稻草。

“我——我先拉的她的手。”他咬咬牙，很是有担当。

“接下来就是拥抱、接吻？也叫她‘宝贝’‘乖’‘我的女人’？”我看向他，语调因全身无力而显得异常柔软。

他不吭声。

“好。”我的泪在眼眶里打转，我强撑着不让它们掉出来。

他抱住我，亦是泪流满面：“不要分，不要分，对不起，对不起，我真的是抵抗不住世俗。”他哽咽着。

我再也不想说一个字。我想走，已是凌晨，能到哪里去？

我收拾好东西，躺到客厅的沙发上，怎么也睡不着，睁着眼终于挨到了天亮。

嘴巴里说出分手两个字很容易，也知道即使他挽留，我也不会和他再继续下去，可是心依然被利刃切割了一夜，痛不堪言。

但我很清醒，这段情该分。本来就不看好这段感情，因为这不仅是男小女大的弊端，也是三观的冲突。

早上，商子开车送我到公司——公司已经给他配了新车。

坐在办公室，我头脑清醒了。

这本来就是我的错，我原本以为我这个年纪，绝不会因瞬间的温存而感动，也绝不会被那些高情商的关心话而感动，结果，我还是愚蠢地犯错了。

因为太渴望被爱，就有了寂寞中错误的开始，就有了清醒后悲伤的结束，我活该。

我拨通他的电话：“你还打算和她处下去？”

他很诚恳：“她长得还可以，年龄又合适，走在街上没有那么多人用怪怪的眼光看我。”

“如果我没察觉，你能将两个女人的男朋友的角色扮演多久？”我已经决定分手了，但还是想弄明白他真实的想法，毕竟，爱过。

“我也不知道。”他很坦诚，我有些欣慰。只要他坦诚，我分手便不觉得太难过。

起码说明，他不是口腹两面，还算真男人。所以，我至少没有爱错过。

只是有缘无分，而已。

“那你为什么不和我分手？”我知道答案，他无非是不舍得，想同时拥有。但是，我还是要他亲口讲出来，他自己坦白自己内心的不地道的想法，也算是对他的一种惩罚。

“我怕分开后就无法挽回，而且——我想看谁更适合我。”

“回答得痛快。”我嘲笑我自己，明知不可为而为之，是丽和我为这个尴尬的年龄定下的不可犯的两种错误之一，结果我犯了，那就接受惩罚吧。

“那就让我来说吧，”我决然道，“我们分手吧。”他在那边半天不吭声，我挂掉了电话。

我请了事假，之后，一天一夜，粒米未进。

缘来可力拒，缘去莫强求。

我终于强打精神，决定去公司办一件事情——辞职。

我如僵尸般机械地挪到镜子前，不过一夜而已，我发现自己竟然憔悴不堪：眼窝深陷，一双眼显得奇大；颊如刀削，整张脸如枯萎的罂粟花。

据说，女人在三十五至四十岁之间是艳如罂粟的最美时节，应该魅力无穷的时候，我却成了这个鬼样子。

果然像歌词中写的那样：爱一次要让人老几十岁。

我呆呆地看着镜子里的自己，抬手扇了自己一巴掌，明知不可为而为之，陈一一，你活该！

其实，并没到情何以堪的地步，这几天，我更多的是为自己的不成熟而辗转反侧，羞愤欲死。

辞职之后，我又坐在我们常去的那家咖啡厅里。

我将自己扔在沙发里，看着窗外，人已很冷静。

“人成各，今非昨。”只是在当事者的眼中如此感受，其实一切如旧，变的只是自己的心情。

我不怪商子，他在这段时间里是爱我的，他曾感慨：“默契如此，真是不易，我们是天生一世的佳侣。”

是的，他是爱我的。因为我对他不可得的宽容，几次异性事件我都从本质上帮他分析计算其中爱与真的含量，他很吃惊，亦很感动；我在他追求目标的过程中时时提醒，也正是多数年轻女孩做不到的，而这正是他需要的。这就是年长的优势，因年长而积淀的认知对他有事半功倍的帮助。

在这段时间里，尽管我对我们的未来不抱乐观，但不可否认的是，我也是爱他的。他的勤奋执着，他的目标坚定，他对我细到指甲的呵护，让我对他的情意浓如蜜糖。我对他无法遏制的黏缠与依赖，致使我忘了他还那么年轻——那么年轻，怎么可能抵抗住世俗的压力？小小年龄，坚持这么久已是不易。

他没错，错的是我。

既然自己一早就知道这是世人不能容的感情，为什么要继续下去？

有脚步走过来，停在我面前，那人良久不语。

我以为是服务生，抬头看去，商子正看着我，泪往下掉。

“我知道我能在这里等到你。”他在我身旁坐下。

“你坐对面。”我强打精神，一旦决定分开，我便坚持男女授受不亲的古训。

他不肯，一把搂我过去：“回家吧，我舍不得你。”

我的眼泪一下子奔涌而出，忙别过脸去。

他也同样喜欢她，他也舍不得她，因为我强烈感受到他的言不由衷，接收到他迷茫慌乱的磁场气息。

"这三天，我一直很难过，她也能看出来。"他流着泪。

也就是说，她一直在他身边，我唇角泛起软弱的冷笑。什么也别说，商子，事情是怎样的我全知道。

"跟我回家。"扳过我的脸，他哀求。

"那你就和她分手吧。"我掰下他的手。他能答应才怪，我想。

"给我一点儿时间。"他说，"为了我，她和她男朋友分手了。"

谁是谁的敌人，谁是谁的爱人？胜利者的悲哀又有谁知道？

商子，你不是我的鸦片，我不吸毒，你控制不了我。

不见你，我不会毒瘾发作，我不会再在这里等，等着你演完那段戏再来侵蚀我那点儿所剩不多的美丽；而我得到的，只是短暂的拥有。

这样的拥有我不要。成全你就是成全我自己，我并不伟大，但我已想得很明白，与其身陷其中遭受煎熬，不如撤出这个怪圈，变身为旁观者，就与痛苦绝缘。

原来如此简单。

其实想开了，什么事都很简单，只要我们学会后退，哪怕只后退一小步，眼前风景就拓宽了无限。

我佩服我们的先人，他们总结出"退一步海阔天空"的道理，一定经过百折千回的论证。

"我本来是想借此和她分开的，我说'给你一天时间解决，不行就结束'，没想到她真和她男朋友分开了，我只能负责。"

我被他的声音拉回现实。

混蛋！我在心里骂他，但我说："那就承担起爱她的责任，你其实是不舍得她的。"

"我承认有些舍不得，但绝对只是暂时的，根本不能同我对你的感情相比。你真能舍得我？"他不肯相信。

我不忍伤他自尊，便道："这是天意，我们都接受宿命吧。"

商子告诉我，那小女人说她一定比我更适合他。

只是个好战的小女人，我想，我已知道了他们的结局。

我了解商子，他对新的情感的付出绝对是完全投入的，但同时也在不动声色地严格考察对方，如果对方太自我，以为他的付出是理所当然，却并不能了解他的思想和支持他的行为，尤其是一旦对他的生活有所干涉，他会想尽法子逃跑。

商子梦呓般地介绍她，在刚和他分手的我面前，这显然违背了游戏规则，他应该在我面前尽量回避提到她，可他没有。

他说她在公司里算是最漂亮的，身体不好，但人很坚强，很大气，还是适合他的。

“那就好。”我说。心想，他又开始轻易对人有好感了。

许是以往将心事全数倒给我已成习惯，他如此不加避讳，我更是锥心疼痛。

他说她不听劝阻，退掉租的房子非要跟他住。听到这里，我掏出钥匙串，摘下那把钥匙放到他手里。原本从他那里拿来的，从何处来，归何处去。

我问他：“你决定了？”

他说：“我没办法，我自己惹的祸。”

我起身去洗手间，我想让自己暂时逃开一会儿。

在洗手间，我用力掐着掌心，不让自己再难过。我竭力用毅力逼退那些情绪上的痛楚，以便在出去面对他时能尽量做到坦然。

泪水却不听话地潸潸而下，我几乎能听到心被撕碎的声音，身体摇摇欲坠似不堪空气之重。

商子对我的感情其实是座压了我很久的山，虽然我也认为这座山钟灵毓秀，并且曾渴望做这座山的山神，一生守护，与他共老，但我真的不堪其重。

而现在，横空杀出一位小女人，仅仅用写着“年轻”两个字的手指轻轻一勾，山便飞走了，我是否应该感到轻松？

对于女人，年龄，在爱情中有着如此的不能承受之重。

我对着镜子道：“陈一一，你活该，这段感情本来就不该开始！看，遭到报应了吧！醒醒吧醒醒吧，继续等你那一位。好事多磨，那人一定值得等！”

此后的两个月，商子依旧每天有电话来，说：“我不会放弃你，我对你拥有终身所有权。”

我会打断他的话问他同新任女友的近况，以此提醒他已经没有资格同我谈什么。既然分了就分个彻底，这么藕断丝连，何必？

关键是，如果再度复合，世俗也会瞧不起我的。

毕竟是一段各自都付出真心的感情，心里还是一直痛，怎么也压制不住那种感伤。

如花年龄的小女人如我所料，只在他灰色的办公室里开放了两个月，就在他灰色的情绪中被愈行愈深的绝望风干。

她原本以为势在必得的猎物，以她始料不及的变化将她遗弃在感觉之外。原来，她才是他不经意打到的猎物，一只他兴趣渐淡的猎物。

他想让她自己将自己放生，他不忍心她那么爱他，他还要赶她走。

而他心里说：“是你自己撞到枪口上的。”

她感觉到了，而她不甘心，她发给我数条极其温婉的信息。在收到她的信息后，也收到一股被温柔粉饰的杀气，感觉她只想找到我决一死战。

“本来没有战争，因你好胜，周围才充满了硝烟。这不是我的错，我与你无关，我只与你的猎物有关。因为，我是你的猎物的猎物。”

我望着浓黑的夜，思绪飘摇。我不是巫师，但我用灵魂爱过他，没有人比我更了解他。

也许，就像他们说的，我是一个狐狸精，不同的是，我即使是个狐狸精，却不管千万年的道行，化身为人，不掠财，不迷色，只想寻回专属于我的爱情。

其实，我才是他生生世世追逐的猎物，他不会射杀我，一生沉沦于追逐我的快乐。

我快意横生。

二十二、与文治哥出行

很多的时候，我们以为是别人伤害了自己；其实不然，是我们自己所做出的反应伤害了我们自己。

我又挣扎在自己的文字工作室里。

左边是韩国女士烟与听装啤酒，右边堆着厚厚的资料，这是电脑桌上的东西一贯的排列秩序。我常常去左边燃一根烟，抿一口酒，再去右边翻过一页资料，进行后边的文字堆砌。

酒能麻醉自己感觉不到那些痛楚，无论肉体还是心灵，酒总让我沉浸在暂时的无畏中，走火入魔，整夜与狰狞的文字较量。

我不明白自己为什么还会痛楚？想得那么清楚，分析得那么明白，为什么还要痛楚？

我的作息时间颠颠倒倒，秩序混乱。我会在清晨六点睡去，下午两点醒来；又会在下午两点睡去，再在凌晨零点醒来。

不睡眠的时间主要用来完成四件事——联系文字业务，打字，饮酒，发呆。

梅毓几次打电话约我出去，接电话的时候我多是醉眼蒙眬，梅毓说：“一一，何尝不是一件好事？挺过去便柳暗花明。”

“我没事，别乱担心。”我回答。

“不管你现在是哪种状况，我都认为是好事。”这样的结局她为我而欢欣，她的态度与我的痛苦很相悖。

而这段情感的结局几乎被她一语中的，我怕见她。

我也知道她一直希望我出现这种结局，她希望我最终拥有被传统接受的姻缘。她说这样才是健康的人生。

“尊重传统才会被生活赐福。”她说。

她所有的教化言论我都支持，但我缺乏执行力。

“文治回来了。”梅毓在电话那边说。

“知道了。”然后我挂掉电话一头睡过去。

迷迷糊糊中，听见手机一直在响，我不想接，我想多睡一会儿。

隔了几秒，手机又响起来，我闭着眼伸手在枕边摸到手机，迷迷糊糊按了接听键：“喂。”

“一一，我在你楼下，快下来。打扮漂亮点儿，带你出去玩。”文治哥来了。

我只好硬撑着起床，很快地洗脸刷牙，尽可能刷掉那些酒味儿。

换了一件白色高领毛衣和浅蓝色牛仔裤，顺手从衣柜里取下粉色大衣，拉开门走出去。

文治哥就在门外等我，他开了一辆宝蓝色的车，依然是一身卡其色的登山装。

“到哪儿去玩？”坐在车里，我问他。

“青山绿水，满山遍野的花，还有一尊大佛，香火旺盛，听说很灵验。”他边说边开了音响，欧美经典名曲在车内悠悠回荡。

“哦。”我没精打采地回应。他所描述的都是我一直喜欢的，只是此一时彼一时，我的心情还没有梳理清楚，对什么都提不起兴趣。

车在高速路上飞奔，文治哥有飙车的嫌疑。

还好一路车少，两小时的路程用一个多小时就完成了。

从车内出来，一座佛塔在山上巍然耸立。

这里距离英市有近二百公里，气候湿润，周围绿意葱茏。

“小妹，看着从历史中走来的佛塔，你有什么感觉？”在我们踏上山路向佛塔行进的途中，文治哥问。

“楼台也似佳人老，剩粉残脂倍可怜。”我想起和商子黄昏常去散步的寺院，感觉自己很可笑。

“修行常在生活中。小妹，不要悲观。”文治哥拍拍我肩膀，“我们不必去想有没有神仙，只要学会欣赏，我们就像神仙一样快乐。学会欣赏身边的一切，也是一种修行。”

神仙？修行？随着他的叙述，我脑补出一幅画面：我穿着宽袍大袖的白色羽衣，缓缓地从云间飞过，一头柔韧青丝只用了一根简单的发簪挽起。我轻轻地一勾兰花指，翻手为云，覆手为雨，身后的仙友们或捋须或撒花，佛光普照于九霄之上……

“小心！”文治哥一把拉住我，我从想象中惊醒，发现自己已走到山道边沿，旁边就是深沟。

“我想去拜一拜这里的佛。”我的目光越过质朴而神秘的佛塔，看向后面的庙宇。

文治哥欣然拉起我的手，我们一起走向佛塔之后的正殿。

从佛塔到正殿，青砖铺路，梵音轻响，木鱼声声。

在这神秘的圣地，不禁让人产生了一系列玄而又玄的问题，比如天地万物那么多种类，为何我就生而为人？比如从何处来，到何处去？再比如为何而来，又为何而去？等等。

我燃了三炷香，将燃香插进香炉，跪倒在蒲团之上，深深三叩后双手合十，在佛像慈悲的目光下，心里默念着：“赐我坚强，赐我智慧，赐我幸福。”然后又是三次叩拜，每次叩拜下去，都将额头抵住地面好久。

文治哥默不作声，在一旁看着我做着这一切，待我起身，他将我拉到旁边摆有小玉器的案旁，挑中一只玉戒面，这次，不迷信的他虔诚地请和尚诵经开光……

从庙宇出来，我们驶向距此地有五公里之遥的山中，果然青山绿水，紫藤灵石，花影婆娑。

片刻的惊喜后，我又想起同商子也曾去过类似的地方，我们紧紧相偎，沐浴着橘色夕阳，满心的幸福和温暖。

人成各，今非昨。

“万物同宇宙比起来，都是渺小的存在。这就需要我们珍惜这种渺小，把这种渺小活出一种质量来。”文治哥采来一大束野花给我，“你看，小妹，这样的山水，这样的景致，最能让人对自己的心灵进行复位和归零，因为还有明天和未来，还有更多的愿望等着我们一个个去实现。那个时候，你就会发现，原来在意的都不算什么。”

我将头埋进花中，细嗅那些花瓣的淡香。

现在经历的在将来都不算什么吗？那么怎么度过眼前的劫？

我们不计过往，又不得不经历一个个过往，一个个经历都成为过往，却留下难以泯灭的记忆，那些记忆成为束缚我们手脚的藤，阴暗地守在那里，时时提醒着我们。

西藏那边一直在催文治哥归队，文治哥不得不又一次踏上归程。

我的心又空起来，对他有些恋恋不舍。他不让我送，自己提个行李箱让酒吧老板送他到机场。

梅毓来电话：“文治走了，我要去看看你。”

我一直在躲她，总怕她拿我的这次痛苦对我开展再教育工程，但我既已接受文治哥的邀请，再回避她就是我的错误了。

“来吧。”我向梅毓发出邀请，我也该重新开始正常的生活。

梅毓给我买来一件裸粉色的晚装连衣裙，我被那温暖而梦幻的颜色俘虏了，穿上它在镜子前左照右照，大方领的包边，一条银灰色带子束出细腰不盈一握，如果再烫个数码卷儿，会有多公主范儿？

“很美。”梅毓叹息。短发的她最近总是一副白领丽人打扮，各种颜色各种款式地换，但都是商务装，即使偶然看到她穿休闲装，也绝对是一副商务范儿。

“缓过来了吗？”她问。

“缓过来了。”我答。

“明知不可为而为之。”她说。

“所以我遭到惩罚了。”我答。

“还难过吗？不值得。”她开始为我整理乱糟糟的床铺，我发现她又戴上了戒指。

“我是不是智商太低了？”我走过去，从背后抱住她的腰。

她拍拍我搂住她腰的手，道：“赶紧松开，我不是蕾丝边，你这样我满身鸡皮疙瘩。”

我松开手，想想不解气，就顺手拍了她屁股一下，她吓得转过身，瞪着我表示她的愤怒，我“哼”了一声，转身坐回沙发。

她把床铺整理好，把上面的衣服团起来：“我把这些扔进洗衣机，你记着洗。”

“哦，好。”我看着整洁有序的床铺，心里满满的温暖。

她拉起我：“很多的时候，我们以为是别人伤害了自己，其实不然，是我们自己所做出的反应伤害了我们自己。所以，走出去，看电影。”

看电影？我八辈子没去过电影院了，自从有了网络，我总是在网上看。

“顺便看看别人都在干什么，是不是都像你一样缩在壳子里。”她很严肃。

电影院在一处繁华的大卖场的五楼。

现在的电影院，已经不像小时候那样了。小时候跟家里人去电影院，要排队买票，然后排队检票，再在服务人员的手电筒的微光下去找到自己的座位。

现在，只需要拿出手机，点开团购，由衣着俏丽的小美女或衣着整洁的小男生扫描二维码，票就打印出来了。

也可以掏现金，但票价就提高将近一倍。为了占领手机软件市场份额，营销手段发展多么迅速。

电影在播放《谍中谍5：神秘国度》，这部电影我们一直在追，就像当年追《生化危机》一样。

“看每一部电影，你总把自己想象成女主角，对吧？”看到一半，梅毓悄声揶揄道。我正准备回答，她却把一颗爆米花塞进我嘴巴。

我含糊着一面嚼，一面低声回答：“这次不是。这个福斯特太美又太能打，我不及她。”

“我喜欢亨特。”她继续悄声道，给嘴巴里扔进一颗爆米花。

“我喜欢布兰德。”我继续从她手里的爆米花筒里拿吃的。

“你就喜欢标新立异。”她的语气带着责怪。

“亨特太激进，布兰德就面冷心热，即使谈恋爱，也只暖一个，不是中央空调。”我强调道。

“也对。别说了，看电影。”她义正词严。

谁先说的？我白她一眼，她吃吃低笑。

二十三、表妹夫竟然是他

我们为何做不到表白，哪怕爱到忘掉自己？我们又为何做不到争取，眼看着爱离去却独自忍受心灵切割的痛楚？

看完电影，梅毓陪我一起回家。

“爱本身就是被俗世的流水线造出的俗物，不可能像电影那样充满奇迹。”站在客厅的窗户边，我拿着一听啤酒看着窗外边喝边道。

“所以产生爱就不能免俗，那又何妨表白？”梅毓说。

表白？给谁表白？我莫名其妙。

既然说到表白，我对如今的表白形式和目的也有自己的分析：“你认为现在的表白还是过去那种单纯的表白吗？还有那种浪漫和青涩吗？不是了。现在的人都将表白当成占领人事关系高地的武器，调戏那些与我们有可能发生各种合作关系的人，以为这样他们便可以与我们的关系近一些，再近一些，以达到和谐，便于合作。”我言辞如妒妇一般刻薄。

“这样就能创造和谐吗？”梅毓笑问，她应该是第一次看到我恶毒起来的样子。

“不能，可我们还拿来用，因已成习惯，还美其名曰‘情商’。”

我对商子的那些暧昧用语不由感叹。那些“宝贝”“乖乖”“我的女人”“小混蛋”“我一定要见你一面，否则我就疯掉了”等词句在我脑海里游来游去。

而我曾傻兮兮地相信那些词句他真的只有在对我说时才是真心的。

怪他吗？不能。他是九〇后，我是八〇后，两个年代的人，错位了的爱情，错位了的感觉。

“我拿到 MBA 学位了。”梅毓没有再继续“表白”的话题，却忽然对我道，“我辞职了，应聘到一家外企打工。”

“什么职位？”我佩服她的毅力。

“总助。”她满眼揶揄地看着我。

我呆了一呆，然后大笑。

梅毓也笑了，她说：“我也算步你的后尘了，还好我的老板有着很好的口碑。”

“那就好。”我真诚祝福她，“你一定前程无限。”

“承你吉言吧。”梅毓看起来很有信心，她脸上找不见以前隐约的无奈。

“他呢？”我问。

“他的公司还要请我帮忙，他说他最幸运的是娶了我这个女人。”梅毓冲我举起手，让我看她的戒指，“他非要我把这个再戴起来。”

他们和好了，这都是梅毓的自强不息和冷静理智换来的结果。

我膜拜梅毓的平静，那种泰然，非常人所能匹敌。

我似乎也渐渐泰然起来，感觉到自己已渐渐消退先前那种浮躁。

是因为摆脱了不正常情感的旋涡，还是痛苦更能帮一个女人成熟？

梅毓看着我似乎还有话要说。

“你想说什么？”我问她，“是否还想拿我这次的案例开刀，对我进行审讯？”

她说：“你啊。”然后就拿起包，冲我摆摆手准备离开。

“我送你。”

“不要，你一个人好好静一下。”她转身走了。

她想说什么？说话说一半，让人好绝望。

从外地回来，我的脖子上挂上了文治哥送我的玉戒面，用他登山靴上解下的一只鞋带系着，紧紧地贴在我的胸前，位置正好覆盖着胸前的红痣。

那只玉戒面被文治哥请寺里的和尚开过光。

“辟辟邪。”文治哥道。

“哦。”我看了他一眼应声道。难得不迷信的他能说出“辟辟邪”三个字，也是实在对我没有办法了。

只是，真能辟邪吗？那怎么辟掉这心失所属的邪？

当时，玉戒面的系绳是很纤细的两根红线，文治哥看了看，单膝蹲下来，解掉他左脚登山靴上一条墨绿色鞋带，然后站起来，用鞋带把玉戒面穿起来，挂上我的脖子。

他道：“不错，墨绿色和玉色挺相配。”

他又解掉右脚靴上的鞋带，用指甲刀剪为两段，分别从两只鞋的鞋带眼里穿进去，再重新打成漂亮的活结。

我忽然发现，我们都是一类人。文治哥对我很隐忍，而梅毓对丈夫也很隐忍，我对商子也很隐忍。

隐忍是我们这一类人的符号，我们之所以走在一起，就是因为有着同样的属性，才物以类聚，人以群分。

表白，热切的表白，我们永远做不到，我们宁愿悄悄地去关怀我们想关怀的，轻轻地去咀嚼那份奉献的快乐。

因为我们将爱定位得如此纯净，仿佛一表白就俗了，就亵渎了那份纯净。

而爱是否就真如我们所想的那般纯净？

两天后，远房表妹小雅突然来到这个城市。

接到她的电话，意外的同时更多是高兴。我没有妹妹，难得有这么个表妹过来，顿时满足了我无处安放的姐姐情怀。

她很是不好意思地问我："姐，我想在英市打工，可不可以先暂住在你这里，等稳定下来再另外租房？"

"你也不用租房，就住这里，我有个伴儿，你也少笔开销。"我道。

于是，她提着简单的行李，住进我的房子。

小雅谈过两次恋爱。

同第一位谈恋爱后同居了三年，就因为看上那男孩的所谓男子汉气概。结果，那男孩只是个普通的工人，又超喜欢酗酒打架偷盗，果真男子汉气概得厉害，并且不肯安心工作，三天打鱼，两天晒网，全靠小雅一个人赚取生活费用。

最后，男孩经常发酒疯，并且沉迷于赌博，把小雅给他买鞋的钱一个小时就赌掉了，还不罢手，又在场子上借高利贷赌了一夜，欠下几十万，小雅终于忍不下去了，她提出分手，那男孩不但不分手，还出手狠打了她。

小雅伤心到极点了，她明白，不能再这样毁自己的未来了。她找了我们家族人帮忙，那男孩迫于我们家族那十几个男孩的孔武有力与血气方刚，只好怀着不能再被女人养的暗恨而委顿离去。

第二次恋爱本该有很好的选择，不料，许是因为上一次有文化与家族背景全不匹配的教训，小雅这次便走了极端，只找公务员。

全家人还毫不知情，她竟已有孕在身，不但没有婚礼，结婚证也是在胎儿八个月时才去匆匆办理的。

讲到这里，小雅怀着浓浓的悲伤道："姐，没有婚礼的夫妻，精神是畸形的，总感觉没有别人活得正常。"

"他为什么不肯给你婚礼？"我不禁问她。

"他说，婚礼是一种形式，是一种虚荣。"小雅低下头道。

"放屁！婚礼是一种尊重，是一种神圣的仪式，没有婚礼永远都不是夫妻，这个男人是在欺负你。”我气愤道。

“但我已经有孩子了，而且，这条路是我自己选的。”然后她又靠向沙发，好像讲累了，闭上眼睛不再说话。

我也没再讲话，让她静一会儿也好。

我还没有见过表妹夫，不知表妹为何抛家别子到这里打工。

我看着表妹，她还是很漂亮，只是眼神不复以前的单纯明净，眉头紧皱，神态抑郁，像被蜘蛛网缠住的飞虫，竭力挣扎却逃不掉束缚。

晚上，安排好她的床铺后，我坐下来打开电视，终于还是忍不住问她：“小雅，你一个人出来打工，把老公和孩子丢在家里，你能放心？”

小雅眼圈一红，忽然双手捂住脸，纤细的身体陷进沙发里，半天才放下手，道：“我也不想，可是我再不出来就会自杀。”

“咋了？”我小心地询问她，忙关了电视。

“我活该。”她低声道。低头看着自己的手，一双手神经质地扭结来扭结去。

“怎么了，他欺负你？”我吓了一跳。

给她倒了一杯水，放在面前的茶几上，听她一边哭一边告诉我一段特别狗血的故事。

小雅的老公是别人介绍的，在报社工作，是个高大威猛的摄影记者。初时见面时，那人给小雅留下了很好的印象，义气又豪爽。

虽然对方是个二婚，但他说，前妻是利用他的钱完成了学业然后抛弃了他。于是，小雅就想，这男人如此有情有义，应该更加珍惜婚姻，就答应同他交往。

听到这里，我感觉那个男人的信息怎么那么熟悉？暂且按下疑问，继续听她讲下去。

“一开始他对我又体贴又细心，有一天我忽然胃痛起来，他忙完工作深夜一点跑过来看我，还买了各种各样的胃药。之后，我就跟他住在一起。我真的想有个好男人，有个能给我温暖的家。”

然后，他们同居了。

听到这里，我无奈一笑，这方面男人如此有着共性，梅毓那位是，小雅这位也是。他们不买补品不买鲜花，仅凭鲁莽的深夜探视和那几元钱的药，就将傻女人们“招安”，让她们在接过药的一分钟内就想为他生个孩子。

“当时，一位房地产老总也在追我，可我没有接受，却选择了这个虽然没有钱却让我觉得会珍惜我的男人。没想到的是，在我怀孕后三个月，一切就变了。当时我孕吐很厉害，就辞职了。他听到我辞职后就大发脾气，说他瞎了眼，原来他看重的是我打工的那家公司，我在那里上班听起来让他有面子。”

后来，对方开始变本加厉，无缘无故地骂她，而且经常玩失踪。有次骗她说去机场为报社接外省来交流学习的领导，报社却把电话打到家里，问他怎么几天都不上班。

她给他打电话，他的电话却总是在关机状态。

等他回来后小雅质问他，他却暴跳如雷说要打掉她肚里的孩子，她自然不肯，他就将她压在床上用腿去顶她的肚子。

小雅当时已经怀孕四个月。她吓得大哭，哀求他："你这样做不怕遭天谴？"

对方听后冷冷起身，一言不发，转身去客厅看电视。

从此，两人基本不沟通，冷暴力就这样开始了。

再后来，小雅决定离开他。她几次收拾衣服要走，可一想到孩子需要完整的家庭就不得不留下来。

她还想过打掉孩子，可四个月的胎儿在肚里已有了心跳，她不舍得，怎么都不舍得。

她还从自己朋友那里知道他经常和别的女人一起吃饭、旅游。

她质问他，他却道："你不要找事。"

"姐，我那是找事吗？但是，我有孩子了，我不能让孩子没有亲爸爸。所以直到怀孕八个月我才跟他领了结婚证，因为孩子要上户口。而且，我想等孩子一出生，也许一切就变好了。可是，孩子出生后，表姐，你不知道我过的是什么样的日子，每天被他呵斥，越是他的朋友、同事或家人在场，他骂我骂得越狠，随便一个动作都会被他骂得狗血喷头。他似乎刻意要在外人面前证明自己是个很不在乎女人的男人。

"有次晚上给孩子喂奶，我的手机响了，我刚说了声'喂'，他就一把夺过我手机摔了出去，骂出的话不堪入耳，还把孩子扔在床上，一把抓住我打得我满身淤青。过后他却给别人展示他的胳膊上的一个小红印，说是我咬的。我当时真想不顾羞耻地脱下衣服让那些人看我遍体的伤痕。"

每个渣男心里都住着一个自编自导的小人，为自己的错误随时找借口。小雅的那个男人简直具备渣男的所有属性。

我听得瞠目结舌，结婚是多么可怕的一件事，一个男人可以因为女人的工作平台降低而开始羞辱她，丝毫不因对方怀孕而珍惜，反而频频出轨，被揭穿了竟还无所顾忌倒打一耙？

"他叫什么名字？"我问，因为感觉表妹讲的这个人的身份和经历好生熟悉。

表妹说出名字后，我不由得倒吸一口凉气，世界真小，那个男人正是被我拒绝过的沉醉于跟前妻登城墙的记忆的男人。

如果当时我和对方没有停止交往，是不是表妹就不会受苦？

她好像在替我受过，这是怎样一种奇怪的因果？我必须帮她，为了内心那份说不清道不明的愧疚。

“我来到这个城市就是为了离开他，以前孩子小，现在孩子已经进幼儿园了，我一定要摆脱他。”表妹的表情坚定起来。

“那你到英市，孩子怎么办？”我问她。

“大哥大嫂先替我照顾着，如果这边能干得好，就把孩子接过来，在这边上幼儿园。”她回答道。

能那么顺利就摆脱他吗？他会放过她吗？我替她担忧。

二十四、教小雅对付小男人

我们潜意识中将事物分为三类：一曰高雅，二曰庸俗，三曰中庸。

可最后我们发现，最庸俗的和最中庸的生命力最为长久。

不必疑惑，因为那些高雅太过脱俗，一旦脱俗，也就脱离了生活的基础。

小雅很快被一家广告公司聘用，因为有资深同业经验，成功应聘为媒介部经理。看小雅的状态，她很开心。

经过两周的时间，小雅就已同这个城市所有的媒体熟悉了，与我这个曾经经历报界风云洗礼的表姐大有干系。那些人全是我为表妹引荐的，前提是互利互惠，利益共享，大目标一致，合作就容易得多。

一个月后，小雅领工资了，她买回许多吃的，拉着我胳膊撒娇："表姐，谢谢你，没有你，我都不知会是什么样子。"

"那你想不想感谢我？"我问。

"这不买回好多吃的，都是慰劳你的。"

"给姐姐买打啤酒回来，冰箱只剩下两瓶，不够喝了。"我说。

"表姐，我不想让你喝酒，对身体不好。"

"笑声与酒，是化解一切的良药。"我笑着对她道，顺便拍拍她的脸，没想到她竟然有管家婆的潜质。

"那也得有笑声啊，就像中药处方，只有酒，起不到良药的作用。"她道。

我呆了一呆，她说得对，便道："李白不斗酒诗百篇吗？我也是啊。"

"还是别喝了，好吧？"

"好。"我心不在焉地答应着，又道，"但今晚再去买几听吧。"

"哦，我现在就去。表姐，怎么总不见你吃东西？不食人间烟火，想要成仙吗？"

"我就是要成仙，虽然不食人间饭，酒却离不得，酒是用来修炼身体修补肠胃的。"我同小雅胡言乱语，全然没有做姐姐应有的风范。

小雅还是买了酒回来，并且陪着我喝，最后她大醉不起。

小心扶她上床，盖好被子，我又坐到电脑前开始码字，还是严总的专题解说词。

自从小雅来了，我不能打字太晚，她今夜喝醉，我就可以大干了。

不知打字到几点，听到背后有窸窸窣窣的声音，并且越来越近，我吓得立刻转身去看。

“姐姐。”看到我的反应，裹着睡衣的小雅也被下了一跳，“姐姐，是我，你胆子好小。”

“你怎么不睡？明天还要上班。”我惊魂未定地问她，又不能怪她声音太轻，毕竟她是怕影响我。

“明天双休日。”

我没有正常的时间观念，我早已同正常人的作息时间相反了。我几乎忘了还有双休日这个概念。

“唉。”小雅叹气。

“想孩子了？”我问她。

“孩子晚上在哥嫂那儿，每天都要和她通话。”

“那你叹气是？”

“表姐，我要不要重新找个男人？”她不好意思地问我。

“想找什么样的？”

“有品位的，不庸俗的。”她想了想，回答道。

“那怎么能提前看清楚？你那位又会书法又会绘画又会摄影的，听起来多么高的品位，不还是那屃样子？”

“嗯，我说的品位是指懂得欣赏和珍惜的人。”

小雅的说法让我感到新颖，这也是品位？表妹的悟性真高。

“庸俗的人绝不能要，越有品位的人才越是珍惜我。”

我要打击她了，我要对表妹的这个错误思想及时进行纠正：“什么是俗？挑肥拣瘦俗吗？俗！可那样的男人反而更懂得女人需要什么。

“逛街俗吗？俗！可男人认为这样的女人才活得没有压力，也不会给男人压力。

“搔首弄姿俗吗？俗！可男人喜欢挑逗这样的女人，也喜欢被这样的女人挑逗。

“不要谈什么品位什么境界，你清高优雅，留着自己品味吧。你越是清高越是优雅，就让男人感觉越累。你的那位又何尝不是不满你所谓的优雅和清高？如果你再俗点儿他或许更喜欢你。”

“为什么姐姐？”小雅被我一口气不歇的驳论说得目瞪口呆。

“比较容易掌控和驾驭吧。”其实，男人们多是这样想的，娶老婆就是选好驾驭的，找桃花才挑品位和颜值。

小雅的泪在眼眶里打转，漂亮的脸上写满惶惑和焦灼。

看到她惶惶然的模样，我又内疚起来，我这样做会不会让她对生活从此没有了激情？是否扼杀了她的希望？

我只管自己宣泄，却颠覆了表妹的爱情观，会不会太意气用事？

“姐姐，今晚出去喝咖啡吧，我请你。”又是一月过去，小雅下班回来说。

“好啊。”我建议她去汇丰，她采纳了。

“我有事想同你说，你要保证听完后不生气，否则我不讲。”在十五号桌，对面的小雅严肃着她漂亮的脸蛋儿。

“我保证。”我好笑着她的幼稚园举动，端起咖啡杯闻浓浓的咖啡香。

“我和一个比我小的男孩谈恋爱了。”她小心翼翼道。

“小多少？”我问道。

“十岁。”她回答。

我的手不禁一抖，差点儿打翻杯子。

我紧张的表情吓坏了小雅，她紧张道：“姐，你保证过不生气的。”

“我没有生气，我只是有些吃惊，你继续讲。”说真的，我被她吓住了。

“他常主动帮我做事，还替我买饭，每天睡前都发信息给我，我喜欢他带给我的感觉。”小雅一脸幸福，“他还管我叫‘我的女人’。”

“哼！”我冷笑，“他还叫你‘宝贝’‘乖乖’‘小混蛋’。”

“你怎么知道？”她瞪大她长睫毛的双眼，像只傻乎乎的狍子。

“他过马路要站在车来的方向那边，摆出一副誓死保护你的样子；他吃饭还用餐巾纸帮你擦嘴巴；他等车要从后面抱住你的腰；他不见你就会发信息说他快疯了。”

“你怎么全知道？”小雅简直快要以为我是特工了。

“傻瓜，不是我知道，这个年龄段的男孩似乎都经过这方面的培训，他们对想追的女人都来这一套。”我再次苦笑。

“培训？！”

“他们都开着爱情超市加盟店，专门兜售这类语言和行为，他们的产品含着迷幻药的剧毒。”我带着后怕评判道，然后又问她，“那你想让姐姐我来做什么？”

“我觉得他还有女人，我今晚就是想告诉你，我总觉得他好像不够专情，对漂亮的女孩都容易动心，管谁都叫宝贝，给谁都留有机会。所以，我想让你帮我想办法牵住他的心。他比我小十岁，我知道不应该，可我陷进去了。”

“听我说，小雅。”我整理了一下想法后对她道，“你这段感情肯定没结果。你孩子她爸当初追你时，不也是对你细致入微吗？不要才逃出沼泽又掉进泥坑！你如果不甘心，可以这样试验。”我告诉了她方法。

“真要这样做？”她有些惊诧，“可我不习惯这种方式。”

“你是想痛苦一生还是一时？”我问，“你是希望爱人对你一心一意，还是希望他四处留情，让所有女人为他飞蛾扑火？”

“怎么会有那种男人？”她继续惊诧。

真的很无语她这种怎么都说不明白的样子，我只好道：“这是这个时代的游戏手段，这种手段就叫情商，因为太急功近利，或者情感贪婪，所以猪油蒙了心。”

她还是不明白，但她想了半天，最后总算答应按我说的去做。

三周后。

“我同他断了，真的不值。”小雅下班后回到家就开始控诉，“他要求我做什么都要向他汇报，每天都要查我手机，一看到哪个男同事接近我，他就过来搂着我，让我正常工作都进行不下去。而且，还有女孩子哭着到单位来骂他，说他是骗子。”

我其实只是告诉了她一个简单的方法，无非是让她也发挥发挥自己的情商，也用那个小男人常用的“乖”“宝贝”之类的词，用在他和他身边的男人身上，还特意要让他知道。反正当下这个世界，这种类型的词已经用得泛滥了，给谁都可以用。

但我再三提醒，她不能真的同别人暧昧。

同时，我要求她时刻让自己的衣着妆容得体而妩媚，尤其不要他说什么就是什么，要有自己的时间安排。让他知道，她是独立的，是有魅力的，不是容易上手的小青涩。

他毕竟年轻，这样下去，不出一周，就很容易被激起征服欲。征服欲一上来，人的劣根性自然无法自控，便贪婪地想占据她所有的时间……因为人在紧张煎熬的时候，最容易暴露自己的缺点。

当他所有的自私贪婪暴露得越来越多，他所隐藏的那些暧昧对象，多多少少会感到来自他情绪上的不在意，自然因为煎熬便迫不及待地追问他，或找上门堵着他。

于是，真相浮出了水面，小雅便了解了真正的他，也就发现了他远远不值得自己为他煎熬。

“他其实一点儿也不宽容，又自私，又自负，很浅薄……”

小雅说了他很多缺点，不管怎样，她总算厌烦了他。

听到这不出所料的结果，我如释重负。这个办法之所以顺利得到实施，只是因为小雅不是一个懵懂无知的小女孩，正在饱受婚姻折磨的她，因为很怕再次受到情感伤害，便对一切都采取防范态度。

总之，那个小男孩再也没有机会让她受伤。

“以后记住，不要被那些甜蜜话迷惑，尤其是那些动辄就表白为了爱要生要死的都靠不住！”

“为什么？”小雅瞪大了眼睛，这也许与她对爱的认识偏差过大。

看到她这个样子，我狠狠地戳了一下她的头：“他连自己的命都轻易拿来做赌注，可见他有多不经事，又多么阴暗极端！”

才训完小雅，我却开始自怨自艾，这都是自己关于爱的失败和教训。什么时候我才能找到那个人，然后，彼此疼惜感情专一地过一辈子？

又过了半个月，我的房子里来了不速之客，是那个男人，小雅的那位，我不想用“小雅的老公”称呼他。

那是个很张扬的男人。他见到我愣了一下，很快老练地制造其乐融融的气氛：“这就是表姐？我们见过的，差点儿不是表姐了。”然后便哈哈大笑。

不了解他的人，看到他这种表现，肯定以为他是个大气又有见识的男人。尽管谁都知道，每个人的真实面貌都不是周围人眼里所看到的样子。

就像眼前这个男人，他很会对外树立自己的形象，在公众面前和在小雅面前，表现的完全是两种人格。他会不会是因为被前妻抛弃，心理脆弱到患有多重人格障碍？

当着我的面，他并没有向小雅道歉，话却说得温和明理：“夫妻间哪有像你这样记仇的？床头打架床尾和。别打搅表姐了，她一个人也不容易，你还给她添麻烦。回吧，我能养活你，我有工资，还兼职给别的杂志社拍照片。你也别打工了，看人脸色的事我不会让自己老婆去做。”

瞧，说得多好，我几乎都被他感动了，看小雅的样子似乎也有妥协的趋向，宁拆十座庙，不毁一桩婚。看来，我得立刻给表妹找个台阶下了。

我拉住小雅的手道：“你先回去，如果妹夫只是说而不做，你再彻底休了他，到时，我绝不会坐视不管。”后面的话当然是说给那男人听的。

然而，看到他无所谓的一笑，感觉他根本不在乎小雅，更不在乎我的“威胁”。

他也许对谁都不在乎，他只在乎他自己。

离婚后的男人对第二次婚姻有两种表现，要么更加珍惜，要么更加浮躁。

很不幸，他像第二种。

在他的眼睛里看不到诚恳，只看到满满的尘埃动荡的不安定。那种不安定，叫作浮躁。

而眼睛，是骗不了人的。

给他的打分，已低于六十。

二十五、他说他只能爱我

真正的爱是对所爱的人的成全，而一旦决定成全，就不要再与过去的情感做无聊的纠缠。情感需要简单，简单才没有痛苦。

成熟的人不会在逝去的情感里沉没，而会更智慧、更有担当地继续人生。

这样的我们会有着襟怀明月的骄傲，尤其对于女人。

宁可骄傲，决不卑微。

小雅被表妹夫接走时，我让她留着我的房门钥匙以备她哪天再过来。

送她走后，我又将宣泄式的生活进行到底。

家电业、餐饮业、房地产业，数月来我一直坐在电脑前打着各行各业的文字，啪啪的键盘敲击声日夜响在我的房间。

酒吧、KTV、夜总会，打字累了我就去买醉，只有在醉了之后我才能忘却错恋所导致的心痛，还有对自己深深的失望。

其实，我对自己有着深深的内疚。

很怀念年轻的时候，但是，一副好牌从那时起，就被我打烂了。

停薪留职、对爱情太过完美的要求和明知不可为而为之的莽撞处事，这一系列不配合现实的行为，导致生活开始了对我的报复。

现在重新修炼，可还来得及？

商子一直没有中断对我的告白，我也一直没有坦白我依旧在想念以前，只告诉他："好好对待那个女孩，我们之间已经回不到从前。"

我还算理智。我明白，之所以感觉以前很美好，是因为回忆是扭曲的，它掩盖了往事中的不和谐。

一旦重新在一起，感情便成为怪味豆，不会再有美和憧憬，只会不断翻出彼此伤害过的那些记忆，由此产生更多的窒息与绝望。

如此，不如相忘于江湖。

他问我为什么不能同时拥有，我说感情怎么可以分割。不全则宁无。

他说："我就能。"

我说："你贪婪。"

再后来，他又数次打来电话，每次都是同样的台词："就这两天，我一定把问题解决掉，让她离开，让你回到我身边。"

他以为这样说的结果，就可以让我感觉到他对我用情至深吗？

我觉得很是好笑："我们已是过去式，真的不可能回到从前。"

"再给我两天时间，我不忍心这样赶走她，我想让她自己提出来。"每次他都这样说。

我忽然发现这一切可能都是自己的错，是不是因为我虽然拒绝他，却还在接他的电话，才给了他希望，以为还可以回到从前？以至于他又想和女孩子分手，又不愿落下绝情的名声。

如果这样左右飘摇，他刚承担的岗位怎么展开工作？会不会让生活和工作都因为感情问题而搞得一团糟？

于是，我再也不接他的电话了，但他开始不断地给我手机发信息。

我终于决定最后见他一面，没有爱情的成分在里边。

这样讲似乎也不对，没有那种成分，怎么会为他的前途和未来去想？应该是还有着以前的情分在里面。

"回到我身边吧，没有我，你什么都干不了，你就像个孩子。"还是在那家咖啡厅，再次见面时他道。

这句话很是熟悉，我翻遍记忆，当我说要回去当教师时，丽说过。

丽在彼时说这句话，是因为了解我的性格，她清楚哪种环境才适合我生长。

而商子，在已经发生这样的变数后，却有着如此的底气提出如此的要求，让我再一次领受到他的情商，知道哪句话对女人有冲击力。

但我已经不再为这种情话动心了，经历了这次变故，我对所有的情话已经免疫。

现在，唯一能打败我的，是生存的威胁。

如果非要跟爱情扯上边儿，那么，我已经换了要求，绝不是对方有多么温柔缠绵，而是他是否让我不会为他担心，不会为彼此的未来担心。

我静静地看着商子，问他一句老掉牙的问题："你有没有搞错？"

"没有。"

"你怎么像个没事人似的？你已经背叛我们的爱情，怎么会在跟别的女人已经住在一起那么久后，还说你只能爱我？"

“是你当时一点儿也没有求我，我以为你不在乎。”他道。

“呃——爱也要作秀吗？！”我的怒气又开始压抑不住。他怎么会不明白？他全明白，只是当时的他被激情烧昏了，被贪婪控制了。

“你离不开我，你只能爱我。”他又重复道，“没有我，你什么也做不了。”

“有病啊你！那你和那小女人混在一起算怎么回事？”我发怒了。

“我不管，我只能爱你。”他看着我，很是委屈，“我最忍受不了的就是被心爱的人误会。”

误会？这是误会吗？我忘了来见他最后一面的初衷，因为已经被他的狗屁逻辑绕得头晕目眩。

商子，你已经背叛了，你这样说很无耻啊。

我罗列收集已久的证据，开始向他狂轰滥炸：“刚开始你提起如果和她分手，你有些舍不得。

“再后来你说你决定和她在一起，她更适合你。你说她大气，说她在公司最漂亮。

“你说她身体不好，说她在公司接单最多。

“你说她要念书还要工作，很辛苦。

“你说……你说……你还说……

“现在你说你爱的是我？！

“现在你说我对你有误会？！你‘最忍受不了的就是被心爱的人误会’？发生的一切确确实实是误会吗？

“如果这一切换过来，是我和另外一个男人如此生活了一段时间，我告诉你这只是个误会，你相信吗？”

我以为他这下该惭愧了，该低下头不再吭声了，结果——

“我现在心里绝对没有惭愧的意思，我正在努力，哪怕最后不能得到你，我也不会后悔难过，我现在只想问心无愧。”他依然振振有词。

“那你是为了问心无愧才重新爱我的？”

“我是因为爱你才回头的。”

“那她呢？”

“给我一点儿时间，就……”他没有再说那个“两天”。

即使明知道他说这种话根本没有底气，我依然为他的诡辩能力感到佩服。

“一个连自己都不能肯定的男人，一个不肯直面自己内心的男人，一个逃避情感道德的男人，一个将征服女人当作自己主要成就的男人，你到底要做什么？！”我不能忍受他如此诡辩，不顾不许喧哗的店规大声质问，几乎歇斯底里。

他避实就虚的告白实在搅得我头痛欲裂，我知道即使我急得呕血也根本不可能使他诚恳地解剖自己。

“我真的要和她分手，但现在不行，她什么都没有。”

“那我什么都有了？你将我看得和我的年龄一样伟大，你不是不忍，你是不舍。何况，不管你是不忍还是不舍，都早已经与我无关，只请你不要再纠缠我了。”我有些厌烦。

“我承认当初是有些不舍，但只是男人的征服欲，我最终是要和你在一起的。”他歪理邪说却言之凿凿。

我不想再说什么，只是看着他，内心拥挤着千言万语，却知道说出来也没有什么用处。

她不是爱你，只是不甘心；你不是不爱我，只是不舍她，因为你贪婪。

你想让你感兴趣的全部的女人都迷乱于你的诱惑，因你从爱情超市随便提取的语言，因你不花一个子儿的温存与爱抚，你便可以自由掠夺任意一朵花的芬芳。

这些芬芳是你的战绩？它们能为你带来旺盛的生命力？让你感觉到你是个男人？是个能让女人人见人爱的男人？

商子，俘虏女人的心，就是你这一生的志向？控制女人的心，就是你最大的成就？

要么是躯壳，要么是灵魂，你要哪个？

但我什么也没有说。最后一滴泪，永远坍塌了我为他留的心路。

最后，我道：“我已经不爱你了。我还有事，先走了。”

我不再接听他的电话，他在网上找我：

单剑客 19:25:57

你怎么不接我的电话？

你是不是有人了？

空心竹 19:31:57

有又怎样？你承担她，他承担我，两全其美，这不挺好？

单剑客 19:38:57

如果真是这样，我只会祈祷让你走弯路的时间短一些，因为我们可以相爱的时间已经不到一百年了。

我不想少了每一秒。

空心竹 19:39:58

你又开始进行爱情语言和温存行为的量贩了，爱情超市的老板。

单剑客 19:41:59

从今以后，只会有你一个顾客。

我悲哀地长叹一声，点击了退出，从此再不上网。

让我们各自都过得简单一些吧，越简单越快乐。

敲字到凌晨五点，我爬上床去睡，七点时，激烈的手机铃声穿过蒙住头的被子粗暴地将我唤醒。

是阿南的电话，这非常的出乎意料。

二十六、阿南辞职

天下事分久必合，合久必分，此消彼长，枯荣轮回。

所以，不必去想我们的成功要走多久多远，只需像秒针那样每秒钟充实地“嘀嗒”一次，我们距离目标的巅峰就越来越近。

我穿着睡衣去开门。阿南风尘仆仆地进来，仿佛凯旋的女王。

“你才起来？”她用优雅的眼神不满意地看着我。

“昨晚睡得晚。”我打着长长的哈欠。

“我辞职了，去国外学油画。”阿南道，然后，袅袅婷婷地走到沙发前坐下。

“你怎么会辞职？”尽管睡意浓浓，她的话还是让我大吃一惊。那么一份优越又悠闲的政府工作，她怎么拿得出勇气去辞？

“我不能只为了安宁就放弃了自己的理想。我是美院毕业的，现在我的同学都在书画界有了自己的一席之地，甚至在海外也小有名气，我却只不过是个碌碌无为的小科员。我的画原本比他们的都好，我要在余生真正按自己的兴趣活着，我相信自己的能力。”阿南表现出少有的激动。

“万一没有成绩呢？”我惴惴不安，对她没信心她一定会生气。

“我不会没有成就！我还没开始你怎么就这样咒我！”阿南的优雅有些破功，她生气了。

“没，想着你才劝过我，现在却自己……”我不知道说什么好，总怕她生气。

“我和你不一样。我有着十足的把握，书画艺术圈谁的年纪越大谁的地位就越高，怎么是你的文字所能比的？更何况文字方面我也超出你好多。”她很自信地打击我。

她过来的动机，就是要在走之前把我的信心全部灭了？

头开始疼起来，疼得要死。我几乎打字到通宵，这才睡了不到两个小时。

“那你自己决定吧，开心就好。”说完，我径自转身向床边走去，我要再睡一会儿，我很困。

“你不用管我，我过来是想谈你的问题。你怎么现在还在睡懒觉？这习惯很不好，你应该勤奋，应该热爱生活，健康地对待人生。”还没等我掀开被子，阿南的批评就开始排山倒海，此刻，她的优雅淡定完全消失。

是辞职后太兴奋了？

“我凌晨五点才睡的。”我尽力撑着困得睁不开的眼皮，看着床却不能躺上去，头也愈发疼起来。

“那就更不应该，沉迷夜生活更是不正确的生活方式。”阿南不等我说完便咄咄逼人地反驳。

“哦，是我错，我改。”我没有了辩解的欲望，辩解又能怎样？它改变不了我的处境，带不走我那些备受煎熬的感觉。而且，不辩解，能很快让阿南离开。

我在心里虔诚地拜佛：阿弥陀佛，让阿南赶紧走吧，想去哪儿就去吧，哪怕她要上天呢！她走了我才能睡啊！

“小雅的事处理完了吧？”她不走，却忽然转变话题。

“嗯。”我不知道她要说什么，勉强撑着不去看床，就是希望她说完事赶紧走人。

“这也是你应该接受的教训。你和小雅其实一样，太单纯太浪漫。对感情总是自欺欺人地投入，结果呢？往往都没有好结果，还将自己伤害得体无完肤。”她仿佛要将离开后的话一次讲完，“务实些，别虚荣了！过几年，三十岁的年龄段也没有你了，还整天沉迷些什么海市蜃楼的事情。”

我很困，我要睡觉，阿南，你能不能不要讲话？

我开始焦躁不安，呼吸变得越来越短促，耳朵嗡嗡响，头里面忽然有一种尖锐的哨音响起来。我伸手抱住自己的头，左胸一阵激烈的绞痛，我感觉嘴里面流出甜甜的血腥味儿，然后我软绵绵地倒下，失去知觉前，我听到头撞在地板上的坚硬的声音。

我拍着翅膀，正从连绵不绝的山峦上空飞过，山里忽然伸出好多藤蔓，那些藤蔓长得飞快，很快就缠住了我的身体，我被藤蔓拽了下去——

我睁开眼。

“醒过来了。”阿南的声音。

眼前一片亮亮的白色，是上次误吃药后我根本没出院？那么，丽的离去，和商子的交往，还有经历的那一切，都只不过是梦？

“陈一一，你看看我。”我转回头，阿南的脸浮在眼前，我冲着她笑。

想起来了，这次不是吃错药，是太累了。

“傻丫头，你还笑。你是减肥减的吧？”

“你总把我想得很坏，像不良少女。”我想说点儿什么让气氛轻松。

“说你虚荣你还不承认，你看看你把自己饿的……”她终于没再说下去。

即使说错了又何妨？她是我姐姐只会为我好，这世界只有自己的家人才会不管你高兴不高兴都要表达自己的意见，他们认为，这就是家人之间的关心和支持，不敷衍，不虚伪。

所以，我此刻非常理解商子的父母为何因我的出现而备感痛苦。

“你有轻度心肌损害，以后不要再劳累。”主治医生带着几个实习生进来，看到我醒来，便对我道。

“危险吗？”阿南问。

“注意作息规律，尤其是不能感冒，不能熬夜。”医生提醒我，“但是，这么年轻，不应该有这方面的疾病，还是要多加重视，坚持治疗，身体就恢复得快一些。”

“知道了，谢谢医生。”我答应。

医生出去后，阿南对我道：“我快吓死了，给你扎针你还喊疼，医生说你不是昏迷，是睡着了。”

“呵……”我笑得很无奈。

这时，一个熟悉的面孔出现了，是余清清，那个小护士。

她冷冰冰地递给我一支体温表：“二十五床，把体温表夹上。”

她看我的眼光完全陌生，她应该已经忘了我。

她从我这里得到文治哥的手机号码，他们联系了吗？

我没有问。她已经忘了我，也忘了那个帅气的让她满眼冒红心儿的我“哥”。

我夹了体温表，呆呆地望着天花板。

阿南走过来，帮我掖好被角。

阿南要离开了，她明天就飞往国外开始她新的求学生涯，她总是将自己安排得有声有色，高效合理，我向往又羡慕。她为我叫来了小雅。

“小雅，回去后怎么样？”我问一直在一旁忙来忙去的表妹。

小雅在床边坐下，神情很忧郁：“回去后没多久他就旧病复发，又开始骂人，随便一点儿小事就发作半天，一说离婚就闹自杀。他家人还指责我，说孩子这么小就出来做事就是不顾家，没有责任感，是我欺负他。我怎么可能欺负他？躲还躲不过去。他们怎么可能理解我受的委屈？我不出来做事，钱从哪里来？问他要个买菜钱他都要碎嘴摆功劳摆半天。”

“他家人就是理解你也不会站在你这边，谁都希望自己家人占上风。”我无奈道。

这种事只能让当事人自己解决，他们毕竟是夫妻。我算是个外人，插手去管会让别人觉得这个家族很没水平。

小雅看来是陷进恶性循环了，我帮不了她。

“不管他离不离，我都已经无所谓了，只要我的孩子健康平安，我什么都不计较。能凑合则凑，如不能凑合，我还是要走的。”小雅忽然道，“反正又不是因为第三者才离的，我心不虚。”

“那就好。”我没有婚姻经验，她自在就好，看来她已经越来越坚强了。

我忽然想到一个问题：“小雅，你学武术吧。”

“嗯？我怎么能学会武术？我劲儿特小。”她不解。

“我看你那男人欠揍，你要是会武术他就怕了你。”

“姐，你好天真。”小雅说。

呵，她也说我天真？

我苦笑，合上眼休息。我很累。

“姐，要不要喝杯水？”小雅在耳边问。

我睁开眼：“不用，帮我把床摇起来。”

小雅把床摇起来，我坐起来靠着摇起来的床，打量着周围。

这个病房是个双人房间，有着简单的装潢，还有独立的卫生间，靠窗的位置还有一盆大叶绿植。

一看就是阿南安排的，价格应该比同科室病房高一些。

邻床也是一位心肌损害病人，嘴唇有些青紫，比我严重。

她看着比我大几岁，虽然不说话，却显得很焦虑，翻来覆去不肯安静。

“你急也没有用，既来之则安之。”她的陪护人是她的姐姐，看着很朴实的样子。

“唉，怎么办？我这一病，孩子怎么办？”邻床病人很焦急。

“有他爸在，你怕什么？你把病养好了，才能照顾孩子啊。”她的姐姐劝她。

“他照顾不好，还有那个女人呢。”她很紧张。

“有咋了？她还能不让他爸照顾自己的孩子？”

“我怕孩子受委屈，有后妈就有后爸。”病人还是很担心。

她的姐姐不知怎么回答，她可能是怕我听见，过了好一会儿，才小声道：“那你有什么办法？你这会儿瞎操心也没有用，不如安安心心养病，病好了，才能好好照顾孩子。”

“我想出院，姐，赶紧办出院手续。”病人要坐起来，挣扎中气便喘得不均匀。

她姐姐急了，话就说重了：“你怎么回事？怎么就听不明白这个道理呢？出院后呢？正照顾孩子然后自己昏倒？你越是急，越是要好好配合医院，把病看彻底，出院不就能好好照顾孩子了？就几天嘛！你这个样子出院，不是给孩子添麻烦吗？你要再这么倔，我不管了！”

邻床不再反驳，之后便安静了许多。

我听明白了，这是个离婚妈妈，为了孩子不肯住院，怕孩子被前夫的现任妻子欺负。

原来结婚也不一定幸福，要么凑合过一辈子，要么就分开，然后互相防范。

离婚不可怕，有了孩子就可怕了，孩子要在两个人的夹缝中生存，这对他的成长很不利。

如果是这样，不如不结婚。邻床绝对想不到，她的现状令我有了恐婚症。

“你孩子多大了？”邻床病人突然问我。

我赧然一笑：“我还没结婚。”

她愣了一下，又道：“也挺好的。不像我，现在怎么活都不如人。”

我不知该怎么安慰她，认真想了想，对她道：“人生就是这样的，大家都过得不完美。很多人并不像表面看起来那么幸福，都有自己的伤心事，关键是自己得让自己精神起来，尽力把日子过得比以前好。”

她点点头，然后哭了，没有声音，就是眼泪扑簌簌地往下掉落，看得我也很是心酸。

我闭上眼睛装睡，在心里一遍遍问自己：“陈一一，你不找另一半行吗？如果永远都找不到另一半，你是否能毅然决然不再找了？如果后半生你独自一个人生活，能把今天的日子过得比昨天好吗？”

这样想下去，就感觉陷入了一个无边无际的黑洞，我也开始慌乱起来。

二十七、两个拒绝

我不是鱼，不为饵活着；我不是猫，不为鱼活着；我是人，所以只能为做人而活。

无所谓成功，无所谓失败，我接受所有的生存真相。

出院很长一段时间之后，我都没有去找工作，想给自己放一段时间假，自由自在地过一阵儿。

下午到常去的那家咖啡厅，因为彭总约我。

我没要咖啡，只点了一壶茶。

靠着绿色塑料藤萝装饰的秋千椅，从一旁的阅览架上取下当天的晨报，看到标题和下压的大幅照片时我大吃一惊——“餐饮奇才无名情书寻找心上人”，报纸上，李庭轩正坐在宽大的黄花梨木办公桌后，对着镜头很有底气地笑。

新闻大概如此演绎：某餐饮奇才八个月将一经营不善之酒店扭亏为盈，盈利三千三百万。记者就此采访时，这名神奇人物对有关经营策略只简洁做了答复，最后却出人意料地向记者提出一个要求，他要求在登报时登上自己的情书，以广告形式见报，以求心上人能接受他的爱并回到他身边，他按同面积版面广告费支付费用。

这封情书占据头版的六分之一，报社一石二鸟，既有了独家新闻，又有了利润增长，理所当然地在收取了相当可观的软文广告费用后，尽善尽美地用三号楷体字将情书发表，还配以花线框之，情书全文如下：

我知道我不能在这里公开你的名字，而我多想说出你的名字，正是因为那三个字在我的灵魂深处时时对我激励，才让我从失败中坚强而自信地走向成功。

但我没有强行挽留你，因为，当时的我本身就是个失败者。

那么在我成功的现在，我是否可以说，我可以有资格同你在一起？能否请你接受一个历经岁月磨砺和风雨洗礼的我，来到我身边？

现在，我依然单身一人，我想，只有我能让你幸福。

而我只愿意让你幸福。

不会是我吧？我嘲笑自己的敏感，真是自恋，又不是埃及艳后。

我继续喝我的咖啡，梅毓没空陪我。

她负责的事情很多，公司的制度很严格，而且她说："你以为谁都像你那么闲？"

听到她这样说，我很悲哀，我为自己没有朋友那么忙而悲哀。

难道我不想每天充实地做很多事吗？难道我不是工作狂吗？难道梅毓没有痛苦过，在她还没有挣脱老公对她的精神捆绑时？

我总觉得梅毓对我有很大的意见，只是不知什么原因一直没有讲出来。她不讲自然有她的理由，我不必刻意知道。

所幸，我的生活已基本回归正常。

彭总到了。

"知道你爱喝杯咖啡，所以就约在这儿。"彭总道。他在我的对面坐下，依然精力十足。

他约我到汇丰咖啡，说是好久未见了，聊聊天。

这是我同他的第二次相聚。因身体虚弱，我有些懒散，歪着身子一手支着头。

"你这性格应该有很多人愿意帮你。"彭总突然的感慨让我云山雾罩。

"我是什么性格？"我疑惑的双眼看向他，真的没有发现我的性格有任何吸引人之处。

"看着很无害，不表达自己的想法，对生活没有太大野心。"彭总很自信地给我做总结。

真的是这样吗？我多想告诉他，我已没有想法，已没有方向；没有方向的女人，怎么会有野心？

彭总有意让我出任他公司的人力资源部经理，我以没有经验回绝了。

我不想为朋友工作，怕影响关系。到朋友那里工作，做事情总要考虑到情分，从而忽视了工作本身，弄不好连朋友也没得做。

而且，我不想再为人打工了，红颜渐老，要打工到什么时候？

我想有个长久稳定的去处，可那个去处在哪儿？

"不想打工？可以回学校嘛，有个安定的工作也好，那毕竟是你自己的工作，其实你挺适合当教师。"彭总态度很明朗。

我惊讶地看着他，我没有告诉过他我以前是教师。

"我同你姐姐阿南是朋友，我上次出国偶然与她认识，她听说我也在这个城市，让我抽时间照顾你。"他笑道。

我冲他懒懒一笑："不必了，我有很多事要忙，你好好做生意，不要无辜地为我承担责任。"阿南的人缘真厉害，彭总竟然这么给她面子。

"你果然很倔。"他道。阿南一定给他说了我许多，该死的阿南，让我颜面扫地。

“你今后有什么安排？”彭总继续问。

“顺其自然，自在就好。”我更加懒懒地回应，是阿南的朋友我就更不必注意礼节。

彭总笑了，很宽容，可能在笑我的态度太过幼稚。

“一一！”我的身边来了人。我抬头，竟然是李庭轩。

“你好。”他向彭总很友好地打了招呼，然后，给我留下一张名片，让我谈完这边的事后给他打电话，他有重要的事要告诉我。

李庭轩走后，彭总道：“这人好熟的面孔。”

我想他多半是在报纸上看到那封情书的广告后留下的印象。

“饿了吧？”彭总问。阿南厉害，竟然把这么个大男子主义的男人调教得这么狗腿。

“不饿，而且正减肥。”我老老实实回答。

“阿南真了解你，她让我有时间就带你吃饭，说你是个对身材要求绝对超过对未来要求的傻瓜。你这个姐姐真关心你。”彭总又夸阿南了。

“你对我姐姐很了解哦？”我忽然想捉弄他，“你能说出她三个优点，我就认为你是她真朋友。”

一提起阿南，彭总满脸钦佩，颇有一种与有荣焉的幸福感：“第一，有才华，能文能武。”

能文能武？我吃惊地看着彭总，这个词好高大上。

“第二，大气勇敢。”彭总道，然后，双眼还泛起浮想联翩的光华。

我又一次瞪大眼。

“第三，优雅从容。”彭总赞不绝口，一边夸阿南，还一边点头。这夸人也能夸得自得其乐，也是没谁了。

“好。你是不是我姐的男朋友？”我问他，出其不意，看他如何反应。

“嗯？”他一愣，“不是不是，是朋友，好朋友。我早结婚了，儿子都上初中了。”

“哦。”我八卦的心立刻受到打击，顿时感觉索然无味起来。

“你姐还没结婚？”彭总很吃惊。

“我姐眼头高，一般人哪入得了她的眼？”我想起阿南对我从来都毫不留情的气势，真好奇她是怎么跟其他人相处的，别人对她的评价这么高。

也许，我是当局者迷，彭总呢，自然是旁观者清啦。

他们是一类人，相处时便互相谅解，相知后更加珍惜。

正所谓：步调一致，才能比肩同行；灵魂同步，才会惺惺相惜。就像我和梅毓。

“阿南很优秀，她的另一半一定会很出色。”彭总对阿南的祝愿倒是真诚。

文治哥对我也很真诚，他现在在哪儿？准备结婚吗？如果结婚肯定要通知我和梅毓吧？

看向窗外，天快要黑了。我不好意思地对彭总道：“我得回去了，太晚了。”

“你真不打算吃些东西？”我突然的告辞让他有些意外。

“不吃了。要不，你在这里再叫些东西吃，我先走一步。”我站起身，拿上我的灰色尼龙大包。

“那也只能这样了。”他站起身，送我到楼梯口。我冲他挥挥手道别，便下了楼梯。

我一个人在街道上走着，看着悠闲实则彷徨。

路灯都已点亮，繁华的都市，此时正是最热闹的时候，有人上班有人下班，有人出来聚会吃饭，有人急于赶车回家。

我也要回家，回到我的小窝，过一个人的小日子。

我还要孤单多久？我还有多久才能在回家的时候，看到家里亮着灯，有人在家里等我？

回到家以后，我没有给李庭轩打电话，我不知道该说什么。

又一次坐到电脑前，刚开机，手机就响起《蓝色的爱》的来电声音，虽然号码陌生，我的直觉却告诉我一定是李庭轩。

按了接听键，果然是他。

“一一，怎么不肯打电话给我？”他情绪激动。

“哦，呃——”我没法编原因。

“我发在报纸上的广告你看到了吗？”

“看到了，不错，很有创意。”续上一句，“你一石二鸟啊，又做了广告又收获美人心，你的心上人肯定会喜极而泣的。”

“可你没有哭。”他指出情书中的女人是我。

“你说的是我？你怎么不打我手机？没有号码吗？”

“我怕你不接。”

“李庭轩，我没那个福气和你在一起。”我这样说他应该明白。

“不，那时的我不是这时的我，这时的我有资本向你求婚，而且，我们很合适。你不能拒绝我。”他信心百倍，却因心急而出言无状。

“不能拒绝？！”我从内疚转而感到羞辱。

“你不小了，不会再遇到像我这样不计较年龄只在乎你思想的男人——”

我一听他说年龄立刻炸毛了，年龄怎么了？！比我小八岁的都爱我爱得要死，我不由得想起时下流行的骂人语言，又不粗鲁还很解恨：“土豆你个西红柿！拿着你的资本见鬼去吧！我不想结婚！我们非常不合适！我们不要再联系了！”

我挂断电话，干脆将手机关掉。

年龄，年龄，又是年龄！谁不曾年轻，谁不会年老？欺负我们这些“老女人”者，终会遭到年龄的报应！

我第一次像巫婆般发出恶毒的诅咒。

第二天，我还是向李庭轩道了歉，他说他不会放弃，我说放弃是美。

他问为什么，我说我放弃过，虽然很痛，但是很美。

我想，他大概明白了什么。

二十八、他等我十年

我们为什么要坚持？因为我们相信自己，相信自己的能力，相信自己的选择。相信又能怎样，相信就能决定结果吗？

不能。

坚持不是靠意念坚持，而是要靠实力坚持。

所以，我们的坚持首先取决于，我们一定要了解自己的实力。

“一一，好些了吗？”梅毓在电话那端问我。

“我一直都很好啊。”我回答。

“抛掉你那些浪漫幻想，不要再理想主义了，坦然面对生活吧。我想，现在应该是你清醒的时候了。”

我很是烦恼，最近是招谁惹谁了，我不是已经和梅毓和好了吗？怎么她对我开口就是指责？

“我对你们的信任也很理想主义吗？对你们的感情也是浪漫幻想吗？”我不禁反问她，大不了以后不和她来往，我实在是不愿再被人用太过理想主义和浪漫来指责了，真是受不了。

他们又凭什么这么评价我？

“那些当然是真实的。我更愿意你真实地对待你自己，直面生活，一切才会顺利。”

感觉梅毓简直是在胡说。这段时间怎么了？谁都可以随意侮辱我几句，并且丝毫不在乎伤我多深。

梅毓，我若不是看你是我朋友，我不会让你如此羞辱。

“我该怎样做才算是真实地对待自己？”我问她。在等着她回答的过程中，我不禁一声冷笑，心想：“好，你们尽管放马过来，索性让你们羞辱个够吧！我绝不反抗，行吗？够朋友吧！”

“我只问你两个问题，第一，你当初进那家公司，明知老板人品不好，可你还想依靠他对你的非分之想来生存，结果，出现令人难堪的结局。如果你不相信自己的实力，又何苦搭进自己的声誉？你大可知难而退。”

这个问题很扎心，看起来，她今天非要把我关进早已被我遗忘的羞辱里。

我咬紧嘴唇，这件事我至今无法原谅自己，所以，更无法对她做出解释，尽管我当时根本不是想依靠老板。

梅毓又道："第二，我问你，你凭什么，你凭什么让文治如此无辜地等待，而你却拿那些根本提不上台面的垃圾情感当无价之宝，折磨别人也折磨得自己没有了方向？"

"垃圾情感？"我骂商子是情感混混，而梅毓说我和商子的情感是垃圾，这就是因果，果真报应不爽。只是她刚才提到文治哥——

"你仔细想想，你所沉迷的这段爱情是否经得起推敲？"梅毓的情绪很激动，最近身边的人对我的态度都是简单而粗暴。我好像也开始习惯了，人真贱。

"一个九〇后的小男孩，用所谓的情商竟然轻易就打败了文治十年的用心，你的价值观太畸形了。"

没错，梅毓再一次提到文治。

我有偶尔这样想过，但我不相信文治哥会真的爱我，而且这么久？我何德何能？

"年轻真的就如此具有吸引力？女人对年轻男人的感觉是肉欲还是情感？你的审美观太畸形了。"

梅毓，我对他没有肉欲，我从不留恋温存，我对他是真的情感。

而且，年轻真的有吸引力，我不就被年轻打败了？

可是我什么都不能说，没有用，真的没有用，但是文治哥——

"有的人倔强，是因为不通人情；有的人倔强，是因为不轻易爱上，但爱上就是一辈子。很不幸，文治就是后者。

"从十年前我们三人认识，文治就认定了你，只是他常年漂泊，不愿拖累你。不管你是辞了报社的工作，还是个人工作室办得那么失败，他都没有和任何女人有过交往。文治如此优秀，却甘愿为了你辜负十年青春，你真的一点儿都感觉不到？

"在我的眼中你荒唐，文治却坚持说是你率真；在我的眼中你不切实际，文治却认为是你单纯；在我的眼中你任性，文治却坚持说是你执着。在文治的眼里，你是那样的不可替代，无一点儿不是之处。"梅毓一口气说下来，越到最后越恢复她书香门第的淑女用词。

"他没有对我说过。"我很难过。看来，梅毓对我意见也是蛮大的，而且积压了很久。

"他一直在西藏，你身边却总是缺不了男人，你让他怎么说？你真的感觉不到吗？"梅毓再一次问。

我真的没有感觉到，我也曾有那么几秒时间悄悄想象一下，但很快认识到：文治哥对我和梅毓都很好，绝不是什么爱情。

所以，梅毓忽然提到文治哥对我不是友情而是爱，并且是十年的爱，对我来说，简直是天方夜谭。

“你自杀，同那小男人分手，以及你出现所有的状况，只要文治在，他就放下其他一切事情陪在你身边。他欠你的吗？他凭什么这么照顾你？”

“我没自杀，都说过是吃错药了。而且，文治哥从来没有对我表白过。”我难过而委屈。

“那个小男人倒是表白了，还说得那样石破天惊气壮山河，现在又是什么结果？”梅毓的驳斥如此有力，“所以说你不务实。生活中所遇到的一切都需要带着心去看，静下心去感悟，你只随感觉而不用心，怎么能找到最懂你心的人？”

我无言以对，只能默默地听着。

“什么是‘悟’？就是要把心随时带在自己身边，才能悟出事实真相，才能悟出谁是最珍惜你的那个人。”

是吗？就凭一个字？

我想起了和文治哥在一起的种种。登山途中下雨，他用他的衣服罩着我；去报社看我，西部牛仔气质吸引了所有的女记者，而他应她们的邀请一边弹吉他，一边笑望着我；回西藏时我没按时到，他宁肯误车；我住院后他为照顾我，延迟一周才归队；还有这次他为我求的玉戒面，他不迷信，却虔诚地请和尚开光……

我双眼不禁一热，泪水溢了出来，此刻，我除了哭只有哭。

我终于发现自己真的很虚荣，只是给幸福一个虚幻的框架，然后就不负责任地去填充颜色；只在乎感觉，不顾及理性；只回避社会责任，却不敢直面传统道德必须跨越的障碍。

传统既然保持了上下五千年，必然有它存在的道理，那些被千百次证明过的社会规则，仅凭我的一意孤行怎么可能轻易推翻？

我只管坚持自己的行为，却没有考虑过我有没有力量去实现，不管是爱情还是事业，我都是一念固执，从不考虑是否与现实合拍。

原来我如此幼稚。我为什么总不珍惜身边真实拥有的一切，为何总漏掉身边的幸福，却将寻觅的眼光仓皇地投向我的世界之外？

如果我早一些发觉文治哥的心意，是不是为寻爱所走的弯路就可以少一些？

如果文治哥早一些坦白他的心意，我是否当时就会接受？即使他爱我十年，我要是对他有感觉，是不是早就会主动去靠近他？

可是，我并没有主动靠近他，从来只是拿他当好朋友。就算是他等我十年，我对他好像只有信任，而没有爱，这也许是太熟悉的缘故。

人们总是寄希望于陌生人，不仅是做事情，好像爱情这回事，也是外来的和尚会念经。

然而，我还是禁不住去想他对我的好，在医院里他的疲惫，在酒吧里他的呵护。

“梅毓，不说这个可以吗？”我请求她。

“你是回避还是对他没有爱？”梅毓问。

我此刻感觉复杂，难以回答。

而她又开始逼问：“怎么不回答？回避就意味着有问题。”

被逼极了，我只好仓促回答：“没有爱。”

梅毓直接挂掉电话。

我默默地放下手机。

前途在哪里？爱在哪里？文治哥对我的情意我该不该接受？我爱过的为什么都是错的？我不爱的是否就是我应该爱的？是我的错还是别人的错？或者，我就活该孤独终老？

一系列问题像缠绕无序的连环扣，我找不到解开的办法。

我拉开隔门来到阳台，一片月光从天空洒下来，我仰头望月，一刹那心冷如冰。

如果只是单纯地搭伙过日子，婚早就可以结了。之所以直到现在还是孤身一人，就是因为太过要求永恒和忠诚，眼里不揉沙子。

从表面上看，好像总是我首先提出分手。而事实上，我对每一段感情都付出真心，直到发现对方不忠诚，我才立刻抽身退出。

一旦退出，永不录用，无论他们怎么解释。

我本身就是个爱猜测的女人，而且是个很挑剔的女人。我不认为对爱情挑剔有什么错，毕竟是挑选要过一辈子的人。

人生可以谈好几段恋爱，但不能同时跟好几个人谈。如果爱可以同时分割给几个人，这便不是爱，而是贪婪，是龌龊。

我希望两颗心在相爱时能够很单纯，要么喜欢，要么讨厌；不允许将爱分割，一半给这个，一半给那个。

但是，喜欢的最后也会变成讨厌的，讨厌的却更讨厌。为什么没有一成不变的喜欢？

梅毓说，男人都是一样，不可能在情感上从一而终，从来都是家里红旗不倒，外面彩旗飘飘。只要家庭不散，便是世界大同。

我始终不肯接受这种允许男人情感上频频背叛而女人还要维持家庭表面圆满的婚姻关系。爱就是要贴心贴肺，忠贞不渝。如果允许背叛，那当初又结什么婚？一山更比一山高，美女多了去了，难道每遇上一个就要发展一段情感关系，然后桥归桥、路归路？

感情是说分就分，说爱就爱吗？那责任呢？道德呢？忠诚呢？

盼一场刻骨铭心的爱情，彼此的心里只有彼此，相知相惜，相濡以沫。

两周后，我主动去找梅毓，我不要我们的友谊走到尽头，因为，我似乎只有她了。

果然友谊比爱情更经得起考验，梅毓先是故作冷冰冰，禁不住我大尺度地撒娇卖萌，还是和我和好了。

“你究竟需要哪一类男人？”梅毓很头疼，“和那个小男孩的恋爱，教训还不够吗？”

“有的男人很有原则，当他愿意为我打破原则，就是真爱。”

“你这种需求太嚣张。”梅毓道，“怎么还是不清醒？什么时候才清醒啊！文治多么——”

我伸手捂住了她的嘴。“啊！”我大叫了一声，她咬了我一口，真狠！

二十九、想爱时已不能爱

很多时候，我们看不到身边的东西，总以为幸福在别处，总要跨过千山万水苦苦追寻。其实，幸福就如影随形地追随在我们身边，只是我们忽略了。

当某天忽然大悟，我们的好高骛远已成就了别人的幸福。

嘴巴里说对文治哥没有爱，但是，很久没有他的消息，也没有他的邮件，在敲字的某个间歇，我还是会想起他。

自从梅毓将一切说破，我已无法再联系到文治哥，打电话到他的驻地，他们说他已去东北。

他将玉戒面挂上我脖子的瞬间，一定有很多话想说；而我，却只管悼念已逝去的感情，将他抛于有口难言的结界。

他一直不过问我的事情，只管微笑，在微笑中说他的见闻，说他的快乐；带我出去散心，尽他所能带给我快乐。

回想起来，有他在身边的时候，我的心里一直是踏实的。

他出发的时候心情一定是沉重的，他的旅程一定充满揪心的疼痛。

我怀念他，怀念医院里覆盖我双手的他的双手，试探我额头温度的他的双手，弹吉他给我听的拨动琴弦的他的双手。

我对他没有爱过。但是，在听梅毓讲述了他压抑的深情之后，我却非常思念他，思念他讲述见闻时的夸张表情，思念他在医院里看着我时眼里的温情，思念他始终如一却终没能说出的对我的感情。

我对他的思念似乎越来越强烈，我甚至想试着主动联系他，告诉他我愿意接受他，但联系不上他，他的电话一直不在服务区。

梅毓也帮我给他的驻地打过无数的电话，却一直没有人接听，提示他的手机依旧不在服务区。

一连几个深夜，我都在壁灯下看那只玉戒面，浅绿中透出缕缕灵气。

“可以辟邪的。”文治哥的声音就像在耳边。

我想，如果他此时出现在我面前，我一定会接受他。

一见钟情只是开始美，却多数没有修成正果。也许我们这种熟悉的情谊，可以先结婚再恋爱，反而更幸福。

其实，我很清楚，自己有这样的冲动，只是因为爱的空窗期太久。但想起他时，我为他这十年的隐忍不发而心痛却是真的，为他爱上我这个不值得爱的人而心痛。

我常在这种时刻茫然失措，又泪飞如雨。

深夜，打字累了，我又一次打开邮箱，看到一封未读邮件，呵！我一阵狂喜，竟然是文治哥。

文治哥的邮件讲述的是他的爱情故事——

在东北考察的那段时间，文治哥常光顾一家酒吧，是韩国人开的。他每次去都要秀自己的歌喉，不久就收到服务生送来的一束鲜花。后来每到必收，即使不秀歌。

他问了几次，服务生始终不肯说出是谁，是男是女亦不肯说，并说送花人有交代，她要说出来饭碗就没了。

文治哥很奇怪，他分析应该是个女人。会是什么样的女人？

他再唱歌时就留神客人的行为，终于发现有个女孩总坐在同一个角落的位置看他，服务生对她似乎很敬畏。

这种青睐他的女孩文治哥经常碰见，这个女孩的示好手段在他眼里不足为奇。应该是她了，他不再为这个问题费神。

事情并没有这样结束。

某个晚上，文治哥与朋友约好在酒吧见面，很不幸被人放了鸽子。

这晚他没有唱歌，喝了几杯闷酒后准备一个人离开，天空却又突然降下很大的雨。

车停得很远，距酒吧有着近百米的距离，文治哥正欲扑进雨里与雨共舞——仿佛拍 MV 一样，美丽的女孩仙子般让一朵蓝色的伞开在他的头顶，伞外狂风骤雨，伞内双眸邂逅，珠联璧合，故事就这样发生了。

神仙似的妹妹是韩国人，是那家酒吧老板的女儿，比文治哥小十岁。对他们这档子事，韩国老板亦很支持。

女孩的活泼开朗很对文治哥的脾气，但他在邮件里说："年龄太小了，我够资格当她老爸。"

她叫韩英姿，文治哥在邮件最后讲出女孩的名字。

看完邮件，我静默了很久。文治哥漂泊的灵魂终于有了归属，看得出来，他很幸福。

我不能控制自己的心酸，虽然不能说是爱他，却有种本该属于自己的东西如今被别人拿走了的失落感。

我没有回他的邮件，我无法梳理自己的心绪，我不知该怎样回信。

天意如此安排。他是好人，他应该得到幸福。

梅毓也收到了，她深深叹了一口气，带着一种计划破灭后的失落：“造化真是弄人啊！文治竟这么草率！”

“他才不草率呢！”我不禁替他辩解。

“呵呵。”梅毓忽然笑了，“人在事中迷啊！”

那个韩英姿将是他的女人？

第二天起了个大早，先把房间里里外外拖得干干净净，再把窗帘换下拆洗，又出去买了一打一次性纸杯和签字笔，因为家里这类东西已经快要用完了。

快中午的时候，给梅毓打电话，约她一起吃饭。

“吃什么饭啊，我们今天去逛逛街好吧？接接地气儿，再不接地气儿就成妖了。”她建议道。

“好，去商场吧。”我欣然答应。

“不去，就在街上散逛，多逛几条街。我们还从来没有认真地逛过街。”她的提议对我如醍醐灌顶，是哦，我竟从来没正儿八经地逛过大街。

我们约好十二点半在十字路口东南角见。

梅毓是个很守时的女人，一到地方就看见她高挑的身影，依然是短而俏丽的鬈发，一件茧形浅灰色大衣，内搭铁红色大一字领收腰齐膝连衣裙，一双黑色简约尖头高跟皮鞋，小腿曲线流畅。

她转过身来，看到我后便微微一笑。

我小跑了几步到她身边，搀了她的胳膊，俩人顺着街道开始漫无目的地瞎逛。

我们先逛了一家服装专卖店，却没看中一件款式，又进了一家首饰店，观赏了几款戒指和手链，让店员白忙活了一场。

她们的目光最后都透露着一种意味不明，还相互看了几眼。

“她们会不会以为咱俩是一对儿？”从首饰店出来，我回味着店员的表情，就问梅毓。

“啊！”梅毓立刻从我挽着她的手里抽出胳膊，“乱讲什么。瞧，我起了一层鸡皮疙瘩。”她将左臂的袖子拉上去让我看，果然一粒粒的小疙瘩。

我捂着嘴笑得不可遏止，我们一边笑闹，一边继续向前走。

“吃点儿什么吧？”我看着旁边不时出现的小吃店，真饿了。

"给你。"她拉开包，从里面变戏法一样地提出一个食品袋。

她打开让我看，里面是两个纸包。

"打开啊。"她催促道。

我打开纸包一看，乐了，一个里面是手撕面包，另一个里面是切成片的牛肉。

于是，两个看着挺洋气的女人，一人手里捧着一个面包夹牛肉，在街上毫无形象地边走边吃，边看边聊。

"啊，真是好吃到想哭。"我一边大口咀嚼，一边感叹，幸福来得太容易。

"忘了，你不能多吃肉。"她忽然停下脚步，看向我，一脸内疚。

"就吃这几片，没事的，这么走走就消化了。"我拽着她胳膊继续向前走。

"真的没事？"她还是不放心。

"真的，我比你了解自己的胃。要不要染个新颜色？"我指向一家美发店。

"才染的。"她摸摸自己卷翘的金栗色短发，又接着道，"你说，你也不是性格不好，也不是不漂亮，也不是没文化，为什么到现在还是孤零零一个人呢？"

她叹息着，从包里拿出湿巾，擦擦手，又取出一张递给我。

"我太完美了，老天给我挑选另一半的时间就长一些。"我用大言不惭掩饰被她的感慨勾起的伤感。

"文治怎么就有女朋友了？我一直以为你俩最后肯定会在一起。"她惋惜道，"直到现在我还不相信这件事。他最后不会到韩国倒插门吧？"

"他已经有属于他自己的幸福了，我们祝福他就好。"我不再强调我对文治哥没有感觉这件事，免得梅毓又生气。

其实，他有女朋友，何尝不是一件好事？不管对他还是对我，都是一种解脱。

"多出去，多参加活动，说不定，你的他就在某一个你想不到的地方，想不到的时间，忽然出现。然后，他的眼里只有你，再容不下别人。"梅毓认真而虔诚，一字一板道。她的眼睛看着前方，坚定而迷惑。

是的，坚定而迷惑。她自然是希望我幸福，但她不知道该怎么缩短幸福与我之间的距离。

我也不知道。街上的行人来来往往，谁幸福，谁不幸福？

那人躲在哪里？为什么我找了这么久，却依然找不到他？

三十、回归

冥冥中真的有位最高主宰在安排着我们的命运，我们非得在经历足够的劫数后，才能获得一段暂时的平静。

存折上的钱还够折腾一阵子，而我也没有上班的心情，我把时间都花在写一些莫名其妙的文字上面，而且总是写到凌晨，才逼着自己去睡觉。

起居时间就这样颠倒了，别人做梦的时候，我还在敲字；而别人起床迎接太阳时，我却才睡下不久，直到中午才醒来。醒来后便一边看美剧，一边喝啤酒。

我的身体因夜以继日的打字和酒精的折磨而一天天变得衰弱。

大哥因生意上的事来到英市，顺道来看我，接到他的电话时，我还在睡觉。

我把地址告诉他后就赶紧起床，整理乱乱的房间，还没整理完他就到了。

打开门，他看到我的样子后大吃一惊："怎么照顾自己的，瘦成这个样子？"

"我减肥，不然穿衣服不漂亮。"我笑着插科打诨。

"你看你脸色多差！虚荣！"他的性格不太好，一发怒就口不择言，"你以为你二十岁？三十好几了！奔四的年纪！要那么漂亮干什么！"

"漂亮好找男朋友。"我笑，心却被"虚荣""奔四"刺得流血。

"漂亮吸引来的绝对不是好男人！"他一暴躁起来声音就很嘶哑，"这个城市怎么让你变得这么虚荣？你失去了我们家族传统的美德，那些质朴实在在你身上再看不到一点儿影子！"

他总是容易发怒，我见怪不怪，倒是他越说越来气儿，又看到我默不作声，他就更生气，拿起包转身就要走。

我一把拉住他，眼泪簌簌而下："大哥！我来到这个城市后，原本也怀着美好的向往，希望用自己的勤奋和智慧在这个城市实现自己的成就感，可是——"我深深呼吸阻拦住自己的哽咽，"生活不是我想怎样就能怎样，所有的人也不是都能用欣赏的心去容纳我。我辉煌过，但不能永远辉煌，总会有一些东西要来冲击我的生活，我被生活俘虏了。我一直躲在这个房子里打字、喝酒，我不想说发生了些什么，但我很累，哥，我真的快要灰飞烟灭了。"

"到底都发生了些什么？"大哥暴躁地看着那些整齐摆放在茶几上的空空的啤酒罐。

"都过去了，我现在很好。我用疲劳疗法来治愈我的伤，来惩罚我的不切实际，你说得对，我真的太虚荣。”

“把发生的事都说出来，我是你哥，我不笑话你，只会帮你解决。”

我摇头，我永不会说。

大哥又一次想发怒，可能是我的奄奄一息终于让他压住火气，他一阵沉默，然后拿出钱包打开，随手抽出一沓递给我：“我带得不多，回去后我去找学校领导沟通，停薪留职可以停止了，你还是回学校吧。”

我不接，他已忍耐不住火气：“你到底接不接？”

我咬着牙不吭气，低着头不看他。

大哥把钱拍在茶几上，转身就走。

他拉开门的时候我想追出去，但是又停了脚。

我茫然失措地看着门在我眼前被大哥狠狠拉上，发出嘭的一声，震得门框上的白灰扑簌簌落了一地。

为什么在家里人眼里我一直应该被救助？阿南不也一直用悲悯的眼光看我？

我不会回学校，走得那么潇洒就这么回去岂不太窝囊？那些人会用怎样的眼光看我啊？

大哥走后，我看了一会儿被他拍在茶几上的钱，伸手拿了一张，又出去买了一箱啤酒。

某晚酒醉，正头痛间，商子打来电话，我忘了自己不接他电话的决定，顺手按了接听键，就听到他在那边哭：“我和她已经分手了，一一，你回到我身边吧。我只想让你待在我身边，只能是你。”

虽然酒醉，仍是很清楚地感觉到可笑，怎么能够重新开始？！心里曾经留给他的位置早已经长满了荒草。

我一个字儿也没说，醉眼蒙眬中，我默默地关掉了手机。

他凭什么哭？我又哭给谁看？

那个傻乎乎的笨兮兮的执着的我又一次迷路了。这会儿，我脑子里响起儿时阿南常唱给我的一首歌：《路灯下的小姑娘》。

那时侯，阿南还有个姐姐样儿，并不像现在这样狠心。

她在上小学，而我才上幼儿园。她很疼我，只要我哭，她就唱那首歌给我听——

嗨

在那盏路灯的下面，有一个小姑娘在哭泣

也不知道她从哪里来

嗨

小姑娘哭得多悲伤

不知道是谁把她抛弃，她现在该到哪里去

亲爱的小妹妹，请你不要不要哭泣

你的家在哪里，我会带你带你回去

亲爱的小妹妹，请你不要不要哭泣

我会用我的爱温暖你的你的心灵

哦，不要不要悲伤，哦，不要不要哭泣

哦，在这夜里，妈妈还在还在等你

哦，不要不要悲伤，哦，不要不要哭泣

啊，在这深夜，让我带你带你回去

又过了一周，我一个人在街上闲逛，遇上商子的朋友，就是曾经一起吃火锅时他的那些朋友中的一个。

他对我倒是很尊敬，在问过好之后便谈到了商子。

他说，商子每次喝醉后都要哭着找我，说那个小女人现在依然在商子身边，每次商子要分手，她便用醉酒、哭泣和自杀来挽回商子。

同样的剧情反复上演，每次都以商子回头而告终。

而最后，商子不知用什么理由，竟然说服了小女人允许他同时和我来往。

所以，商子又一次对我说谎。能为他而允许接受我，这小女人该有多爱他？

我说："是吗？"心里却一声冷笑。

我不也是酗酒、痛哭和绝望，用整夜的疲劳和酒精来麻醉自己？不同的是，小女人是用这些行为来换回商子的心，我却是用来彻底忘却的。

也许，是我没有小女人那么爱他。

相比之下，小女人还是比我聪明，她懂得用策略来挽留爱情，我却傻乎乎的只知道任凭现实摆布，一个人关起门来，用酒精疗伤。

商子应该有这样聪明的女人在身边，我是个笨女人，而且是个"老女人"，在他身边只能给他带来不良影响。

我狠下心来，把商子的手机、宅电连同办公电话全部拉入黑名单。

他找不到我就能与世俗和好，我没有他的消息就没有了痛苦之源。原本伤口早已愈合，就不要再反复切割。

只是，我从此就与曾经那么爱我的商子再也不能相见，虽然都在人世，却似天人永隔。

人之所以为人，就是有感情，有记忆。所以，心又痛了很久。

一个月后，大哥又打来电话："你回不回学校？"

没等我说话，他又道："我已同校长讲好，那里还是很缺教师的。教书育人，功德无量。"

"我不想成为别人的笑柄，我在这个城市过得很好，何苦自取其辱。"我坚决道。现在混成这个鬼样子，哪还有脸回去啊？

"教书人很受人尊敬，何况你过得并不好，抛开你那些面子上的虚荣吧。"大哥言辞恳切，"校长人很不错，说年轻人都喜欢外面的世界，现在闯荡过来人生经验也积累够了，女孩子单身在外更不容易，还是回来吧。"

我的心怦然一动，校长真会这么说？而且，以大哥的暴脾气，能这么耐心劝我，也让他自己为难了好一阵吧？

毕竟是一母同胞的血缘亲情啊！

看看镜中我的容颜，想想我的年纪，再想想大哥对我一片赤诚的担心，我有些心动，便答应了他："那我回去看看。"

电话那端传来大哥轻松的长叹："唉，这就对了。最近，各行各业都在调整，上级也给了那些停薪留职的人机会。这次机会再不抓住，恐怕就彻底脱离组织了。学校是你真正的组织。"

我心里又乱又暖，如果这次不回去，大哥会被我气疯的。

回吧回吧。也许，这便是天意的安排。

在大哥的陪同下，我又回到了刚毕业时工作过的地方。

还如当初那么偏僻，但是教学楼翻修了，很是漂亮。

学校所处的乡镇主街道，如今已建成统一的双层红砖建筑，很多人家门前都停着小车。

学校周围原来的那些乡村也被集中管理，成为市重点改革的开发区，并且都已迁走。

学校依然地处偏僻，但变化同样很多，竟已有了独立的体育室、音乐室、实验室和微机室，不再像当年那样上音乐课还要把琴抬到教室，而且当年是脚踏风琴，现在已经是钢琴了。

校长已不是当年的校长。我鼓起勇气，敲响校长的办公室房门，里面传来浑厚而阳刚的陌生的声音："请进。"

我推开门，走进两步："校长，我是陈一一。"

"欢迎你归队。坐下说。"校长微笑道。

他年近不惑，看着大气阳光，还有着通谙世事的成熟老练，看着内涵和修养都已有境界。

办公室里还有两个人，其中一个是教务主任，我认识，是当年比我大几岁的同事，现在也是中年人了。他谦和道：“你是咱们的人才，你走后我们都感到惋惜。欢迎回来。”

我一下内疚起来，不禁在心里暗问自己：我是人才吗？如果是，我这个人才也是残缺不全，锈迹斑斑。

旁边的年轻女子是校团委书记，她坐在沙发上，手里拿着一个蓝色封面的笔记本和一支碳素笔。笔记本翻开着，看来他们正在谈什么事情。

她偶尔转头看看我，唇角上扬一下，那是客气的微笑。

我看了她一眼后，真诚地向他们道谢：“谢谢你们接纳我。这次回来，我只想做个普通教师。”

感觉到年轻女孩更加温和的笑容，我因这次回来所承受的心理压力也顿时减轻了些许。

在报社那几年，曾经高居业务量榜首，又因为不懂内敛而成为众矢之的，现在该经历的几乎都已经历，我早就变得安分，已经学会了让自己周围不要再硝烟弥漫。

“这就好。虽然咱们学校地处偏僻，可你看咱们这些老师，几十年如一日兢兢业业，把心血都投入咱们学校，咱们这里也算是一个书香盎然的桃花源吧？”校长笑着问道。

“是。”我点点头。

在走向就要上岗的办公室的途中要穿过一条林荫小径。

小径两旁是高大的白杨树，右边的白杨树后是半大不小的花园，几株芍药在冬青中开得正艳。

几名学生正站在花园边，对着花指指点点，脸上带着憨憨的笑。

看到我们经过，他们吐吐舌头，慌忙离开。学生就是这样，只要是在没有读书时看到老师，便像做错事了一般躲避不及。

与他们的慌乱相同，此刻，我跟在教务主任身后，情绪也很慌乱。

我听到自己的心跳越来越快，同时，内心一直翻涌着深深的羞愧和压抑不住的怯懦。

我不知道接下来会遭遇什么，同事们会用什么心情和态度对待我。

这些年，无论是社会地位还是家庭生活，我都没有收获，他们面对这样的我，会不会笑话？会不会嘲讽？会不会孤立？

我带着一大串担心紧张走进办公室，在走进去的时候，迎面的窗户有上午的阳光斜射进来，靠窗的位置有两张办公桌并在一起，桌上有阳光打出的窗棂的光影，桌子两边对坐着两个人，都很年轻，一位男孩，一位女孩。

他们抬起头，静静地看着我，表情很干净。

我让自己带上微笑，极力镇定地看着他们，我听见了教务主任的介绍：“这是陈老师，以后就是你们办公室的人，主管宣传。”

“陈老师好。”他们笑着同我打招呼。

“你们好。”我冲着他们点点头，走向进门靠右那张沿墙的单独的办公桌。

坐下的刹那，我的心终于看到抛锚上岸的曙光，这一刻我虔诚祈祷，希望从此可以风平浪静，不要再让灵魂飘荡。

长期以来，那种荒凉的漂泊感一直如黑云般笼罩在我头上；现在，黑云忽然散开，天地一片亮堂。

三十一、小女人找上门

女人们其实都明白，自己的不如意不是其他女人造成的，可她们依然迁怒于她们，为了自己心中无法解决的压抑。

放下自欺欺人的怨恨，与你所迁怒的同命运的女人化干戈为玉帛，女人何苦为难女人。同为女人，同病相怜。

因为，错不在女人本身。

两周过去了。

以我现在的心情来体会校园生活，无疑是舒服的，这里的生活简单而又深刻。

单纯的孩子们把父辈和自己对未来的希冀全部寄托在万卷书中，孜孜不倦地在学海里遨游、探索，在他们的心中没有更多的选择。选择是一种割舍的痛，他们还远远不到体味这种痛的时间。

希望他们永远不要体味，就这样单纯，就这样目标如一。

在我的内心深处，深深掩埋的各种情愫盘根错节，如顽强的藤，固执地在我的心弦上攀缘而行。

备完教案，翻阅自幼就喜欢的《唐诗鉴赏辞典》，一首诗让我心里一阵悸动：

潇湘何事等闲回，水碧沙明两岸苔。

二十五弦弹夜月，不胜清怨却飞来。

——〔唐〕钱起《归雁》

“二十五弦弹夜月”，我对此句心有戚戚。

我已虚度三十六个年华，韶华水逝，我有什么闲情逸致去弹夜月？此刻，我深深感到自己更像一把破旧的老琴，只能在某个夜晚对着高深莫测的月亮，虔诚而无声地乱弹一番心事。

我很费力地去驱散那被诗句勾起的痛，终于将记忆关在门外，感觉到它们被风渐渐吹远，渐渐吹散。

“陈老师，有人找。”传达室的老师傅进来，身后跟着一位神情复杂的瘦瘦的女孩子，穿着粉色短皮衣，黑色皮短裤，黑长靴，染成亚麻色的头发柔软亮泽，长至腰际。

她戴着长长的假睫毛和褐色的美瞳，委屈地看着我。

为何委屈地看着我？

“你是？”我不认识她。

“我是商子的女朋友。”她说。

我很惊讶，我已经好久想不起商子这个人了。

“你找我有什么事？”我冷淡地问她。

“我们去外面找个地方谈，好吗？”她虽然语气温柔，每个字却都是宣战的鼓点。

“那就去我宿舍吧。”我懒懒道。

在我的宿舍里，她坐在我的对面，她不肯喝我倒给她的水。

我不会下毒，若下，也一定是毒死自己。如果她非要这样想，不过是她多虑。她毕竟年轻，不懂我们这样的老女人。

事实是，她自己种了有毒的种子，中了征服欲的毒。

“你放手吧。”她道。

我看着她，正准备回答，她又道：“你们根本不可能！”

“呵……”我一声轻笑，觉得很不可理喻，“他没告诉你从我第一次知道你们的事后，我就已经和他分手了？”

“可他没有忘记你。”她道，有些不讲理，“一定是你用了什么可怜的方法才让他回头的。”

“你们两位都如此可笑。”我觉得很滑稽。她以为所有的女人都像她那样是用讨男人可怜的方法让男人回头吗？

“你，小女人，是你一而再再而三地插入我们之间，究竟是谁用可怜的方法？而且，我把他所有的电话全部拉入黑名单了，他根本找不到我。”

“你的朋友那么多，他随便问问就能打听出来。”她用了十分肯定的语气。

“你怎么知道我的地址？”我确实很好奇。

“他告诉我的。”她幽怨道，“如果你不给他说你的情况，他怎么会又要和我分手？”

我不知道他又是怎么知道的，也不明白他为什么要把我的地址告诉她，意思是他很吃香吗？我也懒得去猜，便对小女人道：“我已经放手了，他提出分手你要从你自己身上找原因。”

我感叹自己的定力，她身上有着商子的气息，我竟然在重新被唤醒的痛楚里保持着非常清醒的理智。

“我那么爱他，他竟然还忘不了你。你为什么还不放过他？！”她坚持认为是我的原因。

我感到可笑：“你是怎么爱的？”

"我依赖他，他很疼我。"她回答道，但这个答案根本没有回答我的问题。

"他也很疼我，对谁都疼，包括公司的广大劳动妇女，不分老少，我为此还批评过他。"沉默了一会儿，我接着问，"你到底是怎么爱的？"

她疑惑地看着我，好像在说："我已经回答了啊！"

而我抓住这个问题不放，因为我没有得到答案，而她没有直接回答，要么是她在回避，要么就是她不具备回答问题的正常逻辑。

可是，我很想知道她当初是怎样爱的，才会让商子那样分心，两边都不肯舍。

所以，我第三次提出同样的问题："能否告诉我，你是怎么爱的？"

"我从来没有这样爱过。"她反复念叨着这一句，"他不应该这样对我，我付出太多了。"

"你都付出什么了？"看来，是她的逻辑有问题了。不过，她这样回答，使我更加好奇，她付出了什么。

"我没有这样爱过一个人，我爱他比他爱我要多得多。"她依然翻来覆去重复着这样两句话。

看来，我是无法从具有这种思维的女孩子这里得到答案了，就像老师让同学们用"况且"造句，偏就有人独辟蹊径，造出这样的句子："火车过来了，发出'况且、况且、况且'的声音。"

连问三遍，都没有听到想听的答案，我不耐烦了："你爱别人别人就一定要爱你吗？爱就是爱，爱是用来索求爱的回报吗？如果真像你说的那样，你爱他比他爱你要多，你就应该知道你强行留在他身边使他不快乐，为什么宁肯他不快乐也要留在他身边？爱一个人不就是希望他快乐吗？而你，打着爱他多的旗号，用自杀强迫他接纳你，你这是爱吗？爱他就不要让他痛苦，你的爱让他痛苦，怎么能说是爱他？错了，你更爱你自己！"我不想再将谈话进行下去，干脆彻底把话说透彻，让她清醒，然后从我这里离开。

"如果没有你，我们会很幸福。即使他不爱我，在他身边我也很幸福。可是，你扮猪吃老虎，装柔弱让他离不开你。"小女人絮絮叨叨，依然认定是我的错，而且还认为我是"扮猪吃老虎"。她依然认为我会和她一样，用自杀、哭泣来换男人回头。

她错了。如果我会"扮猪吃老虎"，十几年前恐怕就尘埃落定了，怎么会自己一个人悄悄在房子里哭，擦干泪后出门又是巾帼英雄一枚？

但我不会去跟她解释，解释了她也不会相信。所以，我现在只能给她指出她自己身上存在的问题，也算一桩善事："你还不明白？你将不幸福的原因强加于我，却不明白是你不符合他不断变化的审美需求，也给不了他精神支持。即使没有我，他还会找别人；就像即使没有你，他照样会因社会和家庭的压力去背叛我一样。"

我终于知道，其实她也很可怜，她自己应该知道，他们发展到目前这种状况，责任不在我，而是男人的犹豫不决和贪婪造成的恶果。

但她不能质问他，因为以商子的诡辩技术，她问了也不会得到答案。

她应该是个优秀的女孩子，只是太好战了。同商子一开始，她就偏执地把我列入了战场上敌人的一方，而我远远地在战场之外将自己麻醉。

她是她自己的敌人。

“听我一句吧。”我真的很可怜她，便忍不住多说了几句，“如果爱他，而他又不那么爱你，还是分吧，至少，给他一个印象，你成全了他，以后想起你他还觉得对不起你。你要不想离开他,那你就做好承受痛苦的准备。但是,你的敌人真不是我！我和他根本回不到过去，我不可能接受一个背叛过自己的男人！”

此刻，我很讨厌商子，他为何要轻易地放纵感情，却不能用责任去为情感买单？他总是赊欠，他究竟要赊欠多少人的情债？

他也有他的难处，我还是只记住他的好吧，毕竟他对每一个女人都曾真心过。

爱情是有生命的，它会死亡，只是生命周期有着长短。所以，珍惜爱情，用真诚小心呵护，尽量让它活得久一些。

不要偏执，爱毕竟是双方的。学会放弃，学会成全，才会远离痛苦。

我们的责任是让我们和爱我们的人快乐。

小女人最后说：“谢谢你。”

我长出一口气，对她道：“也谢谢你。你要再纠缠下去，非要我承认一件我根本不会做的事情，我真会崩溃的。”

送走她，我也卸掉了一个压了我好久的包袱。

现在想起商子，就像想起一片枯叶，不，就像一粒灰尘。

再美好的恋情，只要过去了，就是过去了，再没有什么可以眷恋。

偶尔回想起来，会匪夷所思，曾经怎么会跟那样的小男人谈情说爱？太搞笑了。

在缠绵悱恻的秋雨中，我们迎来了文明校园的第一次成果检查。

每次上面来人检查时，我不过是个背景墙。这次同样，我站在人群之后，心情平静，心无旁骛。

我忽然想起多年前刚分配来的时候，那时，无论是什么部门什么级别的检查，我总是首先面对，那时的我，绝对想不到自己现在会落到这般境地。

生活最能考验一个人的真本领，当下所处的这种环境，只能说明一件事：我没有我以为的那么好。

检查组一行人打着伞，分成三组。一组检查档案资料，一组检查计算机、实验用品、体育和音乐等设施，一组听取学校负责人汇报。

检查资料的是几位女士，而资料是由我们办公室人员负责的。

我和小同事跟在女士们身后走进我们办公室。

“你过来！”一位女士命令我。她看着年龄比我小很多，却用非常冰冷的目光看着我。

这种情形要是放在多年前，年轻的我肯定会立刻顶她：“你把态度放端正！”

但现在，我再也不会那么愣头青了。我温温柔柔地回答她：“好。”便向她走过去。

“你们这档案怎么整理的？年份编号都不对！你把你们学校今年的工作汇报一下。”

我汇报？我怎么知道？我才回来不到一个月。

虽然我不再像当年那么冲动，但也没必要卑微地随便向谁示弱吧？

我正准备说些什么，小同事说话了：“不好意思，这个不由陈老师负责。”

冲我发脾气的女士看了一眼小同事，又看向我，上下打量了我好几眼，在我的哈伦裤上重点瞄了好几眼，又对我发出一道命令：“你去找负责人来！”

她对我颐指气使，仿佛掌握着我的生杀大权。

“好。”我走出办公室，去找校长。

校长正在办公室接待检查组的组长，我冲组长微笑点头后，对校长道：“校长，检查人员要求汇报今年学校的工作。”

“我正在向组长汇报。组长，你看——”校长转头询问检查组长。

“你就说校长正在向我汇报。”组长和颜悦色地对我道。

果然，越是级别高，越是有修养。

我立刻转身去我们办公室，推开门，那几位女士却已离开。

“都是工作，你不要计较她们的态度。”办公室的小同事看出我心里不舒服，对我道。

我点点头，接受他的善意，也没有刻意掩饰自己的小情绪。我毕竟是有正常情绪的人，又不是机器。

“她们还问你是不是才回来。”他笑着补充道。

“对她们来说，我确实很陌生。”我也笑着回应道，并未再多讲什么。

这些都是小插曲，对我来讲，真的不是什么事。何况，女人的那些小心眼儿，我都懂。

话说，我是不是该穿得再保守些？穿得不好看，我心情不好了怎么办？

管它呢，只要得体，怎么好看怎么穿。

三十二、平庸地活着才最安宁

没有那么多的敌人，我们之所以以为这世界满满都是恶意，是因为，我们那点儿少得可怜的见识扭曲了正常人和正常世界的正常活动。

我们真没有我们所想的那么重要。所以，我们一定不要以为自己真的就像所以为的那样吸引别人注意。

一晃几个月过去了，即使不把假期的统一再教育培训计算在内，我和同事们的相处时间也已经整整两个月了。

从回来的那天我就告诫自己，不管发生什么冲突，一定不冲动，不置气；不管做出什么成绩，一定不炫耀，不自负。

事实上，我多虑了。

这里只是个乡村中学，而且地处偏僻，小小一隅本就不像大城市那样复杂多变。

同事们在完成正常的教学任务之外，还要参加公开课讲评、科目交流、科研教改和论文评奖，根本没什么时间去讲东家长西家短。总体上，至少在外在形式上，他们的生活还像十几年前那样单纯。

而我没在管理层，也暂时没有绩效考核金，在利益上跟同事们基本没冲突。想想吧，十几年的江湖漂泊，怎么可能积淀下高能的教育技术优势？没有优势凭什么取得成绩？

所以，我也没有什么长处能拿出来炫耀。

想到这里，我内心是自卑的。

尽管我有着还算洋气的形象，但我的内心非常褴褛，因为，只有我自己知道，在学高为师的大环境中，我的知识和经验同这些长年教学的同事相比，真实处境非常尴尬。

在这里，年轻教师占大多数，对于十几年没在教学前沿战斗的我，所保存的几乎是20世纪的教学经验，怎么能敌得过他们这些饱经多形式多渠道的现代媒体教育的新生代？即使是那些甚少接触多媒体教学的老一辈，也因为一直在教学前沿坚守，积淀了丰富的教学经验和教学心理，同样令我望尘莫及。

这便是我尴尬的原因。

所幸的是，上级组织能够量才使用，尽量发挥我的优势，安排我负责校办公室的文字宣传工作，这真是个最完美的结果。

我一面幸运着，一面羞愧着。

人有自知之明，就有处世智慧，明白自己的差距，就尽力弥补缺陷。接下来的日子，我变得小心翼翼，如履薄冰。

中午，我没去吃午饭，在电脑上敲字，打算用中午的时间把学校安排的宣传稿件写完。

办公室的小同事，就是那位我第一天上岗时看到的小女孩，浓黑的眉毛，大大的眼睛，她从学校食堂吃完饭，回办公室拿包。

看到我还在忙，小小年纪的她竟然很是无奈："陈老师，你真的没必要那么认真。你太认真，别人还以为你想当中层呢。"说话的时候，她带着无畏的认真。就是这无畏的认真，我知道，这是个善良的孩子。

但是，习惯了这十几年的答非所问，顾左右而言他，面对这样的直率，我一时不知怎么回答。

只好一笑应之，遂点了保存，关了电脑。

回到宿舍，把自己扔到床上，一只手抱着银灰暗纹的抱枕，一只手枕在脑后，我望着朴素的天花板，感觉像做一场醒不过来的梦。

我是穿越了吗？又回到刚毕业的时候了吗？

再度归来，我像个刚毕业的学生初次上班，诚惶诚恐地接受着所有人的意见，生怕有什么哪怕是最微小的闪失；并且，我发现，人们的意见多是正确的。

因为三个月以来，我那些所谓的江湖经验在这里竟完全派不上用场，这是一桩好事情，空乏我身，才能增益我所不能。

在这样的地域，这样的环境，人们必须做到中庸，在完美与凑合之间找个平衡的支点，然后，才能既可以不担心别人，又可以不被别人担心。

我的棱角终于被社会磨平了，我终于成功变成了一枚鹅卵石，我长叹一声。

也好，平庸地活着才最安宁。

接下来的日子，我做出了改变，被安排的任务，能一天完成的，多准备个两三天再开始做；能三天完成的，就认真放置一周时间，再低调完成。

反正即使匆忙赶完了工作，文件还是放在那儿，并不是那么急用。

我非常"懂事"的表现同事们都看在眼里，跟我越来越亲近了。

群众关系鱼水情深，我甚是喜欢，便更是鄙视年轻时高傲自负的自己。

如果以这样的心态重返年轻时代，生活应该会顺畅许多。

还好，还没老，一切还来得及。

又是一个周一，树木渐渐开始落下叶子，唯那些冬青依然苍翠。

学生们三三两两从小径上穿过，笑着闹着，心无城府。

我还是坐在电脑前，为下午的会议打印资料。

有车辆行驶声不时传过来，那是相隔两百米远的高速公路。

闲暇时，我常喜欢站在操场上，看高速公路上车辆来来往往。有时是大客车，有时是小汽车，最不喜欢的是载重车，车上载的都是巨型大罐，装着危险物品。

看到这种车驶过，我就很是担心，怕司机打瞌睡，怕有小车从其间穿过。

当然，我也幻想着哪辆车能够从旁边匝道上慢慢行驶下来，再徐徐拐个弯儿，到我们校门口停下，就是为了找我。

然而，并没有出现这种幸运，一次都没有。

在操场上就能看到高速公路，可以想见学校有多偏僻。

我经常想起梅毓，想起文治哥、李庭轩，不知道他们现在怎么样，是否像我一样转了一大圈又回到了原点？

回来后和梅毓的联系渐渐少了，距离不仅带来美，也带来距离。

文治哥偶尔发个邮件过来，汇报他最近又到哪儿去了，又经历了什么惊吓，却从不提小嫂子。我在回信时总加上一句：代问小嫂子好。

初时回来，因并不善于跟同事套近乎，还有着万一别人不理睬我的担心。慢慢地发现，大家多已达到“只做自己事，不管他人非”的境界，我才逐渐开始学着以他们的方式跟他们相处，现在，已很快融入团队之中，很正常地把自己当成其中的普通一员。

正胡思乱想间，有人进来了。

“陈一一，十几年没见了，回来也不给我说一声。”刚进来的李立琨叼着烟，在进门左边的沙发上大马金刀地坐下。

他一只手转着他的不锈钢保温杯，一只手拿着烟，间或抽上一口，从没见过谁把烟抽得这么浩然正气。

这是“吾善养吾浩然之气也”的民间版本？！

“是啊，你还是那么帅。”回头望着这个学校有名的刺儿头，我尽力让自己松弛些。

“帅？都老成啥了！到底是在外头混了几年的，会说话啊。”他把烟头向地上随便那么一扔，用脚踩灭，双手一交握，冲我挤挤眼道：“外头不好混吧？”

因为是郊区农村中学，大家都不太讲究，抽烟的人把烟头向地上扔好像已成习惯。我也见怪不怪，不像刚回来时还提醒大家有烟灰缸。

“是不好混。这不，回来找组织来了。给你倒杯茶？”我笑着，让脸皮厚起来。

以后还会有不认可我的人出现，还会有更不好听的话扔向我，我要做的就是，在这样的冲突中百炼成钢。

总之，不管他接下来的话说得有多难听，我微笑装糊涂就好，先撑过去再说。

“不用，我自己带着杯子呢。”他冲我摇摇手里的茶色不锈钢保温杯，“回来就好，以后安安生生上班，需要帮忙就找我。”

“好——嗯？”我呆了数秒，迅速调整一脸柔和，道，“没事常过来聊天。”

“好，没问题。我再去看看其他人，都是这次和你一起回来的。”他笑着站起来摆摆手就走了。

李立琨走了好一阵儿，我还在回味刚才的过程，当年，他没少给我找事，好像很看不惯我的样子。忽然间，我在心里给他的打分到了八十以上。

办公室小女孩大概被我懵懂的样子逗乐了，她呵呵一笑："陈老师，李老师是工会主席，看着大大咧咧，其实人很好的。"

“是啊是啊。”我点头称是，颇有一种被后辈指点的苍老感。

许是年轻时，自己太过草木皆兵，同事随口一句话就被敏感的我上纲上线，所以，才认为别人对我有成见吧？

又或者，是我先入为主，对别人先有了看法，才感觉谁都在给我找事？

又或许，找碴儿的一直不是别人，而是自己，是自己跟自己一直在较劲儿？

就比如现在办公室的这位小女孩，从她的表现就可以看出，现在的年轻人，比我们那时聪明多了。他们看事情比我们透彻得多，也长远得多。

年轻可以任性，但留下的后患却很难补救；不服气社会规则，就会被社会规则拖着走，被拖得晕头转向，遍体鳞伤。

就像我，飘了这么多年，已是千疮百孔，却又幼稚蠢萌。

又是一个周五的下午，学校召开全员大会。

首先是校长讲话，他对本周的学校工作做了总结和补充，又传达了上级的精神；之后是各部门领导汇报部门工作；最后，表彰了十几名优秀教师。

这些表彰基本上我是沾不上边的，我不过是个文字后勤。而我也在本岗位安分守己，从不敢多做他想。

会后，我按照会议要求，把提前打好的项目任务文件按照职能内容分发给各科室的负责人，他们多是礼貌而客气地道谢，有几位很是冷漠。

而我相信时间，时间可以融化这样的冷漠。

我的期望很快得到验证。

回到办公室，我一边整理东西，一边等待下班铃，有咚咚的脚步声从楼道响起，脚步的节奏很急，很快到了我们办公室门外。

然后，就见科研组长气势汹汹地冲了进来，啪一声闷响，一沓资料摔到我的桌面："陈一一，这些资料你校对了吗？这么简单的文字，你前言不搭后语，我怎么发给大家？！你在外面怎么混的？你能干什么？"

呃……看到散乱的资料破坏掉刚收拾的一桌明净，我一时脑袋发蒙，不知该如何反应。

这是个被公认为一根筋的家伙，我该怎么办？何况，我还不知错在哪里。

打印的文件也是上级通过 QQ 传过来的，传过来两次。

深呼吸了一下，我决定不要这张脸了。

我故作优雅，用两根指头把眼前的一缕头发捋到耳后，然后看着他，一脸呆萌："我能吃。"

他愣愣地看着我。

"你以为谁都像你一样各科知识积累丰富，我就是个孤陋寡闻的人，能把字打出来就算不错了。我就是因为笨，在外面混不好才回来的，你不同情还批评我，叫我怎么活？"我继续逗他，有种变相拍老虎屁股的感觉。

就见他一咧嘴，想说什么又说不出，哭不像哭笑不像笑。之后，他貌似故作冷静，把那沓散乱的资料收拢了拿起来，转身就走了出去。

他走出去干啥？我正莫名其妙，又见他复转回来，把资料在桌上码齐，整理好递给我："赶紧改，都等着呢，一会儿就要给大家发下去。"随即又出去了。

这次我看清楚了，他好像憋着笑。

我不觉又回头看向办公室那个小女孩，她看着我的呆样子，笑嘻嘻的眼睛如清泉波光点点，映出一室温润明澈。

我拿起那沓资料，在电脑上找出原文档，才发现原文档有两个文件，我以为两个是一样的，而其实前面接收的是废掉的，我打印的正是那个已经被废掉的。

将第二个文档打开，仔细看了一遍，确认无误，我按了打印键。

看着一张张 A4 纸从打印机飘出来，内心颇为安宁，一时间诸神归位，岁月静好。

三十三、最是寂寞难为人

我们一直认为，时间流失得很快，事实上，流失的是人。

就像曾经年轻的那些同事，他们慢慢地变老，从青春洋溢到早生华发，而时间依然在这里静默着，看着人来来去去。

就像我，去了又回。

一晃又是半个月过去了。

早上上班，打过卡后，我满怀心事地走进办公室。

其实，我很喜欢走进校园，也很喜欢我们的办公室。

在学校，哪怕是没有什么新意可言的签到程序，对我来讲，都是一种代表接纳的仪式，给我带来有集体有组织的喜悦和找到自己位置的社会归属感。

想想，我现在有组织了啊！再不是一个人了！

有组织，才有安全感。

多数时间，办公室人员做的都是上传下达的琐碎事，把上级不同部门对学校不同科目不同岗位的要求及时传达下去，再把可以要求奖励表彰或后勤补给的事情向上级职能部门及时汇报。

一切都是这么的规律，尽管单一，却也规范。

刚回到学校，也不能立刻代什么课，而英语和语文两科都是很年轻且很优秀的后辈们在负责，我倒显得没有什么用处。

直到有一天，教务主任找我，他说："你哥说你一直在写新闻稿，那就在宣传工作的基础上负责学校的新闻报道和论文把关吧。有合适的事迹你可以写成报道投给网络和报纸，把同事们的论文选出优秀的投给有关教育杂志社。"

这是我的拿手工作，大哥怎么知道的？

我给大哥打了电话询问，他却说他没有跟教务主任联系过。

是谁呢？

随着中秋过去，教务主任安排给我的任务渐渐少起来，我却渐渐又阴郁起来。

我不明白我的阴郁从何而来，但我经常发呆，陷入一片茫然。

我常隔着玻璃窗去看外面有没有人影儿，如果有，我会看一会儿他们在干什么；如果没有，我会拼命搜索，直到出现人影为止。

不为别的，就是因为看到人影才觉得自己活着。这种反应是回来一个月以后出现的，奇怪的是，在外的那十几年，再怎么一个人待着都没觉出孤单来。

我这是怎么了?

我的状态也越来越糟糕。每当一个人待在宿舍里，我便立刻陷入浓烈的空虚慌乱，像进了一间深不到头的黑暗密室，怎么走都走不出去。

比这种状况更为恐怖的是，那种无所依托的空虚寂寞，正转变为一种紧张害怕和对未来的忧虑焦灼。

有半瓶子医学知识的我知道，如果再不调整自己，可能距离焦虑症就不远了。

这该怎么解决?

我试着翻看有正能量的书籍，读大批量的促人奋起的心灵鸡汤，依然无法振作。

操场上传来体育老师喊口令的声音，我隔着窗去看外面，有两个班在上体育课。

透过窗户，能看到操场上体育老师带领学生奔跑的身影。孩子们高喊着口号，脚步整齐划一，这是军训的效果。

在这偏僻的乡镇，学校也许是孩子们唯一感到美好和快乐的地方。

学校有三名体育老师，都很年轻，是体院毕业的正儿八经的大学生。

每逢体育课时间，他们带着各自管理的班级在操场上进行各种训练，或是打篮球、撑竿跳，或是跳绳操、练长跑。

阳光照在他们和孩子们的脸上，操场上处处生龙活虎，整个校园便显得生机勃勃。

我很羡慕他们，初生牛犊不怕虎，还对世界充满希望；也很羡慕那些孩子，花样年华，均不知愁为何物。没有谁会在如此小的年龄，担心不容于社会，担心明天的早餐在哪里。

我多么希望穿越能成为现实，那么，我会穿越到少年时期，让一切重新来过，好好孝顺父母，陪伴父母，认真学习各种生存技能，以备不时之需。

可惜，真正的那时的我，一方面盲目地对未来充满了希望，一方面天真而嚣张地认为，自己想让未来成为什么样子，未来就必定成为什么样子。

结果被现实狠狠地打脸，并且打完左脸又打右脸。

在衣着光鲜的外表下，是我缝缝补补的精神。

在外这么多年，再回到学校，我感觉自己真是在外面白混了一场，尤其是看着同事们备教案批改作业忙忙碌碌，我却只能写写稿件，便更是惭愧于自己的失败。

我拿着手机，走出办公室，来到一个僻静角落给梅毓打电话。

“梅毓，我好慌。”我一开口就说。

“怎么了？”她吓了一跳。

“你说，我为什么回来？是要回避商子，还是因为这样生活稳定？是为了给大哥一个交代，还是为了给自己一份选择的优越感？如果是，那现在的我有多么懦弱！”我激动得语无伦次。

“你是太孤单了吧？”她一语道破，“你可以多做些为人民服务的事啊，这样就不孤单了。要不，再回来？”她揶揄道。

“我都这样了，你还埋汰我。”我埋怨她。

“我只记得你说过，你当初离开，是因为感觉那里的日子太单调，氛围又土气，好像埋没了你这颗‘明珠’。”她提醒我。

“我到现在才发现，那些一直坚守在这里的人，才是真正的明珠。”我一时沮丧至极，“他们有根，我没有。我用漂浮不定敷衍了这十几年的珍贵时光，虚与委蛇，到头来，却是两手空空。”

“一一，你能这么认识，说明你成熟了。这么多年，很多人都感觉不稳当，很慌乱，总是寄希望于在最黑暗的时候，有一个可以求助的人，有一处可以安身立命的所在。但是最后，只能是自己独自面对。”梅毓有些严肃。

“这些我都知道，可是，我做不到。像这次回来，我本来就为了四个字——安身立命。但是，没有安，也没有立，我反而越来越慌乱。我该怎么办？”我快要哭出来了。

“该找个人嫁了。年龄到了，你会下意识地发现你和同龄人都不一样，他们有家，你没有，这可能是你慌乱的原因。有个人陪伴，总是好些。”她是智者，一语道破我的心结。

“我怕找错人，我不知道究竟是什么样的人出现，才可以让我不再心无所依，从此安静下来。”我举目四望，周围一片荒凉。

梅毓沉默了一会儿，道：“找个人品好的伴儿就行了。这次，就不要再追求什么两情相悦，更不要追求什么心心相印，情之一字误终生。”

最后一句真狠！貌似正是我前半生一直慌乱不定的根源。

“那我该怎么办？”我愈发慌乱，四周的景色在我眼中愈发萧瑟。

“不要急，先把手头事做好，再找些能发挥你特长又能赚钱的兼职，也许能有意想不到的收获。而嫁人这件事，我想，即使真有那么一个人出现，你这种心态，又怎么能保证你现世安稳？”

“我试试吧。”她耐心的劝解让我稍稍有些清醒。

"文治不是已经跟学校沟通了吗？他已经给学校有关负责人讲了你的特长，他们说会给你安排发挥你能力的工作，你怎么还会这么迷茫？"梅毓道。

原来是文治哥就我的事同教务主任联系过。我很惭愧，原来家人和朋友都在尽力帮助我，我却为一些小情绪而茫然失措，真的很对不起他们。

但是，我依然无法摆脱这种慌张和茫然。

在回办公室的途中，我想，书上说，当我们决定落脚某处，一定是因为那座城市，要么，就是因为城市里有那么一个人。还有人说，年轻时是因为那座城，中年后是因为那里有个人。

因为一座城，爱上一个人？还是因为一个人，爱上一座城？或者，像我这样，只是想找个能扎根的地方？

究其实，此心安处是吾乡。哪里能让空落落的心安定下来，哪里才是适合待的地方，或许是个人，或许是座城。

我怎样才能让自己安定下来？是人，还是城？

看时光慢慢流淌，我依然孤家寡人，一人饮酒醉。

前半生遇到那么多人，却没有几个能长相往来。

每隔几年，岁月就塞给记忆几个人，但是每隔几年，岁月就把几个人从记忆里推出去。

新的肯定会挤走旧的，而旧的是谁，早忘了。

就像刚毕业时，送给我写着心心相印四个字的项链的学长；就像数年前，盘掉酒吧输掉自己的丽；就像言辞犀利后来居上的梅毓；就像扛把吉他闯拉萨娶韩妹的文治哥。哦，还有商子，好久没有记起他了。

当时哭得昏天黑地，现在，那段记忆都蒙上了厚厚的灰尘，一旦想起，还让人呛得慌。

生活中那么多人来来去去，能留下的就那么几个。

旧的人，即使碰到了，却忘了是谁。当回忆起来，才发现当时是那么天崩地裂，现在却见也懒得见。原来，时间最公平，把该留的留下来，该忘的忘掉，让你知道曾经的自己有多么的良莠不分。

发生的，都是该发生的；不该发生的，任你痴缠照样八竿子打不着。

这么认识是有原因的，因为，商子又来找我了。

当传达室的师傅领着他来到我的办公室，我愣了一下，便很快调整过来。

我已经很久想不起他了，尽管如此，看到他的那一刻，我有些呼吸不过来，像缺氧。

我没有带他到我宿舍，我们站在校外，距校门一百米的荒地旁边。

那是一大片荒地，有一百亩大小，据说两年前就要征用，直到现在还没有动工。

“你真狠心。”他看着我，满眼的委屈。

“我怎么狠心了？”我平静地看着他，内心已毫无波澜。

“你只能是我的。”他道，要过来抱我。

我退后一步，伸手制止他过来：“商子，该说的我早已经说过了，你如果忘记了我可以重新说一遍，我有这个耐心。”

“你说的不算，女人。”他双眼执着地看着我。他以为这样子的他，会让我看出他的情比金坚？

若是以前，我会被这两个字打动，但现在，我只觉得好笑：“不叫我宝贝？不叫我乖乖？”我嘲弄的口吻刺伤了他。

“在我心里，你就是宝贝。”他满脸受伤的神情。何苦呢，这个样子，都过去这么久了。

“是啊，所以，你也叫别人宝贝，也叫别人乖乖，然后，再继续复制给以后你还会动心的女人，哪怕是暂时的激情。”我戏谑道。

“我不管，我只要你。”他很顽强。

“为你自己负些责任吧。你的年龄，你的自负，还有你的骄傲和你的不定性，种种种种，我们都不适合在一起。我现在才明白了我们不在一起的原因，不是因为你背叛，也不是因为你的父母反对，更不是年龄，而是，对情感的责任和认知，你暂时还没有。你现在来找我，不是爱，只是不甘心。”我诚恳道。

“我很理智，我思考了好久，你是最适合我的，我需要你。”他没听进我的话，依旧坚持他自己的意见。

“我已经想得很清楚了，商子，你不适合我。我们曾经确实很幸福，但是不正确。而且，我不需要你，过了这么久，属于我们的那块记忆早已荒芜。”我彻底冷静下来。

“我心里那块地方只有你，我就是谈再多的女人，我心里只有你，你和她们不同。”他很坚定地陈述着他的歪理。

“你是指你很长情？”我平静地问道。

“是，而且只对你。”他以为我给了他希望。

“还没有和她分手吧？”我微笑道。

“——说实话，没有。”他的语气一下子没有了力量，他并不善掩饰，如果他掩饰得很成功，当初我也发现不了他有了新的恋情。

“不要打着心软长情的旗帜，为自己粉饰泛滥的情感。即使我们恢复关系，你以为你会断了看到动心的女人就想交往的心瘾？而且，重要的是，我不爱你了，不爱很久了。”

我真的不再爱他。

我想找个不让我担心他总惹烂桃花的男人。像我一样，认认真真地把两个人的相处以一生为标杆来经营。

也许等不到，但我要等，用一生来等，即使等得那么煎熬。

商子不坏，但商子对情感很贪婪，他要的是在稳定的情感之外，可以随时开始一段不付责任的激情。

也许，他对我不同，但尽管不同，并不会阻止他再跟烂桃花纠缠。不断招惹烂桃花，是他情感的贪欲，也是一种情感不能控制的心理脆弱。即使他长情，依然属于花心男系列。

所谓花心,其实是没有责任心的情感疾病。是病,就得治,但不是我来治,而要让生活来治。

所谓长情，不过是吃着碗里看着锅里的贪婪。

这种长情不值得回报，因为又幼稚，又硌痛人心。

他哭了，他走了。

而我不难过。

我很吃惊，当初我用酒麻醉过的情伤，不知什么时候愈合完好了。如今，看到始作俑者离开，我竟然很轻松。

这一次，永远说再见。

即使寂寞，即使荒凉，我要的只是永远属于我的肩膀。

不全则宁无。

三十四、阿南归来

天下没有不散的筵席。再美好的情感，都会归于虚无；再忠诚的情怀，都会有一份首先消亡，留下另一份，从此孤孤单单，只能回忆，没有守望，直至寂灭。

到最后，都是一个人；再到最后，这个人也没有了。人间的每一个故事，都只有这一种结局。

那么，我们还有什么可纠结的？还有什么可怨恨的？

我依然在孤单中一个人来来去去，听同事们讲与另一半的油盐酱醋茶，我会礼貌地微笑附和，而内心充溢着满满苍凉。

有一些老师甚至想着要给我介绍对象，但我的年龄有些尴尬，哪有那么年龄性格都登对的人？

我只好撒谎，说我有对象。他们问："在哪儿高就？什么时候吃喜糖？"

我说，在拉萨，很快就可以见到。

我不知道这个谎言能支撑多久，我只是随便那么一说，好让自己不至于在人们眼里显得那么突兀，尽管我的忽然归来对学校同事来说已经是非常之突兀。

我继续着我的恐慌，生怕一个人独处得越久，越容易引起周围人的怀疑。

我没打算一个人过一生，不仅没有这个打算，而且比任何人都渴望着执手一生贴心贴肺的那个人出现。

但，那个人就是不出现，好像上苍在安排我降临尘世的时候，就没有给我安排双宿双飞的缘分。

有缘人没有出现，我也无法变出一个那么合适的人，更不可能找谁倾诉，说自己想赶紧找个人嫁掉，人们会认为我疯掉了。

在每个深夜，能偶尔听到楼道里传来的同事夫妻俩一起外出回来后兴奋而又小声地谈论什么，我就拿被子蒙住头，告诉自己，睡吧睡吧，明天起来就会有好心情。

然而，无数个明天过去了，我在一个又一个今天里焦虑慌张。

我一遍遍告诉自己，好好工作，好好做人，然后，让时间去熬过一切。

可是，时间一段一段过去，我依然摆脱不了焦虑。我经常一个人在房间里走来走去，或者出去跑步，让汗水和疲惫去暂时压制那些慌乱无助。

梅毓说得对，这就是到一定年龄之后如果还单身，便很容易出现的精神窘迫。

知道原因，却解决不了这个问题。我感觉自己像是行尸走肉，每天学校工作干完后，就觉得特别空虚，准确地说是八小时之外，我不知该干什么。

别人都陪家人陪孩子，我却根本找不到能干的事情。

然后，越找不到越颓废，越颓废越找不到。

中午，放学铃响了，收拾好办公桌，正要去教工食堂打饭，我接到阿南的电话。

阿南回国了，她成功地举办了画展，在报纸上她被称作美女画家，从她的声音里能感觉到，现在的她更优雅更从容。

她给我找了一位音乐老师姐夫，弹得一手好钢琴，不像我，只烧得一壶好白开水。

枫叶红了的周三，他们来看我，海派作风很是让同事们注目。

尤其是阿南，轻仰着下巴，大波浪的长发披在身后，蓝色的大一字领连衣长裙，白色的大衣，浅粉色的羊绒长款围巾，俏丽而高雅。

她轻抚了下我的肩膀，道："早该回来了。把个人问题解决了吧，赶紧的。"

姐夫穿着驼色的风衣，围着铁锈红色的羊绒围巾，一脸通情达理："这种事要看缘分，催促也没有用的。我不是单了多少年，才等到了你？"

阿南嗔怪地乜了他一眼，举起拳头轻轻打了他一拳，空气中满满的粉红色。

我冷不防被喂了满口狗粮，心理极不平衡，咳嗽一声道："你们没有必要这么刺激我吧，在妹妹面前打情骂俏，两位能否发发善心，体谅体谅单身狗的寂寞？"

阿南干脆一挽姐夫的胳膊对姐夫道："咱俩一块儿给她瞅瞅，碰到个合适的就把她嫁了。"

姐夫连连点头："对，对。"

这一刻，在他们眼里，我就是等着处理的烂白菜，打折促销等着谁来捡便宜。

这种感觉很不爽，与我对自己的"估价"有着云泥之别。

过了两周，仅仅是两周，姐夫就给我介绍对象了。这效率，够高的。

对方是位局级干部，长相普通，就是个子高。

擅书画，精音律，还是个"掉书袋"，读过好多中外名著。同前妻离婚，独自带着一个儿子过日子。

又是一个离过婚的男人，我悄悄叹息。见面的时候他说，他一看见我，就知道我是他要找的人。

我直接问他离婚的原因，他说，前妻一提出来，他立刻放行，问也没什么意义。

跟他倒挺聊得来，他见多识广，还有点儿小幽默。

给他的打分是八十，我想试着同他交往。相处一段时间再看吧，一直一个人来来去去，真的是太孤单了。

我们一起看 3D 电影，听交响乐，去民俗村品小吃。

他偶尔还会牵我的手，但，我没有心跳的感觉，而且我们都像是受到了一种莫名扼制，尤其是语言交流很受拘束，经常是我一开口表达想法，他会笑一下，简单回应，或者直接转话题。

总感觉他对我不够坦诚，每次见面都像是隔了一层迷雾，这同他所说的一看我就知道我是他要找的人完全不搭。

一个有着旖旎霞光的黄昏，他又来接我了。

“今晚去参加一个红酒博览会，几个朋友顺便在旁边订了包间，环境和气氛比较适合你。”他稳稳地开着车，告诉我要去的地方。

穿过宽阔华丽的大堂，时不时有穿着旗袍的年轻服务员经过，每遇到一位，她们均是款款弯下腰，朱唇轻启，莺声燕语：“您好。”

一路走，一路皆是这待遇。

而我，只羡慕她们的年轻。

我们和他的几个朋友坐在一张宽大的圆桌旁，桌上铺了华彩的桌布桌旗，三男三女，极是对称。

他们的动作很是标准，均是用三根指头捏起杯脚，轻轻地用腕部力量旋转着杯身，那五分之一的红色液体漫不经心地回旋了几下，缓缓地注进他们的唇。

而他们都没有咽下去，都是很明显地在舌尖含了含，最后，以慢动作进了喉。

其中一位化了精致的妆，烫了旧上海式发卷的女士，用极其温柔的声音提醒道：“不能用手背去接触杯身，体温会影响酒的芬芳。”

啧啧，还芬芳？！我也算是个文化圈的老粉丝，这会儿也快捧着下巴了，太酸了吧？

其他几位还纷纷附和：“是啊是啊。”

其中一位穿了加厚蓝衬衫的男人，还说起一个熟人喝红酒不会品味的笑话，他满脸嘲笑道：“他把红酒倒满了，整整一杯啊，这还不算，和别人碰酒时，非要一起干，饮牛饮骡的，真是牛嚼牡丹。”

其他几位听者均是宽容地笑笑，仿佛他们都是世外高人。

这天下哪有那么多的人有闲有钱去学习喝红酒的高尚步骤？又有多少人喝啤酒都是数了钱袋儿才决定喝不喝的？

百姓没有饭吃，国王说：“可以吃肉嘛。”

我一边满心里腹诽着打肚皮官司，一边若无其事地以同样节奏把红酒哄进肚子。

我觉得自己太搞笑了，分明装不来这高雅。想当初丽为喝红酒的礼仪培训了我半天，也没把我培训出个高深样子，反而让她为自己的指导能力泄气了一阵儿。

我就是只混进天鹅群的小灰鸭，是不是该哪儿来哪儿去？

我开始怀念和梅毓、文治哥在一起喝扎啤的日子，有荼蘼的慢摇音乐，有化着烟熏妆的女歌手苍凉的歌声，还有梅毓不断吐出的烟圈儿和文治哥无所畏惧的吉他声。

又隔了几天，我不再接局级干部的电话，然后又告诉阿南，后妈不好当，算了。

我就这样跟“局级干部”断了往来。

其实，是我怕以后自己受不了拘束，也许，我天生就是个普通人，只适合去吃街边摊。

阿南彻底不理我了。

后来的几天，我动摇过：年纪这么大了，还没有家，后半辈子怎么过？

那人对我好感满满，一旦成家，像阿南说的，肯定是宠我一辈子。也许。

但是，我不愿意，不愿意后半生在一个男人面前永远放不开，即使放个屁都得先翘一个优雅婉约的兰花指起个范儿，想想都恶心。

为什么非要找另一半啊？物质归属与精神归属哪个重要啊？是找个我爱的，还是找个爱我的啊？

如果只有物质共享，没有精神共鸣，是不是就成为了生活的痞子？

即使找到天作之合的另一个，总会有一个先走，与世长辞；另一个每天熬着岁月，在回忆里搜寻，在现实里孤单，到最后与世长辞。

再怎么不离不弃，最后依然是尘归尘，土归土。

到最后，我们不过是一个人；到最后，我们什么都没有，就像从来没到这个世界来一趟。

生命很美好，生命也很恐怖啊！

我又开始思念父母双亲，每隔一段时间就非常思念，那种无法相见的痛苦让我对人生充满悲情。

母亲是先走的，父亲一个人孤单了十几年，最后，也走了。

十几年里，父亲经常发呆，经常陷入沉思，最后，他留给我们的话是：“我累了，撑不下去了。我找你们的妈妈去了，她等我很久了。”

每当心里空荡荡的，就想见到父母，但又知道，再也找不到他们。

知道这世界再也没有了他们，心里就像猫在抓，很疼，疼得撕心裂肺；很急，急得火烧火燎。

所以，我现在需要的，不是去找另一半，而是找到一种坦然面对生死的认知。

没错，是的，我很怕死！一想到总有一天，这世界就算永远没有了“我”这个存在，万物依然风生水起，只是我再也看不见，我就感觉匪夷所思。

我分明有思想，有认知，有存在，为什么最后却什么都没有？

我恐慌至极的时候，就打电话骚扰梅毓：“梅毓，我最近总在想生死问题，我怕。”

梅毓说：“谁不怕死？谁都怕，但又有什么办法？造物主在创造万物的时候，最不该的就是赋予人类以思想，让我们能思考、能分辨，知道活着好。如果我们没思想，就没这么多悲哀，就不会贪婪地渴望一直活下去。”

想一直活下去，竟然是一种贪婪？

梅毓又说：“所以，我们就得找个伴儿，两个人热闹些，就少想一些活得久不久的事情，而只想些活得好不好的事情。”

“我们去拜佛，去找得道高僧，去要个答案。”我极其严肃地征求她的意见。

她沉默了半天，最后道：“高僧只会给你六个字。”

“哪六个字？”

“咄！你还不放下？”

三十五、大姐的“鸿门宴”

所谓亲情，便是再怎么有隔阂，只要是至亲，就砍不断那血浓于水的盘根错节，血脉相连。你一看到他们，那种熟悉，那种温暖，便油然而生。

那是一根藤上开出的花，一棵树上结出的果。

周末一大早，天刚亮不久，大姐就打来电话，通知我晚上去她家吃饭，并说大哥和姐姐们都去。

还特别强调，不允许带姐夫、弟媳或外甥、侄子等一干“拖油瓶”。

我有种预感，这是一场针对我的鸿门宴。这顿饭，恐怕不是那么好消化的。

晚上，姊妹们如约在大姐家集结，大哥有事不能过来，还被大姐在电话里训了一通。

作为老大，大姐继承了母亲生前的做饭手艺。大家围绕在饭桌旁边，称赞着一桌子满满当当的菜品。可贵的是，竟然都不重样，也都是幼时母亲做给我们吃过的。

外甥买了两打啤酒回来，他打开啤酒，为姨母们纷纷满上酒杯。

酒过三巡，老大发话了：“小的回来了，这都是咱们盼望的事；小的不飘了，这都是让咱放心的事。”

我双眼一热，伸出筷子胡乱夹菜吃，浑然不觉自己口里嚼的是什么。

阿南说：“当然了，但不听话咱也没办法，反正我尽力了。”说着，瞟了我一眼，也伸出筷子夹向一盘红油芝麻牛肉，满脸的唯我独尊。

我不接话，装作听不懂。

三姐放下筷子，笑着看了看我：“小妹有福气，结局肯定好。”我闻言报以微笑，这话我爱听。好话谁不爱听呢?

四姐一边剥虾，一边说：“小妹自小听话。老大你说，你准备让我们这些做姐的咋办?你发令，大家执行。”

老大说：“父母都不在了，我这个老大，你们认了是老大；你们不认，我屁都不是。”

“认，认，谁敢不认？不想混了？”姐姐们连连点头附和。

外甥没有入席，他在一旁看电视，听到自己老娘这么说，便笑嘻嘻接话了：“老太太，你永远是咱家的老大。”

大姐笑呵呵地看了儿子一眼，继续对我们“耍威风”：“那我就说了，每个人拿出三万，凑一起付个首付先给小妹买个小窝，后面的按揭她自己付。总住在学校不是个事。”

姐姐们均是脸色一变。

三姐说：“我只能拿一万，儿子刚结婚，才花了个大头儿，没有余钱了。”

四姐说：“我还准备向你借呢，儿子元旦要结婚。”

阿南说：“我才买了新房，手头没有钱。要是早说，我就有准备了。”

我已经被老大的话震得瞠目结舌，又被姐姐们的难处折磨得无地自容：“老大的意思是，你们不要忘了有我这个小的，至于首付不首付，不过是个提醒，哪能我自己住房子还要让姐姐们掏钱的。”

老大看了我一眼：“那你加油。”

“哦。”我点点头。

“还有第二件事，咱都成家了，小妹还单着呢，都操着心，给瞧瞧有没有顺眼的。”

阿南不禁嗤笑一声：“她眼头高，怕是咱瞧上的她都看不上。”

我无语凝噎，继续默默夹菜。

大姐看了我一眼：“都给操心着，总有合适的。姊妹兄弟互相扶持，就是咱的家风。”

在座的都不言语了，连外甥这个旁观者都沉默了起来。

我被家风这两个字深深地震住了。这就是我们老大，她继承了母亲的容貌，又沿袭了父亲的魄力。

姊妹们都是能喝几口的，我一一敬了大家。

大姐和四姐都是一口就干了，三姐则诚惶诚恐慢慢地喝完了，阿南若无其事地跟我碰碰杯，浅尝了一口就放下了杯子。

姐姐们都有自己的家事，怎么可能有闲心情管我？女人的外表再光鲜靓丽，婚姻幸不幸福，却能从眼底透出来。

我必须对她们的各种反应安之若素，或者说装作安之若素。

就在大家吃得颇为尴尬之时，外甥媳妇儿回来了。她是博士生，医院的主力干将，很是给大姐长面子。

我们这些做姨的，一个个都笑脸相迎，因为难保谁不生病，更何况她又是个极懂礼貌有修养的好孩子。

这时外甥也不再在一旁看电视，而是和媳妇儿一起给大家一一敬酒，顺便三言两语地打趣，气氛又活络了起来。

一顿饭就这么团结紧张严肃活泼地吃了下来。除了阿南外，大家皆有几分醉意。

“去唱歌吧。”老大提议。

众位姐姐恐是在家很难有这么放松的时刻，一个个都很是赞成。阿南还甜蜜蜜地跟姐夫告了假，不过，她确有一副好歌喉。

进 KTV 是要先消费的。我办了一张卡，先充了一千元，随后，服务生带着姐姐们去包间。

看着她们跟在服务生身后一面走一面相互打趣，我内心的冰凉变得暖融融起来，这是我的家人啊！

转身唤了一名男服务生，让他带我去买酒水小吃。

当我跟在推着装满小吃和啤酒的小车子的服务生身后走进包间时，姐姐们已经开唱了。

她们手里打着拍子，脚下踩着点儿，一个个那么开心，好像是好不容易可以放风的罪人。

我被自己这个想法吓了一跳，忙给每个人面前放上啤酒，再把小吃放到茶几中央。

大姐是唱秦腔的好嗓子，自七岁就登台表演，很是承袭母亲遗风。一曲《西湖山水还依旧》让姊妹们大鼓其掌，都说是像极了母亲的声音。

三姐颇有少女情怀，很是羞涩地唱了一曲《花儿为什么这样红》，一下子把我们带回到老年代里去了。

阿南的《为了谁》颇具军旅情怀，一霎那仿佛歌星就在眼前，一举手一投足都是明星范儿。

四姐点了一曲《女人不是月亮》，歌词的第一段就让大家难过起来——

妈妈留下的那句话
我一辈子撂不下
我一辈子撂不下
她说十个女人九个傻
这究竟是为了啥
这究竟是为了啥
……

大家不禁跟着合唱起来，带着压抑的哭音。

我索性点了一首刘和刚的《父亲》，就把今夜当作是跟天堂父母对话的仪式吧。

这一曲，是姐妹们一起合唱的，在座的均是泪水涟涟，毕竟都是女儿家。

分别的时候，老大说，还是要经常这样聚一下的。

看着她们向不同的方向离去，各自走向回家的路，我怅惘了许久：我的家在哪儿？

我不想这么早就回到学校宿舍，不想一个人孤零零地站在窗前，不想一个人面对窗外摇曳的树影和二百米远处高速路上来往的车辆，更不想蒙上忧郁的蜘蛛网，在寂寞的暗夜里独自挣扎。

我需要酒，需要和自己的朋友们在一起，那是和家人们不一样的感觉，可以纵情放肆，可以大哭大笑。这种行为，和家人们在一起时，不行。

不只是我，相信很多人都是同样的体会，有些事，说给家人不如说给朋友。

我在微信群里发了邀请，很快得到十几个同学和朋友的响应。一场新的夜宴，在路边的烧烤摊上拉开架势。

而烧烤摊，家人们是不屑的，她们会感觉这里很掉价。

尤其是阿南，她要的是衣香鬓影，要的是富丽堂皇，要的是众星捧月一枝独秀，否则，配不上她的高贵优雅和女王风范。

阿南发来信息："别太疯，不年轻了！"话带刺儿，也带着关怀。她怎么知道我还有一场？

我回了一个字："好。"然后抬头继续和大家拼酒。

我看着他们闹，看着他们叫，我感觉自己在城市颓废派与乡村守旧派之间飘摇不定。

我看着他们哭，看着他们笑，感觉自己何德何能，竟如此幸运，在需要陪伴的时候，能有这么多人一下子赶来。

把他们请过来，就是为了感受他们带来的热闹，我心满意足，有一搭没一搭地喝着扎啤，笑盈盈地看着、附和着。

我知道，不是我重要，而是，他们也很久没有这么放松过。

我是一个人畜无害又喜欢热闹的女人，在我这样的女人面前，大家可以尽情语笑喧哗，让这个夜晚和烧烤摊的每一立方米空气，都充满鲜活的元气，那元气如一圈圈永不停滞的清澈涟漪，向周围温暖开去。

我留恋这时刻，我喜欢这氛围，很热闹，更重要的是——不寂寞。

"一一，你什么时候结婚啊？"张予璇问我。

我透过醉眼看向她，心里很清醒地提醒自己别说错话："不知道，时机不成熟。"

"你的那个他什么时候带过来让我们过过眼，也替你把把关。你已经坚守快半辈子了，别因为急着结婚就随便找个，到时后悔都来不及。"张予璇今晚话有些多，她没有喝酒啊！

"这话说得对，所以，我先不急。"我顺着她的话自找台阶下。

"急还是要急的。"她否定我的意思。

"你一会儿别急一会儿要急的，到底是想表达几个意思？"我笑着揶揄她。

“也对哦，我都搞不清自己要跟你说什么来着。”她的思维逻辑成功被我搅乱了。

我向她招招手道：“你过来，我给你说句悄悄话。”

她附耳过来，我把嘴巴贴着她耳朵，我听到自己清晰的声音：“我还没找到另一半。”

她像被雷击了一样睁大了双眼，我无所谓地又接了一杯扎啤，继续喝起来。

三十六、再给彼此一个机会

做任何事情，尽量多留些余地，也许事情就有了转机；与人共事，尽量多给人留些面子，也许以后彼此就能照应。

生活在尘世，万不可唯我独尊。我们一次轻易的否定，也许就将美好永远推开。

做人留一线，日后好相见。

清晨，深秋的阳光穿过窗帘清冽地洒进来，我醒了，顺手拿过手机看时间，已近九点。

眼睛睁开时很是沉重，眼皮肯定肿了，这是酒和浅睡眠带来的必然后果。

昨晚回来时已经是十一点，发小张予璇没喝酒，就将我送了回来。其他人怎么离开的，我全然不记得。

醉酒对身体不好，以后不能这样喝了。我又一次发誓，反正发了誓也不会改。

幸好今天是周末，不用担心起来太晚遭人议论。

高速路上的车辆行驶声绵延不绝，无休无止，楼道里偶尔有开门关门的声音。

这里偏僻，比城区先冷起来。因为未到供暖时间而没有暖气，我回来太困忘记开取暖器便一头栽倒在床上，这时醒来便感觉到冷冽的寒气如冰雪一样扑到脸颊上。

回来有一段时间了，我发现除了寂寞外，其他的都已慢慢习惯。习惯了这里的太阳，习惯了这里的人，也习惯了这里干燥沉寂却书香萦绕的空气。

现在，我不仅能偶尔懒惰一下，不再为房租和每月支出拼命找活，貌似还实现了一部分财务自由。

财务自由，精神便自由。

“陈老师，在吗？”有轻叩的敲门声，其后，是邻居李老师的声音。

“哦，在。”我跳下床，穿上毛茸茸的拖鞋，速速叠了被子，披上大衣去开门。

李老师的母亲一月前辞世，我随了份子，自此，两人的关系便近了些。

后来闲聊，发现彼此对电视剧的爱好一致，都喜欢抗日战争片、谍战片和悬疑片，两人的关系便更近了。

女人的友谊只要偶尔一次谈得拢，便可以迅速地建立起来。

转动冰冷的门把手打开房门，李老师拿着两瓶酱菜温婉地站在那里。

她笑吟吟道："这是我婆婆做的，给你拿两瓶。如果来不及做饭，可以就着馒头吃，很好吃的。"

我忙接了酱菜，请她进来，羡慕道："你真好福气，有个好婆婆。"

坐在窗前的椅子上，她很开心："是啊。等你结婚，也会遇到更好的婆婆。"

我报以一笑，心里想：会吗？

开了取暖器，将它移到靠近李老师的地方，我走至床边坐下，随手抱起银灰暗纹的抱枕，靠上被褥，仰起脸微笑道："希望吧。把你的好运气赐给我百分之一，我就能遇上个好婆婆。"

她说："五五分，给你一半儿。"

我们都笑起来。

看着她时不时地搓手，我有点儿不好意思，想给她倒杯茶，才想起热水瓶没水了。我拿起快捷烧水壶，充满歉意："昨天回来晚，没烧水。你等下，我去接些水来烧。"

她摆摆手："不用啦，我还有事要出去。"人便站了起来，又拉了我的手："赶快结婚就有人替你烧水啦。男朋友快回来了吧？"

说者无心，听者有意，我的心突地一跳，抬起头硬撑一脸轻松笑容："看安排吧，他们的工作时间不像我们这样规范。"

"耐心等吧，好事多磨。"她笑着道。

我点头应道："是是。"便送她出了门。

关上门，转身看着一室清冷，颇有些无力。我多久才能把自己嫁掉？

手机铃响了，我四顾找它的位置，在枕头边。过去拿起手机看，是"局级干部"。

我咬咬唇按了接听键："喂，你好。"

"为什么不再试试？"他直接问我。

"——我不想当后妈。"

"我不信，你给个直接的理由。"他坚持道。

"——我们不是一类人。"

"什么是一类人？"他又反问道。

"不矫情，不作，敢承担，亲和。"

"我没有以上的优点？"他习惯于反问。

"呃——你有。"我有点儿招架不住。

"那还有什么不能协调的。"

他一句话堵住了我所有的反应，我沉吟了半天，才回答道："我不像你想得那么好。"

“我们是谈恋爱，又不是选先进工作者。”感觉到他在电话那边笑了起来。

我又无言了，他都这么说话了，一瞬间，让我感觉自己颇不知好赖。

想了半天，我又挣扎着拒绝：“我不年轻，你完全可以找个年轻女孩。”

“红粉佳人皆骷髅，倾国倾城化白骨。我不看年龄，我看的是底蕴。”他道。

“我也没什么底蕴。”我惭愧道。

“中午我来接你，这次，你说去哪儿咱就去哪儿。”他直接安排道。

我眼眸一热：“下午好吗？中午还有事。”

他答应了：“好。”

我又补充道：“正好下午剧院演出《天鹅湖》，一起去看看吧。”

也许，也许我们真的值得再给彼此一个机会。

“圣彼得堡俄罗斯芭蕾舞剧院，创建于1890年，在全世界五十多个国家和地区举办过演出，包括美国、法国、德国、日本、英国、爱尔兰以及西班牙等国家。《天鹅湖》是他们的经典保留剧目之一，另外还有《睡美人》《胡桃夹子》等。这是一支充满活力的团队，受过最严酷最高端的训练。主跳水平非常高，其他演员也同样出色。”

方浩文，就是那位局级干部，他在演出开始前悄声对我介绍。

我看着他：“你什么都懂，我会被吓跑的。”

他看了我几秒，目光转回台上，唇角带着笑。

演出开始了。

台上，王子和他那些衣着华贵的朋友们，在富丽堂皇的王宫里用奔放的舞姿演绎着最上流社会的贵族的玩乐情境。

而在台下，不断有人用手机拍摄，也不断有工作人员在遥远的观众席后方，用激光笔射出锐利的红光晃在手机屏幕上，以此提醒观众不要继续拍摄。这是为了尊重演员们的表演，因为芭蕾舞较之其他舞蹈，更为优雅、高贵和艰难。

当王子被魔王蛊惑，对魔王之女奥吉莉娅变成的奥杰塔许下誓言，真正的奥杰塔绝望地在窗口盘旋后离去，我忍不住泪眼婆娑。

从剧院出来，走在铺满斑驳树影的人行道上。这时已是下午快五点了，是一天中最后的一段白天。

我越来越喜欢白天，白天可以看见树的绿，人的笑，鸟在天上飞，猫猫狗狗在院子周围跑。而到了晚上，越是亮的灯，越是衬托出夜的黑暗和寂寞，一切美好鲜活的事物，都被压在沉沉的黑暗里。

所以，白天比夜晚美。因为，处处都在彰显着蓬勃旺盛的生命力。

方浩文在我前面走着，长长的影子正好被我踩在脚下，我看向这个男人的背影，想分析下他究竟有着怎样的一种内心世界。

看芭蕾舞演出，是我提出的要求，然而，他却明显比我熟谙此道，于是更显出我的矫情。

想着想着就出了神，感觉到我的目光一直盯着他，方浩文忽然转过身看向我，道："是不是觉得我顺眼了许多？"

我来不及调整目光，只好尴尬笑笑，无言以对。

"我算是幽默呢，还是呆瓜？"他揶揄我。

"这算什么幽默。"我不服气。话一出口，才发觉自己竟有些撒娇任性，不由沮丧起来。跟高尚的人相处，才发现自己真幼稚。

"下周有农科城博览会，你要不要去感受下农作物被科技催化后的奇妙？都是实验室产品。"方浩文道。

"行。"我低头踩着树影空隙的光斑回答他。

"你应该接接地气，太文艺会累。红酒玫瑰虽然很美，却必须建立在柴米油盐酱醋茶的地基之上。"

我想问他一个问题，这么想着话就这么问出来了："上次的红酒博览会，感觉你们好矫情，不像你今天这么自然。"

"我猜着就是上次的事。"他失笑道，"如果无伤大雅，还是随大溜比较和谐。如果是我一个人，还转什么杯子？肯定就当啤酒一样喝它一整杯。还要在舌尖停留？尽是口水，哪有什么红酒真味？"

闻言我不禁笑出了声。

不知不觉已是夜晚，我们走进一家饭店，准备一起用晚餐。此时，正是夜晚最热闹的时分，小吃街人如潮涌，公园广场处处舞姿翩跹。

广场舞是近年来规模越来越庞大的休闲活动，不分年龄性别，皆因独创而自成一脉。

看着跳舞的人们个个喜气洋洋，生机勃勃，顿时感觉这世界真的很美好。

我又偷眼看向方浩文，这个男人，他会是我最后的归宿吗？

似乎，可以给他提高提高分数，八十五分，应该可以了吧？

三十七、谁是谁的鸡肋?

再令人感动的语言，如果没有在生活中得到实现，都不过是苍白而软弱的谎言。

再高深的境界，如果没有给生存带来任何哪怕是微小的推动，都不过是虚妄。

如果没有实力，认识越深刻，精神越痛苦。

姊妹聚会过后，我一直想着房子问题。

尽管阿南说了，跟方浩文成家，一切都不用我操心，但是，如果我没有用自己的能力买一套哪怕是六十平方米的房子，我一辈子都说不起话，在人前抬不起头，挺不直腰杆。

我打开电脑，搜寻合适的招聘岗位。目前，我仅有一份工资，即使退休后有养老金，也不能满足我买房的需求。

怎样才能够在八小时工作时间之外，很快赚够买房的钱?

心中忐忑，便打电话给大姐：“老大，我想另外做一份工作，不影响正常上班，在八小时之外赚钱。你说，我能做什么？”

“辅导班。现在辅导班很赚钱，现在的家长都把孩子教育放在首位。”大姐很支持。

“辅导班要放学接上学送，跟我的时间正好冲突。而且，单位不让教师个人办辅导班。如果是别的生意，只要是八小时之外，单位都允许。”

老大沉吟了一会儿：“那咋办？开个小吃店？你更没有时间操持了。”

是啊，我一时头大，想不出好主意。姐妹俩再聊了些别的，便收线了。

我把自己扔在床上，又翻身坐起，出去吧，在街上转转，也许能灵机一动。

上一刻还满怀压抑，下一刻便轻松自在。走在街上，看着人流如织，车来车往，心情便莫名飞扬起来。

我一家家逛那些专卖店、首饰店、鲜花店，又一家家观察小吃店，略略算了一下账，才发现手里的余钱勉强够启动，万一两个月资金不回笼，我就赔个精光。

我赔不起。

就拿花店来讲，花的成本较低，一次性进货的数量不会很多。尽管先期投资不大，但店铺要掏租金和装修，别说要开一家大规模的花店，就是一间普通的店面，也需要在店面的基础上加上一间仓库，租金、装修和设备林林总总，保守估计就要近十五万。

除装修费用外，还有修剪插花的培训费用和请店员的工资，又要十多万。

如果只开一家小花店，不请店员，那么资金勉强还可以支撑半年，但需要我自己在店内，我哪有时间？要为此辞职吗？辞职了也不能保证能赚回来，这个险我不敢冒。

如果开饭店，哪怕是最小规模的，那么，租金、设备、厨师、服务员，再加上必不可少的店铺装修……我晕。

这么一看，再这么一算，原来，资金、人员和时间，我都投不起。

想起开饭店的李庭轩，这才真正理解了他的不易。

想赚钱的梦想，就这样碎成渣渣了。

我又一次确定，我的开店经验值：零分。

我无助地在自己头上砸了几拳，感觉自己怎么就这么笨。忽然想到，回来前是最困难的时期，那时我都挺过来了，现在，有一个很具归属感的单位，我还有什么熬不过去的？

世上的事情大概都是这样的吧，越是想干成什么事，越是干不了。太急于求成，反而于事无补。

于是，我决定给自己想赚钱的心思暂时放个假。

这一放就是一个月。这一个月里，我又回到了平时的状态，朝九晚五，庸庸碌碌，浑浑噩噩。

阿Q还以精神胜利法支撑自己去化解尴尬，我还不如阿Q，因为我听任自己的精神和思考无底线滑坡，却没有任何方法去制止这种滑坡。

我一边自责内疚，一边随波逐流。

我发现，女同事几乎个个开车上班，包括同一间办公室的小女孩。

而我，从小就怕那些机械，一想到我自己坐在一个庞大的铁家伙里面，看不见路面，只能从后视镜里去判断是否继续行驶，更不能预防随时冲出来的物体，便冷汗涔涔。

我究竟有多无能？

嗨，我为什么非要和一些不敢参与的事纠结？不是还有那么多可以学会的事吗？

放下，放下那些拎不起的事吧。

阿南又和我亲近起来了，因为我再度接受了方浩文。

下午，我俩一起逛街，方浩文给我打来电话，说他在学校门口，问我在哪里。

“很快就回去。”我道。

挂掉电话后，阿南很放心：“给你说过，他是个不错的男人，没有坏毛病，又博学多才。

你这是捡到宝了。”说完又提醒我，“哦，对了，不要轻易就跟他那个，要让他感到追你不容易。太容易得到就不会珍惜你。”

“他和他前妻为什么离婚？”我不是个老封建，但阿南口中这么好的人，为什么前妻要跟他离婚？

“前妻是个生意人，很能赚钱。走南闯北，喜欢灯红酒绿，名车豪门，万众瞩目。方浩文偏偏喜欢低调自在，两人道不同不相为谋，只能分开。”

同阿南挺像的，我心想。我对她道：“姐，我很担心他有离婚后遗症。夫妻离婚，谁先提出的很重要，往往谁被离婚谁就留下心病。”他也难免落俗吧，这是婚姻规律。

“你以为你十八，还是二十八？！”阿南言辞犀利。

“何苦这么尖酸刻薄……”我郁闷道。

“因为你太没见识！”阿南怒道，然后转身走掉。我又触怒她了。

回到学校的时候，我看到方浩文的车停在那里，在夕阳的余晖中，那辆车显得有些中世纪的孤独。

不知他等了多久。

我走过去，隔着玻璃窗望进去，他将驾驶座椅背放倒，闭着眼抱着肘在睡觉。

敲敲他的车窗，他坐起来，看到我，便摇下玻璃。

“回来了？”他道，同时从里面推开副驾驶的车门。

“嗯，你等多久了？”坐进去，我自在地靠在椅背上。

“没多久。晚上带你去农家乐，你也好那口。几个朋友都带着自己媳妇儿。”他帮我把安全带系上。

我听任他将身体靠过来，把安全带绕过我的身前，从左腰圈过，插进安全带锁扣。

给我系安全带时，他双眼研究地看了我几次，仿佛不明白我是怎么出现在他身边的。

然后，他直起身，开车向目的地进发。

我右肘搁在车窗沿上，手撑着头，继续想着怎么赚钱养活自己这件事。

“想什么呢？”方浩文觉察到我的情绪，一边开车看向前方路面，一边关心询问。

“随便发会儿呆。”我回答道。难道要我说“我在想赚钱的事”吗？他会以为我在变相逼他说出“我养你”三个字。

何况这三个字，并不会让我感到幸福，好像我多差劲儿似的，很丢人。

而且，我不要别人养。情感可以退让妥协，只要有爱；经济不能弱，我要跟未来那人经济平等。

方浩文开得一手好车。车在弯弯曲曲的山道上七绕八绕，竟然一直稳稳当当。

当山路变宽时，他一打方向盘，左拐弯进了一处停车场。哇，漂移耶！

停车场其实是这户农家乐的前院，其后隔了原木的栅栏门，就是这户农家的庭院。山里的农家，在我眼里就是土豪，因为他们居住的宅院相当于城里土豪们在郊区的别墅。

庭院四四方方，两边种了石榴树，树上挂满了大大的红灯笼，灯笼里安装了那种圆圆的灯泡。

正是黄昏时分，天色转暗，当家的农妇走出青砖红瓦的大房子，站在石貔貅前，拍拍墙上的开关，灯笼们仿佛一朵朵硕大的石榴花瞬间开放，再以嵯峨青山为背景，一时间翠绿嫣红，更显得满园芬芳。

方浩文的朋友们在院子左边最后一桌，周围几桌是不知从何而来的客人，大约都是厌倦了城市里林立高楼的冰冷压迫，到这里感受青山绿水的轻松自在。

我自然是在方浩文身旁就座，冲在座各位点头微笑算是打了招呼。

方浩文一一为我做了介绍，其中一位叫周严的坐在主位，大约是当惯了领导，不冷不热地冲我点点下巴颏儿。

末了，方浩文说："这是我女朋友。"

我的脸立刻烫起来。

"看着好有气质。"其中一位男士的夫人很会说话，旁边人纷纷附和。

他们不说我漂亮，不说我温柔，而说有气质。

这是很给面子的说法，因为，我已不年轻，我不是小姑娘了。

"就说最近你意气风发，原来，终于有你能看上的人了。"那个叫周严的男士抽了一口烟，悠悠道。

"前天还见了你前面那位。"一位夫人看向方浩文，同时端起透明的啤酒杯，同方浩文轻轻一碰，抿了口啤酒，却不看我。

前面那位？这位夫人这么说话，让我感觉恶意满满。

我看了方浩文一眼，虽然还谈不上爱，心里还是有点儿小别扭。他应该接收到了我的目光，但他若无其事。

这种若无其事，不是真的若无其事，而是一种极力化解不快的掩饰。

这感觉让我很不爽，感觉他人前人后待我不一样。他难道不该冲我笑笑，或是安抚地拍拍我的手什么的？

后来，他问过我两次还要点什么菜，其余都是跟他的朋友们嘻嘻哈哈地乱侃，尤其跟那位说"前面那位"的夫人，他俩你来我往地开玩笑，很是合拍。

我就在一旁，偶尔夹个菜码在盘子里，间或吃一口，嚼半天，再回答几句邻座偶尔的客气的询问，其余就是"斯文"地听他们讲话。没有我能插上的话，他们的话题我不熟悉。

但是，就是因为“前面那位”四个字之后，他的情绪分明有了改变。

然后，我发现一个问题，他在讲话时，不太看对方的眼睛，即使是和对方语言亲热，但眼光接触也不过一秒半。

据说与人对视的时间越短，越说明这人不坦诚。

他不坦诚？还是这句总结是错的？

从农家乐回来，我不开心，但我不能让他看出来，让别人看出你不开心是一种很丢人的行为。我得装得一脸平静坦然，仿佛对一切都处之泰然，高贵从容。

“山里天高云淡，就应该隔些时候去山里住一个月。”车从山里开出来，在国道上行驶时，方浩文忽然道。

这很反常，以往在路上开车，他很少讲话，很谨慎，何况，现在已是夜间。

“是吗？没有网络，没有移动信号，没有干净的卫生间，经常停电，时时有各种蚊虫叮咬，没有办法回避，这样也要在山里住一个月？”我抛出一连串的问题，等他回答。

“你最近工作怎么样？”他没有直接回答，却给我抛出一个问题。

我不喜欢这种岔开话题的对话，他不回答是几个意思？我的问题小儿科，没有必要回答？即使回答不了，完全可以笑一笑嘛。

“混呗。”我回答。我心里有意见，如果一碰到意见有分歧的问题就回避，以后怎么相处？过日子也要用战术，那不过得跟狐狸夫妻似的？这样的日子多窝火。

而他，好像已经用这种转移话题的方式回避过我几次无伤大雅的问题了。

给他的打分迅速降到八十以下。为什么要转移话题？就直接回答嘛。真话丑陋但心里亮堂，谎言华丽却令人作呕。

“对嘛，就是要用这种心态去面对工作，不要太文艺了。”他仿佛没有听出我话里藏着的不愉快。

我一个字都不想说了，甚至想，今晚回去，就给他发俩字信息：分吧。

“给你找个活儿。”他忽然说，“你在报社工作过，我给你介绍一家内刊，你没事撰个稿编个版什么的，一个月两期，还能赚个旅游钱。”

“好。”一听这话，我像打了鸡血似的，立刻忘了刚才要分手的念头。

谁会跟钱过不去呢？君子爱财，取之有道嘛。

但是，回到宿舍，躺进被窝，我就惶惑了，甚至还有些狼狈。

因为，我习惯于分析。我有些吃不准他了。

像他开始说的，我就是他要找的那一种女人，那为什么我们之间好像有一架不能平等的天平？

我想到了他的前妻，也许她就是那位夫人所提的“前面那位”，如果他情绪受到影响，只能说明，我没有优秀到让他忘记过去，我不能让他忘记过去，就给不了他决定跟我过日子的决心。

那么，我的错喽？

他要给我介绍内刊，赚个旅游钱……这事越想越不对味儿！

产生这种感觉，不排除我的自卑，但更不能排除他的“帮忙”。这个帮忙是一种距离，他没有当成自己的事，而是认为在给我帮忙。

他看出我想赚钱的欲望了？还是感觉我没有他前妻做生意的能力，不能让他拿出去炫耀，所以，内心不甘，却又暂时放不下对我的感觉，然后抱着试试看的态度，大发慈悲地帮我一把？

我越想越认为自己分析得对。

那我就是没有这能力，怎么办？

分开吧分开吧！士可杀，不可辱！

我拿起手机准备发分手信息，却听到有信息发来的叮咚一声，点开一看，不禁无语了，是他发来的，上面是两个字：想你。

我从被窝里坐起来，撑着腮不知怎么回信，我并没有因他这两个字感到有多甜蜜，反而感觉这是他调剂两人之间不愉快的策略。

我又躺下来，把自己像烙饼一样翻了几翻，最后回了两个字：晚安。我也开始回避话题了。

这就是反馈。我向来采取的态度就是，你以诚待我，我便以心待你；你待我以两心，我便待你以无心。

女人对男人的态度，都是跟男人学的。你不透明，我便开始蒙上面纱。

但是，还没谈多久，两人都开始实施“狐狸”策略……这种恋爱，谈得太诡异。

再给他一段时间，也给我一个机会吧，毕竟，他有婚史，我有情伤，都不怎么纯洁。

我这么费神猜他，难道是我对他动心了？

即使是动心了，一个人刚开始谈就让我这么费神地猜，还有谈下去的必要吗？

就这样思来想去，折腾了一整夜，第二天，我顶着一张憔悴的脸去上班了。

我的脸色把办公室小同事吓了一跳，她凑近我小声道：“陈老师，你是不是来那个了？脸色好差。”

“没来，一夜没睡。”我摇摇头，实话实说。

“是不是睡前喝咖啡了？”她笃定地问。

“就是，喝了两杯。”我顺着她给的台阶下。

“给你说了多少次了，我爸说，咖啡不能多喝，对身体不好。你以后睡前不要喝了，最好以后就戒了吧。”她絮絮叨叨。

“好，听你的。”我拍拍她的小肩膀。然后，为了防止睡意到来影响上班，我又拉开抽屉，取出一包速溶咖啡。

小同事看了我一眼，不再说话了。

手机响了。我拿起手机一看，是方浩文，我边接听边走出办公室，一直走到操场。

“喂，吃过早饭吗？”他问。

“吃过了。”我喝过一杯咖啡了。

“要吃早饭，阿南说你经常不吃早饭，对胃不好。”

“吃过了，你吃过吗？”

“吃了好多。鸡蛋、馒头、牛肉、红薯，还有稀饭。”他如数家珍，一一道来。记得他说过，吃饭要吃杂，补充各种营养才能满足身体需要。

“哦，这么有胃口。”听完他流水账般的叙述后，我不知该回答什么。

昨晚他岔开话题后，我已经到了不知跟他说什么合适的地步。

他应该能感觉到的，他社会经验那么丰富，为人处世那么老到，怎么可能感觉不到？他感觉到了，他在装。

“今天上班看了一份报表，处理了几个事。”他继续道。

“哦，好。”我不认为他是在向我汇报，他是想显得跟我有话说，而他确实在找话。

话说，听到这里我已经很狼狈了，因为我不知道怎么接话，才对得起他特意表示的亲近。如果回答不好，多么对不起他的良苦用心，毕竟，他是为了拉近距离，本意是好的。

“你在干什么？”他问，口气显得愈发亲热，也愈发刻意，至少我是这样认为的，因为我们平常的相处还远没有这样亲密。

我也想把自己说得忙点儿，想来想去，我说：“冲了杯咖啡。”便没词了。

“咖啡少喝点儿……有电话进来，不说了啊。”大约是他也觉得接下来不知该说什么，便借了这个托词。

“拜拜。”听到他挂机，我如释重负。

我对他来说，就是块鸡肋，食之无肉，弃之有味。而他需要的肉，会不会就是有社会地位和社会价值的另一半？

我怎么才能让自己长出这种肉？我已经尽力了，但我就是这么笨啊，我就是没有社会地位啊，我不但没有社会地位，连话语权也没有啊！啊！！啊！！！

但，西葫芦配南瓜。对他而言我是鸡肋，也许对别人来说，我还是肉很肥的鸡腿，就看对方看重哪一点了。

这么一想，心情好多了。阿Q精神永放光芒。

他对我来说，也算是鸡肋。分吧，他挺关心我的，在这冷漠的世界里他还能那样用心；不分吧，两人相处，都不能敞开心意说话，说什么都得掂量掂量，藏着掖着的，这是谈恋爱，还是玩猜谜？

还能不能愉快地相处了？好像不能。

我拿出手机，把方浩文的名字改成了汉语拼音：Ji Lei。

是的，鸡肋。互为鸡肋，一对狐狸。

三十八、天也冷了，要不要把这段关系灭了？

为什么在身边的就是蚊子血，离开了就是朱砂痣？谁都不愿意做掉在衣襟上的白饭粒，谁又愿意做那只能用来怀念而不能相伴的白月光？

不要因为寂寞而随便牵手，那样的牵手越牵越寂寞。

转眼过了一月，那家内刊，我也已经编了一期了，也如期拿到三千八百元薪酬。

而跟方浩文，却不像开始那样每天见一面，即使不见面也会打个电话或发个信息。现在的方浩文，隔两三天才会给我打个电话，无非是最近忙啊、开会啊、迎接检查什么的。

哪有那么忙？对身边女人的社会价值的不满足，从精神上遏制了多巴胺分泌，从而激情消退，才是他不再热乎的原因。哼，我什么都知道。

而我已经习惯跟他装傻。他不明说，说明他还在权衡；我没有权衡，但我知道，必须得分手。

如果我还年轻，肯定是一有分手念头就立刻跟他摊牌，但我已经奔四了，不小了，做事情开始走一步想六步了。

他没做错，即使感觉他藏着掖着，但他毕竟对我是有善意的，所以，我不能首先提分手。如果我提了，那我就理亏了，并且仿佛显得自己有多么值得骄傲的资本似的，而事实上，我没有什么令我骄傲的资本。

可是，尽管我没有什么资本，分手却是必须的。天也冷了，要不要立刻把这段关系灭了？因为孤孤单单的我，最不需要的就是这种花非花雾非雾的关系，如果能接受这种性质的关系，那我早脱单几十年了，哦不，十几年。

等个合适的时候吧！分手总是一个重要的决定，得有仪式感，毕竟，是阿南介绍的，而方浩文对我当初也非常肯定过。而且，现在兼职的那家内刊也是他介绍的。

不是物质的不平等引发的南辕北辙，而是对情感的要求不同导致的离心离德。

我想得太多了吧？才不是，女人在情感方面有着天赋的严密逻辑，又奇怪又精准。

一周后，就要迎接文明校园的验收了，我需要紧急赶做一批文化宣传牌。

接活儿的是一家一直跟学校合作的广告公司。明天一大早对方就要过来，由我负责把文字板块和照片挑选好，再打成文件包发给他们，之后就是面对面敲定设计内容、风格和交版期限。

今天，我的任务就是把各科需要宣传的文字和图片全部整理出来，这就需要和各科室负责人一一接头了。

回来的时间长了，我的脸皮也厚了，不管人家配合不配合，我都能表现得很有礼貌很有修养，哪怕人家开口说粗话，我也能装糊涂呵呵一笑。

不过，话说，人家的回应基本上都很礼貌，毕竟都是文化人。

除了负责校团工作的女孩子说过几天再给我资料之外，其他的部门资料照片都已经齐全。我开始按照要求，给每一块宣传牌定主题。

有点儿着急，因为主题定了之后，就要选择照片、排版，不仅需要将每一组照片归入小主题，还需要给每张照片配上图片说明，我便有些急躁了。

这不是可以放一两周的文稿，而是明天就要刀下见菜的紧急任务。

哦，天！我引以为骄傲的中庸原则，在这里不能起作用了。我不能以中庸心来对待这个急活了，我得认真，我得高效，这是能力问题。

二十个板块，二十个主题，我为那些主题反反复复，再三斟酌，不断地推倒重来。

咚咚咚，稳稳叩击的敲门声，不轻不重。

我抬头看过去，门开着，一位男士站在门口，很高，藏蓝色毛衣深灰色长裤，外搭一件黑色中长款皮衣，腰身挺拔，表情阳光。

“你好。”看我抬头，他向我问好。

“哦，你好。找哪位老师？”我也没有请他进来，仍旧一边琢磨主题一边问。

“我姓陈，找陈一一老师，找她商量文化牌的内容。”他的声音很爽朗。

我直起腰看向他：“我就是。内容还没定，正整理呢。”

“没事，我等。”他一边说，一边走进来，“你可以先把要做的项目打印一份单子给我。”他的声音像电台主持人。

但我心里发急，不耐烦欣赏他的声音，直接回绝道：“不行。”便又开始拨拉桌面上那些照片，把同一类的照片归类在一起。

拨拉的同时，又觉得刚才那样说话很不讲理，像个小学生，于是理亏地抬眼望他，却发现他已坐在门内左边的沙发上，眯起双眼很好笑地看着我。

我脸红了：“那个……陈经理，对不起，我刚才有点儿急躁。”

他笑了，还有俩浅浅的酒窝：“没事，挺好玩。”

好吧，我这么急，在人家眼里，就是个好玩。

颜值、修养、底蕴……瞬间，我给他在心里打了分数：八十五。

“不是明天过来吗？”我还在琢磨其中一个主题，是改成“美德少年”，还是保留原本的“文明少年”四个字？

“到附近办件事，顺便过来看一下，能提前把内容拿走，任务就能早些完成。”他过来看了看我面前划来划去的字，又道，“‘美德少年’更好，最近上边提出的口号中有这个。”

我看了他一眼，噢，这人反应真快。

接下来的几个主题，我们有商有量，很快就定了稿。

“谢谢你帮忙。”把文字、照片分门别类地装进档案袋，写了项目单名称交给他，我冲了一杯清茶放在他面前。

“喝这杯茶真不容易。”他笑着在杯子旁用右手三根手指点了点桌面以示感谢。

“也是一时忙乱。”我没有因为他这句话感觉有什么惭愧，反而认真地解释，看着他的眼睛，意思是他错怪了我。

他略愣了下，便笑了起来。

“那就明天见。”他站起来，拿起那些档案袋。

“哦，明天见。”我起身送他。明天要去他们公司，坐在电脑前看着他们排版，在最后付印时我必须得把关。

好在，这也是我在外十几年常做的事。

兜里的手机响了，我拿出来一看，上面显示了两个全拼——Ji Lei。我皱了皱眉。

看到我在看手机，陈经理道：“陈老师明儿见。”

“明儿见。”我冲他摆摆手，反身进了办公室。

手机还在响，我按了接听键：“喂。”

“一一，今晚一起吃饭吧。”方浩文温柔的嗓音传过来。

也许，他经过几番考量，还是想跟我再试试？又或许，他也有分手的想法，今晚要趁一起吃饭说出来？

我并不在意他会不会提分手，只要这件事的结果阿南不要让我承担责任便好。

不管怎样，饭还是要吃的。

这次，方浩文把吃饭的地方选在了一家刚开的西餐厅。

一进大厅，便看到他在靠窗的座位等我，面前放着一瓶红酒。

我走过去坐下，道：“好久不见。”

“好像瘦了些。”他说。

“是吗？”我摸摸脸，“没瘦多少，还需努力。”

他说："不要再瘦了，这样正好。"

我咧嘴一笑，什么都没说。

他叫来服务生，问我点什么，我点了意大利面和罗宋汤，他点了带骨牛排。

当服务生把红酒打开后，他拿过瓶子，亲自替我斟酒，刚好三分之一。

"红酒是有生命的，就像一位优雅的'睡美人'，倒入杯中后才慢慢苏醒，就像你。"他对我道。

"啊……"我愣了下，他对我的感觉又回来了？我应景一笑，拿过杯子跟他轻轻一碰，小口抿了点儿。

"最近忙，天天开会，各种检查各种应酬。"他道。

"忙了好。"我又喝了点儿。他见我拿起杯子，便也要拿起来跟我碰，但我已经喝了，他又把杯子放下了。这下，倒显得我很没礼貌。

"你最近忙什么？"他问我。

"每天就那些琐事，没大动静。"我又端起杯子，这次我主动跟他碰杯，不然，显得我很没见识，好在我有个优点：知错就改。

再后来，他一边用餐，一边跟我讲些单位的事。我只管听，只管吃，只管"哦"。

很显然，他是个习惯打破尴尬气氛的人，很快他又跟我讲起各种西餐的做法来，娓娓道来，不紧不慢，很是闲适。

他闲适我也要闲适，哪怕是做样子。

无欲无求真好。对这个人没想法，心态便很平等，不像前段时间那样费神猜测他心里在想什么，更不会为自己不是个左右逢源所向披靡的女强人而自卑。

他大概也看出来我的平静是真平静了，终于问："你怎么了？"

"哦……"我又随口答应一声，然后反应过来，"好着呢。"

"你今晚话很少。"他看了我一眼，把刚切下的一块肉吃掉。

是，初时跟他相处，我总是叽叽喳喳想什么说什么，不带脑子出门。

"你讲的比我讲的有意义。"我笑着回答。我总不能说是因为感觉他总是藏着掖着，所以我也不再那么毫无顾忌地讲话吧？

我其实是希望他接下来问我是不是嫌他最近联系少什么的，那样我会觉得还是可以真诚沟通的。

但，他没有，他继续讲这个餐厅的背景，好像是他一个同学也在其中投资。

我知道，他应该知道我平静的原因，但他选择回避，他不愿意解释这些恋人之间必须解释的问题。这说明，他还没打算跟我诚恳相处，还是抱着再处一段时间看看的想法。

他不谈未来，不谈婚姻，尽谈些无关风月的事情，而恋爱是一定要跟风月相关的。

如果他一直是这种不痛不痒的态度，这段关系真心是没有必要进行下去了。不仅浪费时间，关键是，还消耗人自尊。

文艺女人的心伤不起。

“那家内刊你编的版面很好，他们很肯定。这家餐厅准备出DM杂志，你有没有兴趣?双月刊。”他又给我揽了一份活儿？！

我立刻追问：“一期多少钱？”一听有钱赚，我眼睛都像狼一样发绿了。

“三千五。”他一边认真地切肉，一边答。

三千五，再加上他上次介绍的内刊三千八，每两月我差不多就可以赚回来七千三!

“我接。”我干脆回复。

“好。接下活就要给人家好好干，我可是在朋友面前夸了海口的。”他像个长者一样给我鼓励。

“好，我一定给你挣面子。”什么狐狸恋人鸡肋情人分手什么的都闪一边去吧，这取之有道的钱谁不赚傻啊!

三十九、加班到凌晨

年轻时所经过的每一件事，都在为后来的我们积累经验；所遇到的每一个人，都成为后来的我们的老师。

第二天，我起了个大早，赶到陈经理公司时，他刚开门。

这是家很小的公司，进门就是工作台，贴墙一溜儿三台电脑，另一面沿墙放着彩喷打印机，再往里是个蓝色的多层置物铁架，上面摆满了纸张等各种耗材。里面还有一间小房子和一个小卫生间。

陈经理介绍说，广告牌的制作在另一处地方，那里有个小车间，这里放不下。

我不会跟他较真儿，不是非要那家小车间是他的才去肯定他。这种小公司都是接了活儿和其他公司一起合作完成的，节约成本，又有效率，合作共赢。

他打开电脑，和我一起商量照片位置，大约过了一个小时，两名员工才过来上班。

两名员工中留长发的女孩负责排版，平头的男孩负责效果。

第一版初步效果完成，陈经理让我去看。

我大概看了下，就让他把所有的图片都加上三个像素的黑色边框。他说边框是黑色的可能不好看，我让他试一张再说。

他试了，然后，他看看我道："没想到黑色边框也能让图片显得精致。"

我呵呵一笑，本姑娘当初在报社上班，首先就是在编辑部学排版，学会排版又学了校对审读，最后才走上采访岗位。那么多年怎么可能是白混的，排版是基础知识好不好！Photoshop 我还是有几把刷子的。

中午他请我吃饭。没什么特别的意思，这种小公司一般来了客户，基本都是顺便一起吃饭的。

我就要了一碗素臊子面，他要点菜，我立刻拒绝："我饭量本来就小，一碗面足矣，再点菜肯定浪费，搞得咱俩就像暴发户。"

他哈哈大笑起来，声音太爽朗，周围已经有人闻声看过来。

"嘘。"我拿手指堵在嘴前让他声音小点儿。

他点点头，给自己要了一瓶啤酒，问我要不要喝点儿。

“这个可以有。”我答应了，他给我倒了一杯。

吃完饭接着工作，一直忙到晚上，晚饭是叫外卖解决的。

到凌晨一点左右，全部赶制完毕。

陈经理并没有立刻前往他所说的车间，他看了看我，道：“我送你回家吧，太晚了。明天还需要你过来再看一遍，以免今天太累会漏掉内容。”

他说得对，我确实已经很累了，人困马乏难免有所遗漏，不如明天清醒时再看一遍。

他开车很稳，是个老司机。我在副驾驶座上睡着了。

等到他叫醒我，我透过车窗看出去，宿舍楼就在眼前。

谢了他，我下了车。

他也下了车，说：“我看着你进去再走。”

我愣了一下，道：“谢谢，你真细心。”

等到传达室师傅开了门，我走进去，一回身，看到陈经理双手插在风衣的衣兜里，背景是那片荒凉的土地。

他站在已经开始变冷的夜里的路灯下，显得高而清贵，像小说里扶危济困的基督山伯爵，完全不像个小公司老板。

我冲他挥挥手，他也冲我挥了下手，然后，他反身走到车前，拉开车门进去，车灯一闪，掉头离去。

我走上二楼宿舍，轻轻打开房门，再轻轻关上，脱掉大衣，扔在椅背上，不洗脸不刷牙，掀开被子就钻进去，这下睡个天昏地暗。

文化牌赶制出来，陈经理带着几个人过来，把牌子一个个固定在教学楼和操场的墙壁上，另有几个牌子固定在花园旁的架子上。

送他们走后，我回到办公室。副校长过来了，他笑着道：“陈老师，这些牌子做得不错，陈经理说都是你指导的。没看出啊，你还有这本事。”

“哪里，都是陈经理的人做的，我就是个业余爱好者。”我忙站起来，诚惶诚恐。

从回来后，我就一直诚惶诚恐，为什么我会成为这个样子？是因为这个样子，应该不会引起人注意，比较适合生存。

“别谦虚，以后这类工作我就直接安排给你了。”他笑吟吟地说完就出去了。

我看看其他同事，很担心一不小心做了出头鸟。

他们都各自在电脑前忙着，根本没有人注意我。

于是我坐下，拉开抽屉，取出笔记本看本周的工作计划。

本周有两个宣传稿件任务，我翻开上周各部门工作总结，试图从里面找出素材，以形成新闻亮点。

中午就这样过去了。我按按胃，很饿。

吃点儿什么呢？不是太想去食堂吃。我想吃生鱼片，玉色的鱼片，薄薄嫩嫩，蘸点儿醋酱和芥末，满口生香啊。

我咽了咽口水。这大中午的，从偏僻的学校赶到市区去，时间上也来不及。

我哀怨地低下头，拉上门向食堂走。

刚走到食堂门口，手机响了，我拿出手机看，哦，Ji Lei。

得给他改个通信名了，就叫“社会老师”吧。他比我通达，而且给我介绍兼职，当我的老师，名副其实。

他的声音听起来很公事公办：“喂，你中午有空吗？”

“哦，怎么了？”我已经习惯他的忽冷忽热了，对于他又变得生分的语气表示非常适应。

“如果有空，中午到我同学那家西餐厅去吧，谈谈杂志的事。”他接着又道，“没有空改天也行。”

“有的。”

“不用我接可以吗？我直接从单位过去，比较省时间。”

“我自己过去。”我立刻转身回办公室拿包。

我只能坐公交车了。这地方甚少见出租车过来，太偏僻，方圆两公里的地几乎没有住户，都是正在建设的楼群。

原本的住户都已经搬离，因为城市化步伐的加快，农村的房子都早早被拆了。

从学校到车站有五站路，刚到站就有车过来，公交车倒是很及时。

上了车，人不多，竟然还有座位。

这里比较偏僻，坐公交车的是边缘几个村还没搬走的村民。尽管人少，却还是能闻到从车里几个人身上散发出的汗和烟混在一起的味道。

他们打量我，我装作不经意地肘搭在车窗沿，扭头看向外面。

车经过八站路就到了。

我走进去，向沿窗的座位看过去，方浩文就坐在那里。

他的对面坐着位男人，黑西装，头发浓密，背影挺拔，很有轮廓感。

我走了过去，方浩文站起来，把里面的座位让给我，然后他也坐下来，向对方介绍：“一凡，这是陈一一。”又转过头对我道：“一一，这是陆总。”

“你好，陆总。”我微微欠欠身，不习惯握手，陆一凡却笑着伸出手：“你好，陈老师。”

我不禁伸出手去握，他的手很热，但不属于正常的温暖，这个人有些内火，我凭着半瓶子醋的医学知识判断。

“陈老师，方局一直推荐你，我就没有再约别的人谈，杂志就交给你了。”看来，他是看方浩文的面子，直接淘汰了其他人，把杂志交给我。

陆总说完就拿过身旁的包，竟然是LV的男包，这人很讲究。

这方面，方浩文就比较低调，基本不拿包，偶尔见他拿包还是上次进山他随手提的帆布料的旅行包，也许受他的职业所限。

前面那家公司，自然也是看在方浩文的面子上才把内刊交给我的。

我看了方浩文一眼，他稳稳地喝着茶，对陆总的话根本没反应。其间，他的手机不断有短信发来的声音，有的他回，有的他不回。

回某些信息时他在笑，笑得很暧昧。

他接了几个电话，有两个电话他是到外面去接的，我不时隔窗望一下他，感觉他笑得很开心。他还有别的女人？

因为他，我才能接两家公司的活，这种靠关系一路碾压其他同行夺得单子的幸运，简直不要太爽！喜欢！

所以，其他的就不要计较了，毕竟我不是他的妻子。

即使是他的妻子，产生这种不愉快的感觉也不能拿他怎样，他有一千个理由去辩解，最后我还要落个没事找事的罪名。

陆一凡从包里拿出几本海外杂志和一个U盘，一并递给我：“这是几个样本，U盘里是相关的文字和图片，你先看看，需要其他资料随时跟我要。”又递给我他的名片。

我接过U盘和名片一起放进包里，随意翻看了那些杂志。国外的版式和标题字体确实超过我们很多，有些字体，我们的字体库里是没有的。

“我这里各种做图软件都有，也有专人设计，你只要把内容和图片整理好就可以了，当然，校对也是你的事。两月一期，应该不累。”陆一凡道。

“是的，我先做一期看看。”我答道。

方浩文已接完电话回来，他的脸上还带着欢喜的余韵。

三个人都按照各自的口味点了餐，陆一凡和我都点了炒意面，方浩文点了牛排，很快就结束了午饭。

同陆总告别后，我和方浩文一前一后从西餐厅出来。

“我送你吧。”方浩文边说边走向他的车。

“不用了，公交车直接就到。”我推辞，有些不好意思。

“下车还要走几站路，我送你吧，很快。”他略沉吟了一会儿道。

“好吧。”我不再矫情，一吃完饭就瞌睡，这坏毛病总改不掉。

我在车上又睡着了，等到了学校，方浩文叫醒了我。

“到办公室记住冲杯茶，少喝咖啡。”下车前他叮嘱我。

“哦，好。你注意安全。”我随手关上车门，看着他开车离去。

忽然想，应该把他在我手机上的名字改成“谢谢你”，我确实该感谢他。

他离过婚，本就受过情感伤害，再谈恋爱有些谨慎也属正常，又是个事业有成的男人，有的是女人投怀送抱。

而且，在和我未确定关系的状况下，他一再帮我，我凭什么同人家计较？我有什么资格同人家计较？

这么说，我才是真正的鸡肋。

我前半生走来一路高喊灵魂的高贵，现在，我的灵魂非常卑微。

四十、两人饮酒醉

人这一生，三分落寞，五分糊涂，剩下那两分，才是仅有的清楚。

所以，要抓住。

我是一个朋友很少的女人，却不是一个不喜欢朋友的女人。

年轻时很容易拿人当朋友，后来发现，我以为的朋友，并不都是我以为的那么好。

曾经有位女友，那段时间经济比较紧张，吃饭总是吃泡面。

我和她都是刚毕业，都没有多少余钱，她喜欢画素描，我就找她给我画两幅写意，按每幅一百的酬劳付给她。

我以为这样做能充分给她尊重，也算对得起朋友这个词。

画拿回来，我都忘记放哪里了，然而，事情的发展却出乎意料。本以为她会感激我，谁知道，她拿我做宣传，逢人便讲："陈一一拿我画都付费了，以后要我画是要润笔的。"

结果人人拿我当笑话讲，因为她并不是画家，我竟然付她钱，而她也敢说是"润笔"。

之后她很矜持地问我，还需要几幅画，她抽时间给我画，依然按一幅一百计，我说不需要，她却生气了，至此一拍两散。

还有一位，属于我以为能讲私房话的那种。不料，几次看到她在我唱歌或同人讲话时，唇角含一丝明显的嘲弄，眼神也有着明晃晃的冷漠。我虽然并未拆穿她，却从此不再同她讲心里话了。

这里也有几位同学，除了与张予璇能多接触些，其他都不是可以玩到一起的。

所以，在那次同陈经理合作后，我倒是经常接受他的邀请，到他那里喝喝茶聊聊天。

寂寞啊，又难得有一个谈得来的人。

慢慢地，两人的交流就随意了起来，不像刚开始那么客气。他直接叫我名字，我则叫他"陈"。

周五晚上，我在他公司喝茶。他是一个很健谈的男人，对文学也有着非常让人意外的见地。他对《海狼》"一往情深"，并因此对杰克·伦敦情有独钟。

他说："拉森被描写成一个极其凶残不讲人性的男人，充满兽性，但并不能因此掩盖他顽强坚韧的精神和仇视不劳而获者的公正态度，并且，他有常人不具备的与主流社会分庭抗礼的精神。”

说这些话时，他的眼里发着光，因激动而语调抑扬顿挫，他要是参加演讲，绝对会博得满堂喝彩，太有感染力了。

我的回答可能大煞他的风景：“杰克·伦敦的作品太男人了，充满着暴力粗犷和血腥，我看不进去他的书。”

“你这样说不对，你必须得看进去。把困难当成享受，把痛苦当成历练，这种跟大自然做斗争，不向黑暗与暴力低头的魅力，不是谁都能写得那么酣畅淋漓。”

“我是女人啊，怎么可能对这类题材那么迷恋。”我不置可否。

“这不是性别问题，是审美境界问题，你的文学审美有待提高。”他不客气地批评道。

我冲他一翻白眼，拿过他桌面的手机，看看周围，狠狠地扔在沙发上，反正也摔不坏。

他哈哈大笑起来。

当然，我也不是那么小气，今晚，我还帮他排版和校对了，整整八个版呢。

感觉他的颜值、身高（我有以貌取人的坏习惯）和涵养，怎么都不像是一个开这么个小公司的小老板。

他告诉我，他刚同女朋友分手，因为女朋友认为他太穷又太理想主义，担心一起生活未来会很暗淡。

我只能劝他看缘分，安慰他道，肯定有好的她在不久的将来等他。

“明天没有事的话，一起去爬山吧。”他看向我，希望我答应。

“不去。”我一口回绝，“我爬不了，一听爬山，腿就发抖。”

“你缺乏锻炼，难怪脸色总是不好。”他又一次批评我。

手机有短信发来的声音，我拿起一看，是“谢谢你”——方浩文，他问：“吃过饭吗？”

我回道：“吃过了你呢？”我一时懒，没加逗号。结果他发了个大笑的表情，回复道：“吃过我？能嚼得动？”

我一点儿都不觉得这就是幽默，便回复了一个撇嘴的表情。

他回道：“明天有事情，给你放两天假。”

这意思就是不见面了，我回道：“好。”

放下手机，我很怅惘。我什么时候才能有个能正常拍拖的男朋友，可以天天见面，一起上街，一起去郊外，一起参加各种展览，然后，顺理成章，在满堂宾客的祝福声中步上红地毯？

我们算是什么关系？为什么我对他有意见却不敢对他表现出来？为什么我有心事却不能想当然地说给他听？为什么我不能把我的迷茫讲给他听，然后让他帮我梳理，哪怕是得到几句轻言细语的安慰？我究竟能凭什么身份要求他？

“唉。”我忍不住叹气。

“怎么了？”陈家晟问。陈家晟是陈经理的名字。

“有点儿烦，你能陪我喝点儿啤酒吗？”我有气无力地问。

“行，那咱去烧烤店。”他一口答应。

“我再叫个人。”我给李老师打了电话，她说一会儿让她老公送她过来。

陈家晟开着车，带我来到市区公园左边一条正街的烧烤店。

李老师很快就到了，她和陈家晟认识，也不用我多做介绍。

我对烤菜情有独钟，吃了好多，李老师也只吃烤菜，于是，就陈家晟一个人要了烤肉吃。

一来二去，桌上已空了六瓶啤酒，我喝了好多酒，还闹着要和陈家晟干杯，我之所以提出喝酒就是为了买醉，因为心情很不好，但我很清醒。

这是我的天赋，酒再上头，思维依然清晰。

李老师的手机响了，她拿着手机到一边去接，接完电话回来，她很抱歉：“陈老师，我老公过来接我了。”

“哦，那你赶紧回。”我催促道，好羡慕她有人接。

我起身送她，却被她按回位子，她小声道：“少喝点儿，对胃不好。”

“哦，知道了。”我很感动，看着她走出去。

很快，桌上又多了一只空瓶子，我急了：“到底该怎么办啊？怎么喝不醉啊？”我冲陈家晟喊：“怎么越喝越清醒啊？”

他笑了，慢悠悠道：“为什么要醉呢？喝酒是要一些休闲放松的感觉，贪醉就是酗酒了，这种想法要不得。”

“你又批评我，你又批评我！罚酒，把这杯喝掉。”我给他又倒满了一杯。

他一饮而尽，还是笑，边笑边显摆：“你说喝多少就喝多少，这点儿酒喝不醉我的。”

其实，我头有些飘，但我知道他是个君子，就凭他是杰克·伦敦的粉丝。我就是希望买醉的时候身边能有个靠谱的人照顾我。

啊，人就是一边折腾着一边小心着，一步步不知走向哪里，却不能停下脚步。

喝到最后我哭了，因为从没有喝过那么多的酒，我的思维也不再清晰，只记得自己絮絮叨叨，不知道都说了些什么。

恍惚记得陈家晟开始还笑，后来就不再笑，只是让我喝水，还拿餐巾纸给我擦泪。

他也说了些什么，酒醉的我听不清楚。

一觉醒来，一睁眼看到天花板上的图案，我吓了一跳。这是哪里？摸摸身上，好，衣服还在。

我哗一下掀开被子，看到红底大花的地毯和白纱衬里深咖啡色的落地窗帘，我扑到窗边拉开窗帘，呃，对面是那家西餐厅，方浩文给我介绍做DM杂志的那家西餐厅。

怎么到的这个地方？昨晚上……我的第一个想法是立刻打电话给陈家晟：“陈，我怎么到这里了？”

“醒来了？”陈家晟接到我的电话，并不吃惊，“我就在你隔壁，不要怕。”

“哦。”我安下心来，真好，果然是真君子。我又问他：“我怎么到这里来的？”

“你说要看看这家西餐厅。”他答道，又问我，“吃什么？我准备下去吃早饭。”

“八宝稀饭。”我不假思索。

“好。”他挂掉电话。

我洗脸刷牙，对镜梳发，看到一个脸色苍白眼皮肿胀的女人，啊，这女人好丑！不是我！

我嫌弃地移开眼，打电话跟前台要了熨斗，先把外套熨了吧，人丑不要紧，衣服能提分。

“咚咚咚。”有人敲门。我从猫眼看出去，陈家晟左手提着食品袋站在门外，右手插在皮衣的斜兜里。

打开门迎他进来，我很不好意思地说道：“对不起，给你添麻烦了。”

“朋友嘛，不要那么见外。”他把食品袋里的东西一一拿出来，两份杯装的八宝稀饭，五六个软软的还冒着热气的包子，还有两根吸管。

“赶紧吃。”他把管子插进其中一杯稀饭里，递给我，自己也拿了一个包子吃起来。

稀饭一进胃，感觉便安全了起来，我又一口气吃了三个包子，感觉有吃万事足。

“以后不要随便和人喝酒了。”他说，“你……慢慢都会好起来，人都有自己的不如意，努力就有未来。”

“哦。”我昨晚都同他说什么了？

我和陈家晟的关系更近了，不是那种恋人的感觉，而是很像亲人之间不用担心讲错话的那种朋友。

每次到他那里，我就像个强盗，拿走他新买的印着地图的大大的鼠标垫，抢过他正看的书要他陪我说话，或者像个疯子跟他拼酒，逼他吃不爱吃的东西。在他最忙的时候，缠着他听我读的英语录音，帮我听发音是否标准，他都一一顺从。而且，他不再像以前那样随便批评我了。

“英语要认真学，总有用处的，最起码我这里进了新机器，你可以帮着翻译说明书。”

“好啊。”我一口答应，而心里很忐忑，“我能到那水平吗？”

“只要努力，上天不会亏待努力的人。”他给我树立信心，“你给那家西餐厅做杂志，感觉他们前景怎么样？”他问。

“啊？你怎么知道？”

“你喝醉了说的，还说，你喜欢做编辑，但你做这份杂志心里不舒服，因为是别人介绍的；又不能不做，因为不能跟钱过不去。”他停顿了一下，又道，“既然接了就要做好，别让别人失望，也别让别人小瞧。”

我已经把第一期交给了陆总，他还没通知我去终审。

是什么原因？想到这里，我立刻拨通陆总的电话问进度，他那边闹哄哄的：“陈老师，我还没来得及看，这几天出差。”

“那就等您回来吧，好，您忙。”

“哦，好，回来说啊。”他匆匆挂了电话。

大家都很忙，我所做的这件事对别人来讲不过是一件很小很小的都不算事的事，所以，千万别拿自己当根葱。

我还是很习惯立刻自我反省的。这么多年的江湖经验，就留给我这么一个优点，碰到事儿先检查自己哪里做错了。

“咱们是自小失散的兄妹吧？不仅谈得来，而且，你看，咱俩都姓陈。”我感觉我们之间的氛围总是那么妥帖自然，其乐融融的。

“是啊，不但自小失散，而且，都被姓陈的收养，真巧啊。”他一本正经地揶揄道。

“你阴阳怪气的，看得我很想打人。”我无语道。

“我给你开个花店吧，再把电脑搬进去，网线一拉，有客人时你接待，没客人时你写小说。”他忽然道。

“真的？”听着很不错，正是我想要的生活，“时间呢？辞职吗？辞了后，花店不盈利怎么办？”这个建议，我放弃。

“辞了吧，你那点儿工资，不够饭钱的。”他看着电脑，很不经意地说。

辞？他老人家有自己的事业，虽然小，但是起码是他自己的事。对我来讲很重要的事情，到他这里就像是给蚂蚁施舍了一颗饭粒儿。

要不要这么随意？

“我可以养你一段时间，直到你成名。”他又一次不经意地说，还顺便给网上的客户发了信息询问那台机器的价格。

“开玩笑，不要这么让人陶醉好不好？我能成名？”我知道他是戏言。

但是，太顺耳了，这是我最喜欢听的。

然而，现实呢？我以后连买菜钱都要向他开口要，水电物业，买衣服坐车，生病住院，都要开口向他要。

不说了不说了，我不辞，我不能辞，我得有自己的工作，得由自己赚钱，必须自己能养活自己。

“我每月给你一万，应该足够了。”他若有所思，好像真的在脑子里拨算盘似的。

他是我脑子里的黑客？要不就是给我脑袋里植了木马程序，我在脑子里担心的问题他全解答了。

他前女友傻啊？这么一大好青年怎么说分就分了？也不算穷嘛，一个月一万，就这么给一个朋友开出价码。

我当然没有答应。我凭什么啊？我有什么价值值得他投入啊？

人贵有自知之明，不可吃嗟来之食。

“好了，不开玩笑了，我要干活了。”我来到其中一台电脑前，插上我的U盘，准备那家公司的期刊。

在他这里干活我不孤单，俩人随时能聊得来。

宿舍也有电脑，但是，我一个人待着总是心慌慌，半天打不出一个字，不出活儿。

四十一、一直都是钱的问题

钱不是万能的，没钱却是万万不能的。

能用钱办到的事都不是难事，可没有钱，就都是难事。

时间就在种种慌乱和担心中，很快过去了。这期间，白天上班，晚上整理期刊稿件，准备杂志素材，很快，我们迎来期末考了。

这时候，办公室的任务就是打印各种排班表，写各类总结上报，同时，统计考勤、论文数量、优秀课题数量等，为大家做好各类文字和后勤保障工作。

我经常迟到，因为，总加夜班。再加之回来前那次昏倒，医生已经告诉我有轻度心肌损害，不要劳累，要注意休息，而我没做到。所以，我经常感觉很累，总是睡过点。

事实上，我的这个病后来又进一步地衍生和发展，引起了其他部位受损，给我的人生带来很大的一个转折。不过，那是后话。

领导看了看出勤汇总，一脸爱莫能助：“一一，你迟到次数真多啊。”

“我也不想这样，没办法啊。”我哀叹。我总不能说，我几乎天天加夜班，睡不够。

不加夜班怎么存够钱？万一真的此生就是一个人过，总得有钱养老，对吧？

钱不够，到养老院可是要受欺负的。看了太多的护工欺负老人的案例了。

想象一下晚年的凄凉，我毛骨悚然。

赚钱，赚钱！可怎么做才能赚够一栋房子钱？

回想我和方浩文的交往，他忽冷忽热不也是钱的问题吗？我没有他前妻会赚钱，而且人家是总经理，我不过是个乡村女教师。

换作我是他，再找的话肯定要找一个胜过前任的，这是面子工程，更是舆论形象，尤其对这个时代的男人来讲，不做凤凰男已经算很有志气了。

而且，只有胜过前任，才能给后半辈子的人生树立信心，并且可以赤裸裸地向前任显摆：瞧，你离开我，不是我的问题，这不有比你更优秀的人在我身边吗？

人都很现实。现实不是缺点，也不是功利，而是生存的必要基础。

我之所以活得这么悲哀，不就是前半生的不现实造成的？

一切都是钱的问题，包括这孤单寂寞，都是没钱造成的结果。

所以，钱才是治愈一切的良药。

怎样才能赚到更多的钱，对我来说，是个问题，是个决定生死的大问题。

我还是想开一家小店。晚上和方浩文一起吃晚饭，我满脑子转的都是这个念头，根本不在状态，几乎走火入魔。

“想什么呢？”我压满心事的眉头，转来转去的眼珠，可能引起了他的注意。

“我想开家小店。”不假思索，话已出口，我想掩饰已经来不及。

“时间上不允许。”他立刻指出问题，“而且，你的性格不适合做生意。”末了，又提醒道：“不能辞职。”

“我就随便说说。”我才不会跟他在这个问题上讨论呢，好像我很需要他保证养我似的。

话说回来，被人养的感觉应该很好，但是，必须是相爱的两个人，彼此贴心贴肺，不藏着掖着，是铁定一起过日子的那种关系。

我和他算什么？现在，不得不承认，我是拿他当恩人的。

看着面前这位恩人，一面哀叹他的不透明，一面不得不接受他的帮助，内心的感觉百味杂陈。

他的手机有来信息的声音，他拿过手机，点开看了看，微微地叹气。

“怎么了？”不是我八卦，看着他叹气，我视而不见是不是太没人性了？

沉默了一小会儿，他道：“儿子班主任发的，那孩子——不说这个了。”他一转话题问：“你是不是最近手头紧张？需要多少？我给你。”

我大惊失色：“不，不紧张，只是感觉人无远虑，必有近忧。”

天，要是被他认为我很缺钱，形象也太惨了！

“没事，这不还有我嘛。”说完这句话，他又低头吃饭。

还有他？我还有他？这只是客气，我告诫自己，千万别当真！

“那你说我能干什么？就我这性格。”我想知道他眼中的我活着究竟有什么价值。

“看看书，弹弹琴，守在家里。”他一副了然于胸的样子。

他说得对，我从小就是这样被父母养大的，所以我现在四体不勤，五谷不分，到个新地方都能迷失方向。

小时候可以这样子生活，看着还很诗情画意，现在再这样过，我愿意，世界不愿意。

“我就是个废柴。”我颓废至极。

“你也有很多优点，诸如善良、大方、有文采、率真。”他认真地一一道来，“这些在现在这个经济社会里，很难得。你适合做老婆。”

完了完了，几句话我就要被收进雷锋塔了。这不行，话说得好听，还没经过现实考验呢。

说句真话，他今天的话很对我口味，才讲过如果我经济不行还有他，现在又说我适合做老婆。

他一定是心情不好，所以才话不由心，今天哪怕是猫猫狗狗，他都会假以援手。

对，一定是这样。

我不能当真。我必须理智、冷静。

他的孩子怎么了？我该不该继续问？算了，他想说自然会告诉我。

他的手机接连响起收到信息的声音，他点开看，脸上有一丝掩饰不住的笑，很暧昧。

回到宿舍，我打开电脑，搜索创业的信息。

“在家网上创业，不限地点时间，无须面试，不收任何费用！”

有这么好的事？我又搜索了关于这种招聘的各种文章，原来是信誉刷单。

参与者要先拍下产品，收货后确认付款，再由商家返还货款，拍一次二十三十不等，一天拍十来件产品，可以得到二百元左右酬劳。

这种工作确实轻闲，但人得守在电脑前，并且极有可能付出的钱款有去无回，因为它没有任何保证。

另一条是招聘网店代刷员，刷销售业绩和各大平台商家信用指数。我立刻查了相关概念，原来是让想参与的人下载灰色软件，这种下作招数也敢打广告？真是太没品了！

既想保证正常工作又能随时赚钱，这样的工作几乎没有。

也许，就像梅毓所言，千千万万劳苦大众都和我有同样的想法，这些年，在大规模同业竞争和跨行业竞争下，很多人都感觉不踏实，很慌乱。

那两类招聘形式的出现，说明了一件事情：大家都很忙，但忙得没成绩，都希望能同时做很多事情，以便为家人实现幸福生活。

那些比平常人精明的家伙，便是在此基础上琢磨出了这种钓鱼的法子。

不能被打垮，我可能太急于求成。我在八小时之外究竟能干些什么呢？

我一边不甘心，一边来回踱步。这种找不到方向的感觉真是很煎熬。

陈家晟打来电话：“一一，周末一起跑步吧。”

好事情，但我不知道方浩文周末有没有安排见我。不知不觉养成了习惯，似乎一切都以他为主。

“还不能确定，不知道会不会有别的事。”我老老实实地回答。

“——是有男朋友约？”他迟疑了几秒后问我。

算是男朋友吗？我不能肯定。忽然发现，身边不能肯定的事那么多，还都是人生大事，比如后半生和谁一起过，比如怎么为生存而赚钱。

“算是吧。”我又老老实实地回答。

“哦——那就把这个计划搁浅吧，到时再说。”他有些言不由衷，在我听来是这样的。

“那只能这样了，回头聊吧。”我很无奈。

“好，再见。”他挂了电话。

我继续想着赚钱的事，有了钱，我才能有信心自由选择啊。

我在心里默默地喊：“老天，帮帮我，让我趁着还未完全老去，把自己投入一处可以使大力气的地方，做些于民于己都有利的事吧！”

在没找到可以发挥自己能力的事情之前，只能过一日算一日，先把当下过好，第二天再说第二天的事。

谁知道明天和意外，哪一个先到。

四十二、面对年轻只有输

留下的就是该留的，走了的都是该走的？

又是傍晚，陈家晟继续坐在那几台电脑前，一个人设计版面。

我坐在沙发上，戴着耳机听英语课，一不留神跑神了，开始瞎想。

时间一天天过去，我已经过了人生的三分之一多了。

二十几岁时，总以为有大把大把的时间等我们挥霍，做什么事都会让拖延症一犯再犯；一旦年过三十，都会感觉时间消失得那么快，谁都来不及拽住青春的尾巴。

我们一路走来，为这个为那个，其实，最后都是为了实现自己的自由。

但是，又难免孤单，我们总是不能只跟一个人就完成从开始恋爱到谈婚论嫁的全部过程。

我们总是要谈好几次，最后发现，真正的恋爱是，只要能够彼此成长，就够了。

我们最终确定把自己交付的那个人，是怎样来到我们身边的？彼此基于怎样的标准然后才选择了彼此？是彼此身上的味道，还是彼此在社会上的地位和价值？

我比较偏向于味道。喜欢某个人，可能只是喜欢相处，而爱上某个人，却是喜欢他身上的味道。

我很羡慕女强人，但我天赋不够。也许，我生来就只适合做个普通妇女。

读过很多鸡汤文，似乎都在告诉我一件事：感情不像我们想得那么重要，有能力才是一生幸福的基础。

但是，有几个女人有很强的能力？像我们这些软弱的做不了女强人的女人，一生不就图个感情圆满？

那些鸡汤文，别的女人读了信心倍增，我却越读越软弱，越读越弱不禁风。

我强不了，我只能妥协着过生活。除了原则，我对一切都持退让态度。

只要不是三妻四妾，只要是一生一世一双人，我愿意回到封建社会，在家做饭看孩子，让夫君在外为家奔波。

我真庸俗，这不就是米虫吗？

谁愿意养只米虫？如果不是富二代或其他二代，在这个薄情的世界里，就别想深情地活着，生存能力才是唯一的战斗力。

谁有多余的闲情养只米虫？如果是我，我自己都不愿意。

己所不欲，怎可施于人？但是，我累了，还是好想做只米虫啊！啊！！啊！！！

“啊，我想做米虫！”我不禁喊出声。

“好，你就做米虫，我养你。”陈家晟一边作图，一边回答。

“啊，我真无耻。”我尽力向沙发后背靠过去，伸直两条长腿。

“我很习惯。”他道。

“习惯什么？”我打量他，两只眼睛写着大大的问号。

“你的无耻。”他一脸从容。

“啪。”我又把他的手机从老板桌上拿走，狠狠扔在沙发上。

“你还不如扔我算了。”他微微一笑，很期待的样子。

“美死你。”我白了他一眼，又开始听英语。

晚上和几名女同学聚会。这个我喜欢，都是熟悉的人，氛围就很自在很亲切。

回来之后，我同很多老同学又建立了联系。她们都结婚了，孩子多已上小学，每次听到她们叽叽喳喳聊小孩，我的第一感觉就是，我究竟耽误了多少？然后，一种叫作母爱的东东开始泛滥在我的情绪里，至此，我不仅急着恋爱，还急着当妈。

我变了，从以前的喜欢独处，变成现在的喜欢参加聚会，因为，一个人实在是太寂寞了，只有热闹的场合才会暂时驱走孤单。

老同学她们却不同，因为要操心家里的水电暖和酱醋茶。

张予璇刚和冯锦玉谈完孩子选哪个中学的事，转回头又悄声和我谈起我的人生大事，显得她好忙：“一一，找个好人就嫁了吧，人生很短，别耽搁，很多事耽搁不起。”

我小声咕哝：“这位老同学真不会聊天，哪壶不开提哪壶。”

“反正最后都是一个人，我得习惯一个人的日子。”我言不由衷悄声道，我也想赶快嫁掉，问题是嫁给谁？现在的我已不年轻。

我们再不服老，面对那些二十岁出头的女孩子，我们就只有一个字——输。不要说什么经历涵养学识，只要不年轻，能做的事就越来越少，能说的话也越来越受限制。

一旦不年轻，几乎什么都不可以。

上次聚会时，张予璇给我们讲了她的小心事。

她老公新聘了位助理，不漂亮，就是个年轻。

有一次，她真话假说同老公开玩笑：“如果让你在我和你助理中间挑一个做老婆，你会选谁？”

她以为，即使是为了面子，老公也会说挑她吧。

然而，她老公回答：“两个都挑。”

她说，她本来还认为是自己多疑，但听到老公这么回答，她的心当时就碎了一地，她忽然觉得她担心的事可能真的发生了，老公连撒谎哄她都觉得多余。

这又是一个梅毓讲过的“执子之手”的故事。

“你们说，他讲得这么直接，丝毫不担心伤到我。我是真老了，人家已经不在乎伤不伤我心了。”张予璇神情落寞，语气格外伤感。

冯锦玉挽上她的胳膊道：“怕什么！如果他真是外面有人了，你就给他一句话。”

“什么话？”张予璇看着她问，我们几个也都看着她，竖起耳朵准备认真听。

冯锦玉松开张予璇的胳膊，两只胳膊抱在胸前，想了想，又用左手背撑住右肘，右手以兰花指摸摸右脸又摸摸左脸，装出照镜子的样子，特意用酷酷的声音缓缓懒懒地道：“没关系，那你滚蛋啊，我好去约——下一个。”

我们不禁大笑起来。

张予璇叹了一口气，道：“都有孩子了，怎么可能说找就找下一个呢？”

我们都沉默下来。

她笑了笑，貌似浑不在意：“别安慰我，这对男人来说是自然规律，我心里不舒服也就是这一阵儿。”

她会一直让心不舒服下去的，我们都知道。

聚会到一半，张予璇的老公来了。高而挺拔，斯文又懂礼貌，标准的暖男。这款男人最是得小萝莉们欢心。

看着他笔挺的深灰色羊绒外套和脱下外套后内搭T恤左胸上的三只狮子标志，很显然，这男子是个品牌控。越是这样的男子，越是容易留给自己更多艳遇的机会，并且认为出墙之事仿佛呼吸一般自然。

唉，张予璇可能猜对了。而我们这些旁观者，一个个都很聪明，谁都不会多事。

他征求了张予璇的意见后，给了我一张名片，要了我电话，说是有文字工作就找我。

我不禁转头去看张予璇，她笑得很不自然，不在意得很不自然。

我突然很心疼她。我对她老公道：“我洗手不干了，谢谢，我现在什么也写不了，您还是找专业人才吧，别误您事。”

那男子微笑着说：“你真谦虚。”然后就同其他同学聊了起来，风趣幽默，率真自然。

一个中年男人，竟然那么率真自然，本身就是一种颇让人费解的状况。

我再看看张予璇，她很轻松，看向我的目光越发友好。

她们中有谁又提起我的终身大事："一一，你再不结婚，过几年就嫁不出去了。"

张予璇一定是把我给她说的目前我还是单身这件事给大家讲出去了，唉，我就不该给她说实话。

张予璇的老公在听到这句话后看了我一眼，我将眼光故作无意地移向别的人。

"不结婚也有不结婚的好处，不受闲气。"我说。

"你是挑来挑去，挑花眼了吧？"她们不置可否。

"其实我是最不挑的，所以才被自己的不挑剔耽搁了。"我唉声叹气。

她们大都耸耸肩，呵呵一笑，不以为然。她们对我的话不求甚解，但她们过得快乐。

我貌似懂很多事，但我过得并不快乐。这是我同她们的差别。

但是，她们代表世界，我只代表自己，所以，我同世界有差别，我融不进这个世界。

既然不肯接受这个世界，世界怎么可能让我快乐？毕竟再优秀再有才华，没有环境的支持，甚至因为自己的原因让环境成为自己的制约，我怎么可能成长和成熟？

如果一个三十六岁的女人，还拥有一颗粉红少女心，不肯接受现实的柴米油盐的洗礼，而沉醉于浪漫文艺，其实就是个疯子。

只有疯子，才一直沉醉于自己的想象世界，而看不到现实中满眼的破壁残垣需要修补。

生活不是诗与远方，而是眼前的土地和抵挡风雨的墙。谁会为我抵挡风雨，我又会为谁舍生忘死？究其实，一切只为有个伴儿。

虽然最后都是一个人，但没到最后，就不能是一个人，所以，我一定要找一个同我贴心贴肺的男人。

我不难看，我很显年轻，我要找到那个贴心贴肺陪我的男人，我们还要生三个以上同我们脸贴脸、要我们抱的孩子，然后，我每天命令他们"排排坐，吃果果"。

没到最后，所有陪着我的都是我这一生赚到的。这样，一生才算够。

但是，一旦误了红尘的赠予，怎么办？

其实，我偶尔还是会想起文治哥，因为他就是被我误了的红尘赠予。

有时候，假设一下如果当初知道他爱的是我，我们在一起会怎么样？

据说，发生的都是该发生的，误了的都是该误的。真的吗？

四十三、拿什么报答

事情只要需要权衡，无非是在两个成语之间做出选择，是投鼠忌器，还是因噎废食？

开过表彰会和家长会，学校正式宣布：放假了。

照例是中层以上领导假期轮流值班，而我们这些普通教职工就可以开心地过自己的小康日子了。

我不喜欢放假，没处来没处去的，而且，在假期里是没有几个人还住在宿舍里的。

漫长的假期是否可以打打工？不行，除非是清洁工和刷碗，我这个年龄段，要在比较洋气的岗位上同那些假期勤工俭学的大学生们竞争，是没有优势的，如果我是老板，也会选后者。

天，我是有多废柴？我将在这个寒假里自由并空虚着，这种不工作到处玩还有工资赚的生活简直堕落到让人内疚。

方浩文假期要陪儿子回老家，即使他没有此行，也未必有更多时间陪我虚度光阴。

我像只孤魂野鬼，没有地方可供我无忧而幸福地栖息。

如果有另一半就好了，我可以搀着他的胳膊，撒娇卖痴地游山玩水。我要找到另一半啊！啊！！啊！！！

方浩文很明显不算是伴儿，他是施与者的存在，是我应该感激的存在。

如果他没孩子，没离过婚，也许我们会很快结婚，然而，并不是。他有太多的思考和谨慎，我也是。

最近，好像总是时不时想起他，我是爱上他了？还是因为欠他比较多？后者多些。

那我该拿什么报答他？

不想了不想了。

下雪了。我拉开窗帘，外面亮如白昼，不必凿壁偷光。

我不想上网，便一手支了腮呆呆看向白茫茫的窗外世界，另一只手把玩着手机。

房间很暖和，因为开了电暖气。

想起小时候，我总是在下雪的时候去踩雪，喜欢听那咯吱咯吱的响声，看哥哥姐姐们堆雪人，折掉从树上垂下的冰溜子，还有母亲给我围上厚厚的围巾。

一切的一切，都过得那么快，眨眼间，父母永远从这个世界消失了。

我打开手机上的音乐，听着《火柴天堂》慢慢响起：

每次点燃火柴微微光芒
看到希望看到梦想
看见天上的妈妈说话
她说你要勇敢你要坚强
不要害怕不要慌张
让你从此不必再流浪
妈妈牵着你的手回家
睡在温暖花开的天堂
……

我对着空气小声喊："爸，妈，爸，妈。"反反复复，心痛而绝望。

《剑舞红袖》的古筝曲响起来，是我这一段时间的手机铃声，它冲断了歌声。

谁会在这个时候想我？我拿到眼前看，竟然是方浩文，是我编的版出错了？

"下楼，带你出去看雪景。"他在手机的那边沉静地命令。

我忘乎所以："哎，马上。"穿上厚厚的棉服，我脚步轻快地下了楼。

他围着米色的羊绒围巾，是十月份他过生日时我买给他的，这次他没有坐在车里等，一反常态静静地站在大门外他的车旁边，像在等着接放学的学生家长。

我高兴地跑过去，情不自禁地搀上他胳膊，像一只被主人宠的小狗，就差冲他摇尾巴了："啊啊啊，你怎么知道我想看雪？"

"文艺女青年嘛。"他微笑道，看着我搀他的胳膊，貌似很享受。

"到哪儿去？"我摇着他胳膊问。

"先上车。"他拉开车门，让我坐进去。

车开得很慢，在这偏僻一隅，路上几乎没有行人。

我们又开到陆总的西餐厅。方浩文并没有带我进去，他把车停在属于西餐厅的泊车位上。

下车后，他把手插进衣兜里："城里雪景好看，我们就沿街走走，你觉得呢？"

"好啊。"我还是感觉到很快乐，不仅有雪景，而且有人陪。

我自然地挽上他的胳膊，感觉到他轻微停滞了一下。

这是在城里大街上，也许他的熟人多，忌讳公序良俗，怕被熟人看到？

我很伤自尊，准备抽回手，他的胳膊却夹紧了些。

我不禁悄然一笑，为这难得的温存。

忽然想，要是文治哥被我这样忽然挽着胳膊，他会出现怎样的反应？高兴还是紧张？

乱想什么，人家都有女朋友了，还是异域小美女，我算什么？老姑娘一枚！

乡下的雪，是白茫茫的一片，没有尽头，难得见到人，身在其中感觉小如微尘。

都市则完全不同，处处流光溢彩，年轻人穿着漂亮的明星款羽绒服，戴着棒球帽，脚下的白雪如毛茸茸的厚地毯，他们奔跑着、打闹着，或牵着手温暖地行走，充溢着遏制不住的喜气。

相比于他们，我和方浩文就像一对老人，内心顿时涌上一股“廉颇老矣”的苦涩。

流光容易把人抛，烂了樱桃，枯了芭蕉。

“真漂亮。”我望着漫天的雪花感叹。

不知不觉，我们走进了公园，这么晚，竟然有这么多的人到公园来，想来都是冲着这雪景来的。

“等到雪化了就不漂亮了，满地污渍。”方浩文特煞风景，“瞧，总统夫人的宝座。”他指着树下一张椅子道。

“什么意思？”我诧异地看着他。

“你姐说，你小时候算命，说你是总统夫人的命。”他揶揄道，“瞧，这就是总统夫人的宝座。”

我举拳捶了几下他的胳膊：“宝座可以放在雪地里吗？”

小时候听母亲讲过，说在我三岁时，有位懂易经的老先生算我的八字，说我的将来贵不可言，是给总统做夫人的。

看看我现在这漂泊样儿，哪一点儿能跟总统夫人沾上边儿，还贵不可言？许是那老先生在推演中排错了卦，才得到这个假卦象。

“儿子呢？”我转话题，不要拿这个总统夫人的话题再来让我尴尬啦。

“——他在家等我。”方浩文沉吟了一会儿道。

“对不起，是我占用他时间了。”我一边为自己哀叹，一边道歉。我是有多么多余？

“瞎说什么。”方浩文有点儿别扭。

他的手机不断传来短信声音，他时不时看一下，有的立刻回复，还带着笑；有的就不管，看看就按灭屏幕。

我想变成女巫，用魔法知道短信里讲了什么，发短信的是谁。

直觉再次告诉我，他不断地看手机，定是还有其他女人。他的笑太暧昧，有着偷香窃玉的甜。

“你是打算带孩子回老家？”我问他。我不允许自己再胡思乱想，遂弯腰从椅子上抓起一把雪，在手里揉来揉去，手心里的凉却敌不过内心忽然的冰凉。

“是，每年都要带他回去，直到过完年。”他伸手去接雪花，在亮亮的路灯下可以看见雪花落在他手上，很快消失不见。“你怎么过？”他问。

我能怎么过？我很想反问他，这个问题不是要拿来问他吗？

“不知道，也许会联络人出去玩，也许自己待着写点儿东西。”

“还是出去玩吧。”他劝我，“至少不寂寞。”

“好。”我答应。

我又有什么不能答应的呢？

他给我介绍活儿，教给我排遣寂寞的方法，我还能要求他做什么？

即使真成为一家人，如果他的儿子不接受我，我又能做些什么？倒不如现在这状况，两人相处都不至于太尴尬。

“下雪天和吃火锅是最佳搭配。”我忽然想吃火锅，想念那种热气腾腾，想念香麻辣之后的爽口啤酒，想念酒酣耳热时的酣畅淋漓。

“走，带你吃。”他抓起我的手，就向公园外走。

“哇哦，你怎么这么好呢？”按捺不住喜悦心情，我一边小心自己被滑倒，一边追着他的脚步。

今晚他已经带给我两次惊喜了。

“你不是不爱吃火锅吗？”我一边走着小碎步怕滑倒，一边又要跟上他的脚步，走得甚是狼狈。

“今晚你最大。”他立刻回答。

许是我的寂寞让他有些觉得对不住我吧？管他呢，至少现在有人陪，还是个帮我的人。

到了市里最大的那家火锅店，他给陆总和几个同学打了电话，约他们和家人一起过来。

陆总一个人先赶了过来，他的夫人已经跟孩子出国旅游了。其他几位还没到，有的是正交代手头的活儿，有的是正参加别的聚会，也有几个正在赶来的路上。

桌上的铜锅里滚着红油高汤，旁边放着各种荤菜和素菜，窗外还飘着大雪，更是衬托出室内的红火。

他俩和我玩老虎杠子，结果我输得一塌糊涂。

很快就头重脚轻，其间陆总看到我有些飘，便向方浩文道：“陈老师酒量好像不行哦。”

方浩文看了我一眼道：“没事，有我。”

“这是真的要当护花使者了，难得啊！”陆总感叹。

我听到了，听到他说“有我”。

刹那间，我双眼发热，便用筷子夹起一片蘑菇吃，来掩饰酸酸甜甜的慌乱神情，却被方浩文挡住：“你不是吃蘑菇过敏吗？”他从锅里捞出碧绿的菠菜，小心地放在我盘子里，又温柔道：“吃这个。”

陆总又是啧啧称奇。

我嚼着菠菜低着头，三分感动七分彷徨。一直这样下去该多好，可惜，直觉告诉我这只是方浩文暂时的柔情。

又有几个人赶到了，都是他俩的同学。不是他们没吃饭，而是年前都想聚一下。不得不感叹，方浩文的人缘真好。

又来了几位女同学，都是在政府里工作的公职人员。她们很友好地同我碰杯，也有几个和我一起玩老虎杠子，一来二去，我醉意更浓。

什么时候散的我记不清了，只记得方浩文紧搂着我的肩膀，我们进了一家酒店。

他抽出磁卡打开房门，半搂半抱着我进去。

他反手关上门，锁上链子，回身便抵上来，一手圈住我的肩，一手撑着我的后脑，开始掠夺我的双唇。

这时他的手机响了，醉醺醺的我心里却很清楚，听到他接电话时电话那头是一个女人细声细气的声音：“你在哪儿？”

他急匆匆地对对方道：“我这会儿有事，明天给你电话。”便关了手机拥紧我，嘴唇又覆了过来。

我被他紧拥进怀里，喝酒后的身体有些冷，不禁将双手从他毛衣下摆探进去，摸索他的后腰，一边吸取他身上的温暖，一边与他耳鬓厮磨……

等我醒过来，已经是清晨五点多了，感觉自己被困在一个人的怀抱里，那人的手还紧紧扣着我的手。

我知道，是方浩文。我一转身，钻进他怀里，摸摸他的腰，他的腰很柔韧。

听到他呢喃的声音：“一一，你的皮肤真好。”

他身上的味道很好闻，以至于我沉浸在那种味道里又沉沉地睡了过去。

这一睡就到了上午九点。

我先起了床，洗漱完毕，动作很轻地穿上衣服。该发生的都发生了，我现在要做的事就是，去买紧急避孕药。

我是那么想当妈妈，但这样的结果却不能要。我很难过。

“不再睡会儿？”他醒了，问我。

“你再睡会儿吧，我得去买药。”我实话实说。

“哦。”他懂了，没再说什么。事实上，如果他说，不要买了，留着，我也未必肯留。喝醉酒后发生的一切，都不能当真。

回到宿舍后，收到他的信息：“我们出发了。”

我知道，他是和儿子一起回老家了。

我倒了半杯水，待到稍凉时，便将药扔进嘴里，一仰脖喝了进去，同我的泪一起。

我是该跟他分手的，但他帮助了我这么多，一直在为我着想；可是如果不分手，这样不咸不淡的状况要延续多久？是投鼠忌器，还是因噎废食？

偏偏这时候，发生了昨晚那样的事，我一时一个头几个大，自己都不知道把自己放在什么位置才合适，并且很后悔，很后悔。阿南说过，不要把自己早早交出去，我犯了忌讳。

都是酒惹的祸，我这是何苦？

四十四、临时搭档

谁在意我寂寞的眼睛后，那深藏而喧嚣的呼喊。

一直到最后，连我自己也忘了要喊的是什么。

那晚发生的一切，让我几天都失了魂。

还没从失魂落魄中清醒过来，一个寒假怎么过的问题，又让我云里雾里好久找不到方向。

就这样，从每天清晨睁开眼就开始想：假期怎么过才充实？直到当天夜晚来临，我上床合上眼之前再想：怎么能赚到实现财务自由的钱？

一天又一天，很快一周就过去了。我没有喝酒却醉生梦死，没有干活却身心俱疲。

我常隔着窗看附近孩子或留校老师在操场踢球，看着他们生龙活虎的样子，便更加衬托出我的无所事事。

像个蛆虫一样混日子，非我所愿，却不能改。

急！

我在柜子里挑选衣服，一件一件地搭配起来。

挣钱没多少，衣服却是不少。我前面说过，女人家，尤其是我这种自恃有几分姿色的，就越爱捯饬自己。

衣服搭配好了，出去也有信心不是？

也许，我的钱都浪费在衣服上了，以后要少买衣服，之前衣服穿得那么好，也没见吸引来什么好运气。

今天，我先选了白色的空军范儿棉夹克，里面搭了藏蓝色的高领套头长羊绒毛衣，又配了一条黑色加绒的紧身皮裤，蹬上那双高鞠驼色麂皮靴。这么搭配着觉得也不过分突出，便背起米白色大帆布包出了门。

很想买一只LV或GUCCI的包，想想咱这工资水平，算了吧，平凡人家半年的伙食费啊！更不要说HERMES，简直是一套房子的首付有没有？！

但就是有人用得起，而且用得起的人多的是。不知道她们的DNA螺旋链究竟比我们多几个环，才买得起那些我等灰姑娘一听价格就眼前金星乱溅的牌子。

怎么办，还得活不是？不能因为买不起名牌就不活了，更不能因为买不起名牌就垂头丧气，而是更要活得神采奕奕，输人不输阵。

我又坐着公交车杀到市区，我来到陈家晟的小公司，跟他讨讨法子，讨讨赚钱的法子。

陈家晟在电脑上看电视剧，依然是前年网络上反响很好的《生死线》，编剧是兰晓龙。他看这部电视剧已经许多遍了。

我到的时候，正是欧阳山川受刑那一段。每次看到这里，我就忍不住想起日本侵华的曾经种种，不免内心充满了愤恨。

陈家晟在问我什么，一连问了我好几遍，我都没有听见，因为我在跑神儿。

他最后拿起一本杂志，在我面前连扇了几下，我回过神来，忙问他："怎么啦？"

"你怎么动不动就魂游天外啊？"他放下杂志，一脸不理解地问我。

"在想怎么赚更多的钱。"我若无其事，实话实说。

"不是你一个急，急的人多着呢。"他叹口气，又道，"这年头，都为这个字急。"

我不同意："急的人怎么多了？那么多人想买车就买车，买得不对口了，立马换一辆；十几万买的名牌包包，眨眼间不喜欢，又换一更好的牌子。他们的钱从哪儿来的？"

"这个不好说，但总归有办法的，既然我们没有老祖宗庇佑，就只能靠自己了。"他看似很有底气。

"也不都是老祖宗庇佑吧，我看大多是靠自己的智商赚来的。"我不同意他的见解。

"难道我们智商不够？你说得不对！"他很炸毛。

看着他一副刺猬样儿，我深感触碰到了他的雷区，忙岔开话题："哎，你那么见多识广，指导下我，看我能干什么？"

他严肃道："先说说这个智商问题。"

完了，这家伙平时说话很随意，但一认真起来就上至火星下到地心，引经据典没完没了，有时连参议院众议院都能扯进来。

我此刻能做的只有认真倾听，还不能让思想抛锚，否则他一个问题问过来，我要是没答上，他又会从头讲一遍。他在我手机通信录里的名字就是"陈唐僧"。

我是何苦，跑这里来找罪受，活该！听着吧。好在他还是有一些认识能让我醍醐灌顶的。

他道："我的父亲是军转干，母亲是工人，他们没有更多的存款给我。我走到这一步，每一步都扎扎实实。"

他又道："大学刚毕业，别人都有父母给跑门路，到轻松又赚钱多的单位去上班。可是，我父亲说我只能靠自己。"

他从大学毕业一直说到他打工的第一次经历，又说到他人生做广告设计赚到的第一桶金，再说到谈的第一个女友。

最后他说：“如果把那些你所认为智商高赚钱多的人，和我一起扔进一处偏僻没有人烟没有通信的地方，你再看谁活得好！”

我总不能顶他：“那没有人把你和他们安排在一个没有人烟的地方啊！好好的谁吃撑了把你们扔进那里做什么？”

我过来找他，是为了得到一个方法，不是来和他抬杠的。我这人论起吵架抬杠是最没有战斗力的，所以，在陈家晟愤怒地发表自己的观点时，我一直沉默。

方浩文就说我：“你要是能学得很八卦，或者学会和市井人群吵架，基本上你就可以成功了。”

我很是不明觉厉，虽然不明白其中的逻辑，但就是觉得方浩文说得对。

我对方浩文的看法正好和对陈家晟的看法不同。对于陈家晟的言论，往往感觉他说得很有逻辑，但就是结论不对，又说不出哪里不对。

“现在，来说说你该干什么。”看来我认真倾听的态度颇得他欢心，他开始解答我的问题了，这次我倾听得更认真了。

“和我做搭档。”他又说道。

“什么？”我以为我听错了。

“和我做临时搭档。”他重申一遍。

“怎么个临时搭档？”我不禁好奇。

“你可以先从我这里分一些设计活和文字活，另外，我准备拍电影，有一些剧本你也可以试着写一下，就是不知道这种工作你能不能拿得起。”

“没有写过剧本，只写过解说词，可以试。你能指导吗？”我跃跃欲试。

“我没有时间啊，倒是有些看法和题材，我们可以交流下。”他叹息道。

没时间？看电视剧倒有的是时间。我心里咕哝道，但不敢说出来，否则又是一大堆引经据典的演讲，听得我脑仁疼。

“现在都流行女强人剧，多以女主为中心展开剧情，无非铁血红尘，像打游戏一样一路升级，从玛丽苏战斗到腹黑女王，但我不希望你写这种。”他一个大转折，“你可以看看美国电影，比如《汉尼拔》，比如《电锯惊魂》，再比如《教父》。”

这几部片子要么惊悚要么暴力，我一听名字就魂飞天外。

“那个——陈，我是女生，好不好？你介绍的那些影片都是男生们喜爱的。”我的诉求苍白软弱，我怎么可能写出这一类剧本？不是残忍就是变态，最后还整个黑手党，这是我完全不熟悉的领域。

“这没有男女之分，关键在于敢想，敢写出常人所想不到的黑暗和血腥。你可以从很多案例中去挖素材。”

等写完了我估计自己也就疯了，我暗暗捶胸，为什么要我写那些！我连恐怖片都不敢看。

“设计和文字可以给你帮忙做，剧本以后再说。”我退而求其次。

“我准备拍微电影，你要不先写个剧本吧。”他抓住剧本不放。

“什么题材？”我问他。

“这个——我考虑好会告诉你。”他现在也没有考虑成熟。

“好吧。”他会让我写什么呢？不如，我先找出自己可以写的那一类，也许可以成功。比如，女人在社会岗位上的艰难，在社会生存中的挣扎。

只能先写自己熟悉的领域，不熟悉的领域等对剧本操作熟练了再去领悟。

对，就这么办。

一天过去了，我就在陈家晟的办公室和他一起做设计，顺带着修改一些文字板块。

陈家晟说，他这里给我的活按月结算，我答曰：“都行。”

有钱赚，又赚得心安理得，自然怎样都行。

晚上回到宿舍，还是一个人。

我强烈意识到自己不能再在宿舍里住了，尤其是放假，让同事看到很容易引起好奇心，由此生出诸多议论。

这样下去，舆论对我很不利，我得租房子。

前段时间，大姐和四姐都提出让我住在她们家，我认为不合适。那不仅是她们的家，更是姐夫和外甥们的家，一旦我过去，姐夫和外甥们换衣服洗澡都会很不方便。

相比之下，除却血缘亲情，我不过是个外人，何苦给别人添麻烦，即使是亲姐姐也不行。

原来，人生就是这么荒诞离奇，分明是一母同胞，却从亲密到陌生，最后咫尺天涯，悲乎！

四十五、无法拒绝的房子

失之东隅，收之桑榆；收之东隅，失之桑榆。

我们总会因在一处得了便宜而在另一处没了保障，总会因太在意楼层高低而忽略了天花板一直漏水。

方浩文走后，并不是每天都和我沟通交流，往往隔四五天才会发来一个信息，问的都是“亲爱的，吃饭了吗”或是“在忙吗？多出去走走”这样的话。

且慢，我刚才讲的是“才会”发来一个信息？也就是说，在我潜意识里，我是埋怨他发得太少了，我是从什么时候开始希望他多跟我联系的？

打住打住，到现在都没有把结婚提上议事日程，我为什么在他身上寄托后半生的希望？

收回那些希望跟他在一起的想法，多些清醒，少些伤害。

不就是给我介绍活儿了，不就是有几瓶墨水嘛，不就是比一般人稳妥嘛，不就是……这么多的不就是，我是拿他当作恩人，还是拿他当个依靠的男人？我爱了吗？

好像——有点儿爱了，但是这是很不让人放心的爱，所以不该爱。

那就掐掉这株爱的小芽儿，走出去，找房子。

去城区找房屋中介，我穿得极为普通，怕被宰。

走进第一家中介店，店里就女老板一个人，看着很拽的样子，对我爱搭不理，问一句等半天才回答，幸亏我有超强的忍耐力，不想在她这里再找，但还是礼貌地说了再见。

第二家，看着规模挺大，但要月租金的一半作为中介费，而且职工都笑得很假很公式化，像在推销包月电话似的，感觉很不靠谱。

第三家是俩小伙子开的店。感觉他们很阳光，还有些修养，这才是我等老百姓可以询问的人。于是在他们的电脑前，我一页页翻看房子的内部照片和外部环境。

最后确定了几家，就跟他们一起去约房东看房。

中途，我约了大姐，一个人干什么都不放心。我感觉自己年纪越大胆子越小，再不复当年的冲天豪情和无所畏惧。

大姐一边陪我，一边埋怨道：“住在姐家多好，非要在外面住。你是有多少秘密见不得人？”

我赶紧好言劝慰：“姐，我知道住你那里好，可还有姐夫、外甥，我们彼此都不方便，你说是不？”

“有啥不方便的，就你心眼多。”她打了我胳膊一下。

我只管赔笑脸，她总算少了埋怨。

有大姐在真好，她替我问房东好多问题，都是我根本想不到的问题。比如，楼上漏水吗？保险丝是什么牌子的？水暖还是地暖？治安怎样？周围有菜市场吗？公交方便吗？等等。

如果我一个人来看，肯定只要房间装修好就行了，哪里能想到那么多。

看了五套房子，三套太偏僻，一套楼层太高，一套租价太贵。

“如果不行，干脆买一套吧，按揭还是可以的。”大姐忽然说。

俩小伙子一听，很高兴，立刻介绍：“我们手里有几十套要卖的房子，五证齐全，要不你们现在跟我们回店里看？”

“改天吧，今天累了。”我们相互留了电话，约好有新的房源再通知我看。

回来的路上大姐道：“其实最后那套不错，可惜太贵。”

“是呀，月租金正好是我一月的工资。”我深深遗憾。

无论地段、楼层还是装修，都很符合我的要求，房东也是文化人，挺明理。但月租金是我一个月工资，真不如按揭买房。

但是，按揭的话，后期供不起怎么办？

按揭买房，现在真的还不是时候。

我还不知道家最终安在哪里，好像只有等另一半出现后，我才可以定下最终的落脚处。

那个最终的落脚处，是叫作家的一个地方。家，那是我夕阳西下安度晚年的家啊！

我忽然想冒冒险，把最贵的那套租下来。我不是还有接的活儿吗？每月工资付房费，接的活用来日常花销。

我跟大姐商量，她问了一个问题：“那每月的水电物业不要钱吗？”

我瞠目结舌，是啊，这么说租下来的话，工资还不够养活这房子的。

但是，这房子好啊，地段好，楼层好，装修好，房东好啊，家里来个人也倍儿有面儿啊。

关键是，居住环境决定人的气质！“居移气，养移体”啊！

目前这形势，我太需要底气了！至于其他费用，多接些活儿就好了。

我无法拒绝这套房子的诱惑，便拿定主意，对大姐撒了一个善意的谎言：“我们学校有女同事和我一起租，这样两人分担就比较轻松了。”

“那倒是可以。”大姐同意了。

我不敢说真话，怕大姐批评我拿钱不当钱。

有时候，人还是需要一些冒险精神的，能承担多大风险，就有资格收获多大收益。

这次下大决心租这么贵的房子，使我的赚钱愿望更加迫切，还是那句话，钱才是治愈一切的良药！

我立刻打电话定了房子，第二天去交了定金。

接下来的几天就一直收拾东西，别看小小一间宿舍，书和衣服就装了六只大收纳箱，眼看着箱子不够了，我给大姐打电话让姐夫给我送过来十只纸箱子。

半小时后，姐夫就把箱子送了过来。瞧瞧，怪不得他们家过得好，办事效率杠杠的。

送走姐夫，我把一些小家电、衣架、针头线脑和一些别人送的小物件整理好，装了三只箱子。大姐在我回来后，给我买了三床被褥和两条毛毯，等我把被子、毛毯装进去，又是两只箱子。

被褥还留一套，因为搬走前还是要住上几天的。

本来大姐说让姐夫和外甥过来帮我搬家，现在看这架势，实在是需要搬家公司来了。

我承袭了光荣的民间传统，从网上查了相关风水网站的搬家吉日，便联系搬家公司约了时间：本周日上午十点，正是吉星高照的时间。

拍拍手，看着这一屋子的箱子，有种马上就要重生的喜悦。

繁荣的社会让更多的人有闲钱，他们不仅在吃喝上讲究，而且在休闲旅游时还讲究到一般人不能去的地方。

我不过是想租个看起来舒服的房子，有什么不可以？

这么想着，本来因为房租高而产生的恐惧心理便立刻消失了，而且胆壮了许多。

车到山前必有路，船到桥头自然直。

管它呢，先搬。

晚上刚躺上床，阿南来电话了：“小妹，在干什么？”

我受宠若惊，她一般是直呼我“陈一一”的，今天的称呼这么甜，有什么陷阱？

“没，准备睡。”

“最近和老方怎么样啊？”她问。

“还是那样。”我能怎么回答，问她方浩文干吗不跟我提结婚？

“把自己看珍贵些，别再犯傻，不要再给谁都掏心掏肺。”她说。

这是几个意思？

“咋了，他说啥了？”我问她。

“他只会给你姐夫说，怎么会跟我说什么。”她语气平淡，“可以了就赶紧结婚，得有个家了。”

看来她什么都不知道，就是偶然想起我了，就当个阿猫阿狗顺便逗一逗。

“哦，知道了。晚安。”我挂了手机，拿被子蒙住头，又掀开被子坐起来，转身趴在窗沿上看窗外。

外面黑漆漆一片，只有高速路上偶尔驶过的车辆，不知最终要开向什么地方。

一夜无好眠，第二天两只眼睛眼皮都肿了，丑得自己都嫌弃，可想而知，别人看到会怎么想。

我想去看梅毓。

放假真好，天天都可以自由安排。

从南市到英市，用了不到两个小时。

梅毓在办公室等我。

做总助了，排场就是不一样。办公室好大，一张红木大板桌，配套两个红木沙发椅，中间放一张同质方几，沿墙又是一溜儿同质文件柜，左右各置一盆龙须兰。

“欢迎陈老师。”她笑着给我泡了一杯茶，放在茶几上，我很有眼色地坐在其中一个沙发椅上。

我看看上了釉彩的茶具，拿起来凑在鼻子前闻闻茶香：“明前莲心，不错哦。”

她走过来坐在我左邻的沙发上：“可惜不是季节。”

“富贵人家。”我冲她一竖大拇指。

“老板给的。”她冲我抛一媚眼。

“瞧你们这老板，我怎么就碰不上一好老板？”我艳羡着她的好福气。

“你们学校领导不错哦，别身在福中不知福。”她立刻接话。

“哦，对，领导也是老板。”我被她几句话平复了心情。我们领导确实不错，能在那偏僻的地方带领大家坚守工作岗位，对得起“为人师表”这几个字。

这一比较，原来我是那最不守规矩的，有些脸红。

“你怎么脸红了？”她诧异道，“跟领导谈恋爱了？”

“瞎说！领导孩子都上初中了。”我白她一眼，“我是感觉自己德不配位。”

“难得，难得，竟然已经修炼到能自省的境界了。”她冲我连连点头，“说说，怎么个德不配位？”

“别的同事都安分守己，就我整天想着赚钱。工资不够花啊。”我叹息。

“需要多少？我先给你。”她一听有些惊诧。

“你怎么这么好啊！”我感动得无法表达。我是前世积了什么功德，能遇到梅毓这样的朋友？“我不需要借钱，只是想靠自己的能力买套房子，向这万恶的人生证明一下我还有用。”

“很好，支持。”她放心了，将身子向后靠向沙发背。

还没等她把自己的坐姿调整舒服，就有人敲门了，她立刻正襟危坐，道：“请进。”

范儿真正！我冲她一竖大拇指。

进来一位男孩子，二十五六的样子，着白衬衫，银灰底蓝斜格子领带，黑西裤，是这家公司的职业装。他拿着一本厚厚的文件夹，双手递给梅毓：“梅总助，总经理让您先看看。”

“好，你先放到办公桌上。”梅毓用眼睛示意，男孩子毕恭毕敬地把文件夹轻轻放在桌上，礼貌地退了出去，并拉上门。

“想喝酒吗？”她像看宠物似的看着我。

“现在？”我双眼发亮。

“瞧，这是多久没喝了，一听酒眼都发绿。”她窃笑，“下班后请你，火锅啤酒。”

“唯酒与钱能让我眼睛发绿。你说，我是不是属狼？”我感叹。

“属猪，笨。”她隔着茶几凑过身来，用食指敲了我脑袋一下。

晚间，梅毓带我到了火锅城，她与大堂经理熟悉，特别给我们留了靠窗的一个桌子，又能吃饭，又能同时观赏外面的夜景。

我对牛排红酒之类天生不感冒，就馋火锅啤酒。等服务员把鸳鸯锅端上来架在电磁炉上，看着一边红汤翻滚一边清爽鲜嫩，我就急不可待地把宽粉啊菠菜啊面筋啊全扔了进去。

梅毓不吃辣。我自觉地去调了两个料碗，一个只有红油，一个是蒜和芝麻酱。没红油的放在她那边。

我俩吃得不亦乐乎，其间再饮几杯啤酒。啊！美好人生不外如是，吃着喜欢吃的食物，和放心的人在一起。

“最近有情况吗？”梅毓忽然问，一对杏眼里八卦的火焰烧得正旺。

情况？哦，明白了。“没有。”不管是方浩文，还是陈家晟，好像都不是能让我安心牵手从此无忧的人。

“文治来消息了。”说完这一句，她继续吃，不再开口。

“结婚了？当爸了？”我问。当初听到他有了韩国女朋友，我确实难过了一阵儿，也为自己抱憾。

但现在，那个难过劲儿已经过去了，而且，当时的我很脆弱，也许无论是谁只要说他喜欢我，我可能都会接受。

她举起杯子，抿一口酒，好像不知道该怎么开口。

我一边向嘴里塞菠菜，一边看着她，等着她开口。

“还没。”她看着我，欲言又止。

“哦。”我被菠菜上的辣椒呛了一口，面红耳赤着喝了好几口啤酒。

等到我平复呼吸，她又道：“你俩真的没有可能吗？”

“他已经有女朋友了，而且还是异国恋人，好难得，我就别添乱了。”

“如果他没有女朋友呢？”她审视着我的态度。

“不知道。”我试着想象我会不会接受他，但没有想象出来，毕竟人家有女朋友，而且，在他爱我的时候，我并没有什么感觉。

“以后再说吧。有些事，看缘分。”她幽幽叹息。

以后说什么？他同韩国女友分手，再向我伸出橄榄枝？

如果是这样的以后，会很别扭，我暂时接受不了那种场景。

以后，谁知道？

四十六、纠结的选择

为什么很多人都要求别人懂自己？懂了就看透了，这倒也没什么；懂了就开始嘲笑了，那可怎么办？

还有一种糟糕的结果：被别人懂了之后，别人才明白——哦，原来这家伙与生活势不两立！

搬家后的第三天下午，我和陈家晟待在他的小公司，我们正就第一部微电影的剧本切入点絮絮叨叨。

他已经买了两台 4K 高清摄像机，并且准备亲自学摄像。

我们俩都是在彼此人生极其无聊的时候认识的，然后，我唠叨时他拼命呼应，他啰唆时我使劲儿点头，彼此都在想：啊，终于有人听我讲话了，机缘啊命运啊，这简直是千年修得共枕眠，哦不，百年修得一起侃。

说真的，好像只有陈家晟能看出我内心的脆弱和不安。看出又能怎样，解决不了还是白搭。这么说吧，他就是时下流行的一个概念——蓝颜知己，称他为闺密更为适合。

以男人味十足自居的陈家晟，如果知道我给他的定位是闺密，估计会吃惊到把一个鼠标吃掉。

下午过来的时候，他正在来回踱步，一会儿又忽然爆出一句骂人的话："他大爷的！"

"怎么了你？"我吓了一跳，难道我过来让他这么愤怒？那我还是走好了。

"不是，是想起一个人，他竟然看不起我。我正在想他下次来怎么反驳他。"他不遮不掩道。

"哦，吓我一跳，我还以为是我无意间惹你生气了。"陈家晟同学就是很喜欢生气，不是大事件，全是小事件。

"你确实在有些事上惹我生气了，但我刚才确实是在生别人的气。"他道。

"那，你不是说今天过来要谈剧本吗？"我提醒他，故意忽略我是怎么气着他的这个话题，以免我们之间又没完没了开始讨论生气的原因、过程和结论这种浪费时间的事。

我们就这样开始了剧本的讨论。

"你试试写，就以《电锯惊魂》为模板写，十几分钟，悬念到位就好。"他试图说服我。

这部微电影如果制作出来，可以成为郊区一家 CS 真人实战体验基地的宣传片，对方的要求是，在拍摄时能尽量展示他们的一些野外实战设备。

“可不可以用另外一种模式表现？比如一位刚毕业的女孩子到 CS 基地应聘，老板要求她在一周内熟悉各个区域？”我以商量的语气询问他。那些恐怖类悬念类的剧本我真心写不了，最害怕看恐怖片。

更何况，写成恐怖片谁还敢去那里体验？

“那就没有吸引力了。你按我的想法写，必须的。”他坚持道。

我站起来就准备走，这活没法干了。

“好吧好吧，你先按你的想法写。”难得，陈家晟竟然让步了。我想，这是因为我是执笔者。

我这才又坐下，一贯执着倔强的他能给我下脚台，我得知好歹，便把自己对整个剧本的架构介绍了个大概。

他听完，又想了一会儿，然后道：“这样也行，更真实。要注意的是，一定要把观众吸引到那些器械和环境效果上来。”

“明白。”我有底气了。接下来，我提出去那家基地深入了解下。

“一起去吧，那边坐车不方便。”陈家晟道。

我们索性立刻出发。途中，陈家晟给那边负责人打电话，让派专人领我们参观。

二十分钟后就到了地方。基地远离城区，在河的一边。

很远就看到高高挂着的横幅，上面写着：真人 CS 拓展训练基地。

基地内停了好几辆中巴车，远处的树林里可以看到有身穿迷彩战地服、头戴钢盔的训练者来回穿梭，隐隐有硝烟弥漫，真像打仗一样。

负责带领我们参观的是一位同样穿迷彩服的小伙子，我们跟随他参观了室内战区，他说，室外战区正在扩建之中。

我被黑科技套装吓了一跳，平素虽然喜欢看战争片和谍战剧，但一碰到真家伙，还是仿真的家伙，我竟然被吓慌了手脚。

之后，又陆续看到了 M4 高精狙、M4A1 冲锋枪、红瞄枪、盔甲等装置，还有一些训练时的照片，就有种想亲自上阵的冲动。想想还是作罢，我不过是叶公好龙，哪有那力气满山满林子跑。

参观完后，我心里基本有底了。

陈家晟送我回新搬的家，我没有请他上去坐，挥手就准备拜拜，他倒不客气：“不请我参观下？”

人家都说到这份儿上了，我不能不给面子，何况他是君子，上次喝醉了还是人家安排的房间，也没趁醉占我便宜，反而把他的房间安排到我房间的隔壁以方便照顾我。

“好吧，只是我刚搬来，没啥吃的。”我老老实实辩解。

“有口水喝就行。”

真好打发。我还是去楼前小卖部买了些零食和听装啤酒，和他一同坐电梯上楼。

陈家晟看到我房里的布置，不置可否：“装修倒好，可惜缺少烟火气。”

“下次来就有了，我准备自己做饭。”我一边得意地巡视我的新家，一边道。

“要不，我去买菜，你来做饭？”他问我。

什么？我望向他，他很认真。

这是几个意思？

“陈一一，我们交往吧。”

晚上，我一个人在电脑前奋战。把原本准备设计的剧情全部推翻，改为一家小企业的新员工通过真人 CS 拓展训练，最终形成团队精神的剧情。

忽然就想到陈家晟，想到他忽然而至的表白，怎么也无法继续安心打字了。

他忠诚坦率，表里如一，同那些模棱两可、在众美女之间游刃有余左右逢源的中央空调式暖男相比，真是个难得的有担当的男人。

要是方浩文如此表白，我会很有成就感，然而，方浩文只是在刚认识时说我正是他喜欢的那一类，之后就变得神秘莫测了。

可能正是时下流行的一句话，男人的忠诚，是因为背叛的砝码不够。他之所以总是一边跟我拍拖，一边不谈及未来，恐怕就是因为我的砝码不够吧？

女人永远不要在男人未谈及未来时自己主动谈，太掉价了。在这个婚姻也是经济联盟的世道里，主动同男人谈婚论嫁完全是以卵击石的，不自量力的，自贬身价的。

也不必难过，即使不为他的肯定，也要为了自己的未来而不断进步。活到老，学到老嘛。

对于陈家晟，我要不要接受呢？如果接受，这肯定是一段持久的恋爱，最终的结果就是他绝对会娶我，因为，他是个撞了南墙也不回头的一根筋的男人，我有这个把握。

然而，我对他只有信任，没有爱情。

忽然想起大姐的话，夫妻俩就是一起过日子的，少年夫妻老来伴，我这年龄就应该本本分分冲着伴儿去，而不是风花雪月冲着爱去。

陈家晟让我认真考虑，并再三声明，接受不接受，我们都是最好的朋友。

“你目前谈的那个人，我感觉他没能让你安心，同时，你对你们之间的关系也没持乐观态度。所以，不妨给我个机会。”他最后道。

我的脸立刻黑下来。何苦把事情分析得这么透彻？就不能给我留点儿脸面吗？打人不打脸，骂人不揭短，不懂吗？

陈家晟的话不仅打动我心灵的深处，还像利剑一般直接穿透我的心。

我感觉心里很疼，像刚愈合的伤疤又被撕破了。我的头忽然发晕，右眼睛开始发花，右手臂也有些麻，急忙几步赶到床边躺倒，左手一下下敲着右胳膊，好半天右胳膊才恢复知觉。

又继续想着究竟是跟方浩文继续还是接受陈家晟，还真是很纠结。

因为方浩文给我介绍了几个单子，以及他始终冷静从容的处世态度，我对他的好感不断提升，现在，又有了进一步的关系。

陈家晟这边，我可以想说什么就说什么，根本不担心该说不该说，相处很轻松，即使两人在某些问题上发生争执，过后依然可以毫无顾忌地相处，都不记仇。

方浩文就不同，我必须特费劲儿地猜测他的好恶，在心里掂量好轻重，才能决定某些话该不该对他说，始终有着不能掉以轻心的禁忌。

从跟谁对自己有帮助的角度来讲，跟着方浩文有肉吃，不仅可以赚钱，性格上也有所改变，不像以前那样容易冲动。最后，我很可能成为一名成功的社会人。

而跟陈家晟容易争执，我们俩似乎是一类人，都是心无城府，坦荡磊落。但经常争执也不好，每次与他意见不同时，他长篇大论引经据典，还不许我打断，让我这个难得糊涂不爱计较小事的人经常觉得难以呼吸，撞墙的心都有。

而且，方浩文虽不坦率，却总在说些正确的话；陈家晟虽然坦率，却太过自我，个人英雄主义爆棚。

所以，我对方浩文有依赖，他像个老师；对陈家晟却没有依赖，他像个玩伴。

这么比较下来，跟方浩文在一起，我精神不自由，但自我素质有提高；跟陈家晟相处，精神自由，思维开放，但眼界不开阔，个人素质提高不了。

而我既想提高个人素质，又想精神自由。这个愿望，有些贪婪。

鱼与熊掌不可兼得。要想兼得，只有自己不断向上提升，永远不要从别人那里获取想要的。

陈家晟有些像年轻时候的我，哪怕生活再对不起自己，自己依然盲目乐观，对朋友和合作者一派义气，还以为这是一种别人没有的珍贵品质，是已消失几百年的高贵品德。

可是，我就像被狼反复戏耍后终于清醒的东郭先生，早已被现实锤炼得再也不相信乐观和义气，而陈家晟依然相信，并当成生活信仰。

信仰是个什么东西？它可以燃起斗志，凝聚精神，让一个人的脊背永远挺直。这可能是陈家晟的理念。

义气该不该算是信仰？我不知道。但是，我却知道，讲义气的人都很天真，以为自己有担当，肯替别人着想，就一定会被认可，有好人缘。

其实不然，讲义气的人基本都被当成玩仙人跳的牺牲品了。被人夸一句讲义气，就以为可以顺风顺水了，结果到最后，被卖了还替别人数银子。

所以，我和陈家晟，都是理想主义的傻子。两个傻子在一起，怎么过得好？

而方浩文，有儿子，前妻又风生水起地混着，他给我的帮助很多，却并没有后半生和我一起过日子的决心。

这么分析下来，两个都不适合。

也就是说，想来想去，分析来分析去，我的那一位究竟是谁，答案依然没有。

没有人懂我的权衡，没有人理解我的权衡。也许他们理解了之后，反而认为我与生活势不两立。

这时，我想起了文治哥。其实，这两个人都不如他更让我信任。

毕竟他爱了我十年，可惜，他已经有了小嫂子，我就别瞎掺和了。

为完成 CS 的微电影剧本，我看了十几部微电影、十几部院线电影、十几个 CS 的营销网页，用了两个夜晚好歹完成了。其间，还完成了那家内刊，共四个版面。

在把 CS 的微电影剧本和内刊版面分别发给陈家晟和客户邮箱两天后，我病倒了。

不明原因的头晕眼花不说，拿起拖把拖地都要半途歇息数次，感觉自己很容易累。

出门买菜时我走得很慢，到哪里都感觉如云里雾里，周围一切都离我那么远，像在梦境里。

不仅如此，我这个月的例假来两周了一直没完，这血要是一直流下去，我很可能会失血而亡的。

那个剧本完成的时间很短，也就是三天两夜，基本没费什么力气，以前经常熬夜，也没什么影响啊。

初时我以为是自己休息不够，便铆足劲儿卧床休息。我分明很困，却翻来覆去头痛得睡不着，只有站起来头才能舒服点儿。

于是，在后来的几个深夜，我在反复试验不能躺着睡后，就起来到客厅的沙发上坐下，头枕着沙发背睡觉。三天下来，我瘦了三斤。一个星期过去，我又瘦了五斤。

以往减肥，一个月减不了三斤，这一周下来体重直线下降，我害怕了。

我拿上医保卡去医院检查。

医院人山人海。

我排在长长的队伍后，因为头晕，一会儿就要蹲下来。等到队伍往前移的时候我又站起来跟着移，然后又蹲下来。

我想着叫上哪个姐姐过来。一个个打通电话后，我都没有说自己在医院，只问她们在忙什么，结果是要么在看孙子，要么在上班，我给每个人的最后一句都是“那你忙”，然后就挂掉电话。

可是，我怕一会儿会昏倒。怎么办？能叫谁过来？方浩文？不行，不管他在不在南市，我都感觉没底气叫他陪我。尽管他不止一次说过，我就是他喜欢的那一种，但他不会这么坦荡地陪我在医院，不会这么陪着一个女人在大庭广众的视线里，他忌讳舆论。我肯定。

陈家晟吧，他虽然忙，但他肯定会挤时间过来。我也肯定。

当然，是在他没有客户的情况下。

想到这里，我忽然吓了一跳，这么说，我得选陈家晟了。

因为，一个人在患难时最相信的人，就是最适合自己的人。

如果病了却不相信另一个人能陪自己，那么，这个人就不适合。不适合还不分手，这不是找抽吗？

我打了陈家晟的电话，还好，他的声音听起来很正常，他正在给客户做设计。

我说：“陈，我知道你在忙，但是，我在医院，我快昏倒了，只要能陪着我到开始输液就行。我没有人陪。”

“我马上过来。”他问了医院的名字，立刻挂了电话。

我还在队伍里蹲着，当看到他进医院大厅时，我已经很难站起了。

看着他焦急地东张西望找我，我就那么一膝跪地一膝支撑着给他打电话，看着他按接听键，看着他按照我说的方向走过来，看着他看到了我，看着他急急地奔过来。我冲他一笑，这一笑抽光了我的力气，我安心地倒在了地上。

四十七、其实很好运

社会地位决定话语权。

当我清醒时，我被一个人公主抱抱着，而这个人正在奔跑。我知道，抱我的人是陈家晟。

我摇摇他胳膊："放我下来。"我没有力气，声音很低。

他偏头看向我："什么？"

我使出全身力气，尽力把每个字给他说清楚："放我下来，你去挂号。"

"好。"他一边答应着，一边四处看有没有椅子可以坐。

他的目光移向一处，立刻抱着我跑过去。那是大厅挂号室外的几排椅子，有空位。

他将我小心地放到一张椅子上："一个人在这里可以吧？"

我已经缓过劲儿了，对他道："没问题。"

看着他排到一列队伍的末尾，随着人群往前移动，我很安心地坐在那里，闭上眼睛休息。

他挂了内科号，然后扶着我去内科门诊所在的二楼，途中他一直精神紧张，一连串的问题抛给我："可以吗？这样能走吗？要我去租个轮椅吗？"

"不用，我可以的。"我制止了他，就这点儿不舒服还要坐轮椅，以后病重了怎么办？我要跟自己斗，一定要打败那个软弱的我。

我用最大的意志力支撑着自己不要倒下去，在陈家晟的搀扶下，我一步步登上楼梯，后背和额头全是冷汗。

我眼前的一切都闪着虚幻的白光和重影，耳朵里听到的所有声音都那么远，我感到双手越来越冷，我知道，我快要休克了，但我还想挣扎下，向身体的极限挑战。

其实，不过是上到二层，但我感觉像过了一个世纪那么长。

终于，登完了楼梯，我被陈家晟扶到内科 3 号门诊室外，他扶我到靠墙的候诊椅上坐下，一起等叫号。

我一坐上椅子，就想睡过去。

"不要睡。"陈家晟道，"看完医生再睡。"

我看着他，其实我已经看不清楚他了，不仅是他，周围的一切都很模糊。我想闭上眼睛，我太困了。

过了半个小时左右，终于轮到我了。

听到广播里叫我名字，陈家晟扶我进去，医生一看我的样子便道：“先扶病人躺到观察床上。”

我躺到观察床上，医生过来为我量血压：“八十五，六十。这么低？”

我说：“医生，我想吐。”

医生听到后翻开我眼皮，道：“去拍个颅脑核磁共振，可能是颅内压增高。”

“能不能先让她住院输液？她已经没有体力再走了。”陈家晟向医生请求道。

“她肯定需要住院！我先给住院部打个电话，看有没有床位。”我听到医生打电话的声音：“这边有病人需要住院，还有床位吗？——哦，十床不是今天出院吗？——还没走？出院手续办了吗？——好，我安排病人过去。”

末了，医生道：“你们去住院部心脑血管科，让科里医生开核磁共振检查单。”

他开了住院证，陈家晟接过来问我：“你走过去行吗？”

在门诊室的床上躺这么一会儿，已足够我恢复体力。初时一个人排队，本来就已经很弱了，在没有人陪的情形下，紧张情绪无疑造成了外在症状的加重。

现在，有陈家晟，有医生，心理上的放松便减轻了生理上的症状。

以我现在的体力，已经完全可以走到住院部了。

“没问题。”我回答陈家晟。要吐的感觉已经过去了。

陈家晟扶着我，一步步挪出门诊楼，来到后面的住院部，乘电梯到了三楼心脑血管科。

我们先到护士站，把住院单交给护士，护士领我们到十床所在的病房。

十床人还没走，看到我们进来，又看到我一副快要昏过去的样子，立刻站起来：“病人来了，咱赶紧走吧。”

看着终于空下来的床位，我立刻就要躺下，护士道：“再撑一会儿，给你换上新被褥。”

在护士小姐换上干净的被褥和床单后，我终于无所牵挂地躺下了。

陈家晟办完住院手续回来，我对他道：“你现在可以回去工作了。”

他立刻反驳：“那怎么行！”

我充满信心地告诉他：“已经住了院，各项常规检查都有护士在，抽血也是从明早开始，以后每天也就一两项检查，我没问题的。”

他从来到医院，手机几乎没有停过，一直有人给他打电话，他最多的回复是：“我这里还有一点儿事，还得两个小时左右才能忙完，忙完就回公司。”

现在已经两个多小时了，我的体力也完全恢复了，不能再耽搁他。

看到我确实已恢复了精神，他犹豫了一会儿便答应了，但还是一再嘱咐我：“有事一定要及时打电话。”

我答应了，他才匆匆忙忙地离开病房。看着他急急火火的样子，我更加认为自己让他走是正确的选择。

接下来的几天，就是抽血，做CT、核磁共振和其他一些科室的会诊。

血常规化验单出来后，显示我中度贫血，这个倒不要紧，补充营养，输输液就好。

当接到核磁共振的报告后，却让我大吃一惊，上面写着：双侧额叶广泛缺血灶，双侧半卵圆中心腔隙性脑梗塞。

我才三十六岁，我有脑梗？！

我傻傻地一个人发了好久的呆，怎么也不相信这个诊断结果，便拿上报告去找我的主治医生。

主治医生姓常，他拿着报告单看过后，又取出我的核磁共振片子，靠在一面亮亮的电子板前，光透过片子，片子上的图案便很清晰。

他移动着手指将那些部位一一指给我看：“这是额叶，这些看着有些模糊的区域就是缺血灶，你是不是常眼花？”

“是的。”动辄眼花是已经伴随我许久的老毛病。

“不要紧，加强锻炼，多吃蔬菜。这里是半卵圆区，中心腔梗就是这里，也不要紧，是营养没有跟上。我们科里有一半以上的同事，都有一些正常范围内的脑梗。不要吃油腻的东西，加强休息和锻炼，再输一些活血化瘀的药物就好。你还年轻，恢复也快。”

我知道，医生对病人讲话时，往往将病情说得很轻，但听完常医生的话，我确实减轻了压力。

然而，他最后又讲了一句话，迅速将我才轻快起来的心情给降到谷底。

“不过，根据你的年龄，这种病变出现得太早，一般来说，应该到五十岁左右才会出现。”他道。

“那我怎么办？”我害怕至极。

“好好配合治疗，保持身心愉快。你心理压力有些重，有焦虑症状。”他回答道。

“我最近总是很慌乱，是不是还有焦虑症？”我问道。

“症状很轻。”他道。

我的肩一垮，整个人没了力气。

我有半瓶子醋的医学知识，我知道，一旦有焦虑症，就等于有了轻微的精神症状，如果任其发展下去，就太可怕了！

“我给你开些药，服用一段时间就好了。”常医生安慰我。

“服用多久？有没有副作用？”我很担忧，“会不会产生药物依赖？”

“不会。”他肯定道，又补充说，“先服三个月，每天早上中午各一粒，晚上不要服。”

“我的呕吐也与脑部问题有关吗？”

“是的。短暂性颅内压升高，已经给你用了药。现在还有那种感觉吗？”

“没有了。”我嘴巴里答应着，心里却很沉重，天，颅内压增高，这病也太特殊了，我还年轻，怎么跟脑子干上了？！

“你不要熬夜，颈椎也有问题，退行性病变。”

我彻底被打垮了：“我还能活多久？”

医生笑了：“人的颈椎都会在三十五岁之后退化，你是因为常坐在电脑前吧？所以比别人出现早。以后不要总坐着，要多活动。”

在他准备走出病房时，我忽然想到一个问题，忙叫住他：“常医生，为什么我的例假时间那么长？”

“多久？”他问。

“三周多了，还在——流血。”我不好意思道。

“内分泌紊乱，用激素调节。”他道。

第二天早上，当我从护士手里接过那些桃红色的小药片时，内心是恐惧的，心理压力是很大的，因为红色系列药片都是跟大脑和神经有关的。

我鼓励自己好半天，终于说服自己服下去一片。不知是心理作用还是药物真有那么明显的疗效，我不再慌乱了。

其间，陈家晟来过一次，在病房待了一个小时，手机响个不停，不断有客户打电话进来。

“你去公司吧，我这边不需要人的。”我被他不断响起的手机铃声搞得很是内疚。

“真的不需要人吗？”他犹豫道。

他一犹豫，我知道，他还是非常需要去见客户的，便肯定道：“不需要，真的不需要。有事情我就按呼叫铃，护士会立刻赶过来。”

他皱着眉，看了看病房环境，又叮嘱道：“有事立刻打电话给我。”

“好的，你赶紧走吧，别耽误工作。”我催促他。

陈家晟总算走了。我静静地躺在床上，看着输液管里的药水一滴滴地落下，便打开液体调速旋钮，加快了输液速度。

方浩文给我发来微信：“在忙什么？”

“上电脑，看网剧。”我回复了六个字给他。

“注意视力。”他提醒道。

“好的。”我没有说我在医院，说了也没什么用处。

我和方浩文在一起时，基本上都是他说了算。

表面上他似乎非常尊重我的意见，可实际上，我都是在揣测“圣意”，按照他的希望说出事情该怎么办。

所以，他基本上都是满意的。

唉，社会地位决定话语权，这是谁也改不了的。

即使是家庭也同样。就拿几个姐姐来说，大姐和阿南基本上都是拿主意的，我和其他几个姐姐都是按照人家指定的方向前进的。

回想了一下，从去年到今年，我已经住了三次院了。

我感觉自己的运气还是很好的，吃下去那么多安定片都能被梅毓和文治哥送到医院抢救，吐血又被阿南发现，这次又有陈家晟送我住院，每次住院都有人陪。

是需要有个家了，万一下次又要住院，谁送我？这次，总算理解了梅毓说的后半生必须有个伴儿的意义。

以现在的情况来看，最好找个医生当老公。

陈家晟打过几次电话问需不需要过来，都被我拒绝了。不让他来，是因为不想欠他情。

住院的过程中碰到李老师，她过来看病人，见到我住院有些吃惊。

她询问我病情，我说不要紧，已经快好了。

办公室的同事从李老师那里知道我住院后，都来看过我，还送了花篮，插满了康乃馨和满天星。

我好喜欢花篮在床头柜上散发出的阵阵花香，女人都是这样子，没有不喜欢花的。

又住了一个星期，我出院了。

这次，没有梅毓，没有文治哥，没有阿南，就我自己一个人。

回到住处，先打扫房间，有一种再世为人的感觉。我陈一一，又活过来了。

我生命力真强大啊真强大。

一切收拾妥当，刚把手机打开，就接到梅毓的电话，问最近怎么样，我回答说好着呢。

她说李庭轩把他的饭店转让了，彻底离开了英市，到同学的饭店去了。他结婚了，和他的收银员。

我想，他已经忘记了他对我发的誓言。

誓言什么的都不靠谱，还好我从未相信过。

“文治来电话问起你。”梅毓道，“他说你的电话打不通，给你的邮件你也没有回。”

“哦，我出去到山里玩了几天，没信号。”

“他明天回来。”梅毓道。

明天文治哥回来，会不会带上小嫂子？

心里很不得劲儿，感觉像是自己的东西被人家拿去了——我凭什么把文治哥当成自己的东西？

手机响了，陈家晟打来电话，语气很生气：“出院怎么不说一声，让我白跑了一趟。”

我感觉他和我大哥性格很像，都是那种犟驴似的性格，又心软得不行，偏生都极没有耐心，稍不注意就发怒。

对大哥的招数就是：不接他的话，直接卖萌就好了。

我如法炮制，给陈家晟也使用了同一招数：“哎呀，我真的真的很想给你电话，结果几个姐直接过来，卷起我的铺盖就让我离开医院，说那地方没病的人都能住出病来。”

“医院的铺盖不让拿出来吧？”他一语中的。

“就是个比喻，嘿嘿，比喻。”我忙解释。

“你等着，我马上过来。”他挂掉电话。

什么叫我等着？一般这三个字后面都有七个字——我过来和你算账！

我看看我的客厅，又回忆了一下陈家晟平时发怒的样子，心想他也不敢砸我的卧室吧，立刻把客厅里值钱的和易碎的都收拾进卧室。

很快，门铃就响了，我赶紧扑到门口，先掀开猫眼盖向外望，正好看到陈家晟前胸第二个扣子。

长得高就是为了让人不要看脸吗？这不，连对方脸上的情绪都看不到。

我只好打开门，像个婢女一样等在一旁让主人先过。

他拿了很多水果过来，草莓、葡萄、车厘子、苹果、桑葚和哈密瓜，这都从哪儿搞的？尽管都是我爱吃的，可我不吃大棚水果啊，强烈抗拒反季节水果啊！

“如果和他分开了，只要你一回头，就会看到我，我会一直在我的小地盘等你。”陈家晟把水果放在茶几上，看着我，一字一板像发誓一样说道。

然后，转身就拉开门走了。

我呆呆地看着关上的门，眼一热，泪水纷纷。

他大概是感觉出来我不想承他的情，所以先这么讲出来为我卸掉精神负担。

而方浩文，这几天只是发了几个信息，那次酒后失身到现在，我们依然没有商讨结婚的事情。

如果他向我求婚，我答应吗？他有那么多让我不能释怀的疑惑，我怎么能答应？

已经知道最终要分手，却和他有了进一步的关系，我追悔莫及，感觉自己做人好失败。

我欠方浩文那么多人情，以至于虽然我们远没有到讨论结婚日程那一步，但我依然不能接受别的男人，否则，我会感觉自己不忠诚。

但是，我却在最需要的时候给陈家晟打电话，我是有多自私？！

我使劲儿抓自己头发，为自己的选择抓狂。

四十八、灰姑娘的骄傲

爱情就像读英语，你不能以为知道句子的每个单词的读音就算了解它，它还有失爆、连读、弱读，了解了这些才能跟得上节奏。

你要是非要对方跟你一样把每一个单词都读出声，那不是你精致，是你不懂语法规则。

不懂规则，就说不到一起。

文治哥同梅毓过来看望我。

他们在我的房子里，坐在客厅的沙发上，电视就那样开着，他们靠在沙发上聊着，当年在英市时熟悉的场景在南市又开始重现。

好开心。

我去阳台收衣服。阳台很长，连着客厅和卧室，我走到卧室那一端，听到梅毓的声音传过来：“你这么自信，不怕被谁截胡？”

然后是文治哥的声音：“肯定是我的。”

我心里有些酸酸的，他们说的自然是小嫂子。

收完衣服，走进卧室，该叠的叠，该挂的挂。

我整理完后，又把床铺抻平整，这才来到客厅，准备加入他们的聊天队伍，可是文治哥却出去了。

“最近心安了吧？”梅毓问我。

“好多了。”想起刚回来那段时间，拼命给梅毓打电话诉苦，她恐怕烦不胜烦。

“文治哥呢？”我问梅毓。洗手间门开着，他肯定没在里边。

“出去买东西了。”

“买什么？”我好奇道，他不会跑出去买吃的吧？

“不知道。”梅毓摇摇头，又操作了一下她的手机，道，“你怎么瘦了这么多？”

“减肥成功吧？”我得意地转个圈给她看。

“给你转一篇文章，看看。”她道。

我的手机响了一下，我打开界面。

她发过来一篇文章，关于一个女明星面对出轨丈夫的智慧之举。

“看到了吗？人家是大明星，却对婚姻且行且珍惜，你是否应该检讨下你过于挑剔的爱情观？”

“唉！”我长叹一声。

“你又怎么了？”梅毓道。

“没怎么，就是觉得活着太辛苦了，好像再怎么努力都没有用。”我向后一靠，枕上自己的胳膊。

梅毓要啤酒喝，我不禁道：“我又不能喝，你是想馋谁？”

“你不能喝？怎么了？”她打量了一下我的肚子。

“乱想什么！”我打了她一下，“我是说，这个点儿不是喝酒的时候。”

我不会告诉她我生病的事情，免得她可怜我。

“吓我一跳，我真以为你那个啥了。我还想着这就有了，也太草率了，连个仪式都没有。”

我忽然想起了小雅，对于女人，结婚仪式有多重要啊！就是因为没有仪式，这就成为小雅这一生心头深扎的尖刺！

“我一定要有仪式！不仅要中式的，还要西式的！”我坚决地对梅毓表示。

“你这么给我说，接下来是不是要我娶你？”梅毓好笑地问我。

门铃响了，我起身去开门。

门一打开，文治哥先问我：“叫了几个工人，这会儿方便进来吗？”

“方便。”我说，不知他叫工人来干什么。

文治哥把门全部打开，几个工人抬着长短不一的木板进来。

他们要换拖鞋，文治哥拦住他们：“鞋就别换了，等你们走后，我们拖地。”

几个工人把那些木板抬到客厅，叮叮当当开始装。半小时后，客厅里出现了一架九宫格的红木色玄关，可以挂衣服，还可以放花盆和其他装饰物。

屋子里一下有了气派。

我惊喜地摸着玄关，开始想着把什么放上去。

文治哥又打开门，让那几个工人抬了两个大花盆进来。

一盆小叶景天，一盆大叶绿萝，分置左右，成为客厅进门就能看到的极雅致的风景。

另外有三小盆普通绿萝，被他放在玄关的顶架上。

家里出现了这么个名字都散发着书香门第气质的家具，而且，颜色又是那么的高大上，我走远看又走近看，开心得像个孩子似的。

“文治的审美水平就是高，这玄关的颜色和式样同客厅很搭。”梅毓禁不住赞道。

文治哥展唇一笑，道："也不费什么工夫，原以为这种样子要找半天。"

"谢谢文治哥，晚上好好请你。"我赶紧上前献媚。

"这个必须的。"文治哥道，伸出手又要摸我脑袋，好像想到了什么，又缩回手。

想什么？小嫂子呗。

我佯装不在意，按住内心的不舒服，强颜欢笑："晚上我们吃什么？"

"吃韩国烧烤吧，我忽然想喝点儿清酒。"梅毓拿了主意。

这时，我的手机响了，是方浩文。

他回来了？我拿起接听："喂。"

"一一，你吃饭了吗？"

怎么回答？我在心里转了几念，答道："正准备和朋友一起去吃。"

"哦，那么明天吧。"他道。

"好。"我挂了手机。

我都说是朋友了，他也不多问问？要是有心，就该来认识认识我的朋友们，不是吗？

他却选择了改天，果然不是恋人该表现的状态。

"有事？"梅毓问。

"没有，一位老师问事情。"我本想说普通朋友，却感觉那样很对不起方浩文，他毕竟有恩于我，虽然我们不能够像普通恋人那样招摇过市，却也得承认这是一种恋爱。

晚上，我们开车到了英市，英市比南市大多了，好吃的东西也多，随便找一家都很有特色。

像这种韩国烧烤，英市有五十多家，而南市只有两家，因为城市小嘛，我们自然到选择多的地方去，尤其是梅毓这种很挑剔口味而我又很挑剔环境的姐妹俩。

韩国烧烤其实就是中国的煎肉，用电磁灶或厚铁锅来做。只是为了入乡随俗才配了些红薯、土豆、杏鲍菇、苏子叶和生菜，正适合我这种不得已而成为的素食主义者。

服务员小姐先在铜板上面刷薄薄的一层油，然后把牛排、牛腰和生鱼片等放在上面，不一会儿，肉香就飘出来，看着吱吱冒油的肉片，我吞了几下口水。

梅毓烤了几片土豆夹到我的盘子里。

"给你再烤些红薯和生菜？"梅毓问。

"等会儿，我也想吃肉。"我眼巴巴看着两面煎得鲜嫩的牛肉，又忍不住吞了一口口水。

文治哥禁不住乐，夹给我一块："好了，就吃这一块。"

"啊，文治哥，你太了解我了。"我都想喊万岁了，立刻拿筷子夹起肉，送进嘴巴里，满意地咀嚼起来。

"别吃太多，小心胃不舒服。"梅毓无奈地提醒道。

吃了一片后，还觉得不过瘾，又主动跟他们碰杯，喝了一小杯清酒，在梅毓的监视下，我又勇敢地夹了一块，最后还吃了几片生鱼肉。

果然还是吃了不该吃的东西，离开烧烤店不到十分钟，胃痛起来，我抱着肚子蜷缩在副驾驶座位上，疼得额头和背部出了好多冷汗。

“怎么跟个孩子一样，知道自己不能吃肉，为什么还要吃那么多，不行去医院吧。”梅毓要开车去医院。

“不用，疼一阵儿就过去了，每次吃肉都这样。”我制止道。

“找一家药店吧，应该是没消化的原因。”文治哥道。

梅毓将车停在一家药店门口，文治哥下车大步迈进药店。

很快，他拿着两盒药出来，就见他把药装进大衣口袋里，又走进旁边的超市，然后一手拿着一摞一次性纸杯，一手端着一杯水出来。

看着他走过来的身形，我忽然悄悄在心里给他打了九十五分。

我的心跳有些慌乱，这种慌乱的感觉吓了我一跳，不是病，而是一种——怎么说呢——看到爱人的感觉。

他已经有了小嫂子，我产生这种感觉很不道德。

他拉开车门，把水递给我，把剩下的纸杯扔到后座上，从大衣口袋里拿出药盒，先打开一盒，取了两粒红白黑的胶囊给我：“复方消化酶。”我拿过来，扔进嘴里，用水冲下去。

他又打开另一盒，取出五粒绿色胶囊给我：“肠胃宁。”

我又用水冲下去，不到两分钟，胃就不痛了，肚子却咕咕响起来。

坏了，该去卫生间的节奏！我好尴尬。

“去我住的酒店吧。”文治哥对梅毓道。

“就是你住的酒店方向。”梅毓道。

梅毓的手机响了，她一手扶方向盘，一手拿起手机接听：“喂——我把他们送到地方就回来——好，挂了啊。”

是她老公的电话。

我们到了文治哥下榻的酒店，梅毓扶我进了房间后叮嘱了几句就匆匆离去。

文治哥下楼去在同一层楼开房间，因为我邻房和对面都已住了人，他开的房与我相隔三个房间。

“有事叫我。”文治哥在他的房间给我打电话叮嘱道。

“哦，知道了，我已经没事了。文治哥，你赶紧休息。”其实，我也累坏了，那一阵胃疼让我的内衣全湿透了。

我先上卫生间解决了肚子问题，然后硬撑着换上这里的睡衣。

再洗了内衣，用吹风机吹到半干，用晾衣架挂在柜子里。这里地热很暖，明天早上应该就全干了。

又快速冲了澡，因为晚上吃了烧烤，怕身上有味儿。洗完后就钻进了被窝。

知道文治哥就在这层楼上，我很安心。这一夜睡得很是安稳。

早上，被手机铃吵醒了，我迷迷糊糊地接听了，就听到方浩文的声音："怎么，还睡着？"

"哦——"我懒洋洋应道。

"你这个声音让我想起那天晚上。"他道。

嗯？！我一个激灵清醒了。

是啊，我们有过一个晚上呢。虽然不是一夜情，虽然是恋爱，却是跟正常恋爱不一样的感受，像偷欢。

我们之间跟正常恋爱不一样的相处方式，让有过的那一夜变得特别龌龊。

自从出院后，基本上没想起过他，我是不是忘恩负义？

可是能怪我吗？是他不够坦荡嘛！每次到学校来接我，除过那晚看雪景，基本上都是坐在车内等我，从没有大大方方地站在车外等我或走进学校来找我，从没有在白天牵我的手在街上转一转，从来没有跟我照过相……想想就让人心里特不自在。

恋人常拿彼此的合影做手机屏保，凭什么我就没有？！

不公平——不对，挺公平的，他给我介绍活儿，给我讲处世道理，既不吸毒，也不进赌场，是我自己不合格，没有他的前妻优秀。

我有什么资本同人家叫板？

但是，我为什么要谈这种不敢叫板的恋爱？准备白头偕老的恋人，不就应该有话就可以说，有屁就随便放吗？

等等，我凭什么把人家归为想和我白头偕老的那一类人？方浩文对于我是两层身份，一是不能拿给别人晒的恋人，一是给我介绍文字活儿的恩人。

"呵，我在英市，下午回去。"我心里千回百转，嘴上却言简意赅。

"你是不是不方便？"他忽然问。

"没有啊，挺方便的。"我莫名其妙。

"那就下午见，回来后给我电话。"

"好的。"我挂了机。

在他忽冷忽热的态度中，我疲倦了，但他不坏，是我恩人般的存在。虽然未曾求婚，却也算是恋人关系，只是不像一般的恋人，而是每两周可以见一次的恋人。

下午，同梅毓和文治哥道别，我说要回南市。

梅毓道：“一周后就春节了，你不如就待在英市吧，过年和我们一起过。”

“春节我也是一个人，如果寂寞了就过来吧。”文治哥也道，并没有明显的挽留或不舍。

也对，他现在已经名草有主了，成为韩国人的女婿，对我的那份感情已经随着小嫂子的温柔思密达随风而逝了吧。

“回去收拾下，说不定春节就在英市过呢。”我道。

跟他们道了别，梅毓要送我，我拒绝了。

回到南市我的房子，给方浩文打了电话，顺便告诉他我搬家的事。

给了他地址后，我就开始打扫房间和洗衣服。

一个小时后，我还在阳台晾衣服，方浩文按了门铃。

从猫眼里看到他，他特意站得远一些，方便我看到全貌。

我开了门，帮他接过包，又取出一双拖鞋给他。

“怎么不说一声就搬了？”他一边换拖鞋，一边问我。

“怕一个女人春节还住在宿舍，别人会说闲话。”我坦率回答。

“也是。”他肯定道。

“怎么瘦了些？”他又问，然后过来抱住我。

他身上的味道又让我想起了那个晚上，不禁也回抱住他的腰，开玩笑道：“唉，为伊消得人憔悴。”

“你的叹息像箭一样，都要穿透我的肩膀了。”他的语气温柔而诱惑，带着哄小孩子的感伤。

“但是，绝不会伤到你的心。”我向他承诺道。潜台词是：只要你需要我离开，我立刻毫不犹豫地撤退。

“不好说。”他的声音开始暗哑低沉，抱我的力气也加大了。

总感觉他并没有设想过我们的未来，似乎还在等他的前妻。女人这方面的直觉总是特准。

但我永远不会把这个问题问出来，这是恋爱规则。我感觉我的不纠缠对方浩文来讲应该正中下怀，如果我缠得紧一些，恐怕我们早就分开了。

爱情就像读英语，你不能以为知道句子的每个单词的读音就算了解它，它还有失爆、连读、弱读，了解了这些才能跟得上节奏。

你要是非要对方跟你一样把每一个单词都读出声，那不是你精致，是你不懂语法规则。

不懂规则，就说不到一起。

比如方浩文，看着他似乎脾气很好，做事很理智，对人很绅士。实质上，是他没有拿真心来对待社会，而是拿规则来对付社会。

绅士地对待每一个人，是方浩文的拿手绝活，这看着很有社会修养，仿佛出身高贵的门阀世家，而实际上，只出身于一个市级干部的家庭，王子气息似特意养成。

对于这种男人，只有懂规矩才能相处长久，更何况，他还有着王子扶持灰姑娘的悲悯。

此刻，方浩文好像有些冲动，呼吸重了点儿。

我忙挣脱出他的胳膊，问他："晚上吃什么？出去吃吧？"

我是灰姑娘，但并不是茶花女，所以，我有我灰姑娘的骄傲。我可不想再冲动，因为我们之间什么都没有定下来，如果再这么做，我就瞧不起自己了。

他愣了一下，然后道："随你。"

"那你在客厅等我一会儿，我去晾衣服，再换身衣服。"我道。

"我晾衣服，你去换衣服。"他道，然后径直穿过客厅，走向阳台去晾衣服。

我看着他晾衣服的举动，一瞬间感觉很温暖，但转念一想，他一向忽冷忽热，谁知道下一分钟他会不会又变得很有距离感。

我们到一家饭店吃饭时，他已经恢复正常了。他给我的盘子里夹了一块清蒸鲈鱼。

我所说的正常，是指他没有一味沉浸在情欲的需要中。因为他的正常，我也松了一口气。

他不时看看手机，偶然间会笑一下，然后打几个字回复过去，那种笑容让我感觉他回复的绝对是女人。

我想起那晚他拥着我时接进的电话，是一个女人的声音，女人问他："你在哪儿？"

我不明白我们之间怎么会成为这种不失礼貌的相处关系，可能只是我单方面的感受，也许他还感觉很好呢。

没准儿这种不和他谈未来的相处，正是他需要的。反正，他和我都没有准备好。

"我明天还要回老家，春节就在老家过了。"他送我回到住处的小区门口，道。

"好。"我简短地应道。

"你赶快进去吧，外边冷。"他对我道。

"好。"我冲他摆摆手，便进了大门。

走了几步，我又回过头去看他，人已经没影了。

四十九、在英市过年

物质财富决定精神财富。

和方浩文吃饭后，他送我到小区门口就走掉了。

我一个人回到住所，简单冲了澡后，便坐在沙发上瞎想。

方浩文常被人请去作为嘉宾参加剪彩仪式，他可以拿着赠票看交响乐，与名人列席欣赏芭蕾舞，还可以跟人讨论喝红酒的姿势。

而一般人，听一段地方戏，随便到哪个地方旅游下，看一部好的电视剧，就感到人生很是享受。

我还不如一般人，对我来讲，写一首自己感觉还不错的旧体诗，跟朋友一起吃吃饭，或者玩玩老虎杠子的游戏，有人陪着乐，就可以让我的精神满足。

物质财富决定精神财富啊！这么一比，我还是躲着方浩文吧，根本不是一路人。

要完成物质财富的原始积累，然后实现精神财富的享受，真的是个很不容易实现的愿望。

我环顾四周，窗外漆黑一片，唯有客厅的玄关似乎阳气四溢，让我感到一种踏实和依靠。

陈家晟又开始走来走去，嘴巴里不知在咕哝什么，忽然间又点头又摇头的，好像在和一个看不见的人讲话。

这情景以往已出现好几次，初时感到诡异，现在我也习惯了，知道他是在脑子里计划和谁怎么谈话而不由得表现出来的状态。

早上起来后，就来到他这里，因为昨天晚上十点多他给我来电话，让我今天过来谈拍第二部微电影的事。

在题材的选择上我俩又辩了几个来回。最后，我服从了他，并沉痛地向他道了歉，从思想深处检讨了自己的不学无术和刚愎自负，然后又润物细无声地奉承了他的远见卓识和卓尔不群，这才将他的莫名戾气化解于无形，停止了争论。

不是我说不过他，而是实在厌烦这种还没有干什么先在彼此的论点上争论得你死我活的局面。

“陈。”我唤了他一声，他没听见，继续来回踱步。

“陈家晟！”我唤了他的全名，他一愣，转头看我，停下脚步。

“你怎么了？”我问他。

“想个事情：感觉昨天那个客户太嚣张了，我得收拾收拾他，让他不敢再小瞧我。”

可能是关系近了的缘故，最近多次见过他失态。也许，他并不认为是失态，反而认为是我少见多怪。

同陈家晟的衣品比起来，我实在不敢恭维他的卫生习惯。

同我当初打工所在的那家公司的老板一样，他也经常乱弹烟灰，比那位老板好一点儿的是，他不是随便往地上乱扔，而是烟灰缸都满了，烟头都插成森林了，他还不清理。

然后，他爱吃零食，桌子上总摆着花生或瓜子，他的脚下总是有掉出来的花生壳和瓜子皮儿。

可怕的是，如果我不扫，第二天过去的时候，那些垃圾还在脚下，他是怎么容忍自己踩下去的？

初见时在心里给他打分是八十五，现在，已经降到七十五了，就因为他的办公室不干净，人又啰唆，还动辄就说谁看不起他，他要想办法让对方下不来台等。

两名员工一前一后都辞职了，他说，他们只干了两个月，这种行业本来就工荒。

我自己感觉是他太啰唆，又听不进意见，比如员工只是忘了关电脑，陈家晟可能会就此问题在一天内把员工叫过来训八次。这种情形我已经见了无数次，估计员工是被他训烦了才离开的。

但我不能直接对陈家晟说出这个原因，一是他不承认，二是他极有可能一天找我八次指出我的不对，并举出千万个例子来讨伐我。

那样，我也会被烦走的。幸亏我看中的是他理想主义和善良直爽的万丈光芒，才不畏千难万险和他成为朋友。

我很信任他，知道这人就是啰唆了点儿，犟了点儿，听不进去意见了点儿，再没啥大毛病。要不，这次住院怎么会找他？

当时还把他和方浩文做了比较，现在，病一好，人也清醒了，辩证的眼光又回来了，就陈家晟这个卫生习惯、不听人劝和倔强，我也不敢接受他。

不和他谈感情，只谈合作，他还是一个很好的伙伴。我们只能做工作搭档。

“他瞧不起我，我一定要给他点儿颜色。”陈家晟又开始走来走去，这次我知道，他这话是说给自己听的，与我没关系。

他经常这样自言自语，一旦钻牛角尖，就开始自己跟自己对话。

不知道的人会拿他当疯子，幸亏我了解他，知道他没疯。

他也就是把简单问题想得险恶了些。

其实，他很善良也很坦率，坦率到想追我就说出来，怕我为难又及时表示了自己的退出，很有胸怀。

“这次的微电影，你要不先找个电脑城合作下？”我已忍受他长达十分钟的来回踱步和自言自语了，再不制止，不知他会把这种踱步进行到什么时候，只好插话打断他此刻和假想敌的对阵。

“这个得看时间，我很忙，要不你把这事做了吧。”他理所当然道。

“好吧，只能到年后了。”我答应下来，“那我先走了，还有事。”

“噢，哦，那，你走吧。”也许他想挽留，又没有理由，或者他还需要再自言自语一阵子。总之，他老人家放行了。

我有个弱点，当别人说希望我陪着时，我总是抹不下脸拒绝。现在他放行了，我立刻如释重负，心情一下就轻松了，乐呵呵对他道：“提前祝福了，陈，新年快乐！”

“噢，新年——快乐。”他很显然不太跟人口头祝福，真是奇怪。

按理讲，他怎么也算是个生意人，但他提起名著洋洋洒洒，提起应酬却很倔强，始终不会说应酬话。

这不是优点，对生意人来讲，不会应酬是个很严重的经营缺陷。

我给他很委婉地指出过这方面问题，他依然是那种很倔强的态度：“不用改，我认为我是对的。”

每每听到他对错误的坚持，我都感觉自己在自找没趣，索性之后不再提醒。

我一身轻松地离开了陈家晟的小公司。我们的相处真奇怪，虽然俩人常辩论，也多是以我的道歉做结尾，但我还是想见他就见他，想走就直接走。

这就是友谊吧？有倾诉和交流，但绝没有彼此负责的沉重责任。

腊月二十八，我又到了英市，不是习惯在英市生活，而是如果在南市，很容易被人发现我是个单身女人。

梅毓的年货已经置办齐全，正准备和老公一起回他的老家。

“你春节和文治过吧。”她临走前嘱咐我。

“文治哥不是有小嫂子吗？”我闷闷不乐道，因为梅毓要回老公老家。

“那不是——我不知道，你亲自问他就知道了。”梅毓想说什么又改了口道。

什么意思？文治哥不和小嫂子过年吗？算了，不纠结了，打个电话问问不就知道了。

我立刻给文治哥打电话：“文治哥，你春节不和小嫂子过吗？”

"什么——嗯，你在英市过吗？"文治哥问我。

"是啊，那咱们一起过春节吧。"啊，好开心！总算有个人陪我过年了。

"你住这边的酒店吧，我给你另外开一间房子，就在我这个楼层。"文治哥道。

往年春节，我都是一个人窝在英市的房子里看网剧；而今年，因为工作关系，已经退了英市这边的房子，回到南市居住。

所以，要回英市过年，只有住几天酒店了。

"我自己开吧。"我应该用自己的钱，花自己的钱舒服，不能随便占人便宜。

"好了，跟我就别客气了，我赚得比你多。"文治哥道。

"那好吧，我占你便宜了。"既然这样了，我也不能继续坚持，否则显得矫情。已经十年多的友情了，狗皮袜子没反正的那种。

还好，春节有文治哥在，老天还是眷顾我的，体谅我脆弱的小心心啊！

除夕晚上，文治哥先回了家，陪家人一起吃过年夜饭后就回到了酒店。

我们在农历二十八那天订了年夜饭，除夕晚上由酒店送到了我的房间，文治哥还拿过来一瓶红酒。

"我简单吃了点儿，留着胃过来吃。"文治哥笑道，"今年竟然吃两次年夜饭，真是很有意义。"

春节联欢晚会已开始直播，我收到梅毓的信息："人生就是这样，有人喜欢别人喜欢了一辈子却说不出口；说不出口的，都是真的喜欢，因为太喜欢了，所以怕被拒绝，比如文治。而随便将喜欢说出来的，却将喜欢对每一个人说，尤其是随便给出的承诺，一个个都实现不了，比如那个商子。春节快乐！妹妹！"

文治哥也收到了梅毓的信息吧？他看手机之后，有微微的笑，好像写到他的心坎上了似的。梅毓写了什么？虽然很好奇，但我并没有问他，这点儿修养还是具备的。

"小嫂子回韩国过年了吗？"我问文治哥。

他一笑，问我："喝点儿红酒吧？"

他在回避这个问题，应该有他回避的理由吧。

我不再追问，便答道："喝。"

过年怎能不喝？况且我自住院发现自己脑部有腔梗和缺血灶后心情一直不好，喝点儿红酒可以减减压。

于是，这间房间就出现了每个家庭都有的普通而温暖的一幕：电视在一边开着吵着，我们谁都没看电视，你一言我一语有一搭没一搭地说着话，喝着酒。

最后，我醉了，趴在桌上。迷糊中，文治哥把我抱上床，给我盖好被子，关掉电视，拉上门出去了。

早上被鞭炮声吵醒。

睁开眼，一时间不知自己在哪里。看看窗户，那里正透进来一片朦胧晨光，转过头，桌子上还留着昨晚的残羹剩饭。

我先起身冲了澡，然后打电话叫来了服务员，让她们收走了杯盘，顺便给我整理了房间。

房间电话响了，我拿起话筒接听，是文治哥："一一，起来没？"

"起来了。"我道，"咱们今天干什么？"

"我先回家一趟。"

"是不是我昨晚在这儿，没能让你回家？"我很内疚。

"怎么会。回家也没处住，爸妈、哥嫂，还有侄子，哪有那么多房间。"

我不禁同情道："可怜的文治哥，有家却没房子住。"

"在这边买了房的，只是长年不在家，一年就回来两三次，所以就租出去了。"文治哥笑着在电话那边解释。

"哦，那你赶快回家吧。"我催促道。

刚放下话筒，手机响了，是梅毓。我拿起接听："新年好，梅毓。"

"哈哈，新年好，一一。你这会儿在做什么？"梅毓声音很欢快。

"刚起来，准备去街上转转。"我道。

"不跟文治一起吗？"

"他要回一趟家后，才能回来。"我发现自己用了"回来"这个词，有种奇怪的自然感。

"他不回自己家住，就是因为你来了，他要陪你。"梅毓直接说道。

"啊？可是，文治哥说父母家里没有空余房间，而他的房子又租出去了。"说到这里，我开始内疚。

"他是为了让你不要有愧疚感，他的房子一直闲着，根本没租出去。以往住酒店也只是为了见你——见你我方便。"梅毓道，"好了，你等他回来，一起上街转转吧。"

我已经有愧疚感了。

一直想做一个硬心肠的坏人，是为了让人不敢欺负我，任东西南北风，我自岿然不动。可是，一旦觉察到别人对我的好，我的硬心肠就像纸糊的老虎，一阵小风就可以吹翻。

到现在，我依旧是个很容易愧疚的人。

和梅毓讲完电话，我又开始发呆，却想不出个所以然来。一个人在房子磨蹭到十点，准备出门。

正在卫生间化妆，房间电话响起来。

我过去拿起话筒："你好。"

"一一，咱们出去转转。"文治哥的声音如阳光一般从电话那边穿过来。

"我收拾下就出来。"我道。

放下电话，我迅速跑回洗手间。

自从回到学校，已经有很长一段时间没有好好化妆了，感觉手法都生疏了许多，稍微上点儿妆就感觉太浓艳。

知道文治哥是因为我才住的酒店，本就简单的化妆搞得更简单，眉描了几笔，口红淡淡地涂了几下就完事了。至于发型，就用梳子和吹风机将发梢做了个简单弧度。

外套依然是那件浅粉色的羊绒大衣，内搭白毛衣和黑皮裙，靴子就是从南市穿来的那双黑色高筒皮靴，但是擦亮了。

因为只打算住三天，等到初四的时候就回南市，所以，我就只多带了一套衣服，也没有多带一双鞋过来。

"想去哪儿？"准备进电梯时，文治哥问。

他穿了一件新的米色中长羽绒服，里面是驼色的高领毛衣，腿上穿着黑色工装裤，脚上是一双棕色战地靴。

"你安排吧，哪里都好。"我回答道。以前在英市时，也不太出去玩，那次和商子登城墙，竟然是来英市后的第一次。

现在想起商子，就像提及一个陌生人，不由得低低说出声来："时间就是这样，把不属于你的东西直接风化。"

"什么？"文治哥没听清。

"不管到什么地方，都要把春节好好过一下。"我道。

"那就信马由缰，随便走走，逛逛街。"文治哥道。

"好。"我附和道。

说是不让放鞭炮，仍然随处听到零零碎碎的炮声。我担惊受怕地走在街上，就怕忽然有哪个淘气孩子把炮扔过来。

文治哥看到我惊恐不安的样子，有些奇怪，他问："怎么了？"

"怕有小孩乱扔鞭炮。"我答道，感觉自己的胆量实在是小得丢脸。

"不要怕，就算是扔过来，不过是声音大一点儿，伤不了人。"文治哥笑着安慰道。

他这么一说，我便走得胆正了一些，往旁边看去，竟然看到有人在街对面卖棉花糖，这是个让人惊喜的发现。

我对文治哥道："文治哥，我去买棉花糖，你等我一下。"知道他不喜甜食。

不料他却道："我带你去买。"

师傅缠了五元钱的棉花糖给我，我拿着棉花糖在眼前盘绕，像看云朵在飞。

文治哥笑道："你是买来看的吗？"

"吃！"我撕下一块就像撕开一朵云塞进嘴巴里，感受那种从绵软的线条彻底还原为糖粒的甜的过程，一刹那似乎穿越到了童年。

"文治哥，你也撕一块。"我对文治哥道。

大约是受我情绪感染的缘故，他也撕了一大块，一股脑儿塞进嘴巴里，微笑着一边看着我，一边感受着他嘴里的甜。

我被他微笑的样子晃了一下神。他这个样子似乎是在看着受宠的女朋友在他面前胡作非为一般，以往他笑的时候，多是这种眼神。

我掐了一下自己的手心，提醒自己：嗨，陈一一，记住，不要动摇。他已经是名草有主的人了，在他爱你的时候你不知道，在他已经有女朋友的现在，你更不能瞎掺和，这不道德。

我的手机不断发出收到信息的声音，我拿出来点开信息栏，都是些春节祝福的信息。其中，有几位发的竟然是同样的内容。

节日信息就是这样，转发来转发去的，知道他们记着我就好，不必计较是否是亲笔撰写。

陈家晟发来的也是转发的，方浩文发来的倒是简单，就发了一句话："节日快乐，想念！"寥寥数语，倒觉出几分真意。

文治哥忽然一把拉住我，原来，我边走边看信息，没注意脚下的路，差点儿撞上路灯杆。

文治哥反应真是够敏捷的。

"城墙上布置了很多漂亮的花灯，去看看。"文治哥道。

"好啊！"我答应道。还没看过带着节日装饰的城墙呢。

春节登城墙的人很多，看来登城墙看花灯几乎成为大年初一这天唯一的娱乐方式了。

往年的春节多是一个人窝在小窝里，今年竟然有人陪我，让我可以像个有家的人一样过个正常年，我比较满足。

"从妈妈去世以后，我就没有正儿八经过个年。"我对文治哥由衷感谢道，"谢谢你，文治哥，让我在今年可以像个正常人那样过春节。"

"以后——慢慢地什么都会好的。"文治哥摸摸我的头，安慰道。

好喜欢被他摸头的感觉，他的手温由头发传递进大脑，再传到心脏，有种踏实的温暖感。

打住！我及时提醒自己不要胡思乱想。

他有小嫂子，我有方浩文。只是，他和小嫂子必然是坦荡的，敢于在任何场合秀恩爱；而方浩文与我之间，却总是有堵墙。

为什么分明有个恋人，却像没有那样孤单？因为，方浩文忽冷忽热。

我为什么不同他分手？因为他不分。

他不分，我就不分吗？因为我还有他介绍的内刊，以及同他交往以来积累的习惯，虽不浓烈，却有责任维持下去。

我一边在心里自问自答，一边同文治哥穿行在人群中，突然被后面的人挤了一下，我一个踉跄，就感觉右脚踝向外侧一个翻折，右脚崴了，然后，脚就不能向下踩了，一踩就痛。

“文治哥，我脚崴了。”我只好叫住他。

“怎么回事？”文治哥忙转身过来扶住我，“疼得厉害吗？”

“不走就不疼。”我单脚跳着，想避开人群，到城墙边歇息片刻。

文治哥却道：“我背你，我们去医院。”

我攀住他的肩膀，被他背着下了城墙。还好我不重，不然，文治哥不知会被累成什么样子？

我们的春节第一天，就这样被我的崴脚打乱了节奏。

医生说，我的脚伤不严重，就是扭了筋，一周不要用右脚。只需每天用红花油擦，用盐水泡脚，再口服三七片就好。

文治哥却不放心。回到酒店之后，文治哥严格遵照医生的嘱咐，把我的伤脚架在叠起的被子上，先倒水让我喝了药，然后又用红花油给我脚踝处做了十分钟左右的按摩，这才放心离开。

“我简单吃点儿，回来再陪你吃。”他离去前解释道。他晚饭是要和父母亲一起吃的。

“没事的，你回去陪家人吧，我一个人可以的。也就是像个蚂蚱似的蹦几天，就全好了。”我道。

“不行。”他道，“我回来给你带些吃的。”

文治哥走后，我看着高高架在被子上的右脚，又开始胡思乱想。

文治哥的背很温暖，文治哥的眼神很紧张，文治哥在身边的时候我很安心。

可是，文治哥有小嫂子。

我已经回南市了，为什么却要在英市过年？如果不来，就不会干扰文治哥的安排。看，老天都看不过眼了，用崴脚来惩罚我。

我陷入深深的自责中。一边责罪，一边还在分析。

同方浩文在一起，经常让我忍不住去追求物质，追求自我成长，却没有那种恋人都有的亲密无间。跟他在一起，我精神会很紧张，总念叨一句话：没有物质的爱情，风一吹就散。

我得实现自我物质供给，自我供给还必须得富足有余，最好在社会上成为公众人物，或者有个成功的公司，总之，要有个成功的名声。

仿佛只有这样，他才能向我单膝下跪求婚，献上他的膝盖，也献上给我的戒指，并且恨不能让全世界都看到他娶了个优秀的女人。

这不是我以为的爱情，而是婚姻战略联盟。他的行业身份决定了他对妻子的完美要求，有才有貌有钱年轻还有好名声，就是五好女人那种。

在这五个方面，我不谦虚的话，也只占了两种，才和貌。这就是他不肯分又不肯求婚的原因吧？

我才是他的鸡肋，食之无肉，弃之有味。

如果同文治哥在一起呢？我想说什么就说什么，可以撒娇，可以说过分的话，可以做不讲理的事，不必费心为成为五好女人而奋斗。

我们互相了解，有十余年的情感积淀，都没有婚姻经历，并且，我们彼此相互肯定又相互宽容。

如果我们相爱，完全可以无惧世事，在阳光下众人中正大光明地大秀恩爱。如果我们在一起，几乎具备我理想中恋爱的所有属性。

可是我已经误了他十年，凭什么在他有了小嫂子的时候，却横插一杠子？这么做不地道。

想着想着，不知不觉便睡了过去。

我是被敲门声惊醒的。我忙下了床，单脚跳着到门后，从猫眼向外看，是文治哥，这才放心开了门。

文治哥用塑料袋提着几只饭盒进来，他反身关上门，扶着我坐到椅子上，把菜一样样摆放在桌面。

红烧土豆，清炒芥蓝，山药西兰花，红烧排骨，两份米饭。

他知道我不能吃肉，就带了三份素菜，而那份红烧排骨，自然是给他自己准备的。

他把一次性筷子递给我，笑道："来，开吃。"

他吃得很香，尤其是那份红烧排骨，很快就被吃掉三四块。

他在家里没吃几口吧？特意留着胃口陪我吃饭吧？

心中内疚堆积成山，却知道如果出口道谢反而矫情，我只能用大吃特吃来回报他的细腻贴心。

吃着吃着却伤心了，眼泪止不住涌出来，一滴滴地滴进饭里。

不能哭不能哭，这样太脆弱！大过年的我哭什么啊！

我偏了头，拿餐巾纸装作擦嘴巴，顺势擦了泪。

自母亲去世后，我从来没有感受到过春节的氛围，今天才算是有了过春节的感觉。

我是怎么把自己的日子过得如此充满漂泊感的？我为什么就不能有个正常生活，有个正常的家？为什么大过年的没有家人一起过春节，却躲在酒店里吃饭？还崴了脚，拖累了文治哥，让他不能和家人团圆。

真的是我太挑剔了吗？

我越想越伤心，却怕文治哥发现，只好又偏过头，拿餐巾纸擦泪。

吃完饭，文治哥把桌面清理干净，又替我擦红花油。

他一边用掌心涂了红花油将我的脚踝擦热，一边同我讲着趣闻逸事，我顿感岁月美好。

“晚上小心。”他离开房间前嘱咐道。

“知道了。”我点头答应。

脚赶快好起来吧，不要拖累无辜的人了。

如果同方浩文相处的感觉就像文治哥同我相处的感觉，该多好。

说谁谁到，方浩文就在我碎碎念的时候打进电话：“一一，这会儿在干什么？”

他又回南市了？

“躺着，没干什么？”我回答道。看着右脚被高高地放着，百无聊赖。

“我还在老家。过节了，你多出去找朋友玩，开心些啊！”他道。

“好的。”我想多了，人家还在老家，怎么会因我而提前回南市？我算哪根葱？

“行，挂了啊。”没说几句他就挂了电话。

我想，在他挂了我的电话之后，肯定要给其他几位打。

我们的手机通话时间基本上都很短，因为无话可说，因为没有到无话不说的程度。

没有缠绵的思念，没有“我想你”的告白，却鼓励我多出去玩。

他在春节晚上这个重要时间给我打电话，既避免了以后我会误会他连春节都不打电话而影响他的完美形象，又可以避免让我认为他不在乎我。

文治哥与方浩文两人对我都很温和。不同的是，文治哥的温和只对自己人，而方浩文的温和，是处处展示的人生态度，你只能用温和形容他的态度，却不能用温柔形容他的感情。

所以，尽管我感觉不到他足够在乎我，可我又不能说出来，真要说出来就显得自己无理取闹。所以，方浩文的错是无法说出来的。

这就是方浩文，做事永远滴水不漏，让人挑不到错处，虽没有让人吃什么亏，却总是让人如鱼刺卡在喉，咽不下也咳不出。

所以对方浩文，我不能不理睬，还是那几个理由：一、他给我介绍内刊；二、有恋人关系；三、尽管女人的直觉是他不够坦诚，但他该表现的都表现了。貌似客观条件和主观理由对我们来讲，暂时都不能分开。

尤其是我。我就一没权没势没钱的三无人员，不谦虚地讲，除了才貌什么都没有。

我只有时刻保持警惕，虽不能把自己彻底交出去，但更不能把后路全堵死，否则，人生就没牌打了。

我好像陷入了一个走不出去的魔咒，这个魔咒何时才能解除？

目前，我没得选，除非我不依靠方浩文，那样，我才能嚣张跋扈地对他道：“老方啊，咱们分吧。”

在他说“不能分”时，我嘿嘿一笑，转身就走，还扭着小蛮腰，笑得天花乱坠。

不能这么做！多昧良心啊！

醒醒吧，陈一一，别做梦了！你做不到那么潇洒的。

五十、好像成熟了

不要奢求无法得到的。否则，不仅过程累，而且结局惨。

原本计划初四就回南市，结果脚一崴，在英市待到初七了。

初七一大早，文治哥将我送回南市。

他扶着我回了家，又出去买了米面油和蔬菜，分类放在厨房和冰箱，千叮咛万嘱咐，直到我再三保证听他的，他才放心离开。

因为我，文治哥原本在初五就该出发，却只能初八走。我真是个祸害。

初八早上睡醒，正好看到阳光从窗外铺进来，洒一地明媚碎光，像极了和文治哥相处的心情，没有担心，没有压抑，没有防范，更没有卑微。

一切都那么和谐，那么自在。

又能怎样？他有了小嫂子。即使他没有小嫂子，我目前仍跟方浩文处于模棱两可的恋人关系中，又怎能脚踩几只船？

我自嘲地一笑，慢慢下了床。

右脚已经可以走了，还是疼，只能踮起脚走路，不敢将脚跟踩下去。

这几天，方浩文一直没有同我联系，我却有一种轻松感。

不管是同他在一起，还是同他打电话，我都有一种要顺着他的心情适时做出他需要的反应的压力，精神很紧张。

没办法，经济基础决定上层建筑嘛。

因为脚受伤的关系，我只能用右脚尖点着地一跳一跳地拖地、洗衣服。之后，给自己熬了小米稀饭，炒了盘土豆丝。

一边吃，一边回味过年的这几天，感觉好满足，因为今年真正过了个年。

以往是最怕过年的，越是过年越是孤单。别人回家团聚，我却形影相吊。

人是需要有个伴儿的，没有谁愿意曲高和寡，即使阳春白雪很是雅致，也不过是希望得到下里巴人的艳羡或称颂。

若都是阳春白雪，这个世界就会处处高冷，没有人味儿。

忽然想到陈家晟，想到他让我写的微电影剧本，立刻收拾了碗筷，该洗的洗，该收的收。

然后，打开电脑，不求高大上，只求酷炫拽。

这次的微电影剧本，素材来自盛世电脑城。

我同电脑城宣传部张经理沟通了数回，按照他们的品牌定位和产品营销需求，以两位在电脑城柜台工作的年轻人的青春爱情故事为主线，做了产品植入。

我特别注明：演员要高颜值。原因：高颜值带动流量。

陈家晟同学原本的意思是让我写一部纯故事的悬疑片，并且不找任何赞助商。但是，那需要先期投入，如果我们资金短缺，必然会因宣传力孱弱而止步不前。

有广告投入就不一样了，有客户买单，我们就可以财大气粗地开展狂轰滥炸的宣传，请几个有颜值担当的演员，微电影将在开拍之前就吊足观众的胃口。

足够蛊惑人心的铺垫之后，再让片子上线，只要演员颜值高，剧本情节有噱头，导演给力，播出后基本是旱涝保收了。

陈家晟计划贷款一百万来拍微电影，我一听他的计划，直接就否了。

没有广告植入的微电影，只能让白富美或高富帅来拍，因为他们玩儿得起。只有资金足够，才能无所顾忌地追求精神的审美。

资金匮乏的陈家晟，却要按自己的审美和兴趣拍一部微电影。

没有广告商赞助，纯故事无商业。他一做小生意的，无商业做啥生意?

虽说贷款数额不大，但绝对是冒险。我是不可能做那种没有把握的事情的，更不能眼看着前方是泥水坑，还让朋友跳进去。

由此可见，陈家晟比我更理想主义，更有人文情怀。我的境界比他低多了，就看重成本。我真俗不可耐。

可是，只有俗才能活下去。

熬了一个通宵，才折腾出一个自己比较满意的剧情。我很为自己的智商担心，出活儿率也太低了!

我计划赶在正月十五之前写完剧本，并且完成改动。把剧本大纲顺手给陈家晟发了邮箱。

半小时后，陈家晟给我打电话：“大纲我看了，你先按照你的想法写吧。写完再商量。”

得到他的支持，我在初九晚上又坐在电脑前开始写剧本，一直写到凌晨两点才去睡。

早上睡得正迷糊时，手机响了，我闭着眼睛伸手在床头柜上摸索，摸到后拿到眼前，挣扎着睁开眼睛，看见“恩师”两个字，这是我在通信录里给方浩文起的新名字。

按了接听拿到耳边：“喂。”声音带着浓浓的没睡醒的气息。

“还睡着呢？”方浩文问。

“昨晚睡得晚。”我依然很困倦地回答他。

“那你再睡半小时，然后起来，我们去个地方。”说完他又道，“我是说如果你没有其他事，如果有其他事就不用去了。”

多么客气礼貌又多么见外。这个感觉一出现，我立刻清醒了，对他道：“没有其他事。我半小时后起来，你说个地方我赶到。”

“到时候我在小区门口接你。”他语气平和体贴，绅士品格持之以恒，一以贯之。

脚已经好多了，可以完全踩实了，只是脚踩在地上时，当初扭筋的那个部位又僵又疼。

我试着走了几圈，关节部位才比较灵活了。又在镜子前来回走了几步，感觉走姿比较正常了，便开始梳洗打扮。

要见恩师兼恋人，我还是靓丽些好。

从初一到初十，相隔九天。这九天里，方浩文同学没有一个电话，没有一个信息。

我猜想，他可能去找他前妻了，又或者，认识了更年轻的女人，正试着相处。

当然，一切都是猜测。

想到这里，我呵呵一笑，嘲讽一下自己。我就是个言不由衷的女人。

忽然发现，我已不是过去的我。过去的我，只要感觉怀疑便立刻离开，把对方手机号拉入黑名单，连招呼都不打一个。

现在的我，好像成熟了，会把自己的每一步行动同生存现状联系起来，要先分析出某个行为对生活利大于弊还是弊大于利。

如果是前者，我立刻执行；如果是后者，我立刻抛弃。

方浩文是我的恩人，他有选择的权利，我也有，而且他并没有制约我。很公平。

在他没有提出分手时，我不能分手。如果我要分手，那也要等到他的孩子上大学吧，现在已经是高二了。

一个男人家，独自带着一个青春叛逆期的男孩子生活，也很不容易。

我不愿意再像年轻时那样，一旦怀疑立刻逃掉，我应该很理性地对待这次恋情。

我为什么总想着和他分手的事？因为，他给我的感觉是未来不会在一起，而且，他和谁都不会在一起。

他好像有心魔，他的心魔跟他的前妻有关。

他年轻时应该极其自信优越，只是因为前妻首先提出的分手，让他对爱、对人生的诸多美好情感都不再相信。

如果境界再高些，见识再广些，胸怀再宽些，必然会首先询问妻子是什么原因，可不可以纠正等。如果其意已决，便认为发生的都是该发生的，遂放之而去。

但方浩文说过，他妻子一提出来，他就立刻放行，连一句“为什么”都不曾问出口。

还是大男子主义和过于清高的缘故，只是苦了后边和他谈恋爱的人。

不仅仅是我，应该还有其他几位。方浩文并不是在选择，他是在一种优越的态度上，以帮助为橄榄枝，拿谈恋爱打发时间，以防日子无聊。

说穿了，还是离婚后遗症，尤其是女方先提出的离婚，这对普通男人来讲简直就是一种耻辱。当然，这一切只是我的猜测。

方浩文再次打来电话，说他已经到了。我告诉他马上下楼。

我穿了黑色高领毛衣和灰色牛仔裤，又拿了一件黑白格子呢外套，穿着短靴下了楼。

搭配的这一身比较学生味儿，再有我的空气烫大鬈长发和一米六六的身高，还是美的。我对自己的美貌从不质疑。

他还是坐在车里等我。

我拉开副驾驶侧车门坐进去，关上车门后问他："到哪儿去？"

按常理，我是应该问他什么时候回来的，但，我怕那么问，会给他造成一种被质问的错觉。

"朋友的酒店开业，给他捧捧场。"他道。

两周没见了，也不见他有什么再见面的喜悦，反而很平静，甚至直接表现出一种对这种捧场很厌烦因为是朋友才不得不去的情绪。

这种不加遮掩有两种原因：一、跟我关系近了，不怕暴露偶尔的真实情绪；二、对我的反应无所谓。

无论哪种原因，我都接受。他的到来，已经说明了他对我还是重视的。知足吧，知足常乐。

右眼睛忽然看不清东西，我揉了好几下，依然没有缓解。我就任这种迷离的视线一直存在着，没有告诉方浩文。

五六分钟后，头部后右侧忽然痛了一下，很快感觉某个东西冲破了阻力，痛则不通，通则不痛，而右眼睛的视力也恢复了。

找个机会去医院查查吧，可能是脑子或脑血管又出现了问题。跟这两天熬夜有关吗？

到了地方，门口摆着两行花篮，台阶下聚着二十几个看客。

看到方浩文下车，有几个人便积极地迎过来。

方浩文照例是到这里剪彩的。我自觉找了个看客的位置，手插在外套兜里，看着主持人宣布仪式开始。

方浩文外穿一件灰色大衣和卡其色长裤，内搭一件浅蓝色衬衫和藏蓝色毛衣，拿着一把漂亮的金色大剪刀，微笑着站在两位托着红绸花的旗袍美女之间。

剪彩共有九人，旗袍美女十位，都窈窕修长、青春靓丽，年龄在十九岁到二十三岁。

我不动声色地将羡慕的目光从美女们妆容精致的脸庞移到旁边的彩球上，以防这种灿烂青春与年华逝去的无情对比伤害到我脆弱的心灵。

剪彩后是讲话。方浩文同学照例是要讲几句的，从大局到部分，从国际到国内，从政策到人文，简明扼要，条理分明，通俗幽默。

他之前已经说了不打算在这里吃饭，所以当剪彩仪式结束后，我们便先行离去。

他带我到了一家湘菜馆，点了一份清蒸鲈鱼，一份豆腐煲，一份炒青菜。

方浩文很在意桌上有没有绿菜，他说，每顿饭必须有盘绿菜，对身体好。

这就说明他的日子很闲适，日子闲适的人才会注重养生。

他给我夹了一块鱼，很自然地表现了一位男友的关心。然后，又是每隔几分钟就看一次手机，或是回信或是不回信，偶尔还是会有不自觉的笑。

我对这种完全与己无关的笑容已经有了免疫力。当我凭我那万劫不复的直觉知道最后肯定是要和他分手之后，我那百毒不侵的免疫指数便迅速爆表。

方浩文同学能在女人中很吃香，并不是坑蒙拐骗，而是确实具备有钱有势有品位又会说话还能帮助人的综合实力。

我之所以总是分析方浩文，只是因为，我气不顺。

虽然他介绍活儿给我，但是，我答应再次接受他是奔着婚姻去的。

既然他之前说什么我正是他喜欢的那种，又为什么总让我感觉不到他的坦诚，也从不曾听他谈及我们的未来？而且总是看手机，似乎在等什么重要的人的信息。

而那种等待很明显是生怕误过什么，而且绝对跟暧昧或感情有关。这又是我的直觉。

我是多么希望我的直觉是错误的啊！遗憾的是，每次都那么准！

我心里很火大，却知道发作也没有用，他会用他的慢条斯理和场面话来解释，我便会显得很是无理取闹，或者无事生非。

这其实并不重要，重要的是会显得我很庸俗，跟家庭妇女毫无二致。

方浩文同学并非十恶不赦，相反，他既能给我找活儿干，又能跟我谈芭蕾舞、论喝红酒的方法，比一般男人有品位得多了去了。

我在心里对自己说：陈一一，有本事你就分手，看你那活儿还干得下去？！

这种随时触发的自省能力，再次证明我成熟了。这种成熟不知不觉地衍生发展，变成现实主义的革命情怀，在我的血液中扎根发芽，茁壮成长。

吃完饭，方浩文送我回到我住的地方。

“要不要我送你上楼？”他有几分期望，像只猫在看树上的喜鹊。

“不用了，你回去休息吧。”喜鹊却不愿意让猫如意，因为这么久没联系，这只猫跟个没事人一样，对喜鹊一句解释都没有。我这只喜鹊也是有脾气的好吗！

而且，他总是时不时看手机，让我的心情很压抑。

现在他问要不要送我，真是太滑稽。

首先，如果他真拿我当女友，应该直接和我一起上楼，这还用问吗？

其次，他要是上了楼，接下来该怎么办？还是像上次酒店里那样再春风一度吗？

他愿意，我还不愿意。从不和我谈未来，凭什么动辄就想度春风？

他不是问我“要不要”吗？就回答他不要，以后他再这么问，还回答不要。看谁牛！

听到我说不用，他有些发愣，但他很快说道：“好，你好好休息。”

“好，改天见。”我道。

在你好我好大家好的道别声中，我规规矩矩地冲他摆摆手，转身进了小区。

回到房间换拖鞋的时候，眼睛又花了。

用双手捂住眼睛，站定了一会儿，再放开手，又恢复了光明。

得找个时间去医院看看眼睛。

就因为文治哥给这里装了红色玄关，再配上那几盆盆栽，客厅的高大上指数一下子上升了许多。

走进客厅，看到沙发，仿佛梅毓和文治哥还坐在沙发上聊天。

我坐在他们坐过的地方，想象着他们还坐在沙发上，有一搭没一搭地聊着天，时而打趣我一句。

手机响起收到短信的声音，点开一看，学校群里发了通知，要提前两天返校。

啊，真好，又可以回到组织的怀抱了。

我想给我送酱菜的李老师，想办公室里的俩小同事。

他们会想我吗？

应该不会想吧，因为他们都有人陪，他们不寂寞。

五十一、再执教鞭

工作才能带给人活着的意义和生而为人的成就感。

返校的那天，天气晴朗，阳光从树叶的缝隙中洒下来，我走得很文雅，内心却有一只袋鼠正在欢快地跳跃。

“这学期你代一门课吧。”教务主任让人把我叫到他的办公室，对我道。

“什么课？”好久没有代课了，我有点儿小恐慌。

“‘阅读与欣赏’，是不是正好符合你的特长？”他微笑道，喝了一口茶，表示他对我的信心。

太符合了，真的就是为我特设的课程啊！

我压抑住内心的狂喜，向他展示自己虚伪的谦虚：“我尽力，主任。”

当然要尽力了！要在第一堂课拿下所有学生的注意力，在颜值和实力上成为女神级的存在，让他们以后以雀跃的心情等待我的课！

回到办公室，我立刻在网上搜集同类课目的优秀课件，一个个学习起来，博采众长，才能打造出满分课。

最后，我设定了教学框架：直接展示部分内容吸引学生，再介绍主题，然后是摘选朗读、视频音乐辅助、情景再现和总结，布置作业后，根据时间在全体学生的歌曲合唱后下课。

框架定好后，又赶紧去找李老师，她是九年级语文老师，连年被评为优秀教师，得到她的指教真是如鱼得水。

李老师笑道：“你文笔那么好，还用请教我？”

我脸立刻热辣辣的，羞愧难当：“十几年没教书了，早忘了课堂结构了。”

大约是我的真诚感动了李老师，她也没再推辞，把她过去的教案给我几本让我借鉴，又道：“其实教学生就是一片真心，你是不是真心，学生们能感觉到，不要小看他们，现在的孩子都很聪明。”

我将她的话写在我的教案的扉页上：“教学生就是一片真心，你是不是真心，学生们能感觉到。”

我用三天时间准备了三节课的教案，分别以《城南旧事》《红楼梦》《海狼》三部小说为欣赏内容。

又用两天时间下载了《城南旧事》的电影视频，1987版《红楼梦》电视连续剧的其中三集。

《海狼》电影并不如小说那样有穿透力，我便下载了几首激情澎湃的国外影片主题曲，用来做朗诵时的背景音乐，以避免朗诵过于单调。

我把教案交给李老师请她把关，她添了两个环节，一个是集体朗诵，一个是请同学发表读后感或观后感。这么一来，教案便显得更有质量。

只是，她在给我提醒的同时，显得很焦虑，不知是什么原因。

我便多嘴问了她一句："李老师，你有什么事需要我帮忙吗？感觉你很焦虑。"

李老师惊讶道："我表现得这么明显？"

"是啊。"我老实回答。

"这不才开学两天嘛，班里有几个男孩子早读时间总是打瞌睡，批评时他们也显得很无所谓。我在考虑要不要找家长谈谈。"

"会不会是他们在晚上打游戏啊，所以白天上课才打瞌睡？"我记得最近网上一直有帖子批评游戏严重影响孩子学习。

"我又不能晚上守在他们家，如果真是打游戏造成的，家长就必须配合监督了。"李老师叹息道。

真是一位负责任的好老师，难怪年年都是优秀班主任，我在心里羡叹。又提醒她道："你先问清楚实际情况，究竟是玩游戏还是干别的，现在正是他们进入青春期的阶段。一边问学生，一边通知家长多注意。"

"好的。你看我这老土，连流行什么游戏都不知道。"李老师自责道。

"我也是经常看教育话题才知道的。"我安慰李老师，却又想到我这么讲会不会显得刻意突出自己敬业。其实，我并不敬业啊，只是偶尔看看论坛而已。

"是我疏忽了，我也应该常看看这类话题的。"李老师还是在自责。

我正准备再解释解释，眼睛又发花了，眼前的东西变得很模糊。

我忙用手掌挡住双眼，闭目缓解。

"你怎么了？"李老师问我。

"眼睛忽然发花。"我说道。心想，是不是这几天准备教案所以没休息好？

其实，我很喜欢当老师。如果不是这里偏僻，与我对辉煌的未来设想差距太大，我是应该一直待在这里，成为像李老师那样的好老师的。

人生没有后悔药，能做的只是在当下好好干，能发挥多少能力就发挥多少能力。

第二周周三有我的课。吴贻弓执导的《城南旧事》这部20世纪的老电影在娓娓道来的旁白中开始播放，没有特效，没有颜值，没有华丽场面，如我所料，教室里那些被现代声光电传媒反复洗礼的孩子并没有觉得无聊，反而都被吸引了。

老电影虽然朴素无华，却真诚饱满。真诚的事物总能感动人。

看着学生们静静地托着腮，肃穆地投入电影语言中去，我为之欣慰。此刻，电影仿佛是陈旧却恢宏的圣殿，虽蛛网密布却威严沉静，接受着孩子们的膜拜。

我每讲述一段，便播放与之相应的内容："这部电影是根据台湾著名女作家林海音同名中篇小说《城南旧事》改编的。小说以作者本人的童年生活为背景，描写了20世纪二三十年代在北京发生的五个故事。通篇以小女孩的语气天真无邪地陈述了她童年时期经历的幸福和悲伤……"

第一节课就这样完成了。当下课铃声响起，学生们站起来，异口同声地说出"老师再见"时，我看到了他们眼中对我的喜欢。

走出教室时，有几位学生追了出来，问："陈老师，这本书哪里能买到？"

看来，第一节课已经收到了效果，我保持着一名教师该有的微笑和语气说道："很容易就能买到，书店、网络都有卖。"

我是一边回忆着他们的眼神一边回到办公室的，内心欢喜表情安静。我其实挺能装的。

"第一节课咋样？"小同事关心地问道。

"还好，我其实有些紧张。"我尽力压抑着开心回答道。

"那就好。"她也放心了。

被同事关心的感觉很好，但被一个小自己那么多的小女孩关心，我很惭愧。我这么大个人，竟然让年轻人不放心，我给人留下的印象是有多差？

唉，都是因为没有在一个行业长久坚持给大家留下的感觉。如果时间能重来，我必定坚守岗位，矢志不移。

时间过得真快，眨眼间三周过去了。

周四晚上回到住处，本来想熬点儿稀饭的，又感觉太麻烦，就煮了一包方便面吃。

吃完后迅速洗了锅碗，换上睡衣打开电脑，开始准备方浩文为我介绍的那家内刊的稿件。

那家公司已经把最近一个月的动态和下月工作计划发到我邮箱，我要做的就是把动态写成新闻，内容不够则以国内外行业新闻或专家的行业分析来补充，再配以图片，最后完成版面设计。

等到把本月动态全部以新闻语言整理完毕，已是凌晨一点。

人却很精神，丝毫没有睡意，索性计算字数，看需要补充多少内容，计划到凌晨两点左右再睡。

这么一计算，还差一个版面的内容。我立刻上网搜索近期行业专家分析文章和国外同行业近期动态，下载了国内三篇、国外两篇，又下载了几张高清图片做插图。

再一看电脑显示器右下角时间，两点十分，再不瞌睡也得睡啊。

临睡前习惯性看看手机，没有未接来电，没有信息。

我成了一个被世界遗忘的人。唉，我的人生真孤单。

早上被手机闹铃吵醒，按了停止后，还想再睡。

忽然想到，自己这样夙兴夜寐，就是为了让自己有足够的钱花，面子上像个人，便咬咬牙，一个挣扎坐起来，立刻下床刷牙洗脸。

想着外边冷，又打开窗户把手伸到窗外感受了一下气温，穿上羽绒服冲出门。

等电梯的时候才想起把手机忘了，又开门取了一次手机，这才安心地等电梯上来。

这座楼结构还不错，不像一般的点式楼，而是点板结合，两梯四户，这就是单位自建楼的优势。

回来后最真切的感受就是，人是必须要有组织的，有组织，什么都有组织替你考虑，来来往往也有一个团队归属感。

如果没有组织，来去总是一个人，没有了社会来往，要么自闭，要么早衰。

我喜欢去学校，喜欢看着每一个人的出现，不管是谈得来还是谈不来的，看到他们就有团队感，有组织归属感。

所以，我依然喜欢白天，不喜欢黑夜。

白天可以看到鲜活跳跃的生命，人欢马叫，熙熙攘攘；晚上虽然灯红酒绿，看似热闹，但十点之后，一切就开始慢慢沉寂，越来越静的深夜让人恐惧。

所以，白天比夜晚美，一切都是阳光的，生命都是敞亮的。

电梯上来了，我刚进电梯，同层的另一家住户的男人随后闪身进来。

他与我同乘过几次电梯。这个男人经常把自己喝得醉醺醺的，有时一大早就闻到浓浓的酒气。遇到他的时间基本上都是早晨，他一出电梯便开始跑步，绕着楼群跑上几圈。

这次，闻不到酒气。

感觉到他一直在看我，我抬起头，与他目光对上了一次，他没有回避，还是直直地看着我。

我装作若无其事地移开视线，其实内心很紧张，用余光留神他的举动。

他忽然发声了，吓了我一跳："起得早哦。"

我没想到他会同我讲话，只能点头敷衍："哦。"便不再作声。

"你老公是做什么工作的？"他又问。

"公安局。"我想都没想便脱口而出，冰冷眼，严肃脸。

他果然不作声了，几秒后，他喃喃道："好工作。"

我若有若无地点点头，沉着脸，再不发一言。

心里很着急，希望电梯在某层停下，再进来一位女士，这样就不慌了。又希望电梯快点儿到一层，我就可以迅速跑出去。

电梯到五层停下，又进来一个人，是位看着挺严肃的老人，我这才放下心来，安心等着到一层。

终于到了一层，我快步走出电梯，用眼角余光看着后面，以防那男人跑过来。

出了小区大门，我迅速穿过马路，到了对面，装作等出租车回身看向小区，只见那男人开始绕着楼群跑起来。

我这才长舒一口气。不喜欢陌生人忽然搭讪，实在令人很不安。我本身就是个十足缺乏安全感的女人。

从住的地方到学校，没有直接到达的公交车。如果要坐公交，就需要走三站路才会有一路车可以到达距学校五站外的地方。

开学初，试着坐了几次那趟公交车，走三站路到车站，坐上后经过十五站，到达后下车，再走五站路到学校，结果次次迟到。

后来只好选出租车。所幸小区门口出租车方便，坐上后二十分钟就到了，比公交车省一半时间。虽然贵了点儿，但不迟到啊。

今天，又很快拦了一辆出租车，结果行至一半时，才发现路段中部设置了路障，两边还被围起来，迎面竖着一块牌子，上面写着：施工地段，请绕行。

这一绕行，比原路程多了十分钟。

绕了一大圈才到了学校，最后还是迟到了五分钟。

学校一到时间大门是关上的。我红着脸硬着头皮敲敲传达室的窗户，让里边的师傅开门，看着电动拉伸门吱吱呀呀拉开一个仅容一个人进出的宽度。

我低着头快步走进去，脑子里忽然想起一句诗：为人进出的门紧锁着，为狗爬出的洞敞开着……我的脸更烧了。

太丢人了！身为老师动辄迟到，怎么教学生？越想越惭愧，几次碰到迎面走来的老师，我打招呼的态度也分外腼腆羞涩。

要是晚上不熬夜，是不是能起得更早？

不熬夜怎么赚钱养活自己？还得熬啊！我内心困着一只张牙舞爪的怪兽，正在拼命撕扯自己的毛发。

走进办公室，一位小同事没在，另一位正在给自己泡茶。

看我进来，他也没说“怎么来迟了”之类的话，还微笑了一小下，这就更让我尴尬了，难道同事们已经习惯了我这看着斯文规矩其实目无法纪的痞子作风？

我也不想迟到啊，谁愿意天天迟到啊？

“下午最后一节课教研组长开会，校长让你去参加，写成报道发到局里。”小同事对我道，依然带着温和的微笑。

“哎，好。”我答应道，有种迟到了也没有人说仿佛被宽恕了的感激。

下午开完会已经放学一个小时了，我一边羡慕这些教学骨干，一边着急怎么回去。

天已经全黑了，如果走五站路到车站去乘公交车，谁知道会碰到什么，在这么偏僻的地方。

我在脑子里把能打电话叫来接我的人过了一遍，才发现都不合适。

陈家晟这会儿肯定忙，如果给他打电话，他肯定会这么回复：“行，但是你得等，大概两个小时吧。”

如果给方浩文打电话……太掉价了，先不说他接不接，这几天他一直没有跟我联系，我主动打过去会很掉价好不好？

最后，给大姐打了个苦情电话：“姐，我们开会刚结束。天黑了，到车站要走五站路，两个十字路口，我害怕——”

“就在学校等着，我让你姐夫去接你。”没等我说完，大姐立刻道。

看看，还是一母同胞好啊，打断骨头连着筋的亲情啊！

大约半小时，大姐夫打来电话：“一一，到学校门口了。”

我忙答应一声，检查了办公室的电源和窗户，一切没有问题，便锁好门向学校外奔去。

坐上车，我的心情很低落，因为已经三十六岁了，还要让大姐因我的交通问题而帮忙，我是有多无能！

“你该成个家了，这样就有人每天接你了。”姐夫一边开车一边道。

“就让你接一下，就说这么扎心的话。”我反驳道。

反正大姐大姐夫都比我大很多，我恃宠撒娇，也不怕他们生气。

“你不懂生活啊。这么大了，还不懂生活，太天真了。”大姐夫摇摇头，“我和你姐是别人介绍认识的，我当时看上她，就是感觉她是个过日子的；她当时看上我，就是因为我有金饭碗。哪有什么爱不爱的。”

“不对吧，你俩当时都是金饭碗。”我忽然坏心眼地接口道，“我姐说，她当时看上你是因为你长得帅！”

“哈哈哈，那肯定了。”大姐夫被我一夸立刻忘了要继续教育我的大事，说起他年轻时的故事来。

“是吗？”“好厉害啊！”“真的吗？”我就用这些带问号和感叹号的句子一路让大姐夫说个没完没了。

一路聊得还挺开心。大姐夫开车走的时候道：“兄弟——哦，一一，有事就给哥打电话。”瞧，由“姐夫”变成“哥”了，更亲切有没有？但是，我一正儿八经的美女怎么就成“兄弟”了？

已经被当成兄弟了，我干脆特江湖地向他一拱手：“好啊，谢谢大哥。”

大姐夫乐呵呵地冲我挥挥手，开车离开。

看着车开走，我转身进了小区。一边走，一边想，今晚要写下午的会议报道上报局里，还要为那家内刊排版，得抓紧时间干！

进电梯的时候，右眼又模糊了。

回到住处，换上拖鞋直奔书房。打开电脑，准备按计划完成工作，手机响了。

又奔回客厅，把手机从包里拿出来，看看界面，是“恩师”方浩文。

我按了接听键，边接电话，边走回电脑房：“喂。”

“一一，吃饭了吗？”方浩文的声音特温柔，好像喝了酒。他一喝醉酒，就会给我打电话，酒醉后的他亲和指数爆表。

他这一问，我才想起还没吃晚饭，又不能如实说，以免给他造成想和他一起吃饭的误会，我只好道：“吃过了，你呢？”

“吃过了。最近一直忙，很想你。”他单刀直入的告白吓了我一跳。

我怎么回答？说“我也想你”？还是说“不想”？怎么回答都不对。最后我岔开话题：“晚饭吃的什么？”

“跟几个朋友谈事，喝了几杯，也不记得吃的什么，杂七杂八的。明天中午一起吃饭吧。”他约我。

“行。”我一口答应，明天周末也没什么事。

我越来越感觉跟他的关系好奇怪，说是恋人吧，一连几天不联系；说是朋友吧，又是以恋爱为前提的关系。这种别扭的关系什么时候才能变得顺畅？

“这会儿忙什么呢？”他因为喝了酒，便比平时黏人些。

我想起正准备忙的事，内刊还是他介绍的呢。思想上一感恩，语气也温柔了：“一个是你介绍的内刊，一个是学校的新闻报道，正准备加个夜班。”

“要注意按时休息，不要熬夜。”他叮嘱道。

酒后的方浩文更可爱一些，我也礼尚往来，以贤淑态度回报：“你也要多喝水，酒精在血液里的浓度就会降低。”

“儿子明年就上大学了，到时候我的时间就能多一些。”他有些碎碎念。

这种絮絮叨叨很没有距离感，完全不像清醒时的看不清态度的方浩文。

如果他清醒时也是这种和我什么都说的表现，我对他的感觉就不会如鲠在喉了。

“是啊，所以在孩子上大学前，你要珍惜这段陪孩子的时光。”我附和道。

“你赶紧工作吧，不要太晚。”他又叮嘱道。

“好的，你也赶紧休息。”我道。

好尴尬，再聊就是尬聊了，脑袋里已经蹦不出什么内容可以当话题了。

讲完电话，我先到厨房给自己煮了一碗泡面吃，收拾完后立刻开始打字。

半小时写完了报道，两个多小时设计完版面，又去冲了澡，休息时已经过了十二点。

躺在床上，关了灯，感觉今天还算过得比较充实。

希望每天都能这么有意义地过着，有事可做，有朋友可聊天，日子才会鲜活起来。

翻了个身，看着外面的光从拉开窗帘的窗户洒进来，感觉心底好宁静。

突发奇想，做了个美人鱼侧卧的造型，一手撑着头，一手以兰花指状轻轻搭在大腿外侧的被子上，像摆动鱼尾那样摆动摆动两只脚丫子。几秒后，自己先笑了。

又换了个正常姿势躺着，很快在宁静中酣然入睡，梦里处处是大朵大朵的鲜花，却叫不出名字。

五十二、真相总让人沉默

世间事不是你想怎样就怎样，而是别人逼得你不得不怎样。

周末本想睡个懒觉，不料清晨六点多手机便响个不停。

迷糊中拿过手机按了接听键，我又闭上眼把手机放在耳朵边，懒懒地翻了个身，将右腿伸出被子——因暖气太热。

“姐，中午过来吃饭吧。”表妹小雅约我。

“好。”我闭着眼回应着，忽然想到昨天晚上方浩文已经约了我今天中午见，正准备改口，小雅已经挂机了。

有种直觉，中午方浩文可能不会同我联系。算了，中午谁先打进来电话就以突然有事拒绝没打电话的那个。

我又翻了一次身，酣睡过去。

再睡就睡到了十点。起床叠好被子，把床铺平整，便到洗手间，加快洗漱节奏，浅浅化了淡妆。

打开衣柜门，巡视了那些挂在衣架上各种款式的衣服，挑了大一字领黑毛衣、黑色打底裤和黑皮裙，最后取下那件才买的藏蓝色茧形羊绒大衣，换上后来到房门口的镜子前。

把发梢用发夹夹进头发里，看着像短发一样，又特意穿上靴子左照右照，每照一次，就感觉信心多一点儿。

一边顾影自怜，一边念叨李白的《清平调》：“云想衣裳花想容，春风拂槛露华浓。”

念着念着又有些伤情，谁与我“群玉山头见”？谁与我“瑶台月下逢”？

心情立刻变得惆怅，我脱了靴子换上拖鞋，走进书房打开了电脑。

一边检查昨晚编的版面，一边等电话，然而，十一点都过了，一个电话都没有。我倒不知道该怎么办了。

早上关于方浩文有可能不联系的直觉又对了。我讨厌我的直觉。

虽然直觉对了，但我依然感觉到一种被小觑的羞辱感，内心很不平衡。

要不要主动给方浩文打个电话？然后问他“几点吃饭”或者“你现在在哪儿”？

不行，我摇摇头对自己说：“女人，在约会这方面还是被动些好。”

等待中已经过了十一点半，我准备去小雅家。

在门口换靴子的时候，小雅打来电话："姐，咱去外边吃吧，到大桥西南角河边那家铜锅鱼庄。"

"好，一会儿见。"不去她家也好，免得遇上她老公，我还得找话说。

坐上出租车一边向地址赶，一边很不开心地揣测方浩文，约好中午吃饭，到了这个点儿还没有电话，他当我是什么？

又或者，他只是醉了，醉后说的话清醒时就忘了。应该是这样吧？

自尊这种东西，其实非常脆弱，很容易就被摧毁了。而被摧毁了之后，人反而有千百个理由来让自己无所谓起来。

就像方浩文失约，我这个富有阿Q精神的良民，在自尊心受挫后很快自欺欺人地为他找理由，用原谅他来修复我的自信心。

自信心一修复好，人立马就轻松了，仿佛从来没有受过伤。我立刻给小雅打电话："小雅，我很快就到。"

"我已经到了，进来就能看到我，窗边最后这张桌子。"小雅听起来精神不太好，声音很空洞。

"好，一会儿见。"说完后，我按了结束键。

出租车沿着河边的道路向鱼庄进发，道路两边柳影婆娑，顺着绿化带中央一线铺过去的，全是色彩缤纷的格桑花。

自从国家推出争创全国文明城市的主题活动后，南市的外在形象越来越漂亮，尽管不知道有多少人还买不起房，有多少人还住在租来的房子里，用"租一辈子房的花费比买房便宜多了"来修补内心世界的荒凉。

酒红底色，旧金色浮雕字体，"铜锅鱼庄"几个字很醒目，一眼就看到了。

车停在鱼庄的对面，付了车费之后，正准备穿过道路，听到出租车师傅善意地叮嘱："姑娘，过马路小心。"

眼前世界因司机师傅这句话而变得有了《绿野仙踪》的童话美感，我微笑道："谢谢师傅。"

然后一边穿过马路，一边回想刚才向师傅致谢时表情是否温婉，能否给师傅留下一个又美又有修养的深刻印象，等等。

走进鱼庄，目光向店内靠窗处横扫过去，一眼就看到小雅，她正坐在最后那张饭桌旁。

小雅真的很漂亮。她有一双黑而忧郁的眼睛，性感的嘴唇，肤色略微偏麦色，留着齐刘海的披肩长发。她冲我招手示意。

我走过去，在她对面坐下。

服务员立刻把鱼锅端上来，小雅又要了两瓶啤酒。

吩咐完后，她回头看着我："姐，你爱吃鱼吧？"

"还好。"我回答道。她这是什么逻辑？我爱不爱吃她都已经安排在这里了。

她的目光有种不在状态的恍惚，语气缥缈随意，完全没有表现出对我这个当姐的尊重。

油炸的鱼块我的胃根本接受不了，便挑着锅里的豆腐和蔬菜放开吃，这样既不会让小雅看出来我不能吃油炸的东西，还能显得我胃口很好，她看着也高兴。

"姐，我真羡慕你。"小雅忽然道。

我正夹起一块豆腐向嘴里送，听到她的话不禁抬头看她，豆腐就从筷子上掉到吃碟里。

羡慕我？是羡慕我能吃？

"我让人羡慕的地方多了，你羡慕哪一块？胸、腰还是我如花似玉的脸？"我戏谑地问她。

"羡慕你不结婚，不会被婚姻捆住。"她眼圈红了。

"又怎么了？跟妹夫吵架了？"我小心翼翼地问道。

"真悲哀，我对爱情那么虔诚，却遭遇了这个人。"她拿起一瓶啤酒倒满两杯，把一杯放在我面前，又一口喝完自己那杯，没有和我碰杯。

"还没吃多少，不要喝那么猛，胃里没东西。"我开口制止道。

伸手过去要遮住她的酒杯，她摇摇手，又倒满一杯，对我道："姐，让我喝吧，难得能出来放放风。这一年过得真痛苦，像掉进一个爬不出的陷阱。"

我只好听任她一边喝酒一边诉苦："他现在还是和以前一样，要不就几天不见影儿，一待在家就找事，只要他在家，一天能给我找几十件事。"

"哪有那么多事好找？"我实在难以想象一个大男人絮絮叨叨像个女人的样子。

"一会儿说我土豆切得大小不一样，一会儿说早上被子叠得不是豆腐块，一会儿说我买的衣服难看，吃完饭我去洗碗他又说我洗碗的程序不对。还说别人媳妇儿人缘好会交际，就我笨腾腾的。"小雅又喝完一杯，情绪非常焦虑，"他不在还好，他只要在，我的耳根就总是不清净，感觉他就像唐僧一样一直在念紧箍咒，而我就是孙悟空。头疼死了，好烦啊！"

男人也这么碎嘴子，真奇葩。我同情地看着她，却不知道该怎么办，难道要叫人打那人一顿？

"姐，我还是想离婚。"小雅很痛苦，"但是，孩子怎么办？我舍不得。如果离了，我不能带走孩子。"

“为什么？”我诧异道，看着她一直陷入婚姻的困境，我也很心疼。

“我在网上查过很多案例，在孩子十周岁以前，法院会根据经济实力判决抚养权。他经济实力比我强，法院肯定把孩子判给他。”

“……”我哑然了。女人这是有多可怜？又要照顾孩子又要做家务，哪有时间去赚钱？经济实力怎么能比得过男人？

要不要劝说小雅别离婚？比如在男人每天给她找那些鸡毛蒜皮的事时装聋作哑不吭声，夫妻关系不是说必须得有一方妥协吗？可是长期生闷气又无法宣泄，女人会患上忧郁症，或者因肝气不畅气血不和而导致癌症。

究竟有没有完美的婚姻？那些婚前温柔又漂亮的女人，婚后变得压抑又暴躁，是否都是婚姻不和导致的结果？

“你喝饮料还是啤酒？”有男人的声音从身后不远处传过来，听着温和儒雅，我不禁回头去看，因为这声音太熟悉了。

靠窗一列有五张饭桌，我们在第五桌。记得刚才进来时，其他几张桌子分明都没有人，现在，第一桌坐了一对男女。

男人背对我坐着，而那背影，还有刚才那声音，不是方浩文还能是谁？

他的对面坐着一位三十岁上下的女人，比我年轻，看着乖巧秀气，表情还有一丝委屈。

他同女人说着话，语气温柔，与同我在一起时并没有什么不同。

我的思维凝滞了两秒，然后平静地转回头，端起酒杯一小口一小口地喝起来。

正像我猜测的那样，他对谁都不拒绝，他对有好感的女人是同样的温柔。

这女人是亲戚？是妹妹？是同事？还是朋友？从方浩文的容忍态度和那女人望着他的委屈眼神来看，显然都不是。

我没有被背叛的愤怒，也没有走过去以问候来特别提醒他我看到了这一幕。

即使发现了真相又能怎样？不会因为被发现了就能改变什么，不过是证明直觉又一次对了，而已。

真相总是让人沉默，所以，真相没有那么重要。

什么重要呢？好好活着，珍惜白天里每一寸阳光，能吃能走能工作，最重要。

尽管我想得很开，内心却演绎着假如走过去打招呼他可能出现的各种反应。

如果我现在走过去同他打招呼，凭我对他的了解，他一定依然镇静自若，像一切都很自然而正确，因为我们永远无法叫醒一个装睡的人。

而我却要在他面前佯装自然。佯装本身就是对自己受伤的掩饰，认为被伤害其实就是一种卑微，我不能让对方认为是他伤害了我。所以，我不需要掩饰，不需要佯装。

小雅已经在喝第三瓶啤酒了。她还在诉说，已有了些许醉意，我只能用点头来表示我在听，我怕自己的声音被方浩文听出来。

但是，如果方浩文此刻无意中回头看过来，或是去洗手间的途中偶然向这边看一眼，然后发现了我，那么到时候——天啊，尴尬的竟然是我？！

想到这里，我坐不住了，立刻拉开包，取出随身带着的记事本和签字笔，翻开记事本，在空白页上迅速写下一行字："叫服务员换包间，我碰到不能见的人。"

写完后，撕下那页纸交给小雅。

小雅拿过看了看，目光越过我看向第一张桌子，便叫来服务员："给我们换到包间。"

"包间有最低消费。"女服务员礼貌地回答。

怕小雅不愿意，我立刻伸手冲服务员做了个 OK 的手势，同时拿起包站起来。

小雅疑惑地看着我，也随着站起来。

我快步跟着服务员到了包间，这才放松下来，将上身完全靠在了椅子上。心好累。

小雅随后进来，关上门问我："姐，是谁？"

"噢，一位领导。他安排的事我还没做，怕他问我，我不好意思回答。"

小雅半信半疑，却也没有再追问下去。

"小雅，你还记不记得咱俩有一次关于爱情的对话？"我问她。

"不记得。"她摇摇头。

"那个时候我刚毕业，你还在读初中，我爸我妈都还在世。"说到这里，我的嗓子有些发哽，我清了清嗓子继续说道，"你到我家来找我玩，谈到恋爱这个话题时，你说，你一定要找个一见钟情的。"

"你当时说你只谈一次恋爱，而且一次就要谈成功。"小雅接口道，她想起来了。

这时，服务员把鱼锅端了进来，小心翼翼地放在桌子中心位置的电磁炉上，转身出去时拉上了房门。

"可是你看，你的一见钟情都失败了；而我，也并没有只谈一次，而是谈了很多次。"想起当年的事，我就开始怀念，尽管那时很傻，却有着可以随便傻也不怕人笑话的青春。

"当时我们怎么那么幼稚啊。"小雅叹息道。

"小雅，问你个问题。"

"哦。"小雅看着我，等着我提问题。

"如果，我是说如果，"我强调道，"你发现你老公和别的女人一起吃饭，而且非常温柔，一看就是情人，你会怎么做？"

"我会过去和他打招呼，然后转身就走。"小雅道。

“可以不理睬吗？”我问，很好奇她的做法。

“他喜欢没事找事，而我最怕他喋喋不休。我得明确让他知道我发现了，他以后找事就有顾忌了，而且，我也有理由离婚了。我要是不理睬，他会继续作威作福。”

这是夫妻和恋人的区别吧？所以我们才做法不同。

也不对，普通的恋人一旦一方发现另一方劈腿，肯定会质问或争吵，我不质问也不争吵，只是因为我发现我和方浩文迄今为止其实并不算恋人，我们的关系在熟人、朋友和恋人的交集中飘摇。结果，我们什么都不是，又什么都沾了点边儿。

好悲哀。

“姐，阿南姐说你就要结婚了，准姐夫做什么工作？”小雅忽然问。

“分手了。”我回答道。说出这句话，心里很轻松，像扔掉了一块大石头。

怀疑这种事是控制不了的，不是说你想不怀疑就不怀疑。一旦怀疑，就等于心里住了一只魔鬼，随时搅乱人的心情。

对方浩文的怀疑得到证实，反而卸下了思想包袱。所以，我是真的轻松。

如果没有得到证实，我会一直把原因揽到自己身上，认为自己是小人之心。

事实证明了我的猜测，也证明了我不但不是小人，还是个能通过蛛丝马迹准确找到真相的智慧女人。

啊，我的智商怎么就没有用在赚钱上，却全部浪费在人心分析上？不值得啊不值得。

人人都向往完美的情感，我也同样。所以，更不愿意接受杂质太多的情感关系，尤其不想成为一旦有什么变动我都是别人可以随时置之一边的那种存在。

接下来，好好上班，找个机会和方浩文彻底了断。

我猜测，是他不放心我，又或者是因为他是阿南介绍给我认识的，所以他不好意思提分手。

方浩文并不坏，而且他有选择的权利。如果真是以上原因，那就由我提出来，我不能让自己成为别人的负担。

我特意找出一个又一个话题，延长和小雅吃饭的时间。

大约过了两个小时，我走出包间，在一个不容易被发现的诡异角度，像个蹩脚的特工一样向大厅望去，我甚至幻听到了电影《007》的主题音乐。

我看到那张饭桌已坐了新的客人，方浩文他们不知什么时候已经离开了。

服务员经过时奇怪地看着我道：“请问，您需要什么？”

“买单。”我道，顺便跟着服务员去收银台买了单。

回到包间，我对小雅道：“走吧，单买过了。”

“姐，是我请你吃饭，结果还是你请了。”小雅很不好意思。

“什么请不请的，我们是一家人。”我笑道。

与小雅道别后，我一个人沿着河边的柳树林向回去的方向溜达。

沿途有许多人都和我一样在溜达，不同的是，他们都有伴，我没有。

这种场面让我伤感。最近，我越来越容易伤感，是不是老了或者早衰了？

我还没有结婚啊！我还没有当妈啊！我还没有体味过那种成家的喜悦，我怎么就老了？

接下来干什么呢？怎么能过得充实呢？当然是马不停蹄地工作了。

唯有工作才能让生命找到存在的意义，绝不是苟延残喘或得过且过。

我的手机收到新邮件的提醒信息，发件人是文治哥。

我转身站在路边，很快拦了一辆出租车，向家的方向疾驰。

手机不知道怎么回事，打开邮件信息只显示发件人，却看不到内容。

我急着回家看邮件，从没有像现在这样急切想知道文治哥的消息。

回到小区，上电梯时又碰到同楼层的男人，他又主动说：“今天回来早。”

“是啊，得赶紧做饭，我老公要吃鱼。”我回应道。

在电梯上升的过程中，他还是一会儿就看我一眼，这让我很烦躁。

我摆着一脸生人勿近的表情，终于到达楼层。

男人先走出电梯。一个闪念，我没有从电梯出去，而是立刻按了关门键。

电梯又上升了两层。我走出电梯，一边从安全通道的楼梯向下走，一边从包里掏出房门钥匙，直到抵达我所在的楼层。

我不动声色地四顾了下，用钥匙打开房门，推门进去后迅速反手关上门。

躲在猫眼后向外望，一切正常，我这才放心地换上拖鞋，把外套脱下挂在门后墙上的挂衣钩上。

小心驶得万年船。我一单身女人，一定要保护好自己。

害人之心不可有，防人之心不可无啊！

我急急走向书房，启动电脑，登录QQ邮箱，打开文治哥的邮件。

邮件内容很简单，寥寥数语，言简意赅——

一一，脚伤恢复怎么样了？

我已经安全到达单位，你不用担心。

工作不仅是一种生存手段，也是充实人生的主要支柱，不要敷衍对待。

做好上级安排给你的每一项工作，无论大事小事，都要负责任地完成。

不会的事情多向别人请教，人们都愿意帮助真诚谦虚的朋友。

照顾好自己，有事随时联系。

文治

三月二十二日

邮件被我反复读了好几遍，我沉醉于字里行间的平实温暖。最后，我拍拍自己的额头，让自己清醒过来，然后退出邮箱。

不属于自己的不要惦记，要惦记的是当下该做的事情。

当下该做什么？一、给陈家晟写剧本；二、准备三节教案。

文治哥在信里也说了：工作不仅是一种生存手段，也是充实人生的主要支柱，不要敷衍对待。

写作需要一个清洁整齐的环境，我拿起抹布，把房间的柜子桌子玄关和门全部擦了一遍，再用拖把将地板拖了一遍。

看着纤尘不染的房间，我自己跳了一段华尔兹，然后满意地在电脑前坐下，开始码字。

电脑城的剧本架构比较简单，对方资金也已打到陈家晟公司的账户，现在，只要在情节设置上抖几个包袱就好了。

总之，开场华丽，过程起伏，结局完美，基本就过了。

有关销售语言和过程我还不太了解，就给张经理打电话询问相关内容，一边听，一边记录下来。

张经理最后笑道：“你问问题就像采访。”

我哈哈一笑了之，心想，在报社那么多年怎么可能是白混的。

将第一场景和第二场景的分镜头写完，有些累。

我来到客厅，冲了一包速溶咖啡，一边喝咖啡，一边打量着玄关，仿佛看到文治哥正在和几个工人一边看图一边组装。

人一旦认定真心，感觉就越来越真切，真相就越来越凸显。

令人绝望的是，故事已脱离原本的时间线。我现在的感觉是，和文治哥就像平行世界里的两个时空，永远无法有交集。

头痛起来，眼睛又开始发花。

我拿起手机进了卧室，在床上躺下，等着症状缓解，一不小心却睡着了。

口很渴，我四处找水找不到。

一回头，文治哥正将一杯茶放到茶几上，茶叶很绿，还浮着淡淡热气。

他笑着催促我："还不快过来，这是新茶。"

他什么时候来的？我懵懂着走过去，刚伸出手准备拿起杯子喝，手机铃声急切地响起来，啊，真吵，手机在哪儿……

我醒过来，手机就在枕头边放着，依然响个不停。

我拿过手机，是方浩文，我立刻想起中午看见他的事，呆了呆，便按了接听键，将手机贴近耳边："喂。"

五十三、柔弱的女人

人生本来就是只过好自己就好，谁都懒得去懂别人。

懂了又能怎样？不如不懂。

“晚上没事吧？”方浩文的声音听起来依然温软儒雅，带着中央空调的暖。

“没有。”我回答道。我为什么这么平静？真佩服自己。

“如果没有别的事，出来吧，晚上几个朋友去唱歌。”他依旧声音温柔。

“好，几点？去哪里？”我答应了，顺便跟他确定下时间和地点。

让他确定的目的很简单，他确定了时间地点，便不会再忘记约我的事。

我不喜欢别人只是随口说今天约我，之后就把我放之一边。

“六点，我来接你，到海王 KTV。给你电话时，你再下楼。”他回答得条理分明。

“好，六点见。”我回应道。

看看手机上的时间，已经快五点了，这一觉竟然睡了近两个小时。

我必须得冲个澡，再换身衣服，中午和小雅吃饭时头发和衣服都有了铜锅鱼味儿。

为了去掉铜锅鱼味儿，我用浴盐认真洗了澡，擦干净身上的水珠，用玫瑰香薰精油淡淡地抹了身体，在镜子前一边吹头发，一边冷冷地欣赏自己还算妖娆的身材。

为什么要冷冷地欣赏自己？因为，我在嘲讽镜子里的自己，这么用心让自己又干净又香，说得好听点儿是输人不输阵，说得刻薄点儿是为了维护自己那点儿可怜的面子。

我裹上淡粉色的浴巾，来到卧室打开衣柜，取出最美的那套内衣，又取出一字领白毛衣、米色格子中裙和藏蓝色加绒打底裤，穿上后，又取出藏蓝色羽绒服放在床上，准备出门时穿，同时配那双深驼色的中筒靴子。

到卫生间的镜子前将头发绾上去，盘了个高高的丸子头，两只耳朵边各垂下两三缕发丝，用卷发器烫了几个卷儿垂到锁骨窝，又郑重其事地化了妆，便到书房打开电脑，一边浏览网页，一边静静等待方浩文的电话。

这次，我想他不会忘记，因为时间和地点已经极为认真地向他确认过。

方浩文在五点五十一分的时候打进来电话：“一一，我到了，你下楼吧。”

我穿上藏蓝色的羽绒服，蹬上深驼色靴子，斜挎个米色尼龙包，拉开门下楼。

在锁门的时候，我反复锁了几次门，生怕门没锁好。

乘电梯的时候还在想，以前怎么没有反复检查门有没有锁好的这种好习惯？

出了单元门，一眼就看到方浩文的车正停在大门外左侧，他还是坐在车里，没有下车。

我走出大门，向他的车走过去，自己拉开前车门，坐上副驾驶的位子。

他发动车子，一个稳妥华丽的倒车转了方向。

“你穿什么都漂亮。”他一边开着车，一边转头打量我。

“我也是这么认为的。”我大言不惭地回答。对自己的美貌和身材，我向来很有自信。

海王 KTV 楼下就是酒店，方浩文他们的安排是先吃饭，酒酣耳热之后，去三楼的 KTV 唱歌。

推开包间的门，里面的人正谈得热闹，看我们进来，都哑了声。

“方局，这位美女是谁？给大家介绍下。”一位浓眉方脸的男人站起来向我们走来，笑呵呵地问方浩文。

“这是陈老师，这是张哥。”方浩文为我们彼此做了介绍。

“张哥好。”我欠身问候道。

“你好你好。”他看着我的眼睛笑着回应，并没有像一般男人那样将我上下打量，这让我对他有了好感。

能看着女人眼睛而不是身材的男人已经不多了，而这种大方而不戏谑的态度也已经很少见，我迅速在心里给他打分：八十五。

今晚聚会加上我有十二个人，都是方浩文的朋友。六女六男，是聚会前商定好各自都要带一位女伴来吗？

在这个圈子里，感觉他们都是公务员或者白领，就我一人算是平头老百姓。

方浩文儒雅中带着活跃，俨然是调节气氛的担当。大家都很在状态，在方浩文说话时尤其欢喜。

在上首那位男士的指挥下酒过三巡，在座的便开始轮番向全桌人一个个敬酒。

上首男士显然是地位最高的，他皮肤黝黑却有着十足的威慑力，偶然会把目光投向我这边。

他终于开口道：“方局带来的那位美女，我要是方局，肯定不带你来，第一次进这个圈子，竟然不向大家敬酒！”

是因为其他几位女士都向大家敬过酒了，而我没有跟大家敬一圈酒吧？忽然记起小雅中午说过的一句话：“还说别人家媳妇儿有本事会交际，就我笨腾腾的。”

这位会不会也认为我笨腾腾的？哼，当本姑娘是吃素的？瞎了他的钛合金狗眼。

给他的打分是八十，虽然语言风格有些直接，但修养与见识都已达到标准。

我拿起分酒器给自己倒满一杯，拿着酒杯站起来，从那个男人开始敬起。

我站在他旁边，拿着酒杯道："祝您心想事成。"

"你是第一次跟我们见面，方局可是从来不带女伴的。"他不是一直看着我，而是向着他眼前的杯盏讲话，间或转头看我一眼，又道："所以，你表示下诚意，和我喝三杯。"

"好。"我没矫情，因为这里不是理论课堂，在酒场，唯有好酒量可使人服气，遂转过头对方浩文道："方局，麻烦您老人家替我倒酒。"

按恋人之间的常理，方浩文此刻要么阻拦，要么替我喝。

然而，他并没有阻拦，而是依言站起，拿起分酒器走到我身边，想是我还远未到足以让他担心我醉酒的程度。

感觉他挺高兴我跟他的朋友们喝酒，仿佛我能喝酒很给他挣面子。

他高兴就好，看看我怎么喝倒这一圈！如果在分手前把今晚的局应酬好，那么，也算对得起他了。

上首那个男人看着我连喝三杯，笑道："不错，酒品就是人品。"然后，他也一气喝了三杯。

其实，我根本不会计较他喝没喝完，我要的只是把这个圈喝完，在场诸位就不会认为我矫情了。

待他放下杯子，我粲然一笑立刻转向下一位。

方浩文拿起分酒器，给我倒了半杯，上首男人又发话了："方局，你是想怜香惜玉吗？还不给倒满？"

方浩文哈哈一笑，给我倒满一杯。我学着前面人的方式沿着顺时针的座位依次敬下去，好在后面再没有人为难我，其间有三个女人一致表示彼此随意，我们便点到为止，总算敬完了一圈。

回到自己座位，大概是因为酒好的缘故，除了身体有点儿飘，倒没有其他不良感觉。

我一连喝了三杯茶，以求降低酒精在血液中的浓度。

一场晚饭在酒的催化下氛围热烈，热情高涨，一个个都趁着酒意放开了胆子，平素不敢说的话也拣些可以说的说出来，平素不敢开的玩笑此刻也开起来了。

女人们也开始拿着杯子异常热络地相互问询，加深了解。

我正和张哥的女伴聊天，包厢门打开了，一个柔柔弱弱的声音道："方局。"

在座的都无意识地看过去，我自然也回身看，不由一怔，正是中午和方浩文吃饭的那位三十岁左右的女人，声音像小女孩一样轻软。这就是传说中的"白莲花"？

我若无其事地转回身，和张哥的女伴继续聊刚才的话题，关于一部《我叫金三顺》的韩剧，我俩都喜欢女主金三顺。

“哦，小李。”方浩文淡淡道，他没有离开座位，也没有站起来，而是很平静地和女人点头打招呼。

“我刚才看到你在这个包间，我也和朋友们在这边吃饭，所以过来打个招呼。”女人又轻声道。

“好，谢谢。”方浩文道，有一丝忍耐。

女人咬咬唇，忽然走到我身边，继续她的柔柔弱弱，细声细气对我道：“请问，你是方局什么人？”

她的语气很礼貌，但这样问我很不礼貌好不好？

我抬头看向她，本不想理睬，但碍于在场人多，便冷静道：“学生。”然后礼貌地冲她点点头，又转头和张哥的女伴继续聊。

张哥的女伴一边和我讲话，一边频频地看那个女人，又拍拍张哥的胳膊，用眼睛示意他面前的酒杯，用下巴颏向上首男人一指。

这是什么状况，在座的都不是傻子。张哥站起来，拿着酒杯向上首男人道：“老大，我敬你一杯，多谢这些年的照顾。”

他又递了眼色给邻座的人，有两位都站了起来，都笑着喊：“我也要敬！”然后三个人过去把上首男人围住了，在座的注意力都主动放在被叫作“老大”的上首男人那里。

女人还在我身边站着，满脸小三要求正妻放手、“他爱的是我不是你”的表情，她张开口还要说什么，方浩文这时却站起来道：“小李，走，我去跟你的朋友们喝喝酒。”

此刻，我内心对方浩文的打分已降到七十了。

怕女人再纠缠，我站了起来，对张哥的女伴道：“咱们也去敬老大。”

我们俩也拿着酒杯围向那位老大，他身边的几位主动让开位置。

我先一饮而尽，把空杯子让他看，张哥的女伴有样学样，也一饮而尽，同样把空杯子让他看。

其他几位也都喝干了酒，把空酒杯让他看。

老大笑了：“你们这是想起义？今晚怎么都冲我来了？”

我笑着，装作很无意地向门口瞥了几眼，方浩文已拉开门，在门口等那个女人。

女人脸上依然是一副极委屈的表情，停了几秒，还是跟着他出去了。

“陈老师，你还是很能喝的嘛。”上首男人对我笑道，“要不跟其他人再喝？你不能只敬我一个人，在座的都是你的老师。”

“你说得对。”我对他报以高度肯定，便拉上张哥的女伴一起向其他人敬酒。

“好，大气！”上首男人竟然夸道。

虽然不知道他是什么意思，但这个场合就别细究了，敷衍完就翻篇儿。

我发现，我天生就不是酒场上的人。这个场合需要做戏，需要放开，而我一直很谨慎，酒喝得越多越谨慎，越谨慎就越放不开。

“我们是女人，我们一杯，其他人都喝三杯。”张哥的女伴向大家大声提议道。

酒场就需要像她这样能活跃气氛的人，不需要我这种到哪儿都放不开的女人。

“要喝交杯酒！”张哥又起哄道，旁边几位都跟着起哄：“交杯酒！交杯酒！”

笑闹打趣了好一会儿，方浩文进来了。

“走，咱唱歌去。”上首男人道。

大家站起来，拿上自己的东西陆续离开包间。

我感觉到身体发冷，不是气温的问题，而是酒喝多了的原因。

“走吧，到三楼。”方浩文道，现在，包间里只剩下我和他，他又问我：“酒喝多了？不要紧吧？”

他没有对刚才的事做出解释，他肯定知道我不高兴。被一个女人当着很多人的面问是某个男人的什么人，任谁都不会高兴。但他就是不解释。

“没事。”我本想着直接告辞，但还没有同方浩文讲出要讲的话。那就上去唱歌吧，散散酒气，然后在大家又开始热闹时，我再找个机会给他讲，之后就转身离开，不带走一片云彩。

到了一个大包间，方浩文出去了一会儿，再回来时带着服务员。

服务员推着小推车，车上放着两打啤酒，两个果盘，还有一些薯片、爆米花、开心果之类的零食，服务员把东西一一放在长条茶几上。

我过去拿起子撬开一打啤酒，给每个人面前放一瓶，我自己也拿起一瓶，一边小口喝，一边听他们唱歌。

那位老大唱完《三套车》，大家纷纷鼓起掌来，他笑着冲大家拱拱手谢过。

张哥唱的是《一棵小白杨》，我想他应该是军人出身。

张哥的女伴王琦唱了一首《我只在乎你》，很专业，好像是练过的嗓子。

“去点首歌唱吧。”方浩文走过来对我道，我们并没有坐在一起。

“好。”我到点歌台前，用歌名搜索了刘欢的《在路上》，选择后，一看排序，前面还有五首歌。

在方浩文和老大一起合唱阎维文版的《母亲》时，我拿着手机走出包间，给梅毓打电话，想她了。

“喂。”梅毓的声音很懒，好像睡了。

“你睡了？”我问。

“你没看看都几点了。”

我一看手机上的时间，天，十一点五十了。

“对不起啊，我没看时间，你继续睡。”我赶紧道歉。

“没事，你怎么了？这么晚打电话。”她问。

“和朋友出来唱歌，没注意时间。就是想你了。好，不说了，明天再聊。”我挂掉电话。

唉，有家真好，她现在睡在老公的身旁，睡在自己的家里。不像我，跟无脚鸟似的，只能在空中一直飞，累了也只能在空中睡，无法落地。

到洗手间照照镜子，看着镜子里的自己的脸，脸上写着彷徨两个字。

梅毓在自己家里安睡，文治哥呢，在干什么？是和小嫂子在一起吗？

“别想了！你活该！谁让你好高骛远，总把目光投向天空，却忽略了身边的氧气和阳光！”我手撑在洗手池的台子上，对着镜子里的自己指责。

“自己一个人叨叨什么呢？”张哥的女伴王琦也来洗手间，见我神叨叨地一个人自说自话，竟然不害怕，反而出言问我。

“酒喝高了，发发牢骚。”我道。

“你等等我啊，一起走。”她一边推开其中一扇门，一边道。

“好，我在外面等。”

冲水声响过之后，王琦出来洗手，我就在外面看着她。

“你很漂亮，气质也好。”王琦一边洗手，一边对镜子里的我道。

从我这边望去，正好是镜子里的她对着镜子外的我说话，这种感觉真好玩。

“还得努力，争取长得再好看些。”我认真地对镜子里的她道。

王琦从洗手间出来，挽上我的胳膊，问：“这是要整容的节奏吗？”她当真了。

“怎么会？听说随便一整就得几十万，我这张脸还行，替我省了几十万。”我笑道，由她搀着胳膊，俩人一起回到包间。

我们进包间时，一位男士和他的女伴正在合唱《相思风雨中》。我们找了位置坐下，俩人拿起酒瓶一碰，边喝边欣赏。

那一对儿唱完后，《在路上》开始播放。我拿过麦克风，站起来唱自己点的歌：

那一天

我不得已上路

为不安分的心

为自尊的生存

为自我的证明

路上的辛酸已融进我的眼睛

心灵的困境已化作我的坚定

在路上　用我心灵的呼声

在路上　只为伴着我的人

在路上　是我生命的远行

在路上　只为温暖我的人

温暖我的人

……

一边唱，一边想文治哥。十年以来，是他一直在付出他的温暖，而我想温暖他的时候他已经去温暖小嫂子了。阴差阳错，从此我们再无交集的可能。

本想着给方浩文一个机会，同时也给我一个机会，也许从此就和他携手过这一生。

可是，一直感觉他似乎另有暧昧不清的故事，直到怀疑得到证实。这是否意味着，我这一生真的将孤独终老？

想到这些，那些歌词与我求而不得的心情更加呼应，尤其是最后一句，我唱得缠绵悱恻，悠远苍茫。

“这歌声里有故事，好听，正能量。”张哥第一个鼓掌并评价道。

其他人也附和道：“唱得好。”“好听。”

他们不懂我的心情，没有人懂我的心情，他们也不屑于懂。人生本来就是只过好自己就好，谁都懒得去懂别人。

懂了又能怎样？不如不懂。

“我该回去了。”我到方浩文身边对他道。

“再等一会儿吧，快散了，现在离开不礼貌。”他看着我的眼睛道，语气难得这么直接。

“行。”我答应了，又退回到王琦身边，靠着沙发听其他人唱歌，听着听着便睡着了。

被方浩文叫醒时，看到大家正在向外走。

我站起来，拿起自己的包，跟着方浩文离开。

与大家在 KTV 门前告别后，方浩文叫了代驾，让司机开向我住的地方。

到达的时候，我看看手机，时间已快到凌晨一点。

“用不用我你送上去？”方浩文问我。

“不用了，你也早点儿回家休息。”我冲他挥挥手，转身用磁卡打开门进了小区。

一个人上电梯的感觉很孤单，但是，不能让他上来。两人都喝了酒，难保他不想做些别的。

回到家，我立刻反锁了房门，换上拖鞋，很快地刷牙洗脸，然后把自己扔到床上，很快睡了过去。

早上醒来的第一个念头是：昨晚没有和方浩文提分手，根本没有机会。

怎么办？那位柔弱的“白莲花”都已经出现了，我不分还等什么？

尽管方浩文没有解释她和他是什么关系，但傻子都能看出来是什么情况。

正在想着这问题怎么处理不伤和气，张予璇打来电话，约我中午吃西餐。我答应了。

这两天，我的人缘怎么这么好，都跟我预约饭局。要是每天都有人请，就说明我已经是成功人士了。

然而，我很清楚，这两天的热闹不过是偶然，是昙花一现。所以，我要保持清醒的头脑。

用了一上午写完了三个场景的分镜头，到中午的时候，剧本已完成了五个场景。

我穿着昨晚的那身衣服来到一个叫波士顿的西餐厅，在二楼。

我正准备上楼，听见张予璇喊我：“一一，陈一一。”

我循声看去，她冲我招招手，回身用遥控锁锁了车门，又用手拉了拉门把手，确定锁好后才向我走来。

她剪了短发，穿着驼色羊绒大衣，里面是米白色毛衣，下身是深灰色短裙和灰色打底裤，脚上是黑色的短靴。

她走过来拉着我的胳膊，一起上了楼，我们选择的依然是靠窗的座位。

我脱掉羽绒服，搭在椅背上，问她：“你今天怎么有空约我？”

她也脱下了大衣，放在旁边的椅子上，然后道：“周末你才有时间听我唠叨。先点餐，然后慢慢说。”

我还是点了意面，她点了牛排。

“喝点红酒？”她问我。

“不想喝，就柠檬水吧。”我拒绝道。

“别客气啊。”

“昨晚有个饭局，喝了好多，这会儿酒劲儿还没过。”我解释道。

看着她欲言又止，我又问：“你怎么了？”

“唉。”她叹了一口气。

“到底怎么了？”我追问道。

“你上次说你没有男朋友，吓我一跳。”她道。

“那你是想给我介绍对象吗？”我笑道。

“不是。结婚未必就是好结果。”她喝了口西餐厅免费提供的柠檬水，又道，“我心里很不舒服，又没个人说，想来想去，找你最靠谱。”

“哦，你说。”她这一夸倒让我很惭愧，她对我印象这么好？“靠谱”是个多么有质量的词。

“给你说说我老公。”然后，也不等我反应，她便继续讲起来，“结婚时，我对他太满意了，性格也好，又会赚钱，长得也不差。”

“是啊，能看出来。”又是婚姻问题。随着她的描述，我想起那位穿着三个狮子标识的男人，后来才知道，那就是所谓的英国老品牌肯迪文。

“谁知道这几年越过越压抑。”

“他给你找事？”我立刻接话问。因为我想起了小雅，她的烦闷是老公每天都在找事。

这两天，我怎么成婚姻咨询师了？婚姻问题扎堆找我。

“找事倒好了，问题是他不找。看着也跟我说话，跟我说东说西，还跟以前一样爱开玩笑，但就是感觉心没在我这里。”说到这里，她的眼神很迷茫。

服务生把意面和牛排都摆上餐桌。张予璇开始切肉，我拿起叉子一圈一圈地卷面条。

说实话我听不懂她的意思。老公跟她说话，跟她说东说西，还开玩笑，她是怎么感觉心不在她这里了？从眼神感觉还是从肢体语言感觉？

我没结婚，不好意思直接问她，只好道：“你是不是太敏感了？听着感觉没啥问题啊。”

“我问他是不是不爱我了，他让我不要乱想，说他对我始终很迷恋，没变过。”

迷恋？简直是初恋般的表白啊！

“迷恋这个词都出来了，你还想咋？”我道，感觉她在没事找事。

“狗屁！他迷恋我做家务能让他放心！他迷恋我脾气暴，能把他不能说出口的话替他对别人喊出来！他在外边肯定有人！我们一年都没有那个了。这是迷恋？！”

张予璇越说越气。她没有证据，她只是在怀疑，而怀疑已经让她焦虑如此，若一旦发现证据，又该表现出多么剧烈的反应？

我又不能指责她胡思乱想，因为女人的直觉大多是准确的。话说，看到她老公那个样子，花不花心我不知道，但帅气又多金，肯定吸引了一大票女粉。

但是，直觉再准确，都是无凭无据。目前，她的怀疑只属于猜想。

“我要离婚，他不离。他想得倒美，一边有我这个用人保镖兼于一身的老婆在家守着，一边在外到处乱惹桃花。那些桃花年轻漂亮，但哪一朵愿意待在家里，大门不出二门不迈，安生给他当黄脸婆？”

我笑着道：“所以，他才不离婚。因为，家就得有人守，你才是他的家。男人都是这样子的。”

“呃……”她半天不说话，最后悻悻道，“好像你结过婚似的。”口气却弱了许多，大约因为她始终没有证据，自己也感觉无理取闹吧。

“不要瞎想了，人就一辈子，什么爱不爱的。你结婚十几年怎么还这么想不通？人生已经过了快二分之一了，不要让猜疑毁了你的好日子。你以为打破一个世界重建一个新世界那么容易？男人尤其不会轻易离婚，你俩不吵架又没有冷暴力，他还不给你找事，有些男人还总找老婆事，你就知足吧。你那位也算成功人士，更不会在这个年龄给自己在外面找一个，他还怕给自己找麻烦呢。你可能是生活太优越了，又没事干闹腾的。找个工作吧，或者开个店什么的，把注意力转移下就好了。”我挖空心思地劝解她，她要是听不进去我就只能打哈哈了。宁拆十座庙，不毁一桩婚。

我在用长篇大论劝说张予璇的时候，便换位思考起方浩文听人说起前妻时的心理，这就是原配夫妻的亲情。所以，即使张予璇的老公有一千个外遇，他都不可能跟张予璇离婚。

而张予璇也不是那种不孝顺、又懒又丑的女人，她在能力、修养与美貌等方面的综合分数，还是都在及格分以上的。

“你说得对。我给自己找个事干，让他也担担心，小心我被别人拐跑了。”张予璇气恨恨道，用叉子把一块牛肉塞进嘴巴里凶狠地咀嚼着。

“就是嘛，宁可让他担心，也别让咱担心，担心容易变老。”我很支持她。

说通了她，我却说不通自己。我也想替谁守个家，但是，我能听任未来那一位乱惹桃花吗？不能！

我需要一个没有隔阂的爱人，不需要借口就可以随便见面的爱人。

想他就立刻给他打电话，无聊了就缠着他带我出去玩，烦闷了告诉他，让他帮我分析问题，永远不会猜疑他在外面乱惹桃花。

我们会有好几个孩子，他主外我主内，到哪儿都其乐融融。

右眼睛又开始模糊，头顶右侧也疼起来。

“予璇，我有些不舒服，今天就到这里吧。”我对她道。

“要不要我陪你去医院？”她担心道。

“不用，老毛病了，回去休息会儿就好。”

“我送你吧。”说完，她就叫来服务生买单。

下楼的时候，她突然道：“给你介绍个对象吧，我老公公司的副总，老婆前几年不在了。”

“不用。”我摇摇头。

跟方浩文还没散，不能跟任何人谈恋爱，相亲也不行。

五十四、好像没有了结婚的权利

在你面前微笑，在你看不到的地方难过。

曾经爱过的都散了，没散的都是凑合。

自那晚 KTV 一别，三周过去了。

其间，方浩文还约过我几次，并且，又给我介绍了一家公司的内刊，这使我把已经涌到舌头尖儿的“分手”两字又咽回到肚里。

我知道我们没有结局。所以，在他几次流露出想要留宿的意愿时，都被我委婉拒绝了。

他知道我的意思，是不想再像春节前那夜一样糊里糊涂地把自己交出去，他也绝对知道，是他对我们未来的不谈及让我刻意和他保持一种亲切的距离。

他一直没有解释，关于那晚那个柔弱的像朵“白莲花”一样的三十岁左右的女人，究竟和他是怎么回事。

但他从不挑明。他应该还是有着其他的准备，比如和前妻复婚。

一想到这里，我对方浩文有种怜悯。

前妻也许早已经把他忘在脑后，但他依然希望她重新回头。遇到我这种所谓的正是他喜欢的类型的女人，他一边放不下我，一边又下不了决心重建家庭。

这是个优柔寡断又念旧的男人，也无疑是个善良的男人。在他忽冷忽热的外表下藏着他的重情重义。

但是，在他的重情重义之下，却踩的是我的光阴。并且不能说他虚伪，因为他只是不解释，却并没有撒谎。

此外，他有点儿像姜太公钓鱼，有愿者上钩的“趣味”。因为，他并不只是跟我谈，他不放弃同任何一个女人之间的暧昧关系，仿佛要在这方面证明自己人见人爱一样。

至于是多情还是情感太贪婪，结果都是一样的，伤害的只是女人。

当然，以上皆属猜测。

上次在鱼庄看到他后，我不再纠结他的忽冷忽热；同天晚上的 KTV 之后，我不再去做无谓的分析；在他又给我介绍了一份内刊之后，我刻意地把我们之间的关系向友情上潜移默化地过渡。

不成恋人，成为朋友也很好啊。

每次相约吃饭，我就会像当年采访一样，拼命营造让他感到轻松自在的氛围，交流让他感兴趣的话题，谈论他热衷分析的新闻事件。

不寄予期望，才能做到不再纠结。跟他相处时，我表现得开朗大方。

古往今来，上至达官显贵，下至平民百姓，大都是在这“求不得”上苦苦折磨自己。达官显贵们想恣意纵横又怕失去地位，百姓们想荣华富贵又怕担当责任。

还是梅毓那句话：不求，就不会失去。

我经常想起文治哥，他温润而不掩饰他的善恶分明，从不曾有让人反感的模棱两可。

我讨厌模棱两可这个词，那不是中庸，那是现阶段不想失去又不想为未来承诺的回避和没担当。

所以，每次和方浩文分开后，我依旧会一个人惆怅好久，有时候会哭得一塌糊涂，并不是为方浩文，而是为我自己不能安定下来的那颗心。

周三放学后，我赶到陈家晟的公司，把剧本交给了他。

他问我能不能把脚本也写出来，我坚决地拒绝了。

写脚本要写分镜头，就其长度、景别、构图、配乐等做明确定义，我没有那个底气，也没有那个时间。

陈家晟道：“其实写脚本并不难……”没等他说完，我直摇头，他只好道：“算了，我自己写吧。”

一周后，陈家晟写完了脚本，让我下班后到他公司去看。

下班后，我赶到他的公司，他把脚本打印出来，装订好递给我。

我简单看了看，道：“很好。”

其实，我不敢提反对意见，他不接受意见倒没事，就怕他因此生气，然后没完没了地跟我辩论。

听到我的肯定，他很高兴，立刻把拍摄计划发给电脑城，接下来，就等电脑城的时间配合了。

陈家晟要亲自做导演，我不知道他能不能做好。我丝毫不怀疑他的审美，但对他的脾气实在不敢恭维。

连我都忍受不了他，更何况那些年轻气盛的演员。而且，陈家晟在细节上很讲究，一个细节不过关，他就冲冠一怒，把员工叫过来批评大半天，听得人苦不堪言。他要是当导演，谁还能集中精力去把握角色情感？

但我没有反对。毕竟这是他牵头的事，我不过是个剧本提供者。

我的意见也不一定准确，也许，他是对的呢？

“你给我做导演助理吧。这样，再给你一份工资，按天结算，每天五百。”陈家晟跟我商量。

我听到另有工资，心就开始蠢蠢欲动，但是，我说出了我的担心：“我周一到周五没有时间，白天要上班，只有晚上和周末有空。”

“电脑城也只能在晚上拍，白天顾客多。你的时间正好。”陈家晟道。

“那好，我试试。”我故作勉为其难地答应了，其实心里烟花灿烂，已经开始庆祝了。

“只要有钱，是不是叫你干什么都答应？”陈家晟看出我的见钱眼开，揶揄地问我。

“只要不是那方面。”我微笑，而眼神凌厉。

他挺尴尬，道：“我不是那个意思，就是想开个玩笑。”

我呵呵了一声，道：“那就这样吧，我回家了。”

陈家晟道：“一起吃个晚饭吧。”

我看了他一眼，他这会儿的表情就像个大个子的儿童，不想跟大人分开。

心一软，我答应了。

我们乘出租车到了市区公园左边那家烧烤店，陈家晟没有开车，估计是今晚准备喝酒了。

“我喜欢聪明又性格刚强的，就是你说的强势，太黏我的人我很快就厌烦了。”我吃烤菜，他吃烤肉，两瓶啤酒下肚后，陈家晟就开始说起来。

“你的意思是我强势？”我只浅浅地喝了几口，就没有再喝，接了他的话问道。

“你——怎么说呢，你颠覆了我的爱情观。刚开始觉得你外刚内柔，熟悉了之后，发现你正好相反，外柔内刚，从不把心事说出来，即使对人有意见，外表也依然很平和。总是把一些事情自己一个人消化，从不当众反驳。”

完了！是不是我对他当导演有怀疑，被他看出来了！我的大脑开始飞速运转，想出一千种化解他怒气的应急预案。

“为什么你总是一个人苦恼，却看不到你身边还有我？为什么宁肯自己一个人委屈，却不能依靠我一下？”他继续道。

呃……怎么是这一句？我真是小人之心啊！

但是，陈家晟的话听起来很令人感动，可想想他那犟驴一样的脾气，想想他办公桌下面掉落的几天不扫的瓜子皮花生皮，想想他听不进意见，给他提个小意见他就摆出一副“你有权保持沉默，但你所说的一切都将成为呈堂证供”的架势，我怎么可能因为几句感动的话就把他接纳了？

我又不是容易被甜言蜜语冲昏头脑的小女孩，那种下雨天别人给自己打个伞就激动得想嫁给他的浮躁早就被我抛弃了多少年了。

想到这里，我笑了："你是怎么看出来的？我都不知道自己什么时候受委屈了。"

"好吧，当我没说。"他让服务员过来再开一瓶啤酒。

我拦道："天气还凉，不喝了吧？"

"再喝一瓶。"他道。

"拍摄时间一旦定下来，就要马上开拍，摄像师找好了吗？后期剪辑找好了吗？"我找话题问他。

"最近太忙了，真没有时间找，不行的话你给咱找吧？"他又把活儿扔给我了，总是这托词，他忙，他忙。

我没接话。每次都这样，说好分工明确，到最后大部分事情都让我干完了。

他倒不是骗我，他说那些话也是真心的，但他经常忙不到点子上，然后把事情推给别人也是客观事实。

我早过了冲动大于实力的年龄，否则，一头栽进他的甜言蜜语里，然后一生会累得喘不过气来还不落好。

据说，跟另外一个人一起用餐，就等于分享彼此的灵魂。

这话不假，和一个人吃一次饭，那么这个人是否对你脾气，是否值得相处，或是值得合作，一顿饭的工夫就全部了解了。

和陈家晟吃过好几次饭了，对他的了解简直可以说是百分之百。

首先，他忠诚；其次，他倔强；第三，他听不进意见；第四，他忙不到点子上；第五，他有不讲卫生的习惯，但他不承认。

但是，这人有第一点就足够了，和他合作，他不会骗你，不会占你便宜，开始说好的利润怎么分配，活儿干完后就怎么分配。

所以到目前为止，我们几次合作都皆大欢喜，当然，这是建立在我经常避过他的锋芒不跟他较真儿并首先示弱的基础上。让他生气的那些问题原本就不怎么重要。

放在别人，如果不了解他，会感觉这人很奇怪，很自负，然后，彼此会经常吵得面红耳赤。事实上，只要把面子给足他，事情就会很顺利地完成。

他所有的不讲理，只是因为他太在意自己的面子，而已。不像有些人，看着很讲道理，转身就为蝇头小利出卖合作者。

但是，以陈家晟的性格，不适合处对象，只适合搭档赚钱。因为，他一边向我表白，一边为一些鸡毛蒜皮的事跟我据理力争，他丝毫不知道，家是个讲情不讲理的地方，爱情也同样。

我又想起这次微电影的拍摄。对于这次拍摄，我要拿出十足的专心去参与，如果这次成功，以后我将更有信心写出精彩而便于拍摄的剧本，在成本最小化的基础上实现利益最大化。

但是，寻找摄像师和剪辑师，只能找个人工作室，不能找公司，公司派来的人可能会因为钱没有直接到个人手里而不把工作当成自己的事卖力干。

瞧，虽然口头上没答应陈家晟，但我已经开始把找人的事当成自己的事了。

“走吧，送你回家。”陈家晟站起来道。

总算可以回家了，我有一种劳苦人民得解放的喜悦。

陈家晟拦了辆出租车，一路上两人无话，他坐在副驾驶位置，我坐在后排的椅子上。

“我还是那句话，只要你回头，我就在原地站着等你。”他在我下车后摇下车窗玻璃道。

“听我的，不要等，过好你自己就好。”我挥挥手，跟他道别。

他摇起车窗玻璃，出租车掉头离去。

我转身进了小区。又是我一个人孤零零地回到家，而家里没有人等我。

换上睡衣，躺在床上拿出手机看微信，时间已经是九点多，却看到梅毓在七点发来的短信：“在吗？”

我打字过去：“在，刚回来。”

等半天没见她回复，我把手机扔向一边，想着做点儿啥，不能总这么躺着。

我试着做仰卧起坐，只做了五个就气喘吁吁。又下床来到阳台，看着外面的人来人往。

从阳台望出去，不但能看到楼外的城市夜景，还能看到公园里的小河。

河边很多人在快步走，这是当下流行的锻炼方式。我却不敢去，因为这么晚出去，别人有伴，我没有。

梅毓会不会也在锻炼？这个点儿不是睡觉的时间。

我想起文治哥，想给他发信息问候，想想还是作罢。他有小嫂子陪，我就不要打搅别人的好事了。

但是，想起他，心好疼。

写教案！想到这里，我立刻来到书房，打开电脑。

开学已经一个多月了，我的教案准备了六篇，一个年级四个班，现在已经上了二十节课。

效果还是不错的，学生们也听得很入神。我还准备了小礼物，比如钥匙串什么的，给表现好的同学作为奖励，尤其是那些在角色扮演中很出彩的学生。

这次教案，我准备重点推出《王子复仇记》，同时推出莎士比亚四大悲剧系列。

我打开网络，把 1948 年版的《王子复仇记》电影下载下来，又把王子那段著名台词下载下来，准备明天到打印部打印几份。

“生存还是毁灭，这是个问题。”

“究竟哪样更高贵？去忍受那狂暴的命运无情的摧残，还是挺身去反抗那无边的烦恼，把它扫一个干净？”

我看着那些闪耀着光芒的句子，一个人在书房读了起来。

这个剧本反映了人文主义理想同黑暗的封建现实之间的矛盾，让我心有戚戚，因为我也正处于理想同现实的重重矛盾之中。

怎么办？究竟该怎么办？个人问题是否真的就影响了我的生活？我是否把个人问题看得太重？如果真是一个人又该怎么生活？怎样面对那些飞短流长？还是听之任之，在别人的八卦的眼光下，无所畏惧地过一辈子？我能做到吗？我能做到吗？

我需要一个家，我要当妈妈，要生几个可爱的小宝宝，否则，我这一世岂不是白来一趟？

可是，那个人，在哪里？

眼又花起来，头顶右侧也跟着疼。我不愿意休息，也不想被这种小毛病捆住手脚，于是来到卫生间，洗了把脸，又到药盒收纳箱里拿出一瓶丹参片，用水服下去三片。

希望能通过丹参的活血化瘀作用改善眼部和头部的微循环。

症状明显减轻了，也不知道是不是心理作用。管它呢，只要现在能工作。

备完教案，我又写了本月计划表，用透明胶布贴在电脑后上方的墙上——

一、按期完成两个内刊和一本DM杂志；

二、每周六完成两节教案；

三、买二十支签字笔和二十本记事本，作为课堂奖励；

四、自学后期非线性编辑；

五、每晚十个仰卧起坐；

六、不生气，再愤怒也不生气，要学会化干戈为玉帛。因为，人只有一生。

计划表一上墙，我有种即将开挂的自信感。

周三上午第三节是我的“阅读与欣赏”课。

这节课，我推荐的就是《王子复仇记》。

但因为电影的表演形式陈旧，我视为珠光闪耀的那些道白并没有打动学生们，反而让他们昏昏欲睡。

我有些着急，这种听讲效果在我的意料之外，也是我的疏忽，我忽视了表现形式的时代距离。

为了让学生深刻领悟经典作品的意义，我将互动环节提前，选了第一幕的第二场和第三场，希望通过舞台感引起学生们对剧本的兴趣。

到座位间把角色指定给几位同学，把提前打印出来的剧本发给他们，强调了声音的放松和感情色彩，安排他们将故事用话剧形式表现出来。

我转过身准备走向讲台，右眼前忽然漆黑一片，右半边身子像忽然被抽去了骨头，我倒了下去。

当我醒来的时候，我在一张床上躺着。向四周打量，是学校的医务室。

“已经打过120了，救护车快到了。”医务室刘老师道。

“不用了。”我要坐起来。

刘老师忙按住我道：“你现在最好不要动，等救护车过来。”

我努力回忆，才想起自己正在上课时忽然失去意识。

那就是人辞世前的感觉吧？忽然陷入黑暗，失去一切意识。

“已经没事了，刘老师。让我坐起来吧。”我还是坐了起来。

“你是不是没吃早饭？”刘老师问道。

“吃过了。”我记得早上买的是流动早餐车上的稀饭和煎饼，拿到学校后吃掉的。

“一会儿到医院再拍个核磁共振或者CT，检查一下脑部。”她道。

我想的也是这个问题，便道：“行。其实已经不需要救护车了，我自己能去。”

“车已经快到了。”刘老师坚持道。

救护车很快就到了，我没有让人抬，自己上了车。本来还不害怕，但当我躺在救护车内的担架床上，救护车又开始响起它特别的鸣笛声后，我被那声音吓得胆战心惊。

刘老师陪我到了医院，医生在急诊室为我检查时，我把医保卡和钱包给了她，由她去替我缴费。

她迟疑了下，还是接了，不好意思道：“我身上钱确实带得不多。”

“谢谢你。”我诚恳道谢，她一边道“没事的”，一边急急地去缴费。

果然医生要求拍核磁共振和CT，同时抽取血液化验。

我仍然被安排进心脑血管科，等待检查结果出来。

接待我的还是常医生。护士测了体温、脉搏和血压，常医生带着实习医生来到我病房，问清症状后，过来翻开我的眼皮看了看，然后问：“这会儿哪儿不舒服？”

“就是右眼模糊，头顶偏右的部位有些闷，其他没有什么。”

“先挂液体补充能量，等片子出来后再看，估计问题不大，你先休息。”常医生说完，就带着实习医生离开了。

刘老师缴费回来，把缴费单交给我。她在一旁接了好几个电话，每次她都出去接，但一进病房能看出她的焦急。

我给大姐打了电话。这次，不能再麻烦陈家晟。

大姐半小时左右就到了，一见我就埋怨：“怎么回事？怎么不早说？一个人孤零零待在这儿，要有个伴儿多好！”

怕她再说出什么同事听了会惊讶的消息，我忙接住话茬，对刘老师道：“刘老师，我姐来了，你赶快去忙你的。”

“没事的，我再待一会儿吧。”她很不好意思。

大姐对她道：“谢谢谢谢，我还有好几个妹妹呢，我们换着照顾她，你去忙吧。”

刘老师这才拿起包，大姐将她送出病房。

大姐再回来时拿着脸盆、毛巾和一打卫生纸，脸盆里还放着一个保温瓶。

她接了半盆水回来，扭了毛巾给我擦脸，水是温的。

“我问过医生，医生说不要紧。等会儿护士拿检查单回来，看看结果就知道了。”大姐道。

“老大，我害怕。”我忽然哭了，自己都不知道怎么回事。

“多大的人了，还让人哄你。”大姐摸着我的头发道，“我本来不担心，你这一害怕，倒叫我担心起来。你就不惭愧？”

“惭愧。”我抽噎道。

“那就带着惭愧好好吓我，是吧？”大姐道。

“你说啥？风太大，我没听清。”我一边哭，一边顺口说出一句流行语。

大姐又好气又好笑，举手作势要打，又放下了手。

手机响了，是梅毓。我按了接听键，语气还带着哭音：“喂，梅毓。”

“怎么了？不是因为我昨晚没回微信你就哭了吧？”梅毓吃惊道。

“没有，我上课昏倒了。”我哭出声来。

“别哭别哭，检查结果出来没？”

“还没。”

“我明天早上去看你，现在还在上班，等下班天就晚了。”

“哦。”我答应道。

大姐说：“瞧，你这位朋友真好，倒比我还贴心。”

“你听见了？”我看着她。

“声音那么大，怎么听不见。赶紧睡会儿，可怜的，没个伴儿。”

我在她的唠叨声中，静悄悄流着泪，然后沉沉睡去。

一觉醒来，窗外已经黑下来。大姐正戴着老花镜看我的检查单，看我醒来，她递给我，道："我看不懂。"

我拿过检查单，是核磁共振诊断书：头部右侧颞部脉络膜裂神经上皮样囊肿，双侧额叶脱髓鞘，脑部双侧半卵圆区腔隙性梗阻，一侧脱髓鞘。

我要下床找医生，大姐拦住了，她拿过床头的呼叫按铃，按了呼叫键。

护士很快就进来了，她问："十二床，怎么了？"

"我想去找常医生，可以下床吗？"

"你等一下，我去问问医生。"

过了一小会儿，常医生过来了，他问："这会儿感觉怎么样？"

"没什么异常，感觉自己就是正常人。可以下床吗？"我问他。

"当然可以。我看过检查单和片子，问题不大，还是缺血灶的问题，脑部微循环不良。平时吃饭要注意营养搭配，活动量不要太大，注意休息，不要熬夜。"

"那现在可以出院了吧？"听他这么说，我挺高兴。

"你急着干啥？听医生的。"大姐拍了我胳膊一下。

常医生笑了："你这也太心急了，还得住几天，输液改善脑部血液循环。"

于是，晚上十点后禁食禁饮，明晨要常规采血。

我让大姐回家，她晚上还要照顾孙子孙女，也够累的。

她用保温瓶给我接了热水，临走时说明天让四姐过来照顾我。

护士第二天早上六点来采血，检查项目比较多。看着护士抽了我两管血，我的头晕起来。

"护士，我头晕，是不是血抽得太多？"我向护士汇报感受。

"你是晕针吧。"护士笑道，"不要怕，喝点儿水就好了。"

四姐打来电话，说她晚点儿到，要送孙子去幼儿园，我答应了。

病房门开着，我看着门前来来往往的病人及家属、医生及护士，不禁悲从中来。

越来越多次进医院，我的身体是不是真的早衰了？

梅毓直到现在都没有来，肯定又是公司有事了，以她的作风，怎么会言而无信？

等四姐过来时，已经快中午了，我还在输液，四姐给我带来她自己做的米饭炒菜。

常医生进来巡视，看到饭菜后，对四姐道："暂时不要让她吃肉。"

四姐便把红烧排骨都挑出来，又道："好可惜。"

"你自己吃掉不就好了。"我提醒她。

"你还没吃，我怎么能吃。"她不好意思道。

常医生问完邻床的病情，又过来站在我的床边，对我道："脑血管疏通和改善微循环的药品已经给你用上了，输几天液就好了，不要担心，到时候视力也会好起来，头也不会再闷了。”

我点点头。过了一会儿，我又睡着了。

感觉有人轻声说话，声音好熟悉。

我睁开眼，又揉揉眼睛，我是在做梦吗？怎么文治哥在病床边站着？

五十五、谁还没点儿身不由己？

活着就是幸福，呼吸的声音比什么声音都珍贵。

不仅有文治哥，梅毓也在床尾站着。

四姐看我醒来，对我道："你朋友真好，一听说你病了，坐飞机从拉萨过来看你。"

我不禁眼眶酸涩起来，沉住气让自己不要激动，不要哭，不要让朋友看到自己的软弱。

梅毓却道："你现在才开始走成熟路线是不是太晚了？想哭就哭呗。"她又对四姐道："姐，你回去吧，有我们呢，我们今晚不走。"

四姐看看我，我道："你回去吧，他们都是我的好朋友。"

"谢谢你们，那小妹就拜托你们了。"四姐向他俩道谢。

梅毓送四姐出去，留下了文治哥。

我不知道自己该怎么做，心跳有些快。

文治哥过来坐在我床边："这回不是吃错药了？"

"你会说话不？"我委屈地嗔怪他。

"饿吗？"他问。

"饿。"我点点头。

他拿出手机，准备给梅毓打电话，又放下手机道："我们出去吃。"

等梅毓回来，我向护士请了假，准备三人一起去市中心南路的粥城。

梅毓道："我吃过了，你俩去吃吧。"

"怎么吃得那么早？"我诧异道。

"路上吃了俩汉堡，这会儿还没消化。你俩快去吃吧。"

文治哥开着梅毓的车，到了粥城。我们点了几盘素菜，一人一份南瓜粥，吃完后走出粥城，却下雨了。

文治哥脱下他的风衣，顶在我俩头上，到了停车场，他先开车门让我坐进去，然后才绕到驾驶座的门那边，拉开门坐进去。

文治哥一边热车，一边道："不要怕，肯定能恢复，你还这么年轻。"

他将手伸进自己风衣的内袋里，然后又拿出手伸给我。

我还以为他要握我的手，正迟疑着要不要伸出手去，却瞧见他的掌心里有一只玉镯，晶莹的白里晕染着几缕浅浅的绿，水头很足。

“虔诚地请师父开过光。戴上，保你平安。”他道。

我接了过来，把镯子举起来，眯起眼看窗外的光如何穿透这只玉镯，镯子在光影中更加清透精美，我忍不住将镯子贴着脸滚动，吸收那种柔滑的细腻感。

“慈禧太后就是用玉在皮肤上滚动保持容颜不老的。”他笑道，又催促我，“快戴上。”

我依言将镯子戴在左手腕，另一只手一下下地抚摸着镯子，心也平静下来。

回到医院，梅毓看到我的镯子，道：“漂亮。”又问文治哥：“我的礼物呢？”

“手表，欧米茄星座系列，回去给你。”

梅毓大喜：“好，谢谢。”

梅毓一直喜欢机械男表，文治哥的礼物实在是买到了她的心坎儿上。

虽然他远在西藏工作，但在衣服和鞋饰的搭配上绝对有品位。

他从不用香水，这在时下流行的花美男风尚里，实在是独树一帜。

但总能闻得到他的衣服上干净的洗衣粉味儿。

“冷吗？”文治哥突然回头问我，梅毓看了我们一眼，微笑着低头看手机。

“有点儿。”眼下正是倒春寒，我的身体又不是很好，更容易怕冷。看到他转头看我，我的心跳又开始加快。

我看到他眼中有藏不住的关怀，又想到他已经有了小嫂子，心里便酸楚得厉害。

忘了文治哥吧！陈一一，他已经有小嫂子了！

“你躺下吧。”文治哥道。我掀开被子躺进去，他又替我把被角掖严实。

“今年我可能不能回来了。”文治哥忽然道。

“为什么？”我不禁问，话一出口就很懊恼，我的心思会被发现的。

是不是他发现了我的心思，怕对不起小嫂子，所以才决定一年不回来，让我断了念想？

“有个出国学习名额，今年轮到我了。”文治哥道。

“这个机会真不能错过。祝贺你，文治。”梅毓道。

“祝贺你，文治哥。”我一半失落一半喜悦。失落是因为他要一年不回来，喜悦是他有了出国深造的机会。

“你不担心……吗？”梅毓问文治哥，问的语气很奇怪。

“有你嘛。”文治哥欣然道。

“你们在说什么？”我云里雾里，傻乎乎地问。

“保密。”他们俩同时道。

“就不能满足一下我的好奇心？”我穷追不舍。

“不能。”他俩同时道。

呃……太丢人了，我都想蹲墙角哭一会儿。这是咋训练的？这么齐整。

大概是梅毓看到我吃瘪的样子，她扑哧一声笑了。

她笑，我却开始难过，文治哥要离开一年了，这一年我将看不到他。

他在这一年里很可能结婚生子，从此忘了他的十年之恋。

我掐着手心，不让自己暴露出任何不舍的情绪，强笑道：“好，那就祝文治哥大登科后小登科。”

文治哥转头认真地看了一眼我，道：“一定会的。”

我的心都要碎掉了，从此，我再也不要和文治哥联系了，太折磨人了！

我闭上眼睛，听着他俩还在争执谁留下陪我谁去酒店住的问题，我睁开眼睛道：“我一个人就好了，这里很安全，有医生护士值班。”

他俩都没理睬我，最后梅毓忽然道：“我得回英市，今天有份文件还没起草，明天早上就要用，文治，只能你留下了。”

文治哥道：“好。”

梅毓又对我道：“好好养病，别瞎想。”

文治哥送她出去。

晚上，文治哥在护士办租了简易床，摊开床后问我：“喝水吗？药都吃了吗？”

“不喝。药吃过了，没吃错。”我道。

他笑了，然后和衣躺下。

我下了床。文治哥道：“一一，你要干什么？”

“取件衣服。”我道。我从窗边的放杂物的柜子里取出我的羽绒服，走到他身旁递给他：“盖上这个，晚上冷。”

他愣了愣，接过衣服盖在自己身上。

幸亏我的羽绒服是中长款，否则，怎么给他温暖？

早上，大姐来了，而文治哥要出发回拉萨，他匆匆忙忙请假只为了看我。

而这次一别，我们一年后才能见面。

大姐对文治哥很热情，问这问那的，文治哥好脾气地一一回答着。

他出发前对我道：“不是什么大病，人体的自我修复能力很强大。精神不要紧张，注意随时把自己调整在一个自在的状态，身体会很快恢复过来。”

“噢。”我答应道，又嘱咐他，“多给我们发邮件。”

“好。”

他走后，大姐问我：“是男朋友吧？小伙子真好。”

“不是，是好朋友。”

“唉。”大姐一声长叹。

住院第五天，右眼已经恢复了视力，不再模糊，输液还是有用的。

正跟大姐说话，方浩文打来电话：“一一，你在哪里？方便中午一起去个饭局吗？”

“——我在住院。”我沉吟了一会儿便实话实说。

大姐看向我，满眼的八卦，我冲她摇摇手让她不要讲话。

“怎么了，不要紧吧？”他有些意外。

“不要紧，已经好了。”我道。

“我去看你吧，在哪家医院？科室和床号也告诉我。”他道。

“市中心医院,心脑血管科十二床。”直觉告诉我,他最终可能来不了,因为饭局比我重要。

果然，过了大概二十分钟左右，他又打来电话：“这家医院不好停车，转了半天没有停车位，那边催得紧，我就不上去了，你出院后我去看你。”

大姐看向我，问：“谁？”

“一个朋友，本来说来看我，结果没有停车位，只好走了。”

“这也算朋友？没有停车位就不来了？哼！”大姐冷哼道。

幸亏我没说这是阿南介绍的男朋友，否则，大姐会立刻打电话训阿南一顿，那样的话，我就把阿南彻底得罪了。

越是亲人，越要谨慎。

一周后，我出院了。出院时常医生给我提出一个建议：“你还是病退吧。你的活动量不能太大，又不能熬夜，更不能精神紧张。所以，在脑部血管还没有完全恢复的情况下，你最好不要上班。”

“什么时候能完全恢复？”我知道医生都会有保留地向病人解释病情，但我还是想要一个准确结果。

“三五年吧，看自身免疫力和修复能力而定。”

出院后第二天，我主动给方浩文打电话：“我们分吧。”

“——为什么？”方浩文问。

“我的身体检查结果出来了，头部右侧颞部脉络膜裂神经上皮样囊肿。”

“不是恶性的，不要紧。”他道。

“双侧额叶脱髓鞘。”感觉他懂得挺多的，我又补充道。

“供血不足引起的。”他接口道。这人简直不要太聪明，怎么什么都知道？

“脑部双侧半卵圆区腔隙性梗阻，一侧脱髓鞘。”我又道。

“以你这种情况，是因为脑供血不足才会随时昏倒吧……为什么要分啊？”他道，“只要营养跟上，可以慢慢调整的，心态要好，不要有压力。”

我无言。我怎么可能没有压力，正是因为有压力，才导致目前这种身体状态啊！

我其实还想说：那你也不准备结婚啊，这样混着不分想干什么？

但是我绝对不能说，因为，还在做他介绍的期刊呢。这么反问他，不但于事无补，而且显得我没良心。

我得感恩啊！毕竟他是一位脚踏实地帮我的绅士般的男人，不像有些人，帮助只挂在嘴巴上。

既然方浩文这么讲，我便不再说什么。说真的，差点儿就被他感动了，甚至刹那间有种就算不结婚也愿意跟他一辈子这么不清不楚地过下去的想法。

但是，我很快打消了这个念头。他有孩子，有前妻，还有“白莲花”，当然可以这么混。而我想有个属于自己的宝宝，我凭什么混？

可是，我好像已经没有结婚的权利了。像我这样的女人，一旦怀孕，很可能产生妊娠高血压，高血压很容易激发脑梗。我活着都成问题，孩子又怎么能安全地生下来？

这就是我的命？我可以不认命吗？

我是多么想有个家，有几个孩子，我要当妈妈！

我把住院记录、核磁共振片子、CT片子同那些检查单装订好，装进一个大大的文件袋里，送到校长办公室。

他有些瞠目结舌，他一直不肯相信我病了，他认为只要稍微打个点滴，肯定又会出现那个看着斯文温婉从不发脾气的陈一一。

然而并没有。他甚至很生气，认为我肯定做了什么小动作。

我无奈地接纳他的误解，他同情也罢，误解也罢，都改变不了我必须离开的现实。

我在万般不舍中，离开了学校；在终于懂得单位和组织的珍贵后，我离开了学校。

我的病退申请没有被批准，只能请病假，而经常请病假，同事肯定会有意见，我终于下定了决心，辞职！

只有辞职，才能从根上断绝同事们的误会。

谁说的“走自己的路，让别人去说吧”？我们这一生，谁不是活给别人看的？

人生，谁还没点儿身不由己？

我对故乡很留恋，却不能留下来，我不想接受那些同情的目光、悲悯的叹息，甚至，那些因误会而产生的鄙夷不屑。

我又回到了原来打工的城市，这个叫作英市的地方。

第一件事就是找梅毓，告诉她我辞职了，准备专心养好自己的身体。

梅毓先是一惊，然后又平静下来，她问："和那个方浩文究竟准备走到哪一步？"

"走不到结婚那一步。"

"为什么？"

"他有过去，又有孩子，我已经是辞职人员，他怎么可能跟我结婚？"

"那为什么不分手？"她很疑惑。

"他不分，而且，他一直在给我介绍活儿，至少，目前我的生存更多是依靠这个。"是的，我给他说过我的病情，他说一切都会好转，让我放好心态。

梅毓看着有些愤怒，末了又转了话题问："如果情绪不激烈，就不会诱发脑梗，对吧？"

"应该是。"我点头道。

"不要怕！有我，还有文治，用我们自己的方法治。"梅毓斩钉截铁道，"只要不是癌症，什么都可以重来，人体的自我修复功能很强大，你这么年轻，修复能力肯定好，不要自己先断了希望。"

"我知道。"我点点头，我同梅毓想的一样，人不能自己先断了希望，"我想好好活着，活到满脸皱纹的时候，活到拄拐杖的时候。"

"肯定能。"梅毓道，她的双眼烟雨蒙蒙，"而且，你这么坏，坏人活得久，你肯定祸害一百年。"

"对！"我信心百倍，我是坏人，我一定活得久。

啊，我终于成为坏人了，再也不担心被人欺负了！

两周后，梅毓给我整了一兜稀奇古怪的东西过来，我看了半天，都没搞明白那些玩意儿都是啥。

"菠菜根、芹菜根、香椿根、松树根、大葱根。"

要这些干啥？我看着每一种植物的根问："都被晒过了是吧？"

"是啊。古人说菜根香菜根香，我同中医学联系在一起，就给你搞了这么多的根，除了松树根之外，都是菜根，你熬着喝。根，生长万物，也许能治了你的病；即使治不了，也没坏处。"梅毓书卷味儿的样子好可爱，我只能死马当作活马医了。那一袋子根照单全收。

接下来，我不仅每天吃着老中医开的各种中药，每隔三个月打一周预防梗阻疏通脑血管的点滴，还要每天喝这些根熬的汤。但也不能太依赖治疗，催发自身的修复能力才是根本。

那些菜吃起来香，而那些根熬出来的味道真心不敢恭维，太苦了，苦得让人莫名其妙，肝胆俱裂。

可我一想到梅毓为了我的病变得那么细心，再大的苦也得忍下去。

一切为了活着。活着就是幸福，呼吸的声音比什么声音都珍贵。

不仅熬药，我还发扬了自主研发的科学精神，自己收集各种根，用水煮透，再炒来吃，果然口味好了很多。

梅毓偶然间知道我在炒菜根，立刻赶过来一顿狠批，命令我只能按中药集成大法去熬，否则没有药性。

我们斗智斗勇了半天，最终我投降了。她一切都是为了我啊！

梅毓频频点头，玲珑的短卷发像珠链一般跟着她晃来晃去，她道："这样就对了，事半功倍。"

在我又一次乖乖喝掉苦苦的中药后，她满怀信心："等你病好时，你的男人就出现了。"

"真的吗？"我一边期望一边失望，"我失去了健康，就好像失去了我的水晶鞋；王子没有鞋，他找不到我。"

"那也不一定，谁都无法提前知道结局。"梅毓道，"完美的结局前总要把两个人都折腾够，太顺利的婚姻反而不幸福。"

方浩文过来了两三次，陪我出去吃吃饭，或在街上转转。

方浩文过来时总带着他的手提电脑，在上面看文件或新闻。其实我这里也有电脑，但他从来不用我的电脑。

有一次，他又到我这里来，把什么重要资料忘在车里了，他便下楼去拿。

不一会儿，他又打电话给我："我的手提电脑上有一份文件，你找到了打开，看看日期，这边有电话催问。"他说了文件名字。

我忙打开电脑，找到那份文件，打开后告诉了他日期。

挂掉电话后，我犯了女人的通病，因为虽然已经打定主意分手，但内心一直不舒服，我就想查他的信息以解除或佐证这种不舒服。

而苹果电脑是和手机绑定的，手机上的信息在电脑上也可以看见。再然后，我佐证了。

我看到几个很奇怪的称呼——"过往""小女人""嫣然"等。

按捺不住强烈而又惊悚的好奇心，我打开了信息往来记录……

之后，我盖上电脑，叹了一口气。也许他是故意让我看呢？

方浩文回来时，我已经心平气和，同以往并没有什么不同。

从那次看过信息后，我大多时候都是微笑倾听，或者默默不说话。

大约是不在南市的缘故，和我相处时他随意了很多，走在街上时还主动牵我的手。

“应凯下半年就该读大学了，是吗？”在他反复从各方面给我论证他感兴趣的一个话题后，我终于找到一个他肯定关心的话题问他。

“是啊！希望他能考一所好大学，我此生就无忧了。”难得他在我面前如此感慨，露出部分真性情。

瞧瞧，我根本不算他的“忧”呢！

我再也不会去猜测分析他，再也不会为他纠结，我只希望他的孩子赶快考大学。那时，我就可以提分手了，这是我最后为他做的让他不分心的事情。

一旦分手，我的时间就不会掌控在他的手里，而我也不会是提线木偶了。

这样想有些太对不起他，因为他，我每两个月才可以编三期版，收获近两万。

还是那句话，人生，谁还没点儿身不由己？

经济基础决定上层建筑。我跟他之间总是他表现得随意，而我束手束脚，就是因为这给予和接受的地位所决定的。

爱情首先要求两者关系平等，而成熟的婚姻却以经济战略联盟为前提。

如果方浩文哪天真的决定结婚，一定是找到了战略互补的对象，因为他是公务员，而且是地位不低的领导。

而我却追求关系平等，两人相处谁都不会感到束手束脚。这是不是我和方浩文之间的矛盾核心？

我对他唯一的用处，好像是给予他自由的感觉，就像他说的，见我时是他唯一感到轻松的时刻，也许别的女人总向他要承诺。

所以，我给予他的，只有轻松；他给予我的，却是物质和成长的双重力量。我凭什么既在他的帮助下赚钱，又收获他完整的感情？

我凭什么？凭我的年龄还是凭我的背景？何况，他本没有再婚的信心。

知足吧，陈一一，已经决定了的事就不要再纠结了，在分手之前这段时间，就这样好好和人家相处吧。

五十六、复查

只要至少有一两个朋友能让你靠着肩膀哭泣,这个世界就没有亏待你。

文治哥一直没有回来，邮件也只写过三封。当然，我没有资格难过。

他爱我的时候，我不知道，他一直在暗恋；我爱他的时候，他也不知道，我开始暗恋。

冥冥中谁主宰着这样的因果，循环往复，不罢不休?

我不认为这是对方浩文的背叛。以前方浩文频频看手机，动辄就很暧昧地接听不知谁打来的电话，那时，我只是怀疑；后来，又出现了“白莲花”；再后来，又在他的电脑共享信息中知道了还有几朵其他种类的花正静悄悄地开放。

正是在这种长期的没有归属感的基础上，我的感情发生了变化。

而方浩文依然和我交往，无外乎两种原因：一是还没有一个诱惑指数大于我的人出现，不足以让他舍弃我；二是他本就没有将自己交付于某一人的计划，无论是几个人，只要有好的感觉，他就与之交往，既帮助对方又不会给对方承诺，对方承了他的情便无法责备他。

这就让问题变得通透了：如果一个女人既优越到让他不必帮忙，又让他难以自持，这样，他才愿意结婚。

强大到这种境界的女人，又怎么会跟他谈感情？选择余地大了去了。

而我，既没有到那种女人的境界，又开始将感情的天平逐渐倾向文治哥，就更不必跟方浩文计较承诺不承诺的问题，只要记住他的好，就好。

其实，在我的内心根本不像年轻时那样寄希望于承诺，因为我早已发现，承诺这种东西，在没有兑现之前都是谎言。

这大概也正是方浩文希望的。

可是，就算我和方浩文已经分手，也没有资格嫁给文治哥，因为，我能不能顺利怀孕都是问题。

就算文治哥还爱我，他也不可能娶一个不能为自己生孩子的女人。

我要是男人，也不会娶一个不会生孩子的病女人。

梅毓经常过来陪我。自从我生病，我们再也不能去酒吧，也不能去吃烤肉喝啤酒。那种只求一醉不问天下事的好日子一去不复返。

“这样陪着我，你是不是感觉特没意思？”在梅毓特别为我选的一家素菜馆里，我看着满桌子的素菜问。

“我太想吃肉了，所以你要快点儿好起来。”梅毓道，又想起了什么笑得乐不可支。

“怎么了？告诉我，独乐乐不如众乐乐。”我忍不住好奇。

“我是忽然感觉你一个人生活其实挺好的。其实恋爱并没有你想的那么浪漫，比如我和我那口子，两个人刚开始约会时，红酒、牛排、烛光、小提琴，说话都是他绅士我淑女。定了关系之后，就是稀饭、馒头、羊肉泡、葫芦头，说不了几句就互相顶嘴。”梅毓说着又笑了。

“我宁愿互相顶嘴，那也是一种热闹，比一个人一直孤单着好多了。”我实话实说。

梅毓看着我，摸摸我的脸，眼睛闪着光，道：“你肯定会幸福。”

从梅毓这里我懂得一个道理：只要至少有一两个朋友能让你靠着肩膀哭泣，这个世界就没有亏待你。

转眼到年底了。这段时间，我除了有偶尔的头昏再没有其他的症状，可能跟不再熬夜而睡到自然醒有很大的关系。

梅毓开车带我回南市医保所在的医院复检。

排了半天队才挂到号，又去一卡通办理窗口存了钱，这才到门诊一楼的核磁共振检查室门口等叫号。

“三十六号，陈一一。”声音响起的同时，电子屏上出现了我的号码和姓名。

我不由得在心里感叹道，原来，我们在每一个社会环境中，只是一个数字代号。

把包和外套都给了梅毓，让她替我拿着，我自己走进检查室，像一个没有思想而任人摆布的玩具熊。

“把身上的金属物品都拿出来。”旁边的工作人员例行公事道。

我想了想，道：“内衣挂钩是金属的，皮带上是金属扣，要脱吗？”

“不用，你是检查颅脑。”

我这才放心地躺下去，闭上眼，就感觉身体开始向后移动，各种声音开始交替响起来。声音很空旷，也很吵。

十分钟左右后，那些声音才停止了，我又感觉到身体向前移动，回到原地方。

取片子要两个小时后。

梅毓带着我一起到附近的咖啡厅，她给我点了白茶，她自己喝咖啡。

我也想喝咖啡，但她不允许。

她的手机响了，她按了接听键拿到耳边：“喂，文治。”

文治哥回来了？我抬起头看向梅毓，冲她摇摇手，意思是不要告诉文治哥我的消息。

她看了我一眼，对着手机继续讲：“我和一一在医院，她做检查。”

我向后一靠，啥话都不想说了，就知道她不会听我的。

“还是老样子，脑子有问题，这会儿等结果呢。”她一边说，一边笑嘻嘻地看我。

我只想拿头磕桌子，什么叫脑子有问题？干脆就说脑子进水了多好。

我知道她是故意的。

“他要过来。”梅毓接完电话后对我道。

“就是检查个身体，干吗要四海皆知？”我埋怨她。

“你不想见？”她问。

“——想。”我老实回答。

已经有快一年时间没有见到他了。自从我对他的情感发生了变化，跟他联系时我总觉得没有底气。

但是，如果没有他的消息，我更没底气。

我再没有同他联系，他发的邮件我也没有回。因为，我很难过，每次收到他的邮件都能让我难过半天，所以，我一直没有回信。

对他的那份情，从此深埋在记忆的箱子里，没事的时候悄悄翻出来晒晒。

我和梅毓各自靠在卡座里随便聊人生，两个小时很快就过去了。

刚从核磁共振室窗口拿到片子，还没等到看诊断结果，文治哥就到了。

他看到我后，先过来敲敲我的脑袋，道：“这脑子看着比以前好多了，能有什么病？”

“没病，就进了点儿水。”我看着他，心里温暖，开口滑稽。

“哈哈。”他乐了。

“我们去常医生那里，他是我的主治医生。”我对他们道。

用手机同常医生联系好，我们在他的科室等他。他今天休假，接到我电话才从家里赶过来。

等了半个小时左右，常医生到了。

文治哥同他握了握手，道：“谢谢常医生，您休假还要麻烦您过来。”

常医生却埋怨文治哥：“你怎么照顾你爱人的？年纪轻轻又是腔梗又是贫血。”

“啊，他是——”我的“我哥”两个字还没说出口，文治哥却道：“是我的错，没有照顾好她。”

梅毓则迅速地把装片子的袋子递给常医生：“麻烦您看看她的片子。”

常医生拿过袋子，把片子取出来，放到一个竖长方形的亮亮的板子前，仔细看了看，他有些吃惊："可能是你年纪轻，身体的自我修复能力强，中心腔梗竟然消失了；只是，额叶的缺血灶不但没有缓解，而且已经有些脱髓鞘改变了，注意营养。你还做过其他治疗吗？"

"喝中药和菜根香。"我立刻回答。

"什么？"常医生以为自己没听清。

"遍访老中医，喝了好多中药，还有，喝了好多菜根熬的汤。"梅毓替我答道。

"好，好。能把中医方子让我看看吗？还有，都用了哪些蔬菜根？"常医生勤学好问，像个好奇宝宝。

"没记住，回头给您拿过来。"我答道。

"也是个有福气的人。"常医生最后道。

我忽然想起一个问题："常医生，如果额叶的脱髓鞘继续恶化，我是不是就提前痴呆了？或者瘫痪？"

"你这发现得早，应该不会。发现迟了，确实有这方面的可能。"

我的头嗡的一声，害怕得要昏倒。

在回英市的路上，我看着手里的片子和那张诊断书：双侧额叶多发点状脱髓鞘改变。

常医生在我的病情介绍上有所保留，他特意忽略了"多发点状"这几个字。

我不要痴呆，我还想活得久一些，但是要清醒地活着，不要痴呆，不要瘫痪。

文治哥是刚回国就直接飞过来的，第二天一早，他就要赶回单位。

他说，他们要去一个地方勘探水源，大概需要半年时间，那个地方手机可能没有信号。

五十七、决定自私一把

我们经常说，灵魂在飘荡，是灵魂离开了身体，事实上不是。是我们的身体背叛了灵魂，灵魂其实一直执着而忠诚地坚守在原地，等候我们回来。

又过了一年。这一年里，方浩文又给我介绍了两家内刊，当然是在我的要价比同行低一半质量却比同行好的前提下。

总之，就像他说的，我没让他丢面子。

我告诉过他我辞职了，他却没有纠结这个问题，还是时不时约我。

我在做他介绍的那几家内刊时，通常一边在电脑上排版，一边口服丹参片或养血清脑颗粒。

我们没有在一起过过任何节日，无论春节、中秋还是情人节。

那些传统的节日，他都和孩子过。

稍微认真想想这个现象，真的不是恋人该有的。

当然，我早已不拿他当恋人，而是当老师，当恩人。

八月间，方浩文过来找过我。吃完晚饭，我们一起散步。

在十字路口的东北角，他停下了脚步：“儿子考上大学了，我很开心。”他温暖的眼波看向我，情绪很好地忽然圈住我的腰。

“是啊，一切都很好呢。”我笑着回答道，虽然身体僵硬，却并没有推开他的手。

“我要回老家几天，给家里人报个喜，还要宴请老家人。”他还是很温柔地说着安排。

我笑着点点头。这一年来，我一边柔着脸守着心，一边配合一切。

直到他的孩子上大学，一切尘埃落定，他依然没有直接提结婚的意向，更没有单膝下跪向我求婚。

和我在一起时，他依旧时不时看手机，有的信息回有的不回，回信息时依旧有暧昧不清的笑容。

即使到现在，他还是只说要回老家，为孩子的事情宴请大家，根本没有提我们的事。

情感关系有个定律，甲方若一直不肯给乙方许诺，最后的结果就是当甲方终于决定许诺的时候，乙方已铁了心离开甲方。

何况，我早已于一年前洞察他的心理。只因他有恩于我，我才用两年的安分守己，做到不添乱，不主动，不纠缠。

在我看到他电脑上的手机捆绑信息后，我更坚定了分手的信念。只是我给分手定了一个期限，等到他的儿子方应凯考上大学。

也不算欺骗吧？反正我很清楚他没有再婚的想法。

并且这一年，我一直在思念文治哥，虽知道和他不可能，他已经有了小嫂子，但我可以在心里一直想，对小嫂子来讲也不算撬墙角。

对方浩文来讲，也不算背叛。

因为，在他走了一星期之后，我给他发去一封邮件，内容如下：

方大哥：

一年前，我无意中看到你电脑上的信息，看到你发给前妻的数个信息，知道你一直和她来往。所以，你们并不是你说的那种没见面不联系，事实上，你们常见面，还是你主动的。

不仅如此，你还有其他的暧昧信息。也就是说，你的实力大可吸引来更年轻漂亮的女人。可贵的是，你却一直在帮助我，这多少让我找回点自尊。

你不提结婚的事，所以你也不算骗我。也许你在选择，这也说明我的吸引指数不够高，不能让你一心一意。

对你万分感恩，却还达不到不计较这些的程度。所以，在尽可能做好你安排的事后，我发出这封早已起草好的邮件。

我理解你在感情上没有取舍的行为，却不能够接受这些行为。我劝说自己无数次，人生就是这么糊涂，男人都一样，何况，我还是个病人，有可能会痴呆的病人。

尽管如此，我还是说服不了自己，我太骄傲了，一个病人这么骄傲太不正常了。我都已经到这种状态了，还是想找一个他只认我我只认他的男人。

从此，我们都是彼此的过客，祝我们都活成彼此想活的样子。

陈一一

8月17日

直到发出这封邮件，我对他依然是感激大于埋怨。

在很多事情的处理上，在很多事情的审美上，方浩文的认知明显高出我许多，所以，和他在一起时，我什么都听他的。

听人劝，吃饱饭。何况物质财富决定精神财富，这也是真理。

如果一个人没房子，没钱，没粮食，他还高喊什么精神？

真的智者，就是要把自己活成想活的样子，有房有车有粮有余钱，他才可以高擎着精神的旗帜，一路勇往直前。

所以，方浩文是成功的，除了感情，他基本上都是按照自己的想法在活。这么说也不对，他对待感情也是按照他自己的想法在经营着，只是我不接受感情被瓜分的男人。

搬回英市时，我还特地给陈家晟打了电话道别，之所以没有去他公司，是因为怕他又表现出一副不想让我离开的可怜样子。

我对他没有那种感觉，就别给他希望了。

我孤身一人住回英市，带着简单的行李，找了一个环境优美但面积很小的房子，这样住着又舒服又省钱。

再后来，我还是选了陈家晟。我们通过医院先完成了试管婴儿的培养，又到国外找了代孕女郎，十个月后，我们终于有了自己的孩子。

从此，一家三口幸福地生活下去，就像童话故事那样的结局：“从此，他们幸福地生活下去，直到老去……”

算了，我还是别撒谎了。

事实上，我谁也没选。同方浩文结束后，我主动找那几家方浩文为我介绍的内刊客户，以回英市为由解除了工作关系。

严总和梅毓又给我介绍了比较固定的文字活儿，我一边替严总的公司写解说词，一边帮梅毓给我介绍的几位老者把他们的手稿整理成电子版。

那些老人退休后没有赋闲，他们都希望把他们一生的经历、经验和教训写成回忆录出版，但他们不会打字或者打字很慢，所以，他们只有用笔写成手稿，再由我为他们输入电脑，做成电子文件。这样倒是让我的日子过得很充实，每天都有事做。

我还找到一家养老院，每周去做两次义工，给老人读新闻、洗脚、修指甲。

这样做有两个好处，一是种善因结善果，老天不会那么早把我收走；二是多做一些事情，日子才过得不空虚。

张弛有度的忙碌可以让我忘记一切，这是我跟自己的比赛。

因为严格遵守医生的嘱咐，不熬夜，不生气，活动量很少，所以，我的身体一直维持在一个稳定的状态。

偶尔回南市，我会悄悄到陈家晟的公司附近，看一眼然后离去，有时候他在，有时候他不在。毕竟他爱过我，而且他是忠诚的，但我没有爱上他，感觉好对不起他。

还见过一次陆总，他说方浩文依然没有结婚。我想，他恐怕这一辈子也走不出自己画的怪圈了。

偶尔，我会跟梅毓一起吃火锅，只是两人都不吃辣了。

文治哥一直没有消息，他走之前说过，他们这次勘探的地方手机可能没有信号。

梅毓也不再跟我提李庭轩或者文治哥，他们从此只留在我的记忆里。

而梅毓还是斩钉截铁地说："一一，你一定会得到幸福。"

我顺从地点点头，还是那句话：活着就是幸福，呼吸的声音比什么声音都珍贵。

小雅来看过我一次，她没有离婚，她说："日子就这样将就过吧，只要能把孩子照顾好。女人这一辈子，就活在孩子身上。"

我也不再慌乱了，平静地迎接每一天的喜怒哀乐，而且，从此不再生气。因为医生说了，生气会肝气抑郁，对身体不好。

所以，其间不管碰到多么让人难以接受的挑衅，我都能点点头绕开继续前行，我终于做到了发自内心的不计较，因为，活着比什么都重要。

我只有一生，我想每天都过得实际一些，快乐一些。

都说来日方长，而人世间很多事情证明，来日不一定方长，能抓住的只是当下。

我总是恍惚地看到文治哥，他在笑，他在帮我给冰箱里放蔬菜，他在我的客厅里装玄关，他在给我受伤的脚踝擦红花油，他把外套脱下来给我撑在头上挡雨。

从此，我的心里住了人，我每天闲了都会思念他，每个夜晚临睡前都祝福他。

我常在想他的时候，一个人默默地伤心一会儿。

我们可能永远不会再见，他会慢慢忘了我。

日子似乎越来越平静了。转眼间，又临近中秋。

这天，帮着打扫完那些老人的房间，又帮着护工们晾了衣服，天已经很黑了。

走出养老院的大门，一场大雨忽然而至，我只好退回门内。

望着密密麻麻全是雨线而看不透的天空，感觉此刻的意识异常清醒。

如果是以前，和梅毓在一起，碰到这样的天气，我们会读易安居士的词："昨夜雨疏风骤，浓睡不消残酒……"

而现在，只身站在远离繁华的养老院之夜，耳畔雨声喧哗，我却感怀"对潇潇暮雨洒江天”。

这一场瓢泼大雨扑向土地时的欢快和踏实，让我感觉到它们终于挣脱虚空的天网后急于回归土地的灵魂，就像《红楼梦》里那块通灵宝玉，终于逃出情天幻海的结界，做回它原本平凡而朴实的石头样子。

尽管万物存在方式不同，灵魂却有着相同的守望，这种守望就是回归，这种回归就是踏实，而这种踏实，就是我们常说的安全感。

雨也有灵魂。灵魂的守望就是融进土地等着雨回归。

文治哥还没消息。

是不是小嫂子已经为他添了宝宝？不敢想，心很痛。

从此，就很难见到他了吧？

文治哥、梅毓、丽、商子、李庭轩、方浩文、陈家晟，这些曾亲密地走进我生活的人们，生死悲欢，各有结局。

我感谢宿命，在我过去那一段惶惑的日子里，适时安排这些人出现，带给我一段段或幸福或了悟的深刻时光，让我成长得更为完整。

我深深呼吸着浓浓的雨气，正欲扑进雨里与雨共舞——仿佛拍 MV 一样。伟岸的男人，温柔地让一朵蓝色的伞开在我的头顶，回头，伞外狂风骤雨，伞内双眸与双眸邂逅，珠联璧合，故事就这样发生了。

是真是幻我一概不管，扑上去，抱住他的脖子放声大哭。在那一刻，我闻到他身上淡淡的面包一样温暖的甜。

我真的以为我再也见不到他了。

文治哥拥紧我，轻轻拍着我的背。在他的怀抱里，我不担心他撒谎，不担心他有心结，我想说什么就可以说什么，所有的不担心，都因为他是文治哥。

“梅毓说，你在这里。”文治哥看着我，温暖的眼波要将我融化。

“这是我目前最适合待的地方。这半年，你怎么一封信也没有？”我哭道，他已有了韩英姿，已有了年轻得让他像老爸的女人。

“那个地方没信号。”他拍拍我，“好了，不哭。对不起啊，我其实——”

“我已经很满足了，你什么也不用说。”我制止住他。道歉有什么用？一切已成定局，是我误了红尘给我的赠予。

“我其实，就像以前给你们编的任何一次经历一样，”文治哥还是满含歉疚，“都是在真实的基础上加些浪漫夸张，这一次也是编出来的。”

啊？我看着他，啥意思？

“她说她喜欢我，又比较热情主动，我就试着……试着……”文治哥第一次出现这种很木讷的状况。

“试着什么？”虽然哭，却还是禁不住问他。

“试着接受她，但是不行，我还是接受不了别的女人。我对自己说：我已等陈一一十年，怎么能轻易放弃我认定的女人？”

我哭。

“我只想着等你自然而然地看到我，却没有想到，兜兜转转，反而让你走了这么多弯路。”

我一边哭，一边问他：“梅毓知道吗？”

“知道。”他道。

“她为什么不告诉我？”梅毓为什么不告诉我文治哥没有和那韩国女孩在一起？她是故意的。

“我让她不要告诉你，怕你有心理负担。是你去西藏，还是我回来？”文治哥问。

我不解，泪眼婆娑地看着他。

“唉，我毕竟是男人，还是我让一步算了。”他慢悠悠地道，“告诉你，我已经申请调回来了。”

什么意思？我傻傻地看着他。

“嫁给我。”他从西装内袋里拿出一个红色绒面的盒子，一手圈住我打着伞，另一只手打开盒子，盒子里是一枚戒指，铂金，线条流畅简约：“回家后再跪吧，在这里跪会弄脏衣服。我的形象就是你的形象，别让别人看到我这么潇洒，却这么狼狈。”

“我不行。”我看着戒指，一边心痛着，一边哭道，“我都不知道我还能活多久。”

“有我。你又不是什么绝症。”他还是平静而温和地看着我，又道，“我也年过不惑了，也不好意思把自己再推销给别人。你行行好，就接了我这个祸害吧。我们彼此祸害，就不麻烦别人了。”

我忽然想自私一把了！我伸出手，由着他给我戴上戒指。

我伸开手指，在伞下看着那只戒指，它那么美，就像童话，是一个我不愿醒来的童话。

我的手机忽然响起，按了接听键，梅毓的声音如魔法一样在遥远的地方对我施法：“灰姑娘，你丢失的水晶鞋是不是被王子送还了？”

文治哥抢过手机，一边拥紧我，一边对着那端的梅毓喊：“她现在不仅拿回了水晶鞋，还要讹我一套婚纱！”

“那就从了吧。”梅毓在那边笑着收线。

一年后，我的孩子出生了，这次是真的，不是梦，也不是诳语。

在我刚发现怀孕时，文治哥很害怕，他说：“一一，我们不要这个孩子了，用药——”

“我想有个孩子，属于我们的孩子，我想当妈妈。你也非常想听到孩子叫爸爸的声音，对吧？你也希望他或她小小的脚丫在房间里肆无忌惮奔跑的声音对吧？哪怕他或她把窗户砸了，椅子拆了，撕碎我们心爱的书，我们依然满心欢喜。”

“可是——”

我打断他的话：“你只要给我请个好医生，每周两次为我检查就好了。”

我在心里补充道：文治哥，我只能来这世间一次，请让我为你留下我生命的延续。

在我怀孕的那九个月里，文治哥请了他的医生同学每两天为我检查一次，其间有过两次危险，一次是我昏倒，一次是我半边身体忽然发软，倒在了地上。

医生检查后说是一过性脑缺血，又特别强调了饮食搭配，以素食为主，多喝鱼汤和牛骨汤，以防止缺钙。

葡萄草莓苹果蜜桃，浆果干果花样翻新。医生说，这样吃不但能补充充分的维生素，孩子的皮肤也会很好。

怀孕期间腿总是很肿，文治哥先用温水给我泡脚，然后把我那两只萝卜一样肿的小腿放在他膝盖上，给我按摩。

生产日子前夕，文治哥同他的医生同学商量了好久，最后决定，挑个好日子为我剖腹产。

手术很顺利，我们得到了上天赐予的礼物——一个健康漂亮的女孩子，她有一双大而明亮的眼睛，在术后第一天晚上就睁开了，她的皮肤滑如凝脂，我总是忍不住亲她。

不管把睡着的她放在我的左边还是右边，她总是在酣睡中把脸转向我。

虽然美好的时节过去就不再回来，但，还有更美好的到来。

满月礼时，梅毓一直陪在我身边，不复以往的那种清冷，间或展颜一笑，逗一下孩子，或给我指指文治哥喝酒的傻样子。

我看着宴席间众多宾客的觥筹交错，听着他们的欢声笑语，一切那么真实，不是做梦。

姐姐们离席向我走过来了，她们围着我和孩子。

大姐道：“小妹，你终于过好了。”

阿南乜了我一眼：“以后不要让几个姐再瞎操心了，你该为我们操心了。”

我只是笑，只是点头。

我不知道明天和意外哪个先来，但我一定能做到：把今天过好。

虽然还有很多梦想没有实现，但拥有当下，已是富足。

我又看向文治哥，他好像喝得有点儿高，他温和的双眼装着满满的爱意正好看过来，与我的眼神对接的刹那，他扬唇一笑，倾国倾城。

此刻，我给他的打分是一百。

看着这个满分男人从笑语喧哗的酒桌离开，一步步走过来，高大的身影距离我越来越近，就像几年前我做的那个梦一样，他一直走到我面前。

他伸出双手，把我们母女俩拥进他的怀里。

这就是家，与千家万户的天伦之乐一样。

这就是爱，你一笑，我也跟着幸福起来。

原来，真的可以这样幸福。

（完）